D1353727

«PAVILLONS»
Collection dirigée par
Maggie Doyle et Jean-Claude Zylberstein

PATRICK FLANERY

ABSOLUTION

traduit de l'anglais (États-Unis) par
Michel Marny

roman

ROBERT LAFFONT

Titre original : ABSOLUTION
© Patrick Flanery, 2012.
Traduction française : Éditions Robert Laffont, S.A., Paris, 2013.

ISBN 978-2-221-12634-9
(édition originale : ISBN 978-0-85789-200-3, Atlantic Books, Londres)

Pour G.L.F et A.E.V.

I

Sam

«On me dit que nous nous sommes rencontrés à Londres, Mr Leroux, mais je ne me souviens pas de vous, dit-elle, tâchant de se tenir droite, de redresser son corps voûté.

— C'est vrai. Nous nous sommes rencontrés. Bien que brièvement.» En fait ce n'était pas Londres mais Amsterdam. Elle se rappelle une remise de prix à Londres où je n'étais pas. Je me rappelle très bien la conférence à Amsterdam où j'ai parlé, invité en tant que jeune et prometteur spécialiste de son œuvre. Elle m'avait alors serré la main de manière exquise. Elle riait, faisait la petite fille, était un peu ivre. Cette fois je ne vois pas trace d'ébriété chez elle. Je ne l'ai jamais rencontrée à Londres.

Il y a eu l'autre fois, aussi, bien sûr.

«Appelez-moi Sam, je vous en prie, dis-je.

— Mon éditeur dit des choses gentilles sur vous. Mais je n'aime pas votre allure. Vous avez l'air à la mode.» Elle pince les lèvres sur la dernière syllabe, dardant une langue grise entre ses dents.

«Je ne saurais pas dire, fais-je, et je ne peux m'empêcher de rougir.

— Êtes-vous à la mode?» Elle étire de nouveau les lèvres, montre les dents. Si c'est censé être un sourire, ça n'y ressemble pas.

11

«Je ne pense pas.

— Je ne me rappelle pas votre visage. Ni votre voix. Je me rappellerais certainement cette voix. Cet accent. Je ne pense pas que nous puissions nous être rencontrés. Pas dans cette vie, comme on dit.

— C'était une rencontre très brève.» Je suis sur le point de lui remémorer qu'elle était ivre. Elle affecte de ne pas sembler intéressée par notre rencontre actuelle, mais il y a trop d'énergie dans son ennui.

«Vous devez savoir que j'ai accepté le projet sous la contrainte. Je suis une très vieille femme, or cela ne signifie pas que j'aie l'intention de mourir bientôt. Vous, par exemple, pourriez bien mourir avant moi, et personne ne se presse d'écrire votre biographie. Vous pourriez être tué dans un accident cet après-midi. Écrasé dans la rue. Assassiné par un pirate de la route.

— Je ne suis pas important.

— C'est juste.» L'ombre d'un sourire suffisant se dessine d'un côté de sa bouche.

«J'ai lu votre article et je ne pense pas que vous soyez un imbécile. Néanmoins je ne suis pas vraiment optimiste en ce qui concerne ce projet.» Elle me regarde en secouant la tête. Les mains posées sur les hanches, elle semble un peu gauche, du moins plus gauche que dans mon souvenir. «J'aurais bien choisi mon biographe, mais je ne connais personne qui accepterait d'entreprendre cette tâche. Je suis une terreur.» Je retrouve ce côté petite fille que j'ai vu à Amsterdam, quelque chose qui tient du flirt mais pas tout à fait, comme si elle espérait qu'un homme la trouve attirante simplement parce qu'il est homme, et je dois admettre qu'elle possède toujours une certaine beauté.

«Je suis sûr que beaucoup de gens sauteraient sur l'occasion», dis-je et elle paraît surprise. Elle pense que je flirte à mon tour et sourit d'une façon qui semble presque sincère.

«Aucun que je choisirais.» Elle me réprimande d'un hochement de tête, maîtresse d'école sévère, me toisant du haut de son fameux nez. Si je suis grand, elle l'est encore plus, une vraie géante. «Je pourrais écrire mon auto-biographie, mais je trouve ce que ce serait une perte de temps. Je n'ai jamais écrit sur ma vie. Je ne crois pas vraiment en la valeur de ce genre de travail. Qui s'intéresse aux hommes que j'ai aimés? Qui s'intéresse à ma vie sexuelle? Pourquoi est-ce que tout le monde veut savoir ce qu'un écrivain fait au lit? Je suppose que vous vous attendez à vous asseoir.

— Comme vous préférez. Je peux rester debout.

— Vous ne pouvez pas rester debout tout le temps.

— Pourquoi pas, si ça vous convient, dis-je en souriant, mais l'humeur flirteuse est passée. Elle fait la moue, désigne une chaise à dos droit et attend que je m'asseye, puis choisit un fauteuil à l'autre bout de la pièce, de sorte que nous sommes forcés de crier. Un chat arrive et saute sur ses genoux. Elle le soulève et le repose par terre.

«Ce n'est pas mon chat mais celui de mon assistante. Ne mettez pas dans ce livre que je suis une dame à chats. Ce n'est pas le cas. Je ne veux pas que les gens pensent que je suis une vieille folle à chats.» Il y a une photo au dos de ses premiers livres – la photo utilisée pour les dix premières années de sa carrière – sur laquelle elle tient un bébé singe, gueule ouverte, la langue tirée, comme la sienne l'est maintenant. On dirait un nourrisson qui tète, ou la victime d'une attaque cérébrale. «C'est mon éditeur anglais qui a tenu à ce singe stupide, me dira-t-elle plus tard, parce que c'est ce qu'un écrivain africain est censé avoir, la nature à l'état sauvage agrippée à la poitrine, suçant le continent, tous ces fantasmes coloniaux éculés.»

«Comment envisagez-vous les choses? me demande-t-elle. S'il vous plaît, n'imaginez pas que je vais vous donner accès à mes lettres ni à mes journaux. J'accepte de vous parler mais je ne vais exhumer ni documents ni albums de famille.

— Je pensais à une série d'entretiens pour commencer.

13

— Une façon de se mettre à l'aise ?» demande-t-elle.
Je hoche la tête, hausse les épaules, sors un petit magnéto-phone numérique. Elle lâche un ricanement nasal. «J'espère que vous ne nous imaginez pas devenir amis. Je ne vais pas me promener dans mon jardin ni aller au musée avec vous. Je ne suis pas du genre à "prendre un verre". Je ne vous transmettrai pas la sagesse du grand âge. Je ne vous apprendrai pas comment vivre une vie meilleure. Nous sommes ici pour travailler, pas pour nous aimer. Je suis quelqu'un d'occupé. J'ai un livre qui sort l'année pro-chaine. *Absolution.* Je suppose que je vous le ferai lire, en temps voulu.

— Je m'en remets à vous.

— J'ai lu vos articles, comme je vous le disais. Vous ne vous trompez pas complètement.

— Peut-être pourrez-vous corriger certaines de mes erreurs.»

Ce n'est pas Clare qui m'a ouvert. Marie, l'assistante aux gros yeux proéminents, m'a fait entrer dans une pièce de réception donnant sur le jardin en vis-à-vis et la longue allée, le haut mur d'enceinte beige surmonté de barbelés dont la forme et la couleur sont censés évoquer la vigne vierge en espalier, et le portail électronique donnant sur la route. La propriété est équipée de caméras de surveillance. Clare a choisi une pièce froide pour notre première entre-vue. Peut-être est-ce la seule pièce de réception. Non – une maison de cette taille doit en avoir plusieurs. Il doit y en avoir une autre, une meilleure, avec vue sur les autres jardins et la montagne qui domine la ville. Elle m'y emmènera la prochaine fois, ou je me débrouillerai pour la trouver tout seul.

Son visage est plus étroit que ne le suggèrent ses photos. Si ses joues étaient pleines il y a cinq ans à Amsterdam, sa santé a régressé, et maintenant son visage est craquelé, tel le fond d'un lac asséché. Il ne ressemble à aucune de ses photos. La bourrasque indisciplinée de ses cheveux blonds

14

s'est argentée, et bien qu'ils soient fins et cassants, ils ont encore quelque chose de leur ancien éclat. Son abdomen s'est développé. C'est presque une très vieille femme, mais elle ne paraît pas son âge – plutôt soixante ans que ce qu'elle peut avoir réellement. Elle est bronzée et sa peau est tendue sur ses mâchoires. Malgré la légère bosse de son dos, elle tâche de se tenir droite. Sa vanité suscite en moi une brève bouffée de colère. Mais il n'est pas de mon ressort d'en juger. Elle est qui elle est. Je suis ici pour autre chose.

«J'espère que vous avez apporté de quoi boire et manger. Je n'ai pas l'intention de vous nourrir pendant que vous vous nourrissez de moi. Vous pouvez utiliser les toilettes à droite au fond du couloir. N'oubliez pas de rabattre le couvercle. Je vous en serai reconnaissante.» Elle plisse les paupières et semble de nouveau avoir un petit sourire narquois, mais je n'arrive pas à voir si elle plaisante ou si elle est sérieuse.

«Vous allez enregistrer ces discussions?

— Oui.

— Et aussi prendre des notes?

— Oui.

— Il marche?

— Oui. Il enregistre.

— Eh bien?

— Je suis prévisible. J'aimerais commencer par le commencement, dis-je.

— Vous ne trouverez pas d'indices de quoi que ce soit dans mon enfance.

— Ce n'est pas vraiment la question, si vous voulez bien me pardonner. Les gens veulent savoir.» En fait, on ne connaît quasiment rien de sa vie en dehors des maigres faits auxquels tout le monde peut avoir accès et le peu qu'elle a daigné reconnaître au cours de précédentes interviews. Son agent à Londres a publié une biographie officielle d'une page il y a cinq ans, quand la demande d'informations s'est faite trop pressante. «Vos grands-parents étaient agriculteurs des deux côtés?

— Non. Mon grand-père paternel était éleveur d'autruches. L'autre était boucher.

— Et vos parents?

— Mon père était juriste, avocat. Le premier de sa famille à avoir fait des études supérieures. Ma mère était linguiste, universitaire. Je ne les ai jamais beaucoup vus. Il y avait des femmes – des filles – pour s'occuper de moi. Toute une série. Je crois que mon père a beaucoup travaillé *pro Deo*.

— Est-ce que cela a influé sur votre position politique?»

Elle soupire et semble déçue, comme si j'avais raté une blague.

«Je n'ai pas de position politique. Je ne fais pas de politique. Mes parents étaient libéraux. On attendait de moi que je sois aussi libérale, mais je pense que mes parents étaient "libéraux" à la manière peu enthousiaste de tant de gens de leur génération. Il vaudrait mieux parler de gauche et de droite, ou de progressistes et régressifs, ou même d'*opp*ressifs. Je ne suis pas une absolutiste. L'orientation politique est une ellipse, pas un continuum. Allez assez loin dans une direction et vous vous retrouvez plus ou moins à votre point de départ. Mais il s'agit de politique. La politique n'est pas le sujet, n'est-ce pas?

— Pas nécessairement. Mais pensez-vous qu'il soit difficile de s'engager dans une critique du gouvernement, en tant qu'écrivain?»

Elle tousse et s'éclaircit la gorge. «Non, certainement pas.

— Ce que je veux savoir, c'est si le fait d'être écrivain rend plus difficile la critique du gouvernement?

— Plus difficile que quoi?

— Que si vous étiez une simple citoyenne, par exemple.

— Mais je suis une simple citoyenne, comme vous dites. D'après mon expérience, le plus souvent les gouvernements tiennent très peu compte de ce que les simples citoyens ont à dire, à moins qu'ils ne le disent à l'unisson.

— Je suppose que ce que j'essaie de vous demander...

— Eh bien, demandez-le.

— Ce que j'essaie de vous demander, c'est si vous pensez qu'il est difficile de critiquer le gouvernement actuel?

— Certainement pas. Ce n'est pas parce qu'il est démocratiquement élu qu'un gouvernement est à l'abri de la critique.

— Pensez-vous que la fiction soit essentielle à l'opposition politique?» Je regrette la question à l'instant où elle sort, mais, assis en face d'elle, j'ai l'impression d'être incapable de poser toutes les questions soigneusement formulées que j'ai passé des mois à préparer.

Elle rit et le rire se mue en un nouvel accès de toux et de raclements de gorge. «Vous avez une idée très étrange de ce qu'est censée faire la fiction.»

Je cherche à gagner du temps, sentant qu'elle me regarde tandis que j'étudie le labyrinthe de mes notes. J'ai été naïf de croire que tout cela se passerait facilement. Je décide de lui parler de sa sœur. Impossible de nier l'importance de la politique en l'occurrence. Tandis que j'essaie d'articuler la question dans ma tête, elle s'éclaircit de nouveau la gorge, comme pour dire : *Allons, il faut faire mieux que ça*, et je me précipite sur une autre question que je n'avais pas l'intention de poser.

«Avez-vous des frères et sœurs?

— Vous le savez, Mr Leroux. Ce fut l'apogée d'une période mouvementée. Ce sont des informations auxquelles tout le monde peut avoir accès. Mais je ne veux absolument pas parler de ma sœur.

— Pas même des faits?

— Les faits connus de l'affaire se trouvent dans les comptes rendus d'audience et d'innombrables articles de presse. Nul doute que vous les avez lus. Tout le monde les a lus. Un homme qui a agi seul, a-t-il dit. Le tribunal a

17

jugé qu'il n'avait pas agi seul, bien que personne d'autre n'ait été arrêté. Comme de nombreuses personnes, il est mort en garde à vue. Contrairement à tant d'autres, il avait effectivement commis un crime – du moins ne l'a-t-il jamais nié. Je ne peux rien ajouter à moins de parler de ce que ressent le parent d'une victime, or cela n'a rien de nouveau. Nous savons tous à quel point on souffre de la mort inattendue et violente d'un membre de sa famille. Ce n'est pas fondamentalement différent pour la famille de la victime innocente d'un meurtre que pour celle d'un criminel exécuté. C'est de la vivisection. C'est la perte d'un membre. Aucune prothèse ne peut le remplacer. La famille est mutilée. Je ne désire pas en dire plus. »

*

Alors qu'il s'agit seulement de notre second rendez-vous, Clare ne peut ou ne veut pas me recevoir aujourd'hui. Au lieu de quoi je vais aux Archives du Cap-Occidental, me gare dans Roeland Street, et salue de la tête le gardien qui s'abrite dans l'ombre d'un camion. Il m'adresse un sourire obséquieux et produit une sorte de bruit d'assentiment. Je suis toujours à cran, m'attendant au pire. À l'aéroport, j'étais un étranger, mais une semaine plus tard, hier, au marché, j'étais de nouveau un indigène. Devant un étal de laitues une femme m'a adressé la parole, attendant une réponse. Il y a dix ans, j'aurais peut-être pu trouver les mots qu'il fallait. J'ai dû secouer la tête. J'ai souri et me suis excusé, lui expliquant que je ne parlais pas la langue, ne comprenais pas. *Ek is jammer. Ek praat nie Afrikaans nie. Ek verstaan jou nie.* J'ai trop perdu de mon afrikaans pour être capable de lui répondre. Je ne savais quoi dire à propos de la laitue ou du poisson, le *vis*. Elle a paru surprise, puis a haussé les épaules et s'est éloignée en maugréant, pensant peut-être que je connaissais sa langue mais refusais de la parler.

Cela fait près de vingt ans que les archives sont abritées dans une ancienne prison. Le surveillant du parking me regarde monter l'escalier et passer la grille verte du vieux portail aménagé dans un mur d'enceinte du XIXᵉ siècle. À l'intérieur il y a des tables de pique-nique et des plantes minables, et la nouvelle structure, un bâtiment dans un bâtiment. Je signe le registre, mets mon sac dans un casier et me dirige avec mon équipement jusqu'à la salle de lecture. La femme derrière le bureau, une Mrs Stewart, n'est pas sûre, tout d'abord, de comprendre ce que je veux. Quand elle saisit, elle semble vaguement inquiète, mais elle acquiesce d'un signe de tête et me demande de prendre un siège pendant qu'elle envoie quelqu'un chercher les dossiers. Toutes ses phrases montent à la fin, sur un ton qui ne cesse de questionner sans le faire directement. Il y a quelques années, le personnel m'aurait laissé fouiller moi-même dans les piles – des amis ont ainsi eu la chance de trouver des choses qu'ils n'étaient pas censés trouver. Maintenant tout est plus organisé et plus professionnel, mais aussi un peu moins encourageant.

Il semble que toutes les autres personnes présentes soient des généalogistes amateurs travaillant sur l'histoire de leurs familles. Quand la pile de dossiers marron frappés de cachets d'un rouge criard apparaît sur ma table, je sens que les autres me regardent en se demandant quel genre d'archives, qui ont cessé d'être confidentielles mais en portent toujours le sceau, je peux bien consulter. Je sors mon appareil et son pied et passe la matinée à photographier page après page.

À l'heure du déjeuner, deux femmes qui étaient dans la salle de lecture m'abordent dans le hall.

«Vous travaillez sur l'histoire de votre famille? me demande l'une d'elles, sa voix s'élevant comme celle de Mrs Stewart.

— Non. C'est pour un livre. Je compulse les archives du Comité de contrôle des publications. Les censeurs.

— Ohhh ! fait l'autre en hochant la tête. Comme c'est intéressant. »

Nous parlons quelques instants. Je les questionne sur leurs recherches. Elles sont sœurs, enquêtent sur leurs ancêtres, tâchant de retrouver le bon Hermanus Stephanus ou la bonne Gertruida Magdalena parmi des siècles de personnes aux noms identiques.

« Bonne chance, me dit la première tandis que nous nous quittons sur les marches. J'espère que vous trouverez ce que vous cherchez. »

Je donne au gardien ce que j'imagine être un pourboire convenable. Ça paraît toujours trop peu ou trop. Plus tard, je demande à Greg ce qu'il en pense. J'ai confiance en son opinion parce que je le connais depuis que nous étions étudiants à New York et parce qu'il est l'ami le plus engagé du point de vue moral et politique que j'aie encore dans ce pays. Quand je lui ai appris que je revenais, et que ma femme me rejoindrait plus tard dans l'année pour prendre son nouveau poste à Johannesburg, Greg a insisté pour que j'habite chez lui tant que j'aurai besoin d'être au Cap.

« Ça ne peut jamais être trop parce qu'ils en ont plus besoin que toi, dit-il, tenant son fils en équilibre sur son genou. C'est comme si tu te faisais voler ta voiture de location ou la radio ou les enjoliveurs – il faut que tu te dises que celui qui l'a pris en a plus besoin que toi.

— Je ne veux pas avoir l'air de faire la charité.

— Pense à tous les connards que ça ne gêne pas de leur donner cinquante cents. L'argent n'est pas une insulte. Il n'y a pas de mal à faire la charité. Tout n'est pas obligé d'être un paiement pour service rendu. Et en tant que touriste, tu leur dois un peu plus.

— Je ne me considère plus comme un touriste. Je suis de retour.

— Ça fait longtemps que tu n'es plus d'ici, Sam, quelle que soit la chemise que tu portes ou la musique que tu écoutes. Et qui peut dire si tu vas rester longtemps ? Le dernier poste de Sara a duré – combien ? – seulement dix-huit mois ?

— Trois ans, si elle veut.

— Mais après vous irez ailleurs. Ce qui signifie que tu es un touriste. Ce n'est pas pour ça que tu dois te culpabiliser. Il faut juste que tu t'en souviennes.

— Et combien est-ce que tu donnes ?

— Non, attends, ce qu'il y a, c'est que je donne moins que ce que tu dois donner, toi, parce que moi, je donne tous les jours, et depuis des années. J'emploie une nounou qui vient six jours par semaine, un jardinier qui vient deux fois par semaine, une bonne qui vient trois fois par semaine et je donne des sachets de soupe au vieux qui vient devant ma porte tous les vendredis. Je donne de l'argent à ma bonne et à ma nounou pour payer les études de leurs gosses. J'achète les uniformes. Je paie leur aide médicale. Quand je me gare en ville, je ne donne pas aux gardiens autant que tu devrais donner, selon moi, parce que je donne déjà beaucoup, et même ça, ça n'est pas suffisant, tu sais. Et je ne donne plus à manger aux gens qui viennent à la maison, sauf le vieux parce qu'il n'est jamais ivre. Donc, je suis un de ces connards que je déteste. Mais vous autres, touristes, il faut que vous donniez un peu plus.»

Il parle rapidement tandis que son fils joue avec son collier. «Dylan, ne tire pas sur le collier de papa. Il me regarde en souriant. Je me disais qu'on pourrait aller sur le Waterfront cet après-midi. Il y a un nouveau bar à jus qui est bien et j'ai envie de faire du shopping. Nous laisserons Dylan à Nonyameko. Après, on pourra aller au cinéma.»

*

Un autre jour. Clare me fait entrer dans la même pièce que celle que nous avons utilisée pour notre premier entretien. Cette fois, c'est elle-même qui a poussé sur le bouton du portail et ouvert sa porte. Ça doit être le jour de congé de l'assistante. Nous nous asseyons sur les mêmes sièges. Le chat traverse la pièce, choisit mes genoux plutôt que les siens. En ronronnant il bave sur mon jean et plante ses griffes dans mes cuisses.

« Les chats aiment les imbéciles, déclare Clare, la mine impassible.

— Pouvons-nous en revenir à votre sœur ?

— Je savais que vous ne laisseriez pas Nora là où elle est. » Elle semble fatiguée, les traits encore plus tirés que la dernière fois. Je sais que l'histoire de sa sœur est un détour par rapport à la route principale. Ce n'est pas la vraie histoire, celle que je cherche, mais, à la longue, ça pourrait être une façon d'y arriver.

« Est-ce que votre sœur a toujours fait de la politique ?

— Je pense qu'elle se considérait comme apolitique, comme moi. Ce n'est pas tout à fait juste. Je ne suis pas apolitique. Je fais de la politique à titre personnel. Mais si on choisit une vie publique – que ce soit par son métier, par association ou par mariage –, c'est autre chose. Elle a choisi une vie publique en épousant un personnage public.

— La vie d'un écrivain n'est pas publique ?

— Non, dit-elle, et elle sourit – soit de manière condescendante ou, me flatté-je, parce qu'elle apprécie ma parade. Il était déraisonnable de prendre une position apolitique dans *ce* pays à *cette* époque, pour un personnage public. Elle a été victime de sa naïveté. Elle aurait dû savoir qu'elle se condamnait à mort. Mais c'était l'aînée. Nos parents ont fait des erreurs. Peut-être l'ont-ils laissée pleurer dans son berceau au lieu de la consoler. Ou ont-ils été stricts alors qu'ils auraient dû lui faire confiance. Elle leur en a toujours voulu de me permettre de me raser les jambes et de mettre du rouge à lèvres à treize ans, de porter des jupes au-dessus du genou et de décolorer ma moustache d'écolière. Il était évident que les mêmes règles ne s'appliquaient pas à moi, et elle s'en rendait compte. Nos parents l'ont vissée jusqu'à l'âge de seize ans. Elle n'est pas allée à l'université. Elle s'est échappée de ce carcan autoritaire en se mariant pour se retrouver dans une société plus autoritaire encore. J'ai eu plus de chance.

— Vous avez fait vos études à l'étranger. » Je sais tout ça. Je suis en train de poser les fondations. C'est sur elles que tout le reste reposera.

« Oui. Pensionnat ici, puis l'université en Angleterre. Une période en Europe après.

— Et puis vous êtes retournée dans votre pays, à une époque où beaucoup de ceux qui appartenaient au mouvement anti-apartheid – particulièrement les écrivains – commençaient à s'exiler.

— C'est exact. C'était avant d'avoir publié. Je voulais revenir, faire partie de l'opposition telle qu'elle était.

— Vous en voulez à ceux qui ont émigré ?

— Non. Certains n'ont pas eu le choix. Ils ont été interdits, ou leurs familles ont été menacées, et certains sont allés en prison. Ou ils partaient un moment – pour étudier outre-mer – et découvraient qu'ils ne pouvaient pas revenir à cause de leurs activités politiques, ou simplement ils ont compris qu'il était plus facile, pour maintes raisons, de rester en Angleterre, en Amérique, au Canada ou en France, et c'est très bien pour eux, je suppose, si c'était cela qu'ils voulaient, si c'était ce qu'ils pensaient devoir faire. Je n'ai pas été menacée, en général, et donc je suis restée – ou plutôt je suis revenue et je suis restée. Ça mène à quelque chose ce genre de questions ? Qu'est-ce que ça peut dire de moi ? »

Quand nous nous sommes rencontrés à Amsterdam, elle était ivre d'adulation et de champagne. Par conséquent, elle était expansive et généreuse, ou le paraissait peut-être seulement parce qu'elle était à l'étranger et qu'on la célébrait. Elle a prétendu que c'était son anniversaire et elle a emporté un magnum de champagne en quittant la réception donnée après la conférence. À l'hôtel touristique quelconque où elle était descendue, elle avait supplié le concierge, dans un afrikaans hésitant, d'aller chercher des verres au restaurant pour qu'elle puisse célébrer son anniversaire avec ses amis, anciens et nouveaux. Le concierge avait tâché de ne pas rire de sa manière de s'exprimer, néanmoins efficace.

Je faisais partie du groupe en tant que nouvel ami. Avec tout ce champagne, je ne devrais pas être surpris qu'elle ait oublié notre première rencontre ou qu'elle pense qu'elle a eu lieu à Londres, à une remise de prix plutôt qu'à une conférence. C'est une vieille femme. Sa mémoire ne peut pas être parfaite.

J'ai pourtant du mal à concilier l'écrivain que j'estime tant, qui m'a pris la main avec une telle grâce à Amsterdam, et la femme assise en face de moi. Son visage est ouvertement moqueur. Il me rappelle brusquement un souvenir que je refoule aussitôt. Je ne peux pas me permettre de penser au passé, pas déjà.

Absolution

Ce n'était pas le genre habituel de réveil lent au milieu de la nuit, du fin fond du sommeil. La vessie de Clare n'était pas pleine, elle n'avait pas pris de caféine la veille. Sa fenêtre était ouverte, mais les bruits du dehors, d'habitude, ne la dérangeaient pas. Instinctivement, elle sut que quelque chose n'allait pas. Elle se réveilla avec une boule dans la gorge et son cœur battait si bruyamment qu'il l'aurait trahie si quelqu'un avait été dans la pièce.

Pendant des années elle avait refusé de faire poser une alarme, déclarant que les serrures étaient suffisantes. Quiconque était prêt à s'introduire chez elle malgré les verrous, le verre Securit et les barreaux méritait d'emporter ce qu'il voudrait. Mais maintenant, elle aurait bien voulu avoir une alarme, avec ce genre de bouton qu'on installe à son chevet et que ses amis, son fils et ses divers cousins possédaient tous. Elle savait aussi que le bruit ne pouvait venir de Marie, qui dormait au-dessus. Il venait d'en dessous. Si Marie était descendue, Clare l'aurait entendue passer dans le couloir.

En essayant de ralentir les battements de son cœur, elle se dit : *Il n'y a pas de bruit, c'est seulement le vent*, un vieux mantra qu'elle avait appris petite fille. Les rideaux jouaient autour de ses barreaux. Ce n'étaient pas les objets de valeur qui l'inquiétaient. Ils pouvaient bien prendre les appareils électroniques, quoi qu'ils puissent valoir, même l'argenterie, la verrerie, si tant est que les voleurs s'intéressent encore à ce genre de chose. C'était la confrontation qui la terrifiait, la menace des armes, et des hommes armés. *Il n'y a pas de bruit. C'est seulement le vent. Un, deux, trois, quatre, lentement, six, sept.* Elle avait suffisamment retrouvé son calme pour être sur le point de s'endormir quand elle entendit le bruit reconnaissable entre tous d'une porte qui vire sur ses gonds, du métal tournant sur du métal non lubrifié, et du bas de la porte qui frotte et vibre contre les paillassons de l'entrée. Et, au-dessus, il y avait du mouvement, une lame de parquet qui grinçait. Marie avait entendu, elle aussi.

Clare saisit le téléphone dans l'obscurité, mais quand elle appliqua le combiné contre son oreille elle n'entendit aucune tonalité. Si elle n'avait pas de portable, il n'en était peut-être pas de même pour Marie, à qui on pouvait sans doute faire confiance pour trouver une solution. Depuis combien de temps la porte contre le paillasson ? Des secondes ? Trente secondes ? Deux minutes ? Une odeur commença à monter, forte et aigre, pas une odeur de chez elle. Puis un autre bruit, une pression sur la première marche, le bois qui joue et une inspiration collective, ou était-ce son imagination ? Elle aurait pu pousser sa porte, mais la clé avait été perdue depuis longtemps. Elle serait incapable de s'échapper par la fenêtre, il n'y avait pas assez de place pour se cacher sous le lit, la penderie était trop pleine, il n'y avait pas de placard dans sa chambre. La chose courageuse à faire eût été de s'asseoir sur le lit, d'allumer la lumière et d'attendre qu'ils viennent, ou de crier : «Prenez ce que vous voulez, je m'en fiche !», mais elle avait perdu sa voix, et son corps était paralysé. Elle aurait hurlé si sa gorge lui avait permis de le faire.

Encore des secondes, une minute, le silence, ou peut-être était-elle trop distraite pour entendre. Il y avait un morceau de granite par terre qu'elle utilisait comme butoir, presque un gros galet, et elle le hissa sur le lit, pensant – quoi? Qu'elle le lancerait sur ses agresseurs? Les bâtons et les pierres étaient-ils encore d'actualité pour repousser des hommes ou faudrait-il quelque chose de plus conséquent? Il y avait certaines choses qu'elle aurait été plus avisée de connaître, songea-t-elle soudain.

Comme elle prenait le galet dans ses bras, quatre hommes portant des capuches apparurent devant elle, leurs reflets dans le verre de la photographie accrochée au mur en face de son lit. Ils passèrent en rang dans le couloir, des fusils à canon scié dans leurs mains gantées. En fait, les fusils, moins intimes, étaient un soulagement; la mort serait rapide. La puissance des armes ne lui était pas étrangère.

Le dernier des quatre se retourna, regarda dans la chambre, et renifla l'air. Son nez était congestionné. Elle l'entendit tandis qu'elle fermait fort les yeux, faisant semblant de dormir, espérant que la conscience n'ait pas d'odeur. Elle le sentait, âcre et puissant, ainsi que la puanteur métallique du fusil et de ses huiles. Son cœur tambourinait, comment pouvait-il ne pas l'entendre? Il l'entendit, se tourna, chercha ses compagnons dans le couloir, mais ils avaient déjà monté l'escalier – des pas traînants, une échauffourée, Marie maîtrisée.

Il fondit de tout son poids sur elle, mains gantées, passe-montagne sur le visage, et respiration bruyante. Tout d'un coup, la pierre qu'elle tenait en main glissa par terre, il se pressa contre elle, la palpa, trouva d'une main le chemin pour s'introduire en elle, l'autre main, gantée de cuir glacé, sur sa bouche, puis la suffocation, ses narines presque bouchées, son cœur rugissant.

Non, cela, elle l'avait imaginé.

Mais elle pouvait toujours sentir son odeur, et la puanteur métallique du fusil. Son cœur battait si fort, comment pouvait-il ne pas l'entendre, debout là sur le seuil? Pourtant, il recula, rejoignit les autres, et s'éloigna à pas furtifs dans le couloir.

Ils avaient dû surveiller la maison, savoir qu'il n'y avait que deux femmes qui y habitaient, deux femmes qui n'étaient sûrement pas armées. Ils devaient savoir qu'il n'y avait pas d'alarme, pas de fils de fer barbelés ni de clôture électrique et, surtout, pas de chiens. Clare sentit le galet, pâle et lourd dans ses bras, le long de son corps. Il était mouillé de sueur et sentait la terre. Elle l'avait extrait de la vieille rocaille du jardin afin de faire de la place pour un carré de légumes. Si seulement ils parlaient tout bas entre eux, juste pour qu'elle sache qu'ils étaient toujours là. Elle pensa qu'ils étaient à l'autre bout du couloir puis en fut certaine quand le bois de la première marche de l'escalier menant au second soupira sous le poids d'un pied importun. Mon Dieu! Il fallait qu'elle crie pour alerter Marie! Mais elle suffoquait, la gorge gonflée. L'air refusait de passer. Les cordes refusaient de vibrer. Tout était épais et dur autour d'elle.

Et alors, assourdissants, quatre coups de feu aigus, explosifs, des grognements sourds, et un cinquième coup, plus grave, un sixième, aigu comme les premiers, et puis des pas précipités passant devant sa porte. Le mur face au lit explosa dans une averse de plâtre, faisant tomber la photo encadrée, éparpillant le verre sur le plancher et les tapis. Il y eut un dernier coup de feu rapide, un gémissement et des pieds qui dévalaient l'escalier, des portes qui claquaient, et puis le silence.

Ce n'était pas un rêve, mais elle s'en réveilla pour trouver Marie debout à côté d'elle.

« Il sont partis. Je les ai chassés.

— Je ne savais pas que vous aviez une arme.

— Vous ne vouliez pas mettre une alarme, dit Marie.

— Je le ferai maintenant.

— Je vais chez les voisins appeler la police.

— Vous avez tué quelqu'un?

— Non.

— Vous les avez ratés?

— Non, j'ai visé le bras qui tenait l'arme.

— Vous les avez eus ? demanda Clare.

— Oui. Il y en a un qui ne voulait pas abandonner. Je lui ai tiré dessus de nouveau. Et alors les autres se sont approchés, et j'ai tiré encore une fois sur l'un d'eux. Je n'avais pas d'autres munitions.

— Vous avez eu de la chance.

— Je reviens dans quelques minutes.»

Marie hésita près de la porte, évaluant le verre par terre, les tas de plâtre, les poutres, le stuc. L'étendue des dégâts ne serait visible qu'à la lumière du jour.

«Vous êtes sûre qu'ils sont tous partis ?

— Ils sont montés en voiture. Ils étaient vraiment très bêtes. J'ai noté leur numéro avant qu'ils montent l'escalier. Ils étaient garés juste devant la maison.

— Elle est probablement volée.»

Après qu'elle eut entendu Marie partir en verrouillant la porte d'entrée, Clare s'assit dans son lit, la gorge encore sèche et brûlante. Comment Marie avait-elle osé garder une arme sans le lui dire ? Comment avait-elle osé tirer dans la maison de Clare ? Comment avait-elle osé prendre autant d'initiatives ?

Cela faisait des années que Clare ne s'était retrouvée aussi près d'une fusillade, depuis qu'elle était en vacances dans la ferme de sa cousine Dorothée dans le Cap-Oriental où le régisseur avait été tué par des agresseurs, Dorothy blessée. Les deux danois eux aussi avaient été tués, et ce n'est que le lendemain matin, une fois certaines que le danger était passé qu'elles étaient sorties creuser des tranchées pour les chiens et enterrer ces immenses corps minces sur le terrain de la propriété. Les danois n'avaient pas eu des vies très longues. Elles avaient enveloppé le régisseur dans des sacs à pommes de terre et l'avaient mis à l'arrière de la camionnette. Dorothy s'était assise à coté du cadavre, la jambe à l'extérieur saignant toujours. Clare avait conduit une demi-heure sur des routes en terre avant de franchir le défilé pour atteindre l'hôpital de Grahamstown. Il devait sûrement y avoir d'autres personnes

29

avec elles, peut-être sa fille ? Elle ne se rappelait que sa cousine qui saignait, le régisseur mort, les chiens morts et les assaillants invisibles. Sa fille ne pouvait pas avoir été là. À l'époque, Laura avait déjà disparu.

Clare n'avait pas le cran d'aller voir s'il y avait du sang dans le couloir, bien qu'elle sût qu'il devait y en avoir, du sang comme de l'acide de batterie, qui trouait les tapis et le plancher, impossible à enlever.

La police confirma que les verrous et les portes n'avaient pas été forcés, et Marie affirma qu'elle s'était souvenue, comme toujours, de vérifier les verrous avant d'aller se coucher. C'était aussi habituel pour elle que de se passer du fil entre les dents. De plus, elle était une maniaque de la sécurité, ce qui fait qu'elle n'aurait pas pu oublier, même un mauvais jour. La ligne téléphonique avait été coupée à son point d'entrée dans la maison. Clare était debout dans la cuisine, une robe de chambre blanche passée sur son pyjama, les cheveux tirés en un chignon sévère. Elle essayait d'écouter le policier qui posait des questions à Marie, mais personne ne vint lui en poser à elle. On aurait dit qu'ils avaient honte de la présence de Clare. Les femmes n'étaient pas censées être des géantes. Les flashes de la police lançaient des éclairs dans le couloir du premier, accompagnés par la plainte électronique aiguë des appareils photo. Les experts en médecine légale saupoudraient et prenaient des échantillons. Elle se sentait lâche.

Si l'exécution du délit avait été aussi professionnelle, alors peut-être pouvait-on douter que la petite délinquance en soit à l'origine. De petits délinquants, même des délinquants violents, n'auraient pas possédé le genre d'équipement nécessaire pour ouvrir une serrure sans traces détectables d'effraction. À part le sang par terre et les blessures par balle occasionnées au plâtre du mur de sa chambre, la maison était intacte. Les dégâts avaient eu lieu durant la «bataille», ainsi qu'elle sentait qu'elle devait l'appeler, d'un ton à moitié ironique qui rendrait Marie folle durant les semaines suivantes. *Pendant la bataille*, disait-elle, ou : *J'ai eu peur que cette bataille ne soit ma dernière expérience du monde et ça me semblait un tel gâchis, un tel échec esthétique.*

Un seul objet avait été volé.

« Il y a quelque chose qui manque, avait-elle dit au policier en civil qui menait l'enquête.

— Qui manque ?

— La perruque de mon père.

— Je ne comprends pas.

— La boîte en étain qui contenait la perruque de mon père. Il était avocat. Je la gardais sur la cheminée. On l'a prise.

— Pourquoi est-ce que quelqu'un voudrait prendre la perruque de votre père ?

— Comment pourrais-je le savoir ?

— Vous pouvez la décrire ?

— C'était une boîte en étain peinte en noir avec la perruque de mon père à l'intérieur. La perruque qu'il portait quand il plaidait à Londres. En crin de cheval. J'ignore sa valeur. Il y avait des choses plus précieuses qu'on aurait pu prendre.

— De quelle couleur était la perruque ?

— Blanche. Grise. Elle était tout à fait ordinaire, comme les perruques d'avocats qu'on voit à la télévision. Dans les vieux films. Les pièces en costume.

— Est-ce qu'elle fait partie d'un costume ?

— Non. Oui. Ce n'est pas le sujet, dit Clare, tâchant de contenir son exaspération.

— Vous voudriez la récupérer ?

— Bien sûr que je veux la récupérer. Elle m'appartient. Elle ne peut pas avoir de sens pour quiconque à part moi.

— Sauf peut-être une personne chauve. Vous n'êtes pas chauve. Peut-être que la personne qui l'a prise est un chauve. Un chauve aurait plus besoin que vous d'une perruque.

— C'est ridicule. Est-ce que je ne devrais pas faire une déposition ? »

Les yeux pâles et gélatineux du policier la fixèrent.

« Une déposition ? On m'a dit que vous n'aviez rien vu.

— Vous ne pensez pas que vous devriez commencer par me demander si j'ai vu quelque chose ? J'ai vu des choses. J'ai vu les intrus, leurs reflets. »

On dit à Clare de retourner se coucher dans l'une des chambres d'amis. En montant l'escalier, elle passa devant de petits autels en plastique, sorte de tentes délimitant des taches de sang, serpentant jusqu'à la porte de sa chambre. Elle ne se souvenait pas d'être descendue, pas plus que d'avoir vu du sang, mais les tentes suggéraient que c'était impossible ; il y avait du sang partout, et l'odeur des envahisseurs lui revint : synthétique, chimique, une sorte de désinfectant à l'orange, un nettoyant pour salle de bains ou un déodorisant. Ces hommes s'étaient lavés avant d'attaquer ; ils savaient ce qu'ils faisaient. En partant, elle en était sûre, ils n'avaient pas disparu dans l'océan d'innombrables cahutes qui s'étendaient du pied de la montagne jusqu'à l'aéroport et encore au-delà ; ils étaient allés dans des cliniques privées où on ne posait pas de questions, puis chez eux retrouver leurs femmes ou leurs petites amies qui referaient leurs pansements en silence, discrètement.

L'aube dardait ses rayons à travers une fissure dans le mur extérieur, le bois et le plâtre fendus par le coup de fusil. On permit à Clare de ramasser la photographie. Bien que le cadre et le verre eussent été brisés, elle découvrit que par miracle le tirage ancien était intact, n'ayant souffert que d'une légère égratignure dans un coin. En noir et blanc sa sœur Nora fixait, la bouche sévère, non pas l'appareil, mais le lointain, le regard autoritaire derrière des lunettes à monture de corne, le front ombragé par un ridicule chapeau blanc, à la mode il y avait de cela plusieurs décennies. Bien qu'elle ne fût pas vieille à l'époque où la photo avait été prise, Nora portait une robe à pois blancs sur fond pâle – probablement rose, pensa Clare – avec des boutons de satin en forme de rosettes. La coupe de cette robe, pudique et pis encore, sans élégance, ne convenait pas à une femme jeune. Les pois de la robe étaient assortis aux perles de ses boucles d'oreilles. Nora était à côté d'une autre femme portant un manteau léger à chevrons et un chapeau de paille noir orné de plumes d'autruche. Toutes deux avaient l'air suffisant, le menton en avant, les bajoues se formant déjà. Clare ne reconnut pas l'autre femme; elles étaient l'une et l'autre interchangeables, assistant dans leurs tribunes à d'identiques réunions de parti. C'est ainsi quelle aimait se rappeler sa sœur, arc-boutée contre l'histoire, niant ses soubresauts, les lèvres fermées, le front plissé, une année ou deux avant son assassinat. C'était réconfortant de penser à elle de cette manière, de l'imaginer statique et immobile.

Marie était de nouveau à ses côtés, essoufflée, sentant l'herbe mouillée. «Évidemment maintenant il va falloir déménager. Ils savent qu'ils peuvent vous atteindre ici. C'est trop facile.

— Je vais mettre une alarme. Des barreaux plus solides, protesta Clare.

— Vous avez besoin de murs. Vous ne pouvez pas rester dans ce pays sans murs pour vous protéger. Des murs et des barbelés, électrifiés. Des chiens de garde, aussi.»

Il ne faisait pas de doute que Marie allait gagner cette bataille. Marie, après tout, avait tout risqué. Il fallait laisser Marie, l'assistante, l'employée, l'indispensable, décider des futures dispositions domestiques.

«Marie, c'était quoi la voiture?

— J'ai donné le numéro à la police.

— Mais quelle marque? Quel modèle? Était-il ancien ou récent?

— Récent. Marie hésita. Une Mercedes.

— Oui. Je pensais que ce serait quelque chose comme ça. Vous prendrez rendez-vous avec des agents immobiliers demain, voulez-vous?»

Clare

Tu sors, traverses la plaine en courant le dos courbé, trouves le trou dans le grillage que tu as fait pour entrer, dégringoles jusqu'à la route, enlèves le blouson noir, le pantalon noir, short et T-shirt en dessous ; tu es une randonneuse, une étudiante, une jeune femme qui fait du stop, une touriste, peut-être, avec un faux accent. Bientôt il fera jour. Mais non, je crains que ce ne soit pas ça. Peut-être que ce n'était pas là, pas dans cette ville – pas dans la plaine, mais plus loin sur la côte au pied de la montagne, et tu es passée par l'intérieur pour brouiller les pistes, pas par le centre de la ville, où n'importe qui pourrait te voir la nuit, des hommes sortant de bars, se rappelant dans les jours à venir la jeune femme, tendue et décidée, marchant d'un pas pressé dans l'obscurité. Tu es passée par la montagne, contournant la partie nord de la ville, en traversant la vieille forêt indigène. Combien d'heures de marche ? – douze kilomètres ou plus, et encore si tu es restée près de la route. Monter et descendre la montagne en courant, roulant, glissant à travers les futaies, la plantation, les rangées égales de grands pins, une pépinière, des cultures, de grands champs, la montagne derrière toi, la mer devant, et arriver au croisement, où d'autres prennent leur temps dans la lumière des réverbères, femmes et hommes, enfants, des gens qui attendent un taxi ou un parent. Une

34

vieille avec un enfant attaché dans le dos grimpe, aidée par les autres passagers, à l'arrière d'un véhicule qui ne s'arrête pas, disparaissant déjà tel un fantôme le long de la route côtière vers son voyage innocent.

Et le tien – cette fuite qui le devient à l'instant où des bombes explosent –, quel genre de voyage est-ce? Je crois savoir que c'était toi, la responsable, mais comment en être certaine? Comment savoir si ce fut cette explosion-là ou une autre, si les inconnus qui sont venus me voir ensuite te protégeaient de quelque chose ou de quelqu'un, ou me protégeaient moi?

Par le passé, j'ai essayé de te comprendre, Laura, mais chaque fois que j'essaye, je me trompe. Je peux écrire les choses mais je n'arrive pas à me les représenter. Appelle-ça de la cécité maternelle. J'essaie de nouveau, ça semble toujours incomplet.

C'est pour moi seule que je tente à nouveau de reconstituer les derniers jours avant ta disparition, parce qu'il n'y a jamais eu de version officielle. Je reprends ce journal, c'est un nouveau commencement, le dernier, en même temps que j'active les rouages dont sortira la rédaction de ma biographie. Dorénavant, le biographe envahit ma maison et mon esprit; contrairement à d'autres, non moins nuisibles à leur façon, je ne peux pas lui en interdire l'entrée.

Je rêve qu'un jour tu puisses lire cela et me dire où je me suis trompée, pour que nous puissions jouir de l'ironie de la friction entre le fantasme et la réalité. En l'absence de ta version, je sais qu'il doit y en avoir une autre, rivale, qu'il est possible que j'évoque. Je parle, bien sûr, du garçon. Je sais que ce n'est pas à moi de raconter cette histoire. Je ne sais pas tout de tes derniers jours, mais dans l'histoire du garçon, je n'ai pas d'autres sources que ton récit partiel sur quoi m'appuyer. Le garçon racontera peut-être sa version à lui, d'une façon que je serais incapable d'égaler.

Il y a des jours où je pense que j'aurais dû déposer plainte en tant que «victime», du genre de celles qu'on déposait à l'époque devant la commission Vérité et Réconciliation (CVR) – plainte pour violation des droits de l'homme –, mais je n'ai pu me résoudre à me considérer comme une «victime» au même titre que les autres. Tu étais certes une victime, mais pas au sens où ils l'entendaient. De toute façon, je n'aime pas ce mot, avec tout son bagage latin. Nous n'avons pas été sacrifiées et il n'y a rien dans ce qui nous est arrivé qui ait eu à voir avec le surnaturel. Qu'aurais-je fait en déposant cette plainte, sinon espéré que quelque louche et prévisible membre de l'ancien gouvernement reconnaisse ce qui t'était arrivé ? Je n'avais pas besoin, pas plus que maintenant, du peu d'argent que le gouvernement m'aurait donné en dédommagement. Qu'ils le dépensent pour ceux qui en ont vraiment besoin, de ça et de bien d'autres choses. Je n'avais pas besoin de voir mon nom ou le tien sur la liste des victimes officielles. Ton frère n'a rien fait dans ce sens – pas plus que ton père – alors quel bien cela nous aurait-il procuré ? Et de toute façon, sait-on ce qui est bien pour nous ? Mais j'ai besoin de trouver quelque chose de bien. J'ai besoin au moins d'imaginer ce qui peut être arrivé, pour commencer à tracer un chemin à travers le peu que je sais.

Je te ramène donc à ce carrefour, où ton voyage doit avoir commencé, avec plus d'une douzaine de personnes debout dans de brumeux refuges de lumière orange vacillante autour de toi, se déplaçant à ton arrivée. Peut-être as-tu salué d'un signe de tête la femme la plus proche, qui t'a souri une fois avant de se tourner, gênée ou craignant ce que tu pouvais représenter – la menace que tu constituais rien qu'en étant là parmi eux, seule dans l'obscurité. Une Blanche comme toi ne devrait pas être en train d'attendre au carrefour de la vieille route de la forêt, au cœur de l'été, à pied, avec des chaussures à semelles de caoutchouc sur l'asphalte suintant, deux substances chimiques collantes qui finissent par se mélanger au bout d'un moment. Même les enfants ont su instinctivement se tenir sur leurs gardes. Les femmes comme toi n'allaient pas à pied après le coucher du soleil, pas à cette époque, pas même aujourd'hui – particulièrement aujourd'hui. Tu as dû paraître complètement folle, déboulant de la montagne dans ton déguisement de randonneuse. (Est-ce que je n'aurais pas dû essayer de t'arrêter ? Si tu m'avais dit : *Maman, je ne le ferai pas, pour toi*, aurais-je répondu : *Ne le fais pas, ma chérie*, ou aurais-je dit : *Non, il* faut *le faire, pour nous tous* ? Puis-je, dans le même temps, parler du bien général et évoquer la nature de ton acte ?

Tu devais avoir des provisions parce que tu étais toujours très bien organisée : eau dans un Thermos et dattes Safari, ta friandise préférée quand tu étais petite. Je te vois boire et manger, alternant eau et fruit, t'arrêtant pour respirer longuement, te calmant comme je me calme, comptant les battements de ton cœur et les obligeant à cogner moins fort. C'étaient de vieilles pratiques que tu tenais de moi, que j'avais apprises de ma mère et elle de la sienne. S'il n'y avait eu que des hommes au carrefour, tu ne te serais pas arrêtée. Tu aurais continué par sécurité, non par peur mais par précaution, prudente comme toujours.

C'était sans doute au plus profond de la nuit, passé deux heures du matin, mais ton plan, lui, était clair : la voiture viendrait, tu la reconnaîtrais au signal de ses phares. Le plan consistait à t'amener dans un endroit où te cacher jusqu'à ce que les recherches commencent à diminuer, à te faire passer la frontière vers le Botswana ou le Lesotho, et ensuite à t'exiler plus loin encore. Sans doute à cause de la circulation trop rare, quelque chose est arrivé et ton complice, le chauffeur, a été arrêté – un de plus qu'on raflait et détiendrait jusqu'à ce que mort s'ensuive.

L'heure du rendez-vous était passée. Tu as regardé ta montre, compris qu'il était inutile d'attendre que l'aube t'expose et tu as commencé à chercher une alternative. Les chauffeurs étaient souvent victimes d'agressions ou d'embuscades. Seuls les impécunieux voyageaient sans peur. Quand on ne possède rien, on n'a rien d'autre à perdre que la vie.

Dix minutes plus tard, un camion s'est approché, et tu t'es avancée sur la chaussée, pouce levé, cheveux éclatants dans l'obscurité. Le camion a mis ses feux de code et a ralenti pour s'arrêter près de toi, dans un crissement de changement de vitesse. Le conducteur était un homme, et à côté de lui étaient assis un chien et un jeune garçon.

Cet homme, je l'imagine toujours en train de manger – le genre de brute dont l'appétit de nourriture reflète la soif de consommation en général, de tout ce qu'il peut se mettre sous la dent, un appétit incontrôlé, qui ne considère pas la modération comme une idée étrangère, mais comme un concept antagoniste : se modérer, c'est limiter son expérience du monde. Donc, quand le camion a stoppé près de toi, Laura, j'imagine cet homme couvert de détritus alimentaires, les vêtements tachés de nourriture, tandis que le garçon semble mourir de faim.

Je te vois à côté du camion, essayant de jouer le rôle de la pute pour te faire emmener, sachant que tu aurais été capable de n'importe quoi pour arriver à tes fins. C'est un jeu que tu jouais parfois avec ton frère : la petite flirteuse, la cadette sexuellement précoce, l'aguichant, te moquant de sa petite queue d'adolescent dans la piscine, l'intimidant par ton développement prématuré. Tu étais en avance en tout. *Ne prends pas tes grands airs avec moi, Laura!* aboyais-je, en te voyant attendre le dernier moment pour faire ton cartable et te doucher avant d'aller à l'école, puis bouder quand je te pressais. (Comment puis-je te traiter de tête de mule, toi qui aujourd'hui me manques plus que tout?) Je te vois là-bas maintenant, la nuit, parmi ces gens, relevant ta jupe – non, pas une jupe –, défaisant le premier bouton de ton chemisier ou le nouant à la taille tout en parlant, pour découvrir ton ventre, ceinture d'ivoire dans l'obscurité.

«Où vous allez?» avait demandé l'homme, se penchant par la vitre ouverte. Il avait la peau épaisse et les cheveux crépus; ses bras qui dépassaient de sa chemise sans manches étaient flasques, et par les emmanchures apparaissait par instants sa poitrine pâle.

Peut-être as-tu secoué la tête ou inventé une histoire plausible. Ou peut-être as-tu simplement dit la vérité.

« À Ladybrand.

— Je vais à Port Elizabeth. Je vous emmène jusque-là. Montez. »

En grimpant dans la cabine, tu as a reculé devant l'odeur d'urine et de chien. Le garçon s'est poussé pour te faire de la place.

« Je m'appelle Bernard, a dit l'homme, et lui c'est Sam. »

Dans ta dernière lettre, et dans le dernier des carnets que tu m'as légués, tu racontes le moment que tu as passé avec Bernard et le garçon, le garçon du nom de Sam. Leur as-tu dit ton vrai nom ? Je ne le pense pas. Tu leur aurais donné un nom de circonstance, un nom sous lequel voyager, pour attirer l'attention ou non – pour détourner l'attention, peut-être, de ce qui était vraiment important.

« Je m'appelle Lamia, as-tu dit.

— Drôle de nom pour une fille, a dit Bernard. Lui, c'est Tiger.

— Drôle de nom pour un chien.

— Il mord comme un tigre. »

Bernard a enclenché la première, quittant le carrefour en accélérant. « Je conduis toute la nuit. Demain matin, je m'arrêterai sur une aire de pique-nique, je dormirai toute la journée et je repartirai ensuite. Ça vous va ?

— Peut-être que je continuerai.

— Vous pouvez dormir, maintenant, si vous voulez.

— Merci de vous être arrêté.

— Pas de quoi. Quand je vous ai vue toute seule là-bas, j'ai dit à Sam : *Dis donc, mon pote, on dirait que cette fille a besoin d'un brin de conduite.* »

Tu n'étais plus une fille, plus à ce moment-là, mais c'est ce qu'un homme comme lui aurait vu, une fille seule, en rade, même jouant la pute.

«Un sacré endroit pour faire du stop. Y a toutes sortes de types qui se baladent à cette heure», a dit l'homme.

Toutes sortes d'hommes, oui, et certains même en camion. Tu n'étais pas du genre à partir en virée avec des inconnus, mais sans doute le garçon t'a-t-il rassurée, parce que c'était encore un enfant. Il y a moins de risques chez un homme avec un enfant qu'il fasse des choses susceptibles d'incommoder sa progéniture. J'ai écrit ça un jour, naïvement. Mais non, cela aurait été une préoccupation secondaire ; tu étais préparée à tout, prête à affronter n'importe quel danger, à continuer à te battre.

1989

Le garçon s'est réveillé avant Bernard ce matin-là parce que le téléphone sonnait, mais cela n'avait rien de nouveau puisqu'il était toujours réveillé avant lui, encore dans les vaps de la nuit précédente, allongé à côté du lavabo. Bernard dormait près du lavabo et parfois par terre à côté du canapé dans le salon, parlant dans son sommeil, empêchant le garçon de dormir. Un matin le garçon le trouva la tête sur les toilettes, la salle de bains couverte de vomi. Il avait mangé du poulet et des petits pois et après quelque chose de sucré. Le garçon avait compté les petits pois : trente-sept intacts plus des morceaux.

Il a répondu au téléphone. C'était de nouveau l'homme à la drôle de voix.

Dis donc, petit, Bernard est là ?

Il dort.

Putain, réveille-le, mon pote.

Le garçon a donné un coup de pied nu dans les côtes de Bernard. *Bernard. Bernard. Téléphone.* Mais l'homme n'a pas bougé.

Il ne veut pas se réveiller.

Putain, balance-lui de la flotte, c'est important mon pote.

Il va me frapper.

Il va te tuer s'il apprend qu'il a raté cet appel.

Alors le garçon a versé de l'eau dans un verre puis l'a jetée au visage, gris et empourpré, de Bernard, mais le premier verre n'a rien fait et le garçon a dû recommencer, cela n'a rien fait non plus, ensuite il a pris une bière dans le réfrigérateur, l'a ouverte et l'a versée sur les yeux de Bernard, alors, là, l'homme s'est mis brusquement sur son séant et a saisi d'une de ses mains solides la gorge du garçon, et de l'autre la main avec laquelle le garçon tenait la canette de bière, l'air de se préparer à lui arracher la tête pour la manger. Mais le garçon a tendu son autre main, celle qui tenait le téléphone et a dit : *Il m'a ordonné de te réveiller.* Bernard n'a pas lâché le cou du garçon dont la poitrine montait et descendait, il a pris le téléphone et le garçon a laissé tomber la canette de bière par terre et tous les deux se sont regardés un long moment.

Non, mon pote. Donne-moi plutôt une demi-heure. Je ne suis pas présentable. Ça peut pas être si urgent que ça. Ils sont déjà morts, non ?

Bernard a raccroché et secoué la tête et regardé de nouveau le garçon un long moment avec un drôle de regard. *Ne refais jamais ça sinon je te fends en deux de la bouche au trou du cul.*

Il s'est mis debout d'un bond comme s'il était éveillé depuis le début de la matinée et a soulevé le garçon dans ses bras maigres pour le secouer. *Ne refais jamais ça !* Puis il a posé le garçon et lui a donné un coup de poing dans le nez de sorte qu'il y avait du sang partout sur le lino, et le sang est allé rejoindre la bière et l'eau et Bernard a secoué la tête et dit : *Nettoie ça, on n'a pas de temps à perdre avec tes conneries ce matin.*

Alors le garçon a nettoyé par terre avec un torchon et cela a pris longtemps parce que le sang n'arrêtait pas de sortir en grumeaux de son nez.

Ensuite Bernard a pris une douche. Et après il a dit que le garçon aussi devait prendre une douche et le garçon a pris une douche et ensuite il a mis son pantalon kaki parce que c'était son préféré et sa chemise à carreaux bleus parce que c'était celle que son père lui avait donnée pour son anniversaire et que donc c'était sa préférée et ses chaussures rouges parce que, de toute façon, il n'en n'avait pas d'autres.

Le garçon avait faim mais ils n'ont pas mangé. *Je suis trop mal pour manger ce matin fais-moi plutôt un café fort, vite, hein.* Alors le garçon a branché la cafetière et ils ont bu une tasse de café, il avait le goût de cigarettes et Bernard l'a craché par terre et lui a dit de nettoyer et le garçon a pris le torchon et quand il s'est baissé le sang s'est remis à couler.

Il a mangé une vieille banane qui était dans la cuisine depuis une semaine. Ça ne faisait pas longtemps qu'il vivait avec son oncle, le demi-frère de sa mère, seulement quelques mois, depuis l'hiver, et il n'y avait jamais assez à manger pour plus d'une personne.

Avec la camionnette de Bernard, ils se sont rendus à un poste de police en ville, Bernard s'est arrêté à l'entrée de la cour et a dit quelque chose au garde, et l'homme a ouvert le portail et les a laissés passer. À l'intérieur ça sentait fort comme dans les toilettes, et il y avait un tas de plastique noir. Bernard est sorti de la camionnette et a regardé le tas et secoué la tête et soulevé un coin du plastique noir, et alors le garçon a vu ce qu'il y avait dessous et il n'a même pas détourné le regard parce qu'il avait déjà vu ce genre de chose, mais chaque fois il oubliait et regarder ne changeait pas grand-chose. Bernard et l'homme du téléphone ont enlevé le plastique et ont ri comme s'ils n'avaient jamais rien vu d'aussi drôle.

Ensuite Bernard les a ramenés à la maison, a échangé la camionnette pour le camion et puis est retourné au poste de police. Il a dû rentrer dans la cour en marche arrière et le camion a frotté contre le haut du porche. Le garçon a pensé que Bernard le laisserait peut-être rester dans le camion pendant qu'il chargeait, mais il a dit : *Allez, mon gars, faut gagner ta croûte* et il a tiré le garçon de son siège. L'homme du téléphone avec la drôle de voix a dit :

Est-ce qu'il n'est pas trop jeune pour ça?, et Bernard a dit : *Tu sais ce que je faisais à son âge?*, en riant et en tirant sur la chemise de son neveu. Ils ont mis des combinaisons en plastique, des gants en caoutchouc et des masques et il y avait deux policiers qui portaient la même tenue et tous se sont mis à charger les corps dans le camion, l'homme du téléphone ne les a pas aidés parce qu'il était trop important et il est allé dans son bureau qui avait une fenêtre donnant sur la cour et a regardé de là. À un moment, il leur a apporté du thé pour faire une pause, mais le garçon ne voulait pas approcher les mains de son visage et Bernard a dit : *Comme tu veux mon pote, chacun fait comme y peut.*

Le garçon prenait les bras et son oncle prenait les pieds et ils les balançaient pour les jeter dans le camion et, quand il n'y a plus eu de place, Bernard est monté pour déplacer les corps et ensuite le garçon a dû adosser ceux qui restaient debout contre le camion et avec un des autres policiers Bernard les mettait derrière, en les tirant par les mains. Le garçon n'a pas eu l'occasion de voir sa mère et son père morts. La police a dit qu'il ne restait rien d'eux.

Bernard et les deux policiers riaient parce qu'ils étaient très près de vomir à cause de l'odeur et après ils ont fini et Bernard riait encore quand il a fermé les portes du camion et les a verrouillées et que les policiers ont plié la bâche et ont commencé à passer la cour au jet en mettant tout ce qui restait à l'égout. La puanteur ne dérangeait pas tellement le garçon. Il l'avait déjà sentie et c'était juste une chose de plus qui avait la même odeur et le même aspect que ce qu'il avait essayé d'oublier. Bernard est allé aux toilettes et y est resté un long moment. Quand il est revenu, il avait l'air plus gris que d'habitude, ses dents étaient plus jaunes et il n'a pas frappé le garçon, il a juste marmonné quelque chose et lui a dit de monter dans la cabine parce qu'il était temps de partir et qu'ils avaient beaucoup de route à faire.

Ils sont sortis de la ville par la plaine en passant devant l'aéroport, sont montés vers l'est en traversant le défilé puis les vergers où les projecteurs qui éclairaient les granges étaient orange dans l'obscurité et les insectes s'enflammaient dans de petites explosions de feu quand ils touchaient le grillage électrique. Bernard avait oublié d'emporter à manger et quand le garçon a dit qu'il avait faim, Bernard a juste dit : *On s'arrêtera demain matin, hein.*

Mais même Bernard, qui ne mangeait qu'une fois par jour, a fini par avoir faim et vers les dix heures ils se sont arrêtés dans une station-service pour acheter des sandwiches. Bernard en a mangé deux et le garçon en a mangé un même s'il avait faim pour deux. Il avait appris à ne pas demander plus que ce que Bernard lui donnait. Sa mère lui avait lu l'histoire et il savait ce qui arrivait aux orphelins qui en demandaient plus.

Sam

À cause de l'aversion de Clare envers la presse et les interviews en particulier, en arrivant, je ne connaissais que les faits bruts de sa vie. Tous les membres de sa famille avaient refusé de coopérer, de même que ses amis et anciens collègues. Quelques personnes – des universitaires avec lesquels elle avait été en désaccord et d'autres écrivains dont elle avait démoli le travail dans des revues ou des essais – se sont bousculées pour me fournir des ragots : elle avait bloqué la nomination d'une spécialiste réputée de la Renaissance parce qu'elle était à la fois de droite et lesbienne. Le lesbianisme et les vues conservatrices, avait déclaré Clare, étaient inconciliables. Elle avait un jour réprimandé un collègue devant tout un amphi pour avoir été incapable de reconnaître ce qui lui semblait être une allusion évidente à Pétrarque dans le texte qu'ils étaient en train de commenter.

Comme toujours avec les femmes qui ont réussi ou qui ont du pouvoir, il y avait aussi des rumeurs touchant sa vie sexuelle. Au premier abord, j'en ai écarté la plupart : elle couchait à gauche à droite quand elle était étudiante ; elle avait avorté plusieurs fois ; elle avait fréquenté des clubs échangistes à Paris pendant ses folles années d'expatriation ; elle avait mené une vie de courtisane à Berlin-Ouest pendant un an ; elle avait eu une liaison avec un agent double soviétique à Londres, l'avait dénoncé aux Soviets ou aux Anglais ou aux Américains ou à sa femme ou ne l'avait pas dénoncé, mais avait été recrutée par lui et sa femme pour le KGB et s'était retrouvée agent à la solde de Moscou depuis la fin des années 1950 jusqu'à 1989. Il y avait de nombreuses versions contradictoires de cette histoire. Même si de telles rumeurs sont vraies, elles ne m'intéressent pas, ne serait-ce que parce qu'elles n'ont que très peu de rapport avec son œuvre. Elles ne me disent rien de ce que je veux le plus savoir.

«Vous n'avez qu'un enfant.

— Deux, fait-elle d'un ton tranchant.

— Mais votre fille, Laura...

— Si vous attendez de moi que je vous raconte toute l'histoire, je ne le ferai pas. Je ne le peux pas. Comme pour ma sœur, les journaux vous donneront les faits tels qu'ils ont été rapportés.

— Plusieurs années après sa mort présumée, vous avez publié *Changed to Trees*, un roman historique à propos d'un pasteur dans l'Angleterre géorgienne dont la fille se noie au cours d'un pique-nique familial.

— Laissez-moi vous dire une chose : on ne m'a jamais donné de preuve incontestable de la mort de ma fille.» Sa voix s'est étranglée. Pas par tristesse, je pense, mais par quelque chose qui ressemble plus à de la rage. Je ne sais où regarder ni quoi dire.

«Donc vous croyez qu'elle est toujours vivante?

— Croire qu'elle est vivante et ne pas être certaine de sa mort sont deux états d'esprit différents.

— Voudriez-vous développer?

— Non», crie-t-elle presque. J'entends une porte s'ouvrir quelque part dans la maison : l'assistante qui entre ou qui sort. Je consulte mes notes pour donner le temps à Clare de retrouver son sang-froid.

«Revenons au livre, *Changed to Trees*. Il a été considéré par de nombreux critiques internationaux – particulièrement les Américains et les Britanniques qui n'étaient peut-

47

être pas conscients du contexte de son élaboration – comme un changement de direction étrange, vers une forme de récit plus personnelle, après une succession de romans allégoriques et résolument irréligieux accueillis avec enthousiasme.

— Vous êtes en train de dire qu'il a été considéré comme un échec littéraire ou une panne d'inspiration ?

— Je pense qu'il a été lu à tort par certains comme une sorte d'égarement créatif.

— Le fait qu'il a été publié peu après la chute de l'ancien gouvernement et les premières élections démocratiques n'a pas aidé. Les critiques ont pensé : *Aha ! Elle a perdu son ennemi naturel, elle n'a plus rien à blâmer, alors elle se tourne vers le passé, vers un autre pays, et se fourvoie.* Ils voulaient tous que j'attaque la nouvelle démocratie ou que je prédise ses échecs, ou sinon que j'en écrive les louanges, quelque chose comme une propagande pleine d'espoir, l'éloge de la nation arc-en-ciel. Mais je ne travaille pas en suivant un programme. J'écris ce que je suis obligée d'écrire – et sous la contrainte. Je fais allusion à la contrainte intérieure, bien sûr », dit-elle, poursuivant comme si je n'avais jamais fait aucune référence à sa fille. Je ne sais pas comment nous ramener sur ce terrain, ni quel chemin suivre si nous y revenons. « L'une des nombreuses parties de moi-même, appelons-la le gouverneur de ma nation intérieure, dit aux membres de son gouvernement : *Voici ce que vous allez écrire aujourd'hui,* et ainsi en est-il. La plupart du temps, écrire consiste en un boulot assommant de secrétaire, à s'échiner à trouver le bon mot. Vous avez raison, je ne pense pas que les critiques internationaux étaient au courant à l'époque de la disparition de Laura, dont on n'a pas parlé à l'étranger (et très peu ici), et ils ont pensé que je virais de bord ou que je cherchais à élargir mon public. Il faut que je dise en note que je n'ai jamais été intéressée par l'argent. Je serais devenue avocate si mon père et moi nous en étions souciés. Les critiques qui ont pensé que j'avais des problèmes financiers auraient dû venir me voir pour comprendre que tel n'était pas le cas.

— Vous êtes divorcée.

— Oui.

— Votre mari était avocat. Comme votre père.

— Oui. Vous lui avez parlé ?

— Je n'ai pas réussi à le contacter.

— Ce qui signifie qu'il ne vous a pas rappelé. Il ne le fera pas. Il est encore plus éminemment discret que moi. »

— Et votre fils ?

— Mon fils peut parler pour lui-même.

— Lui aussi a refusé d'être interviewé.

— Oui. Cela ne m'étonne pas. Il mène une vie exceptionnelle et irréprochable.

— Et ses idées politiques ?

— Il est ce qu'on pourrait qualifier de légèrement à gauche du centre.

— Et votre fille Laura ?

— Oui, ma fille. Une radicale. Une révolutionnaire.

— Qu'est-ce qu'elle faisait ?

— Je croyais qu'on en avait fini avec elle. Elle était journaliste jusqu'à ce qu'elle s'investisse totalement dans la lutte armée. Mais je ne veux pas en parler. »

Je décide d'abandonner Laura pour le moment, espérant, je suppose, laisser Clare dans le flou quant au but de mes questions.

« Le premier roman de vous qui a été publié, vous l'aviez écrit peu après la naissance de votre fils.

— Oui. Il était mauvais.

— Vous l'avez décrit comme une "déconstruction du roman féministe protestataire".

— D'une certaine manière, il atteint ses objectifs, mais je n'ai jamais donné la permission de le réimprimer. C'était vraiment un premier roman, même si en réalité c'est le troisième que j'ai écrit. Les vrais deux premiers languissent dans mon coffre et sans doute un jour iront-ils au Texas pour être publiés après ma mort et saper toutes les attaques que j'ai dirigées contre la norme. Mais mon premier livre publié, *Landing,* parlait de la culture de mon enfance. Je tâchais de donner un sens à mon passé, et au pays dans lequel j'avais très consciemment décidé de revenir.

— Vous m'avez dit précédemment que vos livres n'avaient jamais été interdits, et que, contrairement à certains de vos pairs, qui avaient été obligés de s'exiler, vous avez été relativement peu brutalisée par l'ancien gouvernement.

— Relativement peu brutalisée. Quelle formulation prudente.

— Diriez-vous que c'est une description juste ? »

Elle se tait et regarde derrière moi, puis sans rien dire se lève et sort. Je ne sais pas si cela signifie la fin de l'entretien ou si elle va chercher quelque chose ou peut-être s'est rendue aux toilettes. J'ai faim et soif, et j'ai oublié d'apporter à boire ou à manger. Dix minutes plus tard, elle revient avec un bloc-notes et s'assied sans commentaire.

« Voudriez-vous... ? » commencé-je. Elle lève une main pour me faire taire, regarde le bloc-notes et commence à parler.

« Comparée à cinq ou six autres écrivains auxquels je pense, qui ont été persécutés, dont le travail a été interdit, qui ne pouvaient même pas faire sortir leurs manuscrits du pays sans payer d'énormes pots-de-vin bien au-dessus de leurs moyens, qui ont été obligés de fuir et de vivre à l'étranger pendant de nombreuses années, j'ai été, comme vous dites, relativement peu brutalisée. Mais pour un écrivain qui essaie d'écrire dans les conditions de répression et de censure qui existaient dans ce pays sous l'ancien gouvernement, chaque instant, de nuit comme de jour, imposait une forme de brutalité artistique et intellectuelle. Comme pour la femme battue qui choisit de rester avec son mari violent et croit qu'elle ne peut pas lui échapper sans risquer sa vie ou celle de ses enfants. Elle tremble et supplie, pèse chacun de ses mots et de ses actes, anticipant

50

– parce qu'elle connaît intimement son tortionnaire – les répercussions de ses moindres faits et gestes, de sorte qu'elle parle et agit toujours de façon calculée, visant tel ou tel effet, voire l'absence de conséquences. Elle connaît la réaction de son bourreau mieux que (et avant) lui.»

Elle est plus pâle, plus virulente. Ses mots sortent à un rythme saccadé, à moitié lus, à moitié improvisés d'après les notes qu'elle tient devant elle. Je regarde ses longues chevilles, branches noueuses sortant du bas de son pantalon en lin. Elle tourne la page du carnet et poursuit.

«Ce genre de savoir implique des faux pas, des bleus, même des fractures. Certaines personnes sont moins rapides à s'adapter, ou refusent de le faire, et quand les coups deviennent trop violents – elle s'interrompt un instant, fait une correction au stylo, puis poursuit – quand leurs vies (ou dans le cas de ces écrivains, la *vie de leur œuvre*) se trouve en danger de mort, alors elles doivent fuir, trouver un abri, se cacher, changer d'identité, voyager avec de faux papiers. Je me suis adaptée. J'en suis venue à connaître mon tortionnaire aussi intimement que je connaissais mon mari – peut-être mieux encore. J'ai choisi de m'adapter, pour préserver la vie de mes enfants et la mienne. Du moins, c'est le raisonnement sur lequel j'ai bâti ma carrière, très précisément, en tant qu'écrivain, dans ce pays, à cette époque.

— Juste avant le renversement de l'ancien gouvernement, vous avez publié *Black Tongue*, un essai sur la censure.

— Je crois que je suis trop fatiguée pour continuer aujourd'hui. Vous reviendrez demain à la même heure?» Elle lève les yeux de son carnet de notes, le visage ailleurs.

«Oui, si vous le souhaitez.

— Je ne le souhaite pas. Mais je crains, maintenant que nous avons commencé, de ne plus pouvoir vous arrêter.»

Marie fait son apparition. Elle nous écoutait et me conduit à la porte. Elle ouvre le portail au bout de l'allée, attend que j'aie reculé jusque dans la rue et le referme.

51

Quand j'arrive chez Greg, un email m'attend.

Cher Dr Leroux

Pour répondre à votre précédent message, je comprends parfaitement que ma mère ait, très imprudemment, donné son accord pour que vous écriviez sa biographie officielle. Je ne sais pas si c'était son idée, la vôtre ou celle de son éditeur, mais cela n'a pas d'importance de toute façon. Ce qui m'inquiète en revanche, c'est la raison pour laquelle vous avez été choisi, vous, en particulier, pour mener à bien ce projet malvenu. Peut-être en sais-je plus que ma mère ou ceux qui la représentent sur la propension à l'exagération et à la mise en boîte qui fait votre réputation.

Je ne peux rien faire pour vous empêcher de raconter l'historie de sa vie puisqu'elle coopère, mais je vous conseille de la manière la plus vigoureuse de ne tenter aucune description de mon père, de ma sœur ou de moi-même. Je parle de manière officielle pour mon père, le Pr William Wald, et je ne peux qu'espérer exprimer le souhait de ma sœur Laura. Ma mère est une femme fausse et égoïste qui dit tout ce qui la fera paraître sous son meilleur jour. Si elle est vaniteuse en ce qui la concerne, elle l'est plus encore vis-à-vis de sa réputation. Il ne faut pas ajouter foi à ses assertions concernant ses enfants – moi en particulier. J'espère m'être fait comprendre.

Je vous interdis formellement de publier cette lettre sous quelque forme que ce soit ou de la communiquer à un tiers.

Bien à vous,

Mark Wald

*

Le lendemain. Chaque fois que je suis arrivé chez
Clare, Marie ne m'a rien dit. Mais aujourd'hui, elle produit un son, un grognement d'irritation, et, passant devant
la pièce de réception où ont eu lieu les premières entrevues, elle me précède jusqu'à une porte à l'arrière de la
maison. Les pièces que nous traversons n'ont rien de
remarquable. Elles n'évoquent pas le repaire quotidien
d'un écrivain. Tout est d'une propreté aseptisée. On ne
dirait pas que cette maison trop rangée abrite un esprit
aussi compliqué que celui de Clare. Je m'attendais à des
livres et à des objets d'art éparpillés, à des tas de journaux
et de publications éphémères, comme dans les apparte-
ments bourrés à craquer des universitaires bohèmes que
j'ai connus à New York. Au contraire, on dirait que cette
maison sort tout droit d'un magazine de design.

Marie frappe deux coups. Elle regarde sa montre. Trente
secondes passent, puis elle ouvre la porte sur une pièce
ensoleillée. Deux des murs sont en verre. Ils se rejoignent
dans l'angle opposé à la porte, donnant sur le jardin et les
hautes pentes rocheuses qui montent à pic derrière la maison. Les autres murs sont tapissés de rayonnages où les
volumes sont soigneusement alignés. Marie me désigne
d'un geste un canapé où je m'assieds tandis qu'elle s'en va
en fermant la porte derrière elle. Je suis tenté d'examiner
les rayonnages, mais devine qu'on m'a laissé seul dans ce
qui est à l'évidence le bureau de Clare afin de voir si je suis
digne de confiance. Un instant plus tard un pan de la
bibliothèque s'ouvre et Clare fait son apparition.

Elle semble plus détendue aujourd'hui, vêtue d'une
ample blouse blanche et d'un pantalon bleu, les cheveux
défaits, pieds nus. Elle s'assied derrière le bureau, montrant une forme d'intimité relative. Sans me regarder, elle
consulte son agenda. Après un moment elle dit : «Oui ?
Allons-y.» Je mets le magnétophone en marche, débouche
mon stylo et ouvre mon carnet.

53

«Hier, j'ai commencé à vous poser des questions à propos de *Black Tongue*.

— Oui.» Elle a toujours les yeux baissés, tournant les pages de son agenda.

«Ce que vous écrivez à propos des effets de la censure sur les écrivains est poignant. Je me demande si vous pourriez parler de façon plus personnelle de la manière dont la possibilité d'être censurée a affecté votre écriture?»

Ses lèvres s'entrouvrent et elle souffle un jet d'air. Saisissant l'agenda sur le bureau, elle tourne les pages, je crois voir qu'elle jette des coups d'œil périphériques au jardin, où un homme taille un buisson d'apparence déjà compacte dont je ne connais pas le nom bien que je l'identifie comme un genre d'arbuste indigène. De telles plantes devraient me donner l'impression d'être chez moi, mais leur odeur musquée d'animal sauvage me prend toujours par surprise, comme une agression.

«J'aurais cru que cet essai pouvait être lu de manière soit personnelle soit impersonnelle – touchant tous les écrivains qui travaillent sous la menace de la censure, ou juste un écrivain particulier», dit-elle, ponctuant la phrase d'une toux distraite que je commence à reconnaître comme un de ses tics de conversation – la toux, le grognement, un raclement de gorge involontaire.

«M'invitez-vous à le lire de cette façon?» J'hésite à poser une question pareille. Je sais qu'elle résiste aux demandes d'interprétation de ses propres mots. Un collègue lui avait écrit pour lui demander ce qu'elle voulait dire dans un passage de l'un de ses romans qui faisait une référence oblique à Sophocle. Elle avait répondu avec politesse mais fermeté : «La phrase dit...» et l'avait citée telle quelle, sans autre commentaire. Le texte exprimait le sens, et elle ne pouvait ou ne voulait rien faire pour l'expliquer.

«Il serait ridicule de ne pas le lire de cette manière, vu ce que je viens de dire.

— Vous avancez que la censure institutionnalisée a tendance à doter les gens d'un esprit dépourvu de subtilité et que le censeur idéal, pour autant que la censure doive être pratiquée, serait quelqu'un comme vous – réfléchi, universitaire, érudit, un rationaliste, quelqu'un possédant un esprit objectif. » Ses yeux se lèvent brièvement vers les miens, comme pour dire : *N'essayez même pas, la flatterie est inutile.* Elle pousse l'agenda de côté et se met à manier des papiers sur le bureau, les faisant passer d'une pile à l'autre. C'est un jeu pour me montrer que je ne suis pas important, qu'il lui en faut plus pour occuper son esprit que mes questions superficielles.

« Je ne crois pas ce que soit exactement mes mots mais oui, en gros, c'était mon idée, finit-elle par dire, m'adressant de nouveau un bref coup d'œil avant de baisser le regard, absorbée par une pile d'enveloppes recyclées.

— Le problème, dites-vous, c'est que les gens comme vous ne choisiraient jamais d'être censeurs, parce qu'il ne pourrait y avoir travail plus pénible que d'être obligé de lire des écrits – livres, magazines, articles, poèmes – qu'on n'a pas choisis. Et on pourrait également penser que ce serait abominable pour un écrivain – comme vous particulièrement – d'avoir à dénicher des œuvres subversives pour empêcher leur publication.

— Si on pouvait trouver un critère universel de la subversion. » De nouveau un petit toussotement, un raclement de gorge, et un surprenant mouvement de tête de jeune fille pour rejeter les cheveux en arrière, un nouveau regard au jardinier et un pincement de lèvres appuyé. Elle ouvre la fenêtre, adresse à l'homme des paroles que je ne comprends pas. Elles sont pleines de politesse, et un sourire qui semble sincère se propage sur son visage tandis qu'elle incline la tête. Le jardinier répond, sourit (pas aussi sincèrement, je pense), incline lui aussi la tête et laisse le buisson tranquille.

« Ce n'est pas la bonne saison pour ça. Si on le taille au printemps, il ne fera pas de fleurs, marmonne-t-elle pour elle-même et revient à ma question. C'était ce que disait Milton à propos du fait de lire des œuvres qu'on n'a pas choisies. "Celui qui doit juger... de la naissance et ou de la mort des livres... doit être un homme au-dessus de la mesure commune, à la fois studieux, érudit et judicieux." Mais pour un tel homme – ou une telle femme, voudrions-nous certainement dire – "il ne peut être travail plus ennuyeux et déplaisant... que d'avoir à lire perpétuellement des livres qu'on n'a pas choisis", ou quelque chose comme ça. Pour moi du moins cela m'a toujours semblé logique et juste. Je crois que je l'ai cité. »

(Plus tard, je compare la transcription de l'entrevue avec le texte de Milton et je suis impressionné par sa mémoire livresque.)

« Et Milton ajoute que les censeurs sont habituellement "ignorants" et "arrogants". Diriez-vous que c'était vrai de ceux qui travaillaient comme censeurs dans ce pays sous l'ancien gouvernement ? » C'est une question dénuée de subtilité et je regrette de l'avoir posée, ou de n'avoir pas trouvé une manière différente de le faire.

Elle se tait, cesse de bouger les mains, relève la tête, me regarde pendant une seconde seulement puis se tourne vers la fenêtre. Il y a eu un problème de communication. Le jardinier est de retour au buisson déjà compact, le taille de nouveau. Clare ouvre la fenêtre, lui adresse un interminable laïus, suivi d'inclinaisons de la tête, et, de sa part à lui, arrive en guise de réponse ce que je crois être une question à propos des instructions précédentes ou de leur pertinence. Elle réplique, plus énergique, et puis les cisailles se retrouvent sur l'herbe, le jardinier a traversé la pelouse d'un pas traînant en direction d'une partie invisible du jardin. Plongé dans mes notes, j'entends ses mouvements de tête, la fermeture de la fenêtre. En levant les yeux, je trouve son regard, d'une tristesse qui me surprend, fixé sur mon visage.

« Le nom de ceux qui siégeaient à la commission de contrôle des publications, comme on l'appelait, n'est pas

56

un mystère. Il y a même eu, comme vous le savez sans doute, quelques cas d'écrivains qui y ont travaillé en tant que lecteurs conseillers – des poètes et des romanciers mineurs – de même qu'un certain nombre d'universitaires, un bon nombre. Pour ceux-là – je veux dire les universitaires – ce n'est peut-être pas surprenant. Mais il y a des périodes pour lesquelles quasiment aucun rapport ne subsiste, il est donc possible que nous ne sachions jamais complètement qui a siégé à la commission, qui a été complice. Les écrivains qui travaillaient en tant que censeurs n'étaient pas, comme on pourrait l'espérer de manière perverse, obligés de le faire, contraints à l'activité et au rôle de censeurs. Soit ils croyaient au bien-fondé de ce qui était accompli, soit ils pensaient qu'ils pourraient peut-être rendre le processus un peu moins philistin, espérant subvertir le système de l'intérieur. Leurs rapports sont déprimants. Quant à une définition du censeur commun (dans le sens d'"habituel") – et nous supposerons qu'il comprend ceux dont l'action peut être demeurée secrète – je ne contredirai pas Milton. »

Je suis paralysé par sa voix, par les formes que prend sa bouche, les plans aigus de son visage et la fine géométrie autour de ses yeux. À la conférence d'Amsterdam, je ne l'avais quasiment pas rencontrée, pensant que ce serait mieux pour nous. Je craignais que la personne ne soit pas à la hauteur des mots sur la page, j'avais peur d'être déçu, de ne jamais obtenir le genre d'intimité désirée – ou pas une intimité, mais une relation, une amitié possible seulement entre égaux. Sa fragilité mise à part, elle est, je commence à le penser, exactement la personne que ses œuvres suggèrent. En cela je ne suis pas déçu.

Mais j'avais, et j'ai toujours, une peur bien plus grande. Je l'ai emballée avec du vieux ruban adhésif et ficelée avec de la corde qui s'effiloche. Ni fait ni à faire. Je la sens qui essaie de s'échapper.

Le jardinier revient prendre les cisailles, épargnant pour l'instant le buisson déjà compact. Je vois Clare qui l'observe, tâchant de faire comme si son attention avait été attirée par un ibis hagedash. Il est clair que c'est une ruse, destinée soit à moi soit au jardinier. Elle ne s'intéresse ni à l'ibis hagedash ni à aucun autre oiseau, excepté ceux qu'elle peut évoquer dans son imagination. L'ibis hagedash ici et maintenant est un prétexte pour sembler s'intéresser à une chose afin de détourner mon attention de son intérêt pour – ou disons plutôt son irritation contre – le jardinier.

Il semble bizarre de penser à Clare en tant que «Clare», de ne pas l'évoquer par son nom de famille, Wald, qui est l'abréviation que j'avais tendance à utiliser quand je parlais d'elle avec Sarah ou des collègues et des étudiants. Jusqu'à ce que commencent ces entrevues, dans mon esprit elle était son nom de famille, un nom acquis par un mariage qui avait pris fin. *Wald* signifiant «forêt», «bosquet», «bois» ou simplement «poutre». Ce patronyme m'a fait penser à elle et à son travail de cette façon – une forêt de poutres qui pourraient être utilisées. Hors de la forêt émerge la personne que j'ai créée dans ma tête : mi-ogre, mi-mère, refusant et donnant, mauvais sein et bon sein, entourée de bois ou de bosquets. J'essaie de m'y retrouver dans la liste de questions que j'ai préparées, questions qui me semblent maintenant grossières, réductrices, trop péremptoires, trop simplistes et mesquines dans ce qu'elles semblent impliquer.

«Au cours des années qui ont suivi les premières élections démocratiques, commencé-je, il y a eu un programme d'amnistie. De nombreuses demandes ont été faites, beaucoup de gens ont été amnistiés pour des actes graves – apparemment "légaux" sous l'ancien gouvernement, du fait qu'ils avaient été perpétrés et ordonnés par le gouvernement lui-même, mais représentant d'évidentes violations des droits de l'homme, et étant très clairement illégaux selon les critères de la nouvelle constitution du pays – mais je n'arrive pas à trouver de preuve que quiconque ait fait une demande d'amnistie pour avoir travaillé comme censeur ou pour les censeurs.

— Non ? dit Clare, le visage sans expression. Je suppose qu'ils ne considéraient pas leur travail comme violent. La violence est la clé, le fait de faire subir une violence physique à quelqu'un. Il y a tellement de témoignages, vous savez, qui tournent autour des expériences personnelles de violence. L'impossibilité de publier un livre, c'est relativement mineur par rapport à ce qui est arrivé à tant de gens. » Ses yeux sont fatigués, ils ne me regardent pas moi, mais de nouveau le jardinier, qui est revenu dans les parages du buisson déjà compact afin de faire subir une nouvelle forme à un protea voisin. Elle ne s'efforce plus de faire semblant d'être préoccupée par quoi que ce soit d'autre.

« Bien que le fait d'interdire un livre ou d'interdire son auteur puisse avoir eu des conséquences sérieuses – on pourrait même dire mortelles – sur les moyens d'existence et la vie de l'auteur, sur ses amis et sa famille ? demandé-je.

— Oui. C'est étrange, comme vous dites. Je n'ai pas de réponse.

— Peut-être qu'aucun censeur ne s'est manifesté parce qu'ils ont pensé que leur identité était demeurée secrète.

— Il est plus probable qu'ils n'intéresseraient personne, vu la violence de tant d'autres atrocités, dit-elle, pour la première fois de la journée me regardant directement pendant un bref instant. Je ne pense pas que quiconque aurait considéré l'interdiction d'un livre comme une violation grossière des droits de l'homme. Ce qui ne signifie pas qu'il faille considérer ce genre de censure comme moins grave. Mais nous sommes en train de parler des degrés de violation...

— Est-ce que vos livres ont été menacés de censure ?

— Menacés en quel sens ? Si vous me demandez si les censeurs sont jamais venus me voir pour me dire : "Nous interdirons ce livre à moins que vous n'enleviez X, Y, ou

Z", alors non. Personne n'a jamais fait pareille chose. Ça ne fonctionnait pas comme ça, même si je sais que les censeurs on reçu plusieurs de mes livres et que dans un cas il y a eu une interdiction d'importation jusqu'à ce qu'ils lisent le texte en question et concluent qu'il ne contenait rien qui pouvait menacer de déstabiliser le pays. J'ai vu les rapports. Ils sont très amusants dans leur genre – amusants et déprimants, et, étrangement flatteurs, d'une manière perverse. Malheur à l'écrivain qui est flatté par l'éloge d'un censeur. Mais cela est à côté de la question, en fait, dit-elle en rectifiant de nouveau son corps, parce que, comme je le dis dans *Black Tongue*, tout écrivain qui écrit sous la menace de l'état de censure, aussi général ou diffus soit-il, est effectivement menacé à tout moment. Nous revenons au syndrome de la femme battue. Pis, même, parce que, en tant qu'écrivain vivant sous l'ancien gouvernement, j'ai découvert – ainsi sans doute que beaucoup d'autres écrivains dans la même situation ou dans des situations similaires – que le censeur infectait ma conscience, comme un ver. Il vivait dans mon cerveau, et grignotait l'intérieur de mon crâne, vivant côte à côte avec moi, à l'intérieur de moi, occupant le même espace mental. J'étais toujours consciente du ver. Il exerçait un genre de pression psychique que je ressentais physiquement, juste ici dans les sinus, entre et derrière les yeux, et dans le lobe frontal, qui appuyait contre l'os. Il était toxique, il sécrétait des hallucinogènes qui déformaient mes pensées. Je suis devenue obsédée par sa présence : mon cœur battait, mon cerveau entrait en éruption, tâchant de se purger du ver. J'ai souvent pensé que c'était comme une tempête, mais pas une tempête d'idées, un véritable orage électrique qui faisait rage à l'intérieur de mon crâne, essayant de frapper le ver d'un éclair mortel. Quand je sortais, en public, j'étais gênée, horrifiée et dégoûtée à l'idée qu'on puisse deviner que le ver m'avait infectée – comme si l'infection pouvait être visible sur mon visage et trahir le fait que j'étais devenue la proie de la terreur du

60

censeur. La terreur suscite – ou l'écrivain atteint *craint* qu'elle ne suscite – un genre de conscience coupable qui trahit des actes coupables, et cela rend l'infection bien pire. On commence à scruter le moindre mot écrit, la moindre phrase, en essayant de détecter des significations cachées même pour l'esprit de l'écrivain, et c'est cela la source de la vraie folie. Un de mes amis, écrivain, a décrit sa relation mentale avec le censeur comme celle d'un arbre pris dans un figuier étrangleur. On pense à la liane parasite, *Cassytha filiformis*, sans feuilles et enchevêtrée, qui s'empare d'un arbre, l'étouffant sans le tuer. Pour moi, c'est une métaphore trop externe. Dans mon cas, le censeur avait envahi mon corps, il était toujours avec moi, entièrement *en* moi, me suçant le sang de l'intérieur. Je savais ce que le censeur rechercherait dans mes mots, et le genre d'esprit qui entreprendrait cette recherche. Il verrait de la suggestion là où il ne pourrait s'agir que de documents, bien qu'on ne puisse jamais accuser mon travail d'être documentaire, peut-être parce que je savais quelle position le censeur prendrait vis-à-vis de la forme documentaire, de l'écriture journalistique. Le fait que j'aie évité le documentaire social est en soi le symptôme de la relation maladive avec le censeur. Si on regarde les écrivains qui ont été interdits et dont les livres ont été considérés comme "indésirables", une grande partie d'entre eux appartient à l'école du réalisme social et représente en termes plutôt directs l'état du pays à la période de son émergence. Et même si notre censure a souvent été arbitraire, inconséquente et a changé de cible avec le temps, pour autant elle n'en était pas moins pernicieuse et universelle. J'ai passé des décennies à écrire de manière que mes livres ne soient pas interdits. J'ai écrit des livres, effectivement, que les censeurs n'arrivaient pas à comprendre, parce qu'ils n'étaient pas assez intelligents pour lire au-delà de la surface, et la surface elle-même était presque opaque pour eux, comme une gravure noire sur fond noir. Est-ce la confession que vous essayiez de me soutirer – que j'écrivais consciemment de façon évasive pour continuer d'être publiée ? C'est ce que j'ai fait. Je ne pense pas que ce soit un crime. Je considère que c'est une technique de survie, un mécanisme d'adaptation, selon les termes de la psychologie populaire, dans lesquels il me semble avoir excellé.

— Et si on lit les rapports des censeurs sur vos livres, ils sont tous jugés trop "littéraires" pour constituer un possible facteur de trouble parmi les lecteurs "moyens".

— En quoi ils signifient la majorité. J'ai lu les rapports. Les livres et les brochures écrits en un langage simple et polémique, des livres qui exposaient en termes non déguisés les réalités de ce pays sous l'ancien gouvernement – c'étaient ceux-là que les censeurs étaient le plus enclins à interdire, pas les miens. Ils auraient pu condamner mes livres, les trouver "indésirables", selon l'érotique particulière du langage de leur censure, pour bien des motifs : indécence, obscénité, blasphème, atteinte à la morale publique, à la dignité de telle ou telle communauté raciale ou religieuse, aux bonnes relations entre races ou à la sécurité de l'État. Au lieu de quoi ils les trouvaient "non indésirables", ce qui ne signifie pas qu'ils étaient jugés "désirables" en aucune façon, mais seulement qu'ils n'étaient pas assez dangereux pour être activement non désirés. Après examen, ils se révélaient être simplement des choses passives, flottant dans l'espace intermédiaire entre le désir et la répulsion, l'attirance et le rejet. C'est une curieuse manière de penser la littérature, particulièrement pour des gens – je veux dire les censeurs – qui se voyaient si naïvement comme les arbitres sophistiqués des effets de la censure. »

*

Sur la suggestion de Greg, je suis allé seul hier à Robben Island voir les bâtiments de l'ancienne prison. Il a pensé que cela pourrait m'aider à me « reconnecter » avec le pays. Le temps était couvert et la vue de la ville était obscurcie par les nuages et le brouillard. Je ne voyais rien au-delà du bateau, et la visibilité était encore pire sur l'île. Après avoir débarqué, nous avons été mis dans un car et un jeune homme, grand et mince avec des dreadlocks, s'est mis à débiter son discours. Il nous a montré le village, la prison de haute sécurité, l'ancienne colonie de lépreux, la maison où Robert Soubukwe avait été mis à l'isolement, et la carrière où travaillaient les condamnés aux travaux forcés dans laquelle nous avons passé beaucoup trop de temps, retenus par la visite privée d'un sénateur américain.

Il ne restait plus que vingt minutes pour voir les cellules en compagnie d'un ancien prisonnier. Greg m'avait dit que ce serait la partie la plus émouvante, mais notre guide était réticent. Quand on lui posait des questions directes mais polies sur le mouvement, il se réfugiait derrière la ligne du parti. Tout ce que les dirigeants disaient être juste devait l'être. Je commençais à me sentir mal.

La cellule la plus célèbre m'émut dans la mesure où elle représentait l'endroit où une si grande partie d'une vie exceptionnelle avait été passée, mais il était difficile d'y sentir la trace d'une présence. Elle est sinistre, petite et froide. Elle ne contient pas de vie ou d'esprit en soi.

Je me suis arrêté pour photographier le bureau où le censeur de la prison lisait la correspondance des prisonniers. J'ai essayé d'imaginer ce que ce pouvait être de recevoir une lettre qui commençait par les salutations habituelles de la bien-aimée pour découvrir deux lignes plus bas que le corps de la lettre avait été effacé par la main du censeur ; qu'on avait jugé les mots censés apporter du réconfort à un prisonnier au régime d'isolement sévère comme comportant un risque trop grand – ou de savoir que tout ce qu'on pouvait écrire à ceux qui étaient à l'extérieur pouvait aussi être oblitéré ; que les tentatives pour rassurer, consoler, répondre à ce à quoi il ne pouvait être répondu, à cause des offuscations du censeur, seraient de toute façon noircies.

On nous fit rapidement regagner le bateau. J'espérais que le brouillard se lèverait, mais tout était gris et tous les passagers faisaient la gueule à l'intérieur.

«C'était décevant, dis-je à Greg ce soir-là. J'aurais voulu que ce soit émouvant.

— On n'achète pas la catharsis, dit-il tout en donnant des cuillerées de yaourt à Dylan. C'est de la perversion de le croire. Le guide, le chauffeur du car, l'ex-prisonnier, tous, ils passent leurs journées entières là-bas. Ils ont un flot incessant de gens comme toi qui veulent entendre des histoires, s'attendent à être émus, à se sentir plus ou moins responsables, selon qui ils sont et d'où ils viennent.» Il attrape une coulée de yaourt avant qu'elle tombe du menton de Dylan sur son T-shirt. «*Toi* tu te plains de ne pas avoir été ému. Imagine ce que ça doit leur faire à eux. Peut-être que ce n'était pas un bon jour. Peut-être qu'hier ils ont utilisé toute leur énergie à émouvoir les gens et n'avaient plus rien à donner aujourd'hui à part le discours automatique. Peut-être qu'ils ont épuisé toute leur sève avec le dignitaire américain. Pense à ce que ça signifie pour les gens d'ici», dit-il en secouant la tête. Dylan se trémoussa sur sa chaise et saisit son verre de jus de fruits. «Pour eux l'île n'est pas juste un site touristique, mais un lieu de pèlerinage, et leur unique visite, peut-être la seule qu'ils feront jamais, a été gâchée par un Américain. Je ne vais pas me lancer dans un long discours, mais pour les étrangers c'est juste du tourisme mémoriel. On ne peut pas rebâtir une société sur le tourisme mémoriel. Je ne sais pas, peut-être que je n'aurais pas dû te dire d'y aller. Je me sens coupable du fait que tu ne sois pas aussi lié à ce pays que moi, et jaloux aussi, que tu en sois libéré depuis si longtemps.» Dylan but son jus, prit une nouvelle cuillerée de yaourt et ses yeux commencèrent à se fermer. Greg le souleva de sa chaise et le donna à Nonyameko, qui l'emporta au lit. «Ne crois pas que je ne suis pas content que tu sois enfin rentré, dit-il. C'est juste dommage que Sarah et toi aillent habiter Jo'burg. »

Nous passâmes un moment devant le feu à boire une bouteille de pinotage qui aurait coûté quatre ou cinq fois plus cher à New York. Depuis que je le connaissais, Greg était plus ou moins célibataire. Il n'y avait eu personne de permanent dans sa vie avant Dylan. Je sais que le garçon est biologiquement le sien, mais j'ignore les autres détails. Soit la mère avait été payée, soit c'était une amie que je ne connaissais pas.

Je pense à notre première rencontre, à un raout déprimant pour les nouveaux étudiants de troisième cycle à NYU. Greg tranchait sur l'assistance avec son pull rose, ses mains tatouées, ses cheveux noirs teints en un bleu si foncé qu'il n'était visible que sous une lumière directe qui lui donnait l'air d'un super héros excentrique. Après avoir découvert que nous avions en commun quelque chose de plus particulier que le simple fait d'être étrangers, nous avions passé la nuit à parler dans un coin et nous étions bientôt devenus amis intimes. Une année plus tard, il était retourné au Cap tandis que je restais à New York, terminais mon doctorat, épousais Sarah, et donnais des cours dans trois universités, courant du nord au sud de Manhattan jusqu'à ce que je n'en puisse plus de fatigue. Quand on me demanda d'écrire la biographie de Clare, je sus que c'était l'occasion rêvée de faire quelque chose de différent et, plus important, l'occasion d'essayer de retourner au pays.

Absolution

Elles ne visitèrent qu'une maison, tellement parfaite, de toute évidence, que Marie semblait avoir décidé que Clare l'achèterait avant même d'y entrer. Clare n'en était pas aussi sûre. L'agent immobilier, un homme brûlé par le soleil avec un ventre proéminent et une voix comme de la crème caillée, les accueillit à l'entrée de l'allée, ouvrit le portail avec une télécommande et leur fit signe de le suivre. Le mur d'enceinte, de cinquante centimètres d'épaisseur, était surmonté de fils de fer barbelé de la forme et de la couleur du lierre, avec des fils électrifiés par-dessus. C'était une sécurité discrète pour des gens gênés de penser qu'ils en avaient besoin.

« Vous avez toute la sécurité ici, dit l'agent en descendant de sa voiture. Les caméras surveillent l'extérieur de la maison, tout le mur d'enceinte, le portail, tout le temps. Ces gars sont les meilleurs, *primo*. S'ils pouvaient pister les cambrioleurs à leur odeur, ils le feraient, croyez-moi. »

Ils se trouvaient dans une cour pavée dominant les terrasses de pelouse qui descendaient en pente vers la rue et le portail électrique, de nouveau fermé, les emprisonnant tous trois et leurs deux voitures rutilantes. De l'autre côté de la rue, un groupe de jardiniers, les bras fatigués, descendirent d'un camion, s'éparpillant et se dirigeant d'un pas traînant vers les propriétés qu'ils étaient payés pour entretenir, chacun s'annonçant dans un interphone et attendant que les portes ou le portail s'ouvrent, les laissant entrer. C'était le genre de quartier dans lequel Clare avait juré qu'elle ne vivrait jamais : un repaire de célébrités, de dignitaires étrangers et de marchands d'armes. Peut-être était-il juste au fond que Marie et elle, à peine moins étrangères dans leur genre, mais certainement plus dignes, se retrouvent en compagnie de pareille populace.

« Donc je devrais payer le privilège d'être surveillée.

— Hein ? *Ja,* ils ont aussi des chiens, des semi-automatiques pour les interventions armées et il y a des boutons d'alarme dans toutes les pièces, même les cabinets et les placards, en cas de vrai problème, mais ils sont maquillés pour que les assaillants ne le sachent pas, ils ne sont pas moches, pas rouges comme il y en a.

— Alors comment est-ce qu'on pourra les trouver si on panique ?

— *Ja,* eh bien, aucune raison de s'inquiéter. Au moins tant qu'on aura des lois. Dieu sait combien de temps ça va durer, hein ? »

Le vrai problème, suggéra-t-il, était qu'on pouvait se réfugier par peur dans un placard et s'y trouver piégé, proie attendant le chasseur. Mais d'abord, qui pourrait bien escalader le mur ? À l'intérieur, la maison elle-même était, sans le moindre doute, splendide, et Clare pouvait imaginer y être heureuse. Avec assez de place pour que Marie y ait des bureaux adéquats, Clare pourrait se dégager de toute préoccupation extérieure, si elle le désirait. Il y avait aussi un grand parc, sans voisins à l'arrière, sauf sur le versant de la montagne et à l'exception de quelques randonneurs occasionnels qui empruntaient des sentiers non privatifs – et qui, cela semblait certain, n'essaieraient jamais, eux, d'escalader son lierre mortel. Les arbres étaient suffisamment grands et le mur si haut qu'on ne pouvait craindre d'être vu, même de l'extérieur, dans la piscine, sauf peut-être d'un côté par le voisin. Cependant, elle n'aimait pas l'idée de payer pour être emprisonnée, payer pour être gardée par une agence de sécurité qui pouvait tout aussi bien confier sa surveillance à une antenne du gouvernement, ou peut-être, pis encore, à une entreprise qui compilerait des comptes rendus détaillant ses habitudes quotidiennes, ses goûts culinaires, sa consommation d'alcool, son temps de sommeil, pour vendre ces données à d'autres sociétés désirant lui vendre leurs produits, produits fabriqués par les épouses, filles et sœurs des intrus contre les incursions desquels elle emploierait l'agence de sécurité pour la protéger. Il ne pouvait y avoir de protection contre les courants de l'histoire.

Marie était aux anges. Les fenêtres étaient équipées de volets en métal commandés à distance, fabriqués par une société du nom de Tribulations, qu'on pouvait fermer à la nuit tombée, en s'ensevelissant dans un tombeau en acier trempé. Il y avait un système de ventilation spécial avec un générateur de réserve. Que se passerait-il en cas d'incendie ou de panne de courant ? Pourraient-elles s'échapper ? L'alarme pouvait être débranchée dans leurs chambres et leurs salles de bains la nuit, cependant que les détecteurs de mouvement dans le reste de la maison réagiraient à une chose aussi innocente qu'un coussin remis en place sur un canapé ou une araignée grimpant au mur.

« Une fois l'alarme branchée, dit l'homme, rien ne doit tomber, rien ne doit bouger, sinon vous vous retrouverez avec les gars en deux temps trois mouvements. L'intervention est garantie en cinq minutes maximum, mais de toute façon ils sont juste au coin de la rue, donc pour vous ce serait plutôt deux. Il ne peut pas se passer grand-chose en deux minutes. Vous pouvez dormir sur vos deux oreilles. »

Clare se demanda si l'agent immobilier, blond et gras comme il était, savait ce qui pouvait réellement se passer en deux minutes. Tout était possible, mais peut-être qu'avec un bouton d'alarme deux minutes devenaient sans conséquence, grâce à l'inévitable intervention armée, aux chiens salivant devant le sang au goût d'acide de batterie et la peau à l'odeur de désinfectant orange. Elle supposait que l'agent immobilier, qu'elle appellerait Hannes, avait une femme et une fille et qu'il avait récemment eu des raisons de s'inquiéter pour leurs vies, à la suite d'une horrible occasion – et de craindre, aussi, ce que des intrus dotés de volonté, mais dépourvus de scrupules et de principes moraux, pouvaient commettre.

Le prix était ahurissant, bien qu'elle pût aisément se le permettre. Elle ne s'était pas tenue au courant des prix du marché et ceux qu'elle avait encore en tête dataient de cinq décennies, quand son mari et elle avaient acheté cette maison vulnérable sur Canigou Avenue, sa maison à la blessure béante dans le mur de la chambre des maîtres. Elle se demanda si l'agent immobilier avait reconnu son nom. Il semblait plus probable qu'il ne lisait pas, et n'apprécierait pas ce qu'il lirait s'il ouvrait un de ses livres.

« Vous serez en sécurité ici, mesdames. Et c'est le genre de quartier, si vous voyez ce que je veux dire, où les gens ne s'occupent pas de ce que deux dames peuvent faire. »

Marie regarda Clare. Il n'y avait pas de raison pour qu'elles le détrompent. Clare ne s'était jamais imaginée autrement que féminine, bien qu'une fois et demie plus grande que la moyenne. Mais sa taille amenait les hommes – et pour autant qu'elle sût, les femmes aussi – à se poser des questions quant à la rectitude de ses affections.

« Oui. Les riches ne se préoccupent pas de ce que deux dames peuvent fabriquer. Je regrette que vous ayez tenu à le souligner », dit Clare en lui souriant de toute sa hauteur, et à sa grimace elle comprit qu'elle avait manqué de charité. Il essayait juste de se montrer tolérant, homme du monde.

Clare s'attendait que sa mésaventure, et le déménagement qui s'ensuivait, fasse les gros titres et l'objet des nouvelles du soir, à intervalles réguliers, pendant plusieurs semaines. Il n'y avait qu'un petit nombre de célébrités nationales et elle aimait à se compter parmi elles. Les médias, pensait-elle, se réjouiraient de l'apparente retraite d'une championne de la société ouverte dans la sécurité d'une forteresse personnelle. Des reporters postés devant chez elle fourniraient d'ennuyeux rapports quotidiens. Des éditoriaux se demanderaient si elle possédait une arme, suggérant qu'il fallait savoir ce qu'on voulait, les armes étant antiprogressistes. Il était possible que Marie ait tué l'un des intrus, mais il n'y avait pas moyen de le savoir. À la connaissance de Clare, personne ne s'était fait soigner dans un hôpital pour des blessures par balles correspondant au calibre de l'élégant petit pistolet de Marie – cependant la police ne lui avait fourni aucune information dans un sens comme dans l'autre.

En définitive, le déménagement de Clare passa inaperçu. Mais si jamais la presse venait la voir, elle savait ce qu'elle dirait :

« Ma forteresse fait envie au président. Il dit que toutes les vieilles dames devraient avoir autant de chance. Il suppose que je mourrai ici. Pensez-vous que ce soit une menace voilée ou une assertion ? Un aveu de culpabilité ? Peu importe, la forteresse me protégera. Je n'ai pas d'arme, bien que je sache tirer. C'est l'héritage de la vie des pionniers, la connaissance des armes, de leur maniement et de leur pouvoir. Avez-vous jamais tiré au pistolet ? Non ? En avez-vous tenu un ? Non. Oh, quelqu'un a introduit un pistolet un jour chez vous, mais c'était un invité, un policier, il l'a déchargé, et l'a mis sur le réfrigérateur, pour vous mettre tous à l'aise pendant que vous preniez votre repas, si tant est que cela ait pu vous mettre à l'aise. Non, ce n'est pas comme de savoir manier un fusil, ce dont je suis tout à fait capable. Le nôtre était caché dans un coffre-fort sous le plancher. Mon père avait appris à tirer quand il était petit. Son père, mon grand-père, était un fermier qui trouvait prudent que ses fils sachent se défendre dans le bush. Il a appris à tirer à mon père et à son frère, et, une fois adultes, ils ont appris à ma sœur, à ma cousine et à moi, de frêles petites filles

70

anglaises qui épaulaient des fusils presque aussi grands qu'elles et ne visaient rien pour commencer, les riens habituels (boîtes de conserve, bouteilles, arbres), avant d'être encouragées à viser des cibles plus horribles. La première chose que j'ai tuée avec un fusil était le cheval de ma cousine, parce qu'elle était incapable de tuer ce qu'elle avait aimé. Pour les hommes, c'était juste le cheval de ma cousine, et il était blessé – je ne me rappelle pas la nature de la blessure – il n'y avait rien à faire, et ce serait, pensèrent de façon irresponsable mon grand-père, mon oncle et mon père, une initiation. Il m'a fallu cinq coups. J'ai très mal visé au début. Les deux premiers dans le vide, à côté de la tête, et j'ai failli blesser mon père au pied, il a fallu de nouveau mettre le pauvre cheval en position, puis trois autres coups avant qu'il meure. Ils auraient dû me faire tuer un chien avant, parce qu'un chien n'est qu'un chien, il s'avilit sans cesse, mais un cheval est quelque chose de plus qu'humain. C'était comme de tuer un dieu plutôt qu'un animal, et je l'ai mal fait. Qu'est-ce que cela produit sur l'esprit d'une enfant ? Aujourd'hui, on mettrait mon père en prison pour maltraitance et mise en danger délibérée, mais à l'époque il pensait m'apprendre les us et coutumes de notre pays. C'était un homme du droit, pas de la terre. Comment aurait-il pu savoir le mal qu'il faisait ? Bien sûr qu'il aurait dû.

« Ma sœur a-t-elle tué quelque animal que ce soit ? Je ne m'en souviens pas. Elle n'aimait pas tirer. Mieux vaut ne pas l'imaginer avec une arme. Mais après avoir assisté à l'effroyable exécution du cheval de ma cousine (où était alors ma cousine ? Cela aussi, je l'ai oublié), ma sœur n'a plus jamais touché une arme et, pourrait-on dire, a attendu son heure, que l'arme revienne la trouver pour répondre à son reproche. »

Clare

Il y a une lutte entre ce que je sais – par les sources officielles, la dernière lettre que j'ai reçue de toi, les carnets que tu as tenus avant de disparaître complètement, Laura – et ce que j'imagine. Je tâtonne et cherche la ligne de partage entre le connu et l'imaginé. Mais comment savoir à quel moment mon esprit déplace cette ligne dans une direction ou dans l'autre, soupçonnant les faits connus d'être imaginaires, créditant mon imagination de la fiabilité du fait ? Peux-tu imaginer la force de mon désir de connaître ta vérité, toi qui ne peux plus la dire ou te refuses à le faire ?

Plus d'atermoiements, plus d'attente, ni de temporisation ou d'hésitation quant à ce qu'il est possible de savoir. Cela doit et ne peut être que ma propre version de tes derniers jours, tirée de ce que tu as choisi de me dire, et de ce que je peux reconstituer à partir des documents officiels. Il y aura nécessairement d'autres versions, peut-être plus complètes, moins subjectives à leur manière – des versions moins éloignées des événements que ce récit brisé par la nostalgie et les lamentations, et qui est tout ce que je suis capable de formuler.

Au début tout était calme, une radio pour combler les blancs dans la conversation, une femme qui gémissait une ballade *country*. Bernard cherchait son chemin sur la carte et Sam s'est endormi contre ton bras, son souffle lourd et chaud. Tu étais au supplice sous la chaleur du corps de l'enfant, dur et confiant, qui sentait le soufre et la saleté, un petit insecte rampant dans ses cheveux.

Tu as regardé ta montre. Il était plus de trois heures du matin, tu savais combien de temps s'était écoulé depuis que tu avais émergé des arbres, enjambé la barrière brisée et glissé jusqu'à la route. Tu n'arrivais pas à dormir.

Quand tu avais quitté notre ancienne maison un mois auparavant, aucune de nous n'aurait pu imaginer que ce serait notre dernière fois, notre dernière rencontre, notre premier et dernier adieu. J'ai failli écrire échec, parce qu'il y en a eu tant entre nous – des adieux qui étaient des échecs, des insuffisances qui étaient aussi, de façon abstraite, des pas qui nous éloignaient l'une de l'autre, de sorte que nous nous disions toujours au revoir et échouions à le faire de manière qui nous aurait rendu justice à l'une et à l'autre. Il m'est impossible de calculer le nombre de fois où j'ai échoué avec toi, et je n'ai pas fini de le faire.

À peine quelques jours auparavant, par un *étrange bonheur du hasard*, ainsi que je l'ai écrit un jour, tu avais pris conscience de l'inéluctabilité de l'exil et t'y étais précipitée. Lors de notre dernière rencontre, alors que nous étions dans mon jardin, dans le minable cabanon de la vieille maison délabrée de Canigou Avenue (ce jardin que j'aimais tant, bien plus que celui-ci qui m'intimide aujourd'hui par sa beauté méticuleuse), les betteraves de mon potager en train de saigner sur une assiette, mélangées à la crème rance et au paprika, j'arborais un sourire supérieur en te voyant de nouveau débraillée. Tu as le droit de me détester pour cela, pour mes airs supérieurs, et pour tant d'autres choses. Sache du moins que je ne t'ai jamais détestée. Tu as dit : *Ce n'est que la première d'une nouvelle série de rencontres, et nous continuerons à nous voir comme ça, pendant de nombreuses années, jusqu'à ce que l'une de nous meure.* Ce n'était pas un début formidable pour des retrouvailles. C'est toi qui avais décidé que nous nous revoyions. Je suppose que tu étais enfin capable de me supporter, même à la terrible condition de souffrir ma supériorité, mon jugement, et aussi mes erreurs de jugement

Dans cette dernière lettre tu m'écrivais : *Par égard pour toi, j'espère que tu es OK.* Te serais-tu vraiment préoccupée de mes sentiments, de mon bien-être, au cours de ces quelques jours terribles ? À part toi-même, n'étais-je pas la dernière personne à compter pour toi ?

Non, ce n'est pas juste.

Je sais que tu n'as jamais approuvé mes décisions, écrivais-tu, *ou le genre de vie qu'exigeaient mes activités. Mais je n'ai pas de regrets. Ce que j'ai fait est ce que je sentais devoir être fait.*

Je savais tout cela. Tu n'avais pas besoin de me le dire.

Tandis que Bernard conduisait, fredonnant sur le son de la radio, tu as oublié un instant ce qui t'avait amenée jusque-là, et, te regardant dans le rétroviseur, tu t'es perdue dans des confrontations imaginaires avec lui. Tu le battais à mort au moment où il essayait de te prendre de force et puis tu t'enfuyais avec l'enfant dans le désert, te nourrissant de restes du bush, abandonnant la société civile somnambule pour la conscience totale de la vie d'ermite. Tu élevais cet enfant, Sam – Samuel, le nommais-tu désormais pour le rebaptiser –, seuls dans une grotte, lui apprenant le monde, les noms et propriétés des plantes, comment voler des œufs et attraper des oiseaux, la meilleure manière de disparaître dans le paysage. Ou peut-être échouais-tu à vaincre Bernard et t'emprisonnait-il dans son repaire loin de tout, t'apprenant un autre vocabulaire de pouvoir, jusqu'à ce que tu t'échappes, couleuvre prophétesse entrant dans la bouche de l'homme pendant son sommeil, le consommant de l'intérieur, en commençant par le cœur.

Le choc sonique a été si violent que le camion a fait une embardée sur le bas-côté. Bernard s'est agrippé au volant, rejoignant le goudron tandis qu'une vague de tonnerre s'engouffrait dans le camion, faisant trembler les vitres. Tiger s'est mis à hurler et Sam s'est réveillé, s'accrochant à ta taille. Tu as senti tes poils se hérisser sur tout ton corps. Les mains de Sam étaient chaudes sur toi et tu as essayé de le repousser mais il a tenu bon, muet de peur.

Bernard essayait de reprendre son souffle tandis qu'un homme gémissait dans les haut-parleurs de la radio : *c'est l'amour, rien que l'amour, c'est ton amour, ma chérie, mon amour.*

«Bon Dieu. Ça doit être la centrale électrique. Ou l'usine à gaz. Regardez le ciel. »

Derrière toi l'horizon était illuminé d'un incendie orange. Il éclairait par-derrière les arbres isolés qui parsemaient le versant de la montagne ainsi que les têtes échevelées de l'épaisse forêt qui bordait la route.

Tiger s'est collé à Sam qui lui aussi tremblait et geignait, se serrant plus fort contre toi. «Toute la côte va être plongée dans l'obscurité. Ça serait dangereux de s'arrêter avant le jour. »

Au croisement suivant, les réverbères s'étaient éteints et une voiture abandonnée brûlait, des flammèches bondissant dans l'air et mettant le feu aux arbres. Dix minutes plus tard, une caravane d'ambulances et de camions de pompiers passa, sirènes bourdonnantes, lumières stroboscopiques découpant un à un les arbres de chaque côté de la route. Bernard ralentit, se rangea pour laisser passer le convoi.

Il y avait eu des explosions similaires, d'autres genres de sabotage – Bernard et toi saviez ce que signifiait cette explosion, bien que ton savoir fût plus complet que le sien.

«C'est peut-être juste un accident, as-tu dit.

— Je ne parierais pas là-dessus. On verra les journaux demain.

— Je ne me fierais pas aux journaux.

— Vous n'êtes pas une de ces sympathisantes, non ?

— Non. Pas une sympathisante », as-tu répondu, en pensant qu'il te faudrait rester éveillée tant qu'il conduisait, écouter la radio, attendre des nouvelles qui ne viendraient pas, tandis que d'autres convois d'ambulances et de voitures de pompiers passeraient, envoyées de la ville la plus proche et d'autres villes voisines.

Bernard gloussa. « Si c'est eux, on est sûrs qu'ils vont frapper d'autres endroits. J'ai de la chance d'avoir un réservoir plein. On n'aura pas de problème jusqu'au matin. Vous pouvez rester éveillée pour surveiller la route ? Parfois je ne vois pas très bien la nuit.

— Alors pourquoi conduire la nuit ?

— Moins de circulation. Mais plus de risques bien sûr. Les enlèvements. Et qu'est-ce qui se passerait si je crevais ? Alors je serais vraiment foutu. Ça n'est jamais arrivé, sinon je serais dans les mains de Dieu, je vous le dis, vous savez ce que je dis ? C'est pour ça que j'emmène toujours Tiger.

— Et votre garçon ? » Sam était de nouveau profondément endormi, ses bras enserrant ta taille, sa tête calée sous tes seins.

« *Ag*, il est habitué, je suppose.

— Pas facile. »

— Naan. Ça lui plaît », dit-il, comme un homme qui assure qu'une femme aime être brutalisée. Vous avez des gosses ?

— Non.

— Mari ?

— Je vais chez ma mère. Elle habite à côté de Ladybrand. De sa porte de derrière on peut voir les pics des Malotis. » Je sais que tu as dit ça, c'est un fait sur lequel je peux compter, moi en prétexte, la fin d'une destination. Mais je n'habitais pas du tout à côté de Ladybrand. Est-ce mesquin de ma part de penser que j'ai toujours été un prétexte utile pour toi ?

76

« Je vous emmène jusqu'à Port Elizabeth, mais à partir de là, il faudra que vous vous débrouilliez. » Bernard se mit à fredonner sur une nouvelle chanson, une femme qui pleurait la perte de trois maris. Il la connaissait par cœur, anticipait chaque note, ne pouvait résister à dire les paroles puis à les chanter. « Votre mère sait que vous venez ?

— Je lui téléphonerai quand on s'arrêtera.

— Si le téléphone marche. »

*

Mon biographe prétend maintenant être américain, mais il y a quelque chose d'inachevé chez lui que je connais par cœur. Bien sûr, j'ai immédiatement reconnu Sam. À Amsterdam, en réalité, je l'avais à moitié reconnu et les semaines suivantes j'ai appris à me fier aux souvenirs que j'avais de lui. Comment aurais-je pu oublier ? Je ne le lui dis pas quand il est assis si inconfortablement devant moi, se tortillant sur le canapé de mon bureau, les paumes moites dans cette pièce que je maintiens toujours froide. Dire que je garde le silence sur ce qui nous lie par désir de le torturer serait mentir. Je ne souhaite rien de tel. En vérité, je suis terrifiée à l'idée de ce qui peut encore être révélé.

Donc, ma chère fille, ma Laura, appelle cela une restitution – le fait que je laisse entrer Sam, enfin, bien plus tard que je n'aurais dû. J'ai différé tant de choses, en étant terrifiée par tant d'autres. En le laissant entrer, peut-être vais-je commencer à comprendre pourquoi tu as fait ce que tu as fait.

Mais à mesure que les jours passent et qu'il pose des questions de plus en plus indiscrètes, je commence à comprendre, bien qu'à peine, l'ampleur de ce que j'ai déclenché en laissant Sam venir ici, me juger en tant qu'auditeur, interlocuteur et auteur de mon élégie. J'ai convoqué mon propre juge, peut-être même mon bourreau – bourreau de l'esprit, de la volonté et des certitudes, si ce n'est de ma propre vie. Il m'est pénible de m'étendre sur moi-même, mais c'est le marché que j'ai passé – l'erreur que j'ai faite en me laissant intriguer par lui, en reconnaissant quelqu'un que j'aurais dû me forcer à oublier, pour mon bien, en ignorant ce que pourraient être ses besoins, ce que ma dette envers lui, réelle ou imaginaire, pourrait se révéler être, et comment la régler. De quoi a-t-il besoin ? Je sens que ce n'est pas juste d'une chose. J'ai envie de dire : *Comment osez-vous ?* Et je sais que je ne peux le faire, parce que tout ce bouleversement de mon sol ancien, dans l'espoir qu'il pourrait en sortir un coquelicot, était mon idée. Je l'ai vu, je l'ai adoubé ce qui signifie qu'il est, de mon fait, non seulement appelé, mais *autorisé*. Je ne serai pas de celles qui invitent pour ensuite refuser les conséquences de cette hospitalité. Il est mon hôte et je suis son otage. Je l'ai invité dans ma vie parce que j'étais curieuse, parce que j'ai pensé, stupidement, que *selon mes conditions* signifiait *sous mon contrôle*. Mais il arrive toujours de plusieurs directions en même temps. Lui-même ne sait pas ce qu'il pense de moi. Je suppose que j'exerce là une sorte de pouvoir, mais je suis trop épuisée pour ça.

Pourquoi est-il toujours si hésitant ? Comment se comportait-il enfant ? Le portrait que tu fais de lui est-il réaliste, ou est-ce un morceau de bravoure à mon intention ? Que penserais-tu de lui aujourd'hui, Laura ? Dans ton carnet, il ne cesse de se recroqueviller et de tressaillir, de s'agripper et de trembler. Je vois un peu de cela aujourd'hui, mais aussi quelque chose de plus menaçant. Il est comme un fauve qui feint la vulnérabilité pour mettre sa proie en confiance.

*

Un nuage de fumée toxique se déplaçait le long de la côte, selon les conditions météorologiques. Tu voyais déjà sa masse noire approcher derrière toi à l'horizon, du côté ouest. Bernard s'est arrêté pour prendre de l'essence dans une station qui avait son propre générateur ; partout ailleurs, le long de la côte, c'était l'obscurité totale, ainsi qu'il l'avait prédit. Sam dormait dans la cabine, gardé par Tiger, exhalant son haleine tenace. Tu savais qu'il eût été plus facile de t'en aller simplement, mais tu as fait semblant de me téléphoner, tu as mimé une conversation, riant comme tu n'as jamais ri avec moi. Je t'ai dit que j'étais impatiente de te voir, comme je ne te l'avais jamais dit. Tu avais une histoire toute prête, tu allais leur dire que le plan avait changé, que j'allais partir pour notre maison au bord de la plage – une maison qui n'existe pas – et que je perdais un peu la mémoire ces derniers temps, que je m'embrouillais un peu dans les plans. Mais quand tu es retournée au camion Sam était réveillé et te regardait, son corps recroquevillé en un nœud compact contre le vinyle qui recouvrait les sièges. Il a demandé si tu venais avec eux et avant de pouvoir te rappeler l'histoire que tu avais inventée, tu as dit oui, parce qu'il semblait avoir peur.

Tu as acheté un journal, des pêches, un autre paquet de dattes Safari, et des bouteilles d'eau, que tu as mis dans ton sac à dos rouge par-dessus tes vêtements, soigneusement pliés au-dessus de tes carnets, cachés dans le fond.

L'intérieur de la cabine sentait la sueur humaine et l'haleine canine, le vinyle et l'essence, l'odeur d'œuf pourri de la peau de l'enfant. Pendant que Bernard conduisait, Sam fixait la route d'un œil vide. Toutes les cinq minutes, l'enfant tournait la tête pour te regarder. Il faisait la moue et sa bouche crasseuse aux commissures s'ouvrait parfois pour montrer ses petites dents. Il y avait des petites boules de sédiments dans ses canaux lacrymaux. Personne ne lui avait appris à prendre soin de lui, pas même à se débarrasser les yeux du sommeil. Tu lui as souri comme pour dire : « Oui ? Demande-moi tout ce que tu veux, dis-moi quelque chose, qu'est-ce qui ne va pas, de quoi as-tu peur ? », mais Sam se contentait de te regarder, la bouche dure et impassible, les yeux enfoncés dans le crâne, comme deux béances donnant sur le vide. Ce n'était pas une expression d'enfant normal.

Un peu avant l'aube, le nez de Sam s'est mis à saigner et tu l'as aidé avec un mouchoir en papier, appuyant jusqu'à ce que le sang s'arrête. Tu lui as essuyé le visage, et il s'est détourné pour l'enfouir dans le siège. Tu étais habituée à l'odeur du sang, mais elle était suffocante dans la puanteur surchauffée de la cabine fermée. Tu as baissé ta vitre, et Bernard t'a dit de la remonter. « Il y a du gravier qui entre parfois. Il vaut mieux que je mette la ventilation. On va bientôt s'arrêter. Il a tout le temps le nez qui saigne. On croirait une fille. Quelle fille, Sam, quelle fillette tu fais, hein ? »

Après une autre heure de route, Bernard s'est arrêté sur une aire de pique-nique. Il a garé le camion près de la route, à l'ombre d'un bosquet d'eucalyptus, dont les feuilles aux arêtes aiguës bruissaient. Ça aurait pu être n'importe où au bord d'une route du Cap. Il n'y avait rien qui la distinguait – les mêmes plantations, le même banc et les mêmes tables en béton et peut-être aussi un point d'eau. Il n'y avait pas de toilettes, pas même un barbecue ou une borne d'appel d'urgence.

« Je vais dormir, a dit Bernard. Vous pouvez m'attendre ou vous pouvez partir. Comme vous voulez. Vous me dérangez pas, mais je veux pas vous retenir si votre mère vous attend.

— Et le garçon ?

— Sam va très bien. »

Tu as fait le tour de l'air de pique-nique à la recherche d'un endroit où passer la journée, tandis que Bernard s'étendait sur la banquette. Tiger était entre ses jambes, la queue du chien battant contre le ventre de l'homme. Sam s'est glissé hors de la cabine juste après toi et s'est assis au pied d'un arbre, grattant le sol avec un bâton, creusant dans la poussière entre ses pieds, chaussures en toile rouge, retirant le bâton, creusant de nouveau, plus profond, le retirant, tel un chimpanzé utilisant un bâton pour dénicher des fourmis. Ses cheveux bruns étaient recouverts d'une pellicule de poussière rouge et sa peau était pelée par les coups de soleil.

Tu savais qu'il eût été plus sage de continuer, mais l'enfant ne cessait de te regarder, ouvrant la bouche comme pour parler, puis retournant au bâton et à la terre, grattant et creusant le sol, l'enfonçant, le retirant, un trou après l'autre.

Il y avait des voitures qui passaient. Si tu avais voulu jouer ton rôle comme il fallait tu aurais poursuivi ta route. Au lieu de quoi tu as mangé une pêche et tu as lu un journal, qui ne t'a rien appris que tu ne saches déjà, rien que les autorités auraient souhaité qu'on ne sache pas. On accuserait les terroristes. En ce moment la police faisait des descentes dans plusieurs propriétés et deux fermes isolées suspectées d'abriter des camps d'entraînement. Est-ce que tu t'es souciée des coups frappés à ma porte ce matin-là, des hommes, des souvenirs de coups plus anciens que ceux-ci faisaient ressurgir, ceux frappés il y a bien des années, au matin d'une nuit tout aussi terrifiante? Non, tu préférais ignorer les conséquences sur ta famille – c'était nécessaire à ta survie. Je comprends cela, au moins.

Et moi? Qu'en était-il de moi? Qu'est-ce que j'aurais dû répondre quand ces hommes m'ont interrogée, m'ont hurlé dessus? Qu'est-ce que je savais? Je me suis dit que je ne savais rien qui aurait pu changer quoi que ce soit alors. Mais plus tôt – s'ils étaient venus la veille, ou l'avant-veille, exigeant que j'avoue ce que je savais des plans et des compagnons de ma fille, je préfère ne pas penser à ce que j'aurais pu révéler. Pourquoi, me demandé-je maintenant, à chaque jour qui passe, n'ai-je pas tenté ma chance? Pour te sauver, toi et d'autres personnes, j'aurais pu te trahir. Baisser les armes, ce jour-là, aurait-il changé le cours des choses, l'équilibre entre les vies perdues et les vies sauvées ?

Ce jour-là, dans le journal, il n'y avait aucune nouvelle pour toi, qui savais déjà tout ce qui importait. Tu fouillais le sable de tes ongles en essayant de te décider – cruelle, une autruche dans le désert.

1989

Le garçon comprenait que son oncle Bernard avait été soldat et continuait à se qualifier de guerrier. C'était une raison pour faire et ne pas faire toutes sortes de choses. Un guerrier n'écoutait pas de musique sauf quand il allait au combat, un guerrier entraînait son corps à réduire ses besoins, à manger seulement une fois par jour, deux fois tout au plus. Un guerrier connaissait la psychologie de son ennemi. Un guerrier était obligé de compter sur la nature pour sa survie et donc un guerrier devait – comment disait-il ? – la connaître intimement, cette garce.

Cela signifiait que quand ils faisaient ces trajets il n'y avait pas de musique.

Est-ce qu'on va au combat ? aboyait Bernard, quand le garçon demandait s'il pouvait mettre la radio.

Non, disait le garçon, même s'il ne savait pas si c'était la réponse que Bernard voulait entendre.

Alors pas de musique, hein ? Pas de combat, pas de musique. Il faut rester concentré. La musique et la bouffe, c'est des trucs qui distraient, mon pote.

Est-ce que mon père était un guerrier ?

Bernard riait et baissait sa vitre pour cracher dans le vent.

Le garçon se rappelait être allé en voiture avec ses parents voir tante Ellen à Beaufort West, et une fois pour rendre visite à des amis à Kenton-on-Sea. La radio marchait toujours, tout le temps, même si ses parents se plaignaient que la musique était horrible. C'était pour noyer le bruit de la route et du vent brûlant qui arrivait par les vitres si c'était un mois sec, ou de la pluie sur le toit qui tambourinait à rendre sourd quand il faisait humide. La musique faisait passer le temps, accélérait les heures qui paraissaient tellement plus longues quand on roulait vite. Le garçon s'endormait en écoutant, particulièrement si c'étaient les vieilles rengaines qu'aimaient ses parents, et il se réveillait après la tombée de la nuit quand ils arrivaient dans la rue où habitait sa tante, se sentait porté à l'intérieur par sa mère ou son père et fourré dans des draps bien bordés, sur les coussins du canapé du salon de sa tante, un canapé qui sentait l'odeur des fêtes de ses parents lorsqu'elles avaient lieu dans une confiserie ou une boulangerie.

Sur la route cette nuit-là avec Bernard, le garçon pensait qu'il n'avait pas vu sa tante depuis au moins un an. Il se demandait s'il la reverrait un jour. Il était sûr d'avoir son numéro de téléphone et son adresse quelque part. Si seulement elle savait ce qui se passait, il ne pouvait pas imaginer qu'elle le laisserait avec Bernard. Il avait demandé s'ils ne pouvaient pas prendre un chat ou un chien, pour avoir de la compagnie pendant les longs trajets. *Je dirige pas un foutu zoo,* avait dit Bernard, *j'aime pas les animaux.*

Le garçon essayait de rester éveillé, pour surveiller Bernard de l'œil droit, la route du gauche, mais les images n'arrêtaient pas de se mélanger de sorte que le visage de l'homme devenait noir et la route blanche. En s'endormant, le garçon imaginait qu'il avait la force d'attacher Bernard à l'avant du camion, sa tête attelée tel le soc d'une charrue ou le chasse-pierre devant un train, et il rêvait de conduire le camion à toute vitesse, jusqu'à ce que le blanc du visage de Bernard et le noir de la route se confondent.

Sam

Un samedi soir. À grands frais, Greg fait venir Nonyameko pour la soirée afin que nous puissions sortir dîner. Nous conduisons jusqu'au City Bowl, nous nous garons dans Kloof Street et prenons un verre avec un des artistes que représente la galerie de Greg. Il fait doux et nous décidons de descendre à pied manger des sushis au Saigon. Comme nous passons devant le lycée Jan Van Riebeeck, une jeune femme sort de l'obscurité.

«Excusez-moi, messieurs, je ne veux pas vous déranger», dit-elle. Mû par une sorte de réflexe métropolitain, je me détourne. Je n'entends pas ce qui se dit ensuite. Du coin de l'œil je regarde son visage et ses vêtements, me demandant où est son bloc-notes. Soit elle fait une enquête pour la ville, me dis-je, soit elle vend des abonnements à des magazines, ou des inscriptions à une ONG.

Puis elle débite son histoire et je ne peux pas m'empêcher d'écouter. Elle fait des petits boulots pour des gens, mais aujourd'hui elle n'a pas trouvé de travail. Elle ne pense pas que les quatre-vingt-dix rands nécessaires pour payer une nuit de foyer vont tomber du ciel. Elle a une fille. Elles ont perdu leur maison. Elle se met à trembler. Je continue à lui tourner le dos. New York m'a endurci contre ce genre de mendicité. Mais Greg écoute, me demande si j'ai de l'argent, des pièces, il n'a pas de monnaie. Je sors mon portefeuille, prends les plus grosses pièces en argent que je trouve dans le porte-monnaie et ignore les centaines de rands en billets. La femme a l'accent de quelqu'un d'instruit ; elle n'est pas ivre et ne paraît pas défoncée. Tandis que j'hésite à lui donner quinze ou vingt rands, elle se couvre le visage et se met à pleurer. Je me dis que c'est peut-être une étudiante en art dramatique. J'en ai connu à New York qu'on envoyait faire la manche dans la rue pour mettre leur talent à l'épreuve. L'appréciation dépendait de ce que l'étudiant avait gagné. Les plus maigres avaient toujours la meilleure note.

« Tenez », dis-je en lui mettant toutes les pièces dans la main. Elle murmure : « J'ai tellement honte, j'ai tellement honte. » Je sais que ce n'est pas assez. Je lui dis de ne pas avoir honte en soutenant son regard puis je le redis. Des croissants de taches de rousseur noires soulignent ses yeux et son front. Ses vêtements sont de bonne qualité mais sales.

— Il n'y a pas de honte à demander », dis-je, et nous la quittons. Quinze ou vingt rands ce n'est rien pour moi – moins de quatre ou cinq dollars.

Alors que nous descendons la colline Greg dit : « Je ne pouvais pas la laisser comme ça, en sachant que nous allions dépenser plusieurs centaines de rands en poisson cru et en bière. Je crois qu'elle disait la vérité. Ça aurait pu être la drogue ou autre chose, mais je pense qu'elle disait la vérité. »

« Ça na pas vraiment d'importance », dis-je.

*

À la fin de notre entrevue d'hier j'ai demandé à Clare à quoi je servais, pourquoi elle n'écrivait pas elle-même sur son passé.

« Vous voulez dire pourquoi est-ce que je n'ai pas choisi d'écrire mes mémoires ?

— Oui. Ou une autobiographie. »

Elle m'avait mené jusqu'à la porte et essayait de me transférer Marie afin que je puisse être conduit dehors. « Je ne suis pas capable de voir mon existence comme une totalité, ou un récit continu. Je ne saurais pas comment raconter ma vie de cette façon.

— Mais des fragments ?

— Oui, des fragments, je suppose que je pourrais écrire des fragments – j'ai écrit à propos de certains moments. Des périodes transitoires. Des récits de traumas personnels, des traumas particuliers. Je peux écrire sur des périodes, mais pas sur toute ma vie. Je ne saurais quoi y mettre ni quoi passer sous silence. Ou, je suppose que ce que je veux dire, c'est que je voudrais omettre tant de choses qu'il ne resterait presque plus rien. C'est pourquoi j'ai besoin de vous. »

*

Je ne la cherchais pas. L'image arrive alors que je n'en veux pas, au milieu de la nuit, gonflée de poisson et de bière.

Je suis devant la porte grillagée, pas seul. Quelqu'un d'autre pose sa paume contre le cadre. Un poing se forme et frappe trois coups. Ce sont des coups polis, mais insistants. Nous entendons des pas à l'intérieur puis la porte s'ouvre, et nous voyons son visage derrière la grille. Elle demande qui nous sommes et ce que nous voulons. *Qu'est-ce qui vous amène ?* demande-t-elle, et j'entends qu'elle essaie d'être polie mais que nous lui faisons peur. Nous sommes des inconnus et notre apparence doit être étrange aussi, déguenillée et maigre. Je sens presque mon odeur à ce moment-là. Un des autres dit qui nous sommes et montre un sac. Elle nous précède dans le couloir central faiblement éclairé qui traverse la maison et nous fait sortir dans le jardin. Elle nous sert du thé et des biscuits. Elle voit que nous avons encore faim et rentre faire des sandwiches.

Ou est-ce que j'imagine cette hospitalité ? Nous a-t-elle laissés sur le perron, une grille la séparant de nous, une main discrète mettant le loquet à la porte qu'il n'aurait pas été difficile d'ouvrir, pas pour nous trois, qui voyagions depuis des jours avec si peu, tellement affamés et assoiffés que nous aurions pu forcer des serrures. Ou est-ce aussi un faux souvenir ?

C'est son visage derrière la grille qui vient à moi. C'est la seule chose que je vois clairement. Le reste, je l'ignore.

*

Il est possible que la conversation du vendredi soir ait changé les choses entre nous. Ce lundi matin je sens que Clare et moi avons atteint un nouveau niveau de compréhension, ou du moins qu'elle commence à me faire confiance. Elle parle plus librement, et donc je retourne aux questions à propos de la censure, puisque ce sont celles auxquelles elle a répondu avec le plus de facilité jusqu'à maintenant.

« Vous avez décrit l'effet mental provoqué par le fait de vivre sous la menace de la censure, mais comment a-t-elle affecté votre écriture en particulier ?

— Très simplement, elle a agi comme une distraction continuelle. En de pareilles conditions, on ne peut pas se mettre à écrire le matin sans soupeser l'implication de chaque lettre, parce que l'esprit censeur, grammairien et rigoriste, est à la recherche d'un sens jusque dans l'orthographe et la ponctuation. Et c'est là qu'on sait que le censeur a gagné, parce que, en fin de compte, ce qu'il veut le plus ce n'est pas le contrôle total de l'information, c'est que tous les écrivains s'autocensurent.

— C'est ce que vous faisiez ? »

Elle se redresse, mais sa colonne vertébrale en forme de houlette la maintient toujours voûtée, tel un vautour. Comme elle doit avoir été grande avant que son corps se retourne contre elle. Je me rappelle sa taille dans le passé, et combien elle m'intimidait.

« Oui et non. Je n'ai jamais voulu écrire le genre de livres qu'ils étaient enclins à censurer. Vous savez cela. La contestation n'est pas difficile, pas plus que le journalisme ; même le bon journalisme aujourd'hui n'exige rien de plus qu'un carnet, un magnétophone – regardez-vous – et la capacité de répéter les mêmes questions à quelqu'un qui ne veut pas répondre, ou sinon de se contenter d'observer le monde et de le décrire avec perspicacité ou d'un point de vue particulier. Les gens écriront toujours des romans contestataires, des reportages et de la pornographie. On pourrait avancer que la tyrannie du censeur a nourri mon écriture tout autant qu'elle a défini mes paramètres. Le gros de mon œuvre est au moins en partie la conséquence de la place que le censeur a tenue dans mon imagination. »

« Est-ce que le censeur était incarné dans votre imagination ?

— Pourquoi ? » Elle paraît surprise, il semble que la question l'ait prise au dépourvu.

« Je me demandais si vous voyiez le censeur comme une personne, plus qu'une abstraction, ou un ver comme vous avez dit la semaine dernière.

— Effectivement », dit-elle – pas d'hésitation maintenant.

« Voudriez-vous me dire à quoi il ou elle, ressemblait ?

— Pourquoi ?

— Par curiosité.

— C'est à moi qu'elle ressemblait. C'était un double interne, debout dans mon dos, muni d'un crayon bleu, prêt à attaquer. J'ai souvent pensé qui si j'écrivais sans bouger et me retournais soudain, je le verrais, juste derrière moi. Vous allez penser que je suis folle, dit-elle, apparemment amusée par sa confession. C'est une bonne question, vous savez. Personne ne m'a jamais demandé cela. Je l'appelais Clara – cette moitié de mon esprit qui me censurait. Pas la moitié – peut-être le quart ou le huitième, le petit coin que je lui permettais d'occuper, le coin qu'elle revendiquait.

— Clara?

— Tout ça avait un côté suffisant à mes yeux. Une petite ménagère suffisante qui croit savoir ce qu'est la littérature. La crainte que j'ai toujours eue... Elle s'arrête et lève les mains. Arrêtez votre magnétophone. Je l'éteins et je pose mon stylo. La crainte... de n'être qu'une petite ménagère suffisante qui croit savoir ce qu'est la littérature. Contrairement à vous, je n'ai pas de doctorat. J'appartiens à une génération d'universitaires qui pouvaient faire carrière rien qu'avec une licence, et à une génération d'écrivains qui n'allaient pas à l'école pour apprendre comment raconter une histoire. Souvent, je me demande quelle part de pouvoir j'ai laissée à Clara. Plus d'un huitième? Plus d'une moitié? Elle soutient mon regard, secouant la tête. Je ne sais pas, voyez-vous, c'est ça le problème. »

Le jardinier, qui semble être là tous les jours, détourne de moi son attention. « Que fait-on avec un homme pareil? Je n'en ai pas la moindre idée. Je ne veux pas passer pour grossière, même à ses yeux. Surtout à ses yeux. Je ne *veux* pas être comme était ma mère. Je ne veux pas être cette *madame* blanche autoritaire qui ne peut pas s'empêcher de se conduire en autocrate avec les domestiques. Ne serait-ce que cela, voyez-vous – je sais ce que je révèle en employant le mot *domestiques* au lieu de *personnel*. Ne croyez pas que je ne le sais pas. Mais que faire? Dans une situation féodale, les choses sont ainsi. J'ai envie de lui dire de s'en aller et de ne pas revenir. De le virer, comme disent les Américains – une façon si violente de mettre fin à une relation professionnelle, comme de les jeter par-dessus bord, les noyer. Mais je ne sais pas comment le virer. Ma mère ne m'a jamais appris comment mettre fin à une relation – n'importe quel genre de relation. Que faire? Si je le virais, combien de vies mettrais-je en péril? »

Je secoue la tête et voûte les épaules. «Je n'ai aucune expérience du personnel. Je n'ai aucune idée de la manière dont il faut mettre fin à une relation. Je n'ai jamais eu la moindre autorité sur quiconque.

— Je n'en suis pas sûre, dit-elle et me jetant un regard. Bien, reprenons. Vous pouvez rebrancher votre bidule enregistreur, *darling*.» Est-ce que j'ai imaginé le *darling*? Non, je l'ai entendu distinctement. C'est le mot que j'attendais, que j'ignorais avoir besoin d'entendre. Ma poitrine est inondée d'un liquide brûlant. *Darling, darling.* J'arrange les papiers pour tuer le temps et manipule le magnétophone. Darling. J'essaie de retrouver mon calme.

J'invente une question.

«Pensez-vous que d'autres écrivains dans ce pays s'imaginaient comme leurs propres censeurs?

— Comment pourrais-je le savoir? Demandez-leur», dit-elle froidement, et c'est comme si la conversation d'il y a quelques secondes n'avait jamais eu lieu. Elle était officieuse. Le discours officiel est autre chose. C'est un registre différent et un autre genre de contrat. Il n'y a pas de place pour des *darling* dans le discours officiel.

Le soleil pénètre brusquement dans la pièce, renvoyé par les fenêtres d'une maison voisine. Elle tire les stores et retourne à son bureau, de nouveau pour ranger ses papiers; comme si c'était un code sur lequel nous étions tombés d'accord : ranger des papiers, c'est gagner du temps. Ce n'est pas pour faire semblant d'être occupée ailleurs, du moins c'est ainsi que je commence à l'interpréter. Sans me regarder, elle dit :

«Vous ne voulez pas me poser des questions sur mon enfance?» Trois de ses doigts tirent ses cheveux en arrière, dévoilant un côté de son visage.

Je veux l'entendre m'appeler *darling* de nouveau, voilà ce que je veux. Je veux qu'elle me serre contre elle à la fin de chaque entrevue, me tapote la tête, me dise que je fais du bon boulot. Elle me provoque avec une photo d'elle enfant, à cheval, quelque part dans une ferme dans le Karoo.

« Je croyais que les clés de vos romans ne se trouvaient pas dans votre vie, dis-je, essayant de la provoquer à mon tour.

— C'est vrai, mais vous écrivez une biographie, non ? Est-ce que nous ne devrions pas parler de ma vie au lieu de mon travail ? Ou quel genre de biographie est-ce là ?

— Comme vous l'avez dit, une grande partie de votre vie est déjà connue du public.

— Si ce n'est ma vie, du moins celle de ceux qui m'entourent. »

Nous passons les deux heures suivantes à parler des thèmes de son œuvre, remettant les livres dans leur contexte historique, explorant des résonances évidentes avec son parcours, qu'elle-même veut bien reconnaître, tout en défendant *le processus de mystification et de mythification* qu'elle a entrepris pour rendre *ce qui est personnel plus complexe et significatif que dans une simple autobiographie.* Ce sont ses mots, pas les miens.

À une heure Marie frappe un coup à la porte, n'attend pas la réponse de Clare et entre en poussant un chariot portant deux plateaux couverts. En posant les plateaux sur la table basse, au milieu de la pièce, elle soulève les couvercles : sandwiches, une sélection de salades. Elle s'incline (est-ce mon imagination ?) et sort avec le chariot en fermant la porte derrière elle.

Nous mangeons dans un silence concentré, ponctué par les bruits de sa mastication et de sa respiration, remuant sur nos sièges pour réajuster notre poids et trouver la position la plus confortable. Un ibis hagedash hurle dans le jardin. Un jardinier crie quelque chose à un autre. Un avion passe au-dessus de nous. L'alarme d'une maison retentit en contrebas. Pendant tout le repas, nous ne disons pas un mot, pas même sur ce que nous mangeons.

Depuis que je suis dans la maison je n'ai jamais entendu un téléphone sonner. Peut-être y a-t-il un téléphone dans l'autre aile, avec une sonnerie discrète que seule Marie entend. Il n'y a pas de téléphone dans le bureau. Clare n'a pas de contact avec le reste du monde excepté à travers les fenêtres, qu'elle ouvre à longueur de journée pour donner des ordres au jardinier dans un flot ininterrompu de paroles dont je sais qu'elles ne seront jamais pour moi que des sons. C'est une langue que je ne veux pas apprendre parce que je n'en ai ni le temps ni la volonté.

Elle mâche, ses mouvements sont lents et méthodiques, comme si chaque bouchée exigeait toute son attention. Ses grandes dents bien plantées font disparaître le pain et les garnitures, la salade et les tomates, le tout simplement mais soigneusement préparé. Elle aime les bonnes choses, la bonne cuisine, les beaux vêtements, les beaux meubles, les belles maisons. Le succès de ses livres lui a permis d'avoir un style de vie confortable – un style de vie prodigue comparé à ce que la plupart des gens ont dans ce pays, ou dans tout autre, d'ailleurs. Une fois les sandwiches terminés, elle appuie sur un bouton dans le mur à côté de son bureau. Une minute plus tard Marie revient avec le café et une assiette de Tennis Biscuits et de Romany Creams. Elle prend les assiettes vides et de nouveau nous laisse seuls.

« Je croyais que j'étais censé apporter de quoi manger.

— Je n'aime pas les odeurs inconnues. Tout devient intense quand on vit seule. Je n'aime pas sortir. Je déteste voyager. Aller à Londres a été quasiment au-dessus de mes forces. Après ça, j'ai dormi pendant un mois. Elle feint un sourire. Je n'ai pas toujours été comme ça. Cela fait plus de trois semaines, presque un mois que je n'ai pas quitté cette maison. Vingt-quatre jours : une seule journée qui en contient beaucoup d'autres. »

Absolution

Après l'enquête sur l'intrusion, ainsi que Clare aimait à l'appeler, elle n'eut pas d'autre contact avec les autorités. On ne lui présenta pas de suspect à identifier, personne ne fut appréhendé, et personne, d'aussi loin qu'elle s'en souvienne, ne lui avait demandé de description des intrus. La police avait été incapable de retrouver la perruque de son père dans sa boîte noire en étain. Puis, quelques mois après qu'elle eut quitté la vieille maison de Canigou Avenue pour occuper sa nouvelle forteresse de Bishopcourt, on sonna au portail et Marie fit entrer une voiture noire avec des plaques officielles. Le chauffeur, un homme aux traits tirés et au cou mince, ouvrit la portière à une petite femme aux cheveux tirés en arrière.

La femme n'attendit pas qu'on lui propose un siège, mais se laissa glisser sur le canapé face au bureau de Clare et ouvrit un dossier contenant une épaisse liasse de documents.

« Auparavant, vous habitiez Canigou Avenue, dit la femme.

— Oui, c'est exact.

— Des intrus se sont introduits dans votre maison, je crois.

— Venez-en aux faits.

— Vous employez une assistante, Ms Marie de Wet.

94

— Exact.

— C'est elle qui les a repoussés, dit la femme avant de renifler.

— C'est juste, là aussi.

— Avec une arme.

— Autorisée. Avec une arme autorisée. Elle avait tout ce qui était nécessaire – épreuve d'aptitude, enquête sur son passé, permis. Je ne savais rien de tout ça. Je ne savais pas qu'elle en possédait une, protesta Clare. Je lui ai dit de s'en débarrasser. Je crois qu'elle l'a donnée à la police pour qu'elle soit détruite. Il n'y a pas d'armes dans cette maison. Je réprouve fortement les armes.

— Certes.» La femme fit la moue, comme pour dire : *Nous réprouvons tous fortement les armes.*

«Avez vous attrapé un de ces intrus?» demanda Clare.

La femme, Ms White pour Clare, sembla surprise, comme si c'était une question étrange, et secoua la tête pour répondre silencieusement : *Non.*

«Pourquoi avez-vous si longtemps habité une maison si peu sûre? demanda Ms White.

— J'ai du mal à comprendre votre question.

— Pourquoi avez-vous choisi d'habiter si longtemps Canigou Avenue alors qu'il était clair que votre maison n'était pas sûre? Vous n'aviez même pas un portail ni de barbelés ou de clôture électrifiée convenables, vous le savez bien. N'importe qui aurait pu entrer. Pourquoi êtes-vous restée là-bas si longtemps alors qu'il était évident que le quartier n'était plus sûr pour une femme telle que vous?»

N'était-il plus sûr parce que le quartier était trop mélangé, pas assez blanc, trop près de la Plaine du Cap et du crime, même si ce n'était que d'un point de vue psychologique? Clare savait que les intrus n'avaient rien à voir avec l'endroit, rien à voir avec la pauvreté ou le dénuement.

«C'était ma maison. C'est là que j'ai élevé mes enfants, et où j'ai passé toute ma vie de femme mariée, dit Clare.

Qu'est-ce que cela a à voir avec l'affaire ? Puis-je voir vos papiers ?»

La femme sortit une plaque, mais Clare n'avait aucun moyen de juger de son authenticité.

«Vous deviez savoir qu'il n'était pas prudent d'être là, sans même une alarme, sans avoir pris les mesures appropriées. Vous êtes une sorte de célébrité, madame, n'est-ce pas ? Vous êtes riche. Les gens savent que vous avez de l'argent, même dans ce pays.

— Même dans ce pays, Ms White, où le gouvernement n'apprécie pas nécessairement ce que j'ai à dire.

— Je n'ai pas dit *cela*. Je voulais juste signifier qu'il n'y a pas tant de gens que ça qui savent dans *ce* pays qui *vous* êtes, mais que cela suffit à ce que vous deviez vous protéger.

— C'est *mon* pays. Vous n'avez pas besoin de l'appeler "ce pays" comme si vous suggériez que je ne sois qu'une touriste, dit Clare, espérant avoir l'air autoritaire.

— Nous n'êtes pas une sorte de touriste ? demanda la femme.

— Je suis née ici, comme mes parents et grands-parents. Et bien qu'eux ne l'aient pas fait, j'ai voulu, très consciemment, m'imprégner de toutes les cultures de ce pays, lui appartenir entièrement.

— Et cependant cela ne vous a pas changée, madame. Vous êtes toujours tout à fait étrangère. Comme vos ancêtres colons. Ils étaient des touristes – ou peut-être pas quelque chose d'aussi agréable que des *touristes*. Je pense à un autre mot. Oui, je pense qu'avec des ancêtres comme ça vous êtes encore tout à fait étrangère.

— La façon dont j'ai changé n'est pas visible pour vous, Ms White, c'est sous la peau. Nous pourrions, par exemple, parler dans votre langue maternelle si vous le souhaitiez, plutôt que dans la mienne, et alors vous auriez encore un plus grand avantage sur moi, mais je serais encore capable de vous tenir tête. Où que j'aille, je ne suis pas une étrangère. Je peux parler avec tout le monde.

Comment pouvez-vous me qualifier d'étrangère ? J'ai toujours été citoyenne de ce pays, quelle que soit l'histoire de mes ancêtres ou celle du pays lui-même. C'est *mon* pays. J'ai un certificat de naissance. J'ai un passeport. Je n'apprécie pas votre ton.

— Et maintenant vous vivez dans cette magnifique demeure, avec vos hauts murs. C'est presque comme un palais. Peut-être que vous vous prenez pour une sorte de reine.

— Pas du tout. Je suis très humble.» Peut-être pas assez. Clare avait senti que les chiens étaient sur sa trace, savait qu'on ne lui accorderait pas les droits et les privilèges d'une victime innocente. Elle était une victime, peut-être, mais pas innocente.

«Vous avez toujours la même assistante, Ms Marie de Wet, poursuivit la femme.

— Vous le savez très bien. C'est elle qui vous a ouvert. Pardonnez-moi, Ms White, mais pourriez-vous m'expliquer le but de vos questions ?

— Elles font toutes partie de l'enquête, pour nous assurer que nous n'avons rien omis qui pourrait nous aider dans notre enquête – rien qui pourrait nous aider, comme vous diriez, à appréhender vos intrus.

— Ce ne sont pas *mes* intrus.

— *Les* intrus, alors, si vous préférez. Ms White parvint à toiser Clare, alors même que, assise comme elle l'était, Clare demeurait plus grande qu'elle. Vous utilisez les services d'une agence de sécurité ?

— Elle est privée que je sache. Peut-être que l'État a des intérêts dedans ?

— Je ne sais pas. Peut-être que *vous* savez quelque chose que nous ignorons, dit la femme avant de renifler de nouveau.

— Non, dit Clare. Vous voulez un mouchoir en papier ?

— Il me vient à l'esprit, Mrs Wald, que votre agence de sécurité privée emploie des hommes armés. Est-ce qu'ils n'interviendraient pas avec des armes si vous les appeliez ?

— Je n'ai pas encore eu besoin de les appeler. Nous pourrions essayer maintenant, si vous voulez », dit Clare, osant une moue. Un silence roula entre elles sur le sol et Clare se demanda à quel point ses gardes seraient réactifs. « J'espère que vous les attraperez, les intrus.

— Montrez-les-moi, madame, et je le ferai. Il vous suffit de me les montrer, dit Ms White, comme si Clare faisait partie des intrus.

— Vos agents ne m'ont jamais demandé de faire une déposition.

— Je pense que cela est un mensonge. Ms White feuilleta rapidement les pages dans son dossier et en retira une. *Quatre hommes, âgés de vingt-cinq à quarante ans. Taille moyenne, musclés. Race incertaine.* »

« Je n'ai rien dit de tel. Je n'ai aucune idée de leur âge. Je ne pourrais même pas dire avec certitude si c'étaient des hommes. » Clare se demanda si, après l'intrusion, elle avait fait une déposition dont elle ne se souvenait plus.

« Vous avez signé le document », dit Ms White, lui tendant le papier.

Clare était sûre que ce n'était pas sa signature – trop irrégulière, trop débraillée. « Non », dit-elle, avant d'avoir un instant de doute. Si la panique avait été aussi vive que dans son souvenir, alors il était tout à fait possible en tremblant, que sa main ait déformé sa signature. Elle voyait bien que le nom sur le document était issu d'une main qui s'était libérée du contrôle du cerveau.

« Est-ce que vous accusez mes agents de quelque chose ?

— Non, ce n'est pas ça. Je suis... incertaine. Tout ce que je fais, c'est d'accuser quelqu'un de se tromper. Je ne me rappelle pas avoir fait une description. Je ne me rappelle pas avoir apposé ma signature sur ce document. Mais non, en y repensant, je suis certaine de n'avoir jamais fait une déclaration officielle. On ne m'a jamais emmenée au poste – sans aucun doute. On ne m'a jamais appelée pour témoigner. Ce gribouillis, cette signature, ça pourrait être n'importe quoi. Je ne pense pas que ce soit la mienne. J'insiste là-dessus.» En fait, Clare doutait encore plus d'elle, et, après tout, la femme n'essayait que de faire son travail.

Ms White fit claquer sa langue, secoua la tête, sembla soucieuse, renifla de nouveau. «Il semble qu'il y ait une très grave méprise, alors. Parce que ici, très clairement, quelqu'un se faisant passer pour vous – moi, je lis votre nom – a accusé quatre hommes, âgés de vingt-cinq à quarante ans, de taille moyenne, musclés, et de race indéterminée. Race indéterminée. Est-ce un euphémisme, madame?

— Comme ce n'est pas moi qui ai fait cette déposition, comment puis-je savoir si c'était censé être un euphémisme ou une assertion? Je pense que vous devriez partir, Ms White.

— Vous devriez faire attention, madame, car je pense que quelqu'un se fait passer pour *vous*. Ou bien, vous oubliez qui *vous* êtes, et où *vous* avez été. À quoi cela rimerait-il? Pourquoi quelqu'un qui n'était pas vous aurait-il témoigné à votre place, et se serait fait passer pour vous? Il semble que ce soit une situation très étrange. Je crois que vous êtes en train d'oublier quelque chose. Je crois que vous ne vous sentez pas bien. Il y a des endroits où on soigne les malades, si vous êtes malade. On pourrait arranger ça.

— Je ne suis pas malade. Je suis en parfaite santé. Consultez mes médecins.» Clare voyait qu'on la menaçait: hospitalisation forcée, sédation, électro-convulsivothérapie, détention interminable – un assaut contre l'esprit. Elle savait qu'il lui fallait avancer avec prudence, mais elle peinait à puiser en elle la force de se contrôler.

«Il faudra que nous allions au fond de cette affaire, madame. Mais je vous assure que nous faisons très bien notre métier, et nous irons au fond de cette affaire, même si cela doit nous prendre du temps.» Ms White eut un sourire presque bienveillant et se leva, signalant la fin de l'entretien. Elle ne dit pas au revoir et ne tendit pas la main, fermant le classeur d'un coup sec avant de le laisser tomber dans sa serviette. «Je peux trouver mon chemin toute seule.

— Je vous accompagne, dit Clare. Permettez-moi au moins cette politesse.»

Clare

Est-il injuste de ma part de considérer tes carnets, ta dernière lettre, comme un fardeau que je dois porter ? Je souffre de les lire, de les comparer avec les comptes rendus officiels, les documents de la CVR, les coupures de presse, les récits et les révisions du passé contradictoires, que j'ai accumulés dans un dossier dont les éléments ne cessent d'augmenter, compilés si longtemps après les événements qu'ils tentent de reconstituer. Je commence à accepter le fait que la distance ne peut qu'engendrer la distorsion. Je lis une ligne de ta main, la compare avec les autres choses que je connais, les souvenirs de toi, les cartes d'anniversaire et de fête des mères que tu m'as écrites toutes ces années, même si je sais combien cela te coûtait de me donner le moindre signe d'amour. Je ne peux pas continuer. Lire une seule page, c'est escalader une montagne. L'équivalent d'une journée d'écriture – ton compte rendu d'une seule de tes journées –, c'est traverser un océan. *Je tenais la main de Sam et il avait l'air si confiant*, lis-je, et je repose le carnet avant que l'encre de tes mots se mette à couler, livide, sur la page. Pourquoi n'ai-je pas plus de choses écrites de ta main, Laura ? Ton écriture enfantine est devenue rigide et disciplinée à l'adolescence, tout comme tes idées politiques, un temps si différentes des nôtres, si étrangères à tout ce que ton père ou moi aurions considéré comme correct ou convenable ou simplement bien. Le drapeau que tu as voulu faire flotter à la fenêtre de ta chambre. Les saluts. L'hymne national. Ton militarisme singulier. C'était une torture pour nous – une torture et une honte. Comme ces minuscules rangées de lettres marchant au pas, si fines que tes professeurs se plaignaient que tes copies étaient presque illisibles et nécessitaient l'emploi de loupes. Et puis, en même temps que l'évolution de tes idées politiques, le soudain changement d'écriture au milieu de ta première année d'université, l'étrange hybridation de cursives et de caractères d'imprimerie, de ton invention, magnifique mais indisciplinée, adhérant tout juste à la règle. Radicale et indisciplinée là où tu avais été si conservatrice. Tu étais assez grande pour savoir ce que tu pensais, pour comprendre où tu t'étais trompée par le passé, pour reconnaître ton ignorance et prendre conscience de la terreur qu'il y avait dans cette ignorance.

Même aujourd'hui, alors que tellement de choses ont changé mais que rien n'est différent, c'est compliqué. Il y a quelque chose dans ton cas, et celui d'autres comme toi, qui gêne tes anciens camarades et dérange leur conscience. Personne ne veut me dire ce que c'est ni pourquoi. J'avoue que je n'ai fait que des enquêtes limitées, posé des questions discrètes à quelques personnes dans des circonstances officielles où ils ne peuvent parler sans crainte d'être entendus, où je dois avoir l'air d'une vieille femme pathétique et désespérée cherchant frénétiquement une justification, un réconfort, et une explication à la raison pour laquelle ton nom ne figure pas sur la liste des héros. Je ne peux que faire des suppositions. Peut-être est-ce le sang-froid de ton action, la détermination extraordinaire avec laquelle tu as accompli ta mission. Tu étais avant tout une fanatique. Tu as fait des victimes innocentes, pour autant qu'aucun de nous puisse être qualifié d'innocent ou de victime.

Qui croire ? Il y a des lacunes dans les archives que j'ai rassemblées, le dossier qui contient ce qui reste de toi, avec des grands trous béants entre ce que tu me dis dans les lettres qui m'ont été remises de ta part, ce que tu dis de toi dans les dix carnets que tu m'as légués, et les rapports de l'ancien gouvernement, les articles de presse, le témoignage de tes anciens camarades et celui de tes victimes. Il y a des périodes sur lesquelles on ne sait rien, des ligaments – motivations, événements et développements – entre des faits plus ou moins établis qui manquent, sans lesquels le squelette de ton histoire n'aurait pas de sens, tomberait par terre, n'aurait aucune possibilité de mobilité, d'unité de structure, de vie. J'ai besoin de forcer ces ligaments à prendre vie, de mettre de la chair sur les faits, de décider s'il s'agit d'un serpent monstrueux ou d'une déesse à dix bras.

Je me rappelle qu'il y a l'autre source, qui n'a pas encore été sollicitée ; si on lui en donne la possibilité, Sam pourrait raconter une histoire tout à fait différente.

*

Tu l'as regardé boire à la bouteille une eau marron, ses cheveux brillants, sales, sombres et peu attirants. Tu entendais sa langue coller à son palais. « Tu as du pain ? » a-t-il demandé. Tu n'as pas répondu, luttant pour ne pas te laisser happer par la responsabilité. Il l'a redit. « Dans ton sac ? Tu as une autre pêche peut-être ? Ou une pomme ?

— Non. J'ai des dattes.

— Je peux en avoir ? t'a-t-il demandé, le pied se tordant contre le sol.

— Tu n'as rien à manger ?

— Pas comme ce que tu as, geignant, suppliant, l'orteil creusant une cavité, rien comme ça.

— Alors non. Je ne peux pas te donner de mes fruits. J'ai un long voyage à faire. Il faut que je garde à manger. »

Tu étais entrée dans la désolation, un monde monochrome, les couleurs vives de l'enfance disparues, robes rouges perdues et brûlées, ou données à la bonne pour qu'elle les donne à ses enfants, qui aujourd'hui les ont peut-être données à leurs enfants.

(As-tu jamais porté de robes rouges ? T'ai-je jamais mise dans une robe ? Je vais dans mes albums chercher une photo, mon petit chaperon rouge, et je ne te trouve qu'en vert ou en jaune, pas de rouge, pas de robe, une jupe tout au plus, un chemisier sévère, kaki et blanc, marron et noir, une brève vague de bleu et d'orange. Tu dois bien avoir eu une robe rouge à un moment ou à un autre ; toutes les filles dans ma famille ont eu au moins une robe rouge. Est-ce qu'en cela aussi j'ai échoué ?)

Tu t'es éloignée à grands pas de Sam, es descendue dans un ravin où tu t'es cachée dans les buissons, tu as baissé ton short et poussé jusqu'à ce que tes intestins et ta vessie soient vides. Il y avait des rouleaux de papier dans ton sac à dos, des serviettes hygiéniques aussi, que tu as emportées en sachant qu'il y aurait des jours comme ceux-ci, que tu voyagerais à la rencontre de ton destin à la vitesse de la contemplation ; tu ne voulais pas te retrouver coincée sans ces quelques accessoires qui nous distinguent des animaux, de ces bêtes qui considéraient ton numéro d'un œil stupide à travers les buissons, gueules poilues reniflant tes déchets et ton malaise, te regardant avec stupéfaction enterrer tes excréments dans la terre dure.

À midi le vent a commencé à se lever et le nuage de fumée noire est apparu haut dans le ciel, le cisaillant en deux.

« Tout ira bien, as-tu dit à Sam, qui a levé les yeux, circonspect, tant que le vent continuera à souffler. On s'inquiétera quand le vent tombera ou qu'il se mettra à pleuvoir. Il ne faut pas avoir peur.

— Qu'est-ce que c'est ? a-t-il demandé, regardant le poids du ciel qui augmentait, puis toi, puis le camion.

— Beaucoup de choses. »

Tiger a sauté dehors, montrant une dent tachée. Il a grogné et poussé son museau contre la jambe de Sam. Le garçon a reculé puis ouvert le robinet pour faire boire le chien. Là où elle tombait, l'eau faisait une flaque de boue rouge, et Tiger y a bu.

« Tu vas à l'école ? as-tu demandé.

— C'est les vacances.

— Bien sûr. » On était en janvier. Il a tordu la bouche en restant là, les mains sur ses petites hanches, à te regarder.

« Pourquoi est-ce que tu attendais au bord de la route ? t'a-t-il dit, d'un ton tellement accusateur que tu t'es surprise à penser qu'il pouvait être dangereux.

— Pourquoi pas ?

— Parce que les gens comme nous n'attendent pas au bord de la route, pas au milieu de la nuit. C'est ce qu'a dit Bernard.

— Peut-être que je n'avais pas le choix. Peut-être que la voiture que j'attendais n'est pas venue et que je n'ai pas eu d'autre choix que de faire du stop. Est-ce que tu y as jamais pensé ? »

Sam sembla acquiescer et ferma le robinet, qui gouttait avec une persistance exaspérante. Il mit ses doigts dans le trou, laissant l'eau couler dessus, la terre entre ses mains se changeait en cicatrices d'un rouge vif.

« Est-ce que tu fais ça tous les jours ? lui as-tu demandé.

— Quoi ?

— Attendre sur des aires de pique-nique pendant que Bernard dort.

— Ça fait un moment, pas si longtemps. Peut-être pour plus longtemps maintenant. » Et alors il a hoché la tête, comme si c'était la vraie réponse.

« Si ce n'est pas ton père, alors où sont tes parents ?

— Morts. » Le garçon t'a regardée, la mine revêche, mystérieux, continuant à hocher la tête, sur un rythme de plus en plus compulsif. Il avait peu de contrôle sur son corps qui faisait des choses qui le surprenaient, lui désobéissait même quand il pensait être immobile. « Bernard m'a emmené quand ils sont morts.

— C'était un ami de tes parents ?

« — Un oncle peut-être. Un oncle ou un cousin. *Je suis ton oncle ou ton cousin peut-être.* C'est ce qu'il a dit.

— Il a une maison ?

— Oui. On y a été une fois. J'ai dormi sur un canapé. Il n'y avait qu'une chambre dans la maison, et c'était sa chambre. Alors j'ai dormi sur un canapé. Et après il a dit qu'il fallait qu'il aille faire un boulot. Alors on est partis le lendemain. Après que j'ai dormi sur le canapé. Et alors on s'est mis en route », a-t-il répondu, son discours semblait appris par cœur, il avait du mal à en mémoriser les mots. Peut-être savait-il que quelque chose n'allait pas dans l'ordre ou le contenu. Il a secoué la tête.

« C'était il y a combien de temps ?

— Un moment. » Sam t'a regardée, le visage n'affichant qu'une confusion vide. Il était perdu, presque stupide. Il refusait d'éclaircir quoi que ce soit. Il n'était quand même pas tombé du ciel. « Je veux renter chez moi. Tu sais comment y aller ? a-t-il demandé.

— Je ne sais pas où est ta maison.

— Non ? dit-il, l'air surpris. Je pensais que tu savais, peut-être. »

Sans faire aucun bruit, trois femmes sont sorties du bush, en provenance du ravin. Chacune portait trois jerricans en plastique, de diverses couleurs, rouge, vert et bleu. Les femmes vous ont salués d'un signe de tête et sont allées prendre de l'eau à la fontaine. Elles et toi avez échangé des mots que Sam n'a pas compris. Tiger a grogné à côté du garçon tandis que les femmes terminaient de remplir les jerricans. Il y a eu encore quelques mots entre toi et les femmes, et des hochements de tête courtois – un langage et une forme que tu avais appris enfant en allant à la ferme – avant que les femmes s'éclipsent et disparaissent dans le ravin. Les nuages noirs avaient couvert le soleil, et bien que ta montre ait dit qu'il n'était que 12 h 15 il faisait sombre comme au crépuscule. Il restait de nombreuses heures de jour avant le brusque couchant, le rapide assombrissement qui vient du ciel au nord-est, tirant un couvercle sur le pays.

« Est-ce qu'il faut qu'on prie ? demanda Sam.

— Pourquoi ?

— Pour que Dieu fasse partir les nuages.

— Ça ne fera pas de différence, as-tu dit, essayant de ne pas laisser entendre ton impatience.

— Qu'est-ce que tu veux dire ?

— Ce que je dis.

— Je crois que je vais prier. »

Le garçon s'est agenouillé sur le sol à côté du chien, joignant les mains et regardant les nuages, puis il a baissé la tête, fermé les yeux et murmuré longtemps. Son visage était immobile, intense dans sa dévotion, sa tête hochant en rythme avec la prière.

« Ça ne servira à rien, as-tu dit d'un ton sec. Ou le vent va emporter les nuages, ou la pluie va venir. On ne peut rien y faire. La prière n'y changera rien. Tout ce qu'on peut faire, c'est de nous mettre à l'abri s'il se met à pleuvoir, donc tu ferais mieux d'arrêter de prier. C'est idiot. Arrête maintenant. »

Mais Sam a continué de murmurer, et cela t'a tapé sur les nerfs jusqu'à ce que tu ailles le secouer avec une telle violence qu'il est tombé dans la poussière. Tandis que tu faisais cela, Tiger t'a perforé la jambe, l'émail de ses dents claquant contre ton os. De ta jambe libre, tu as frappé le chien à la tête jusqu'à ce que ses mâchoires se relâchent. Puis tu as frappé de nouveau, brisant l'échine du chien et, avec un gémissement chuintant, Tiger s'est affalé sur le sol, immobile mais toujours vivant. Tu l'as tiré par les pattes sous un buisson, où tu l'as fini d'un coup de pierre sur le crâne.

Le garçon s'est levé, les larmes éclatant en furoncles poussiéreux sur ses joues. Il eût été logique de quitter le garçon et l'homme. T'en aller eût été le meilleur choix, suivre les femmes dans le bush, emprunter des petites routes et, une fois très loin de là, t'échapper du pays. En tuant le chien tu avais fait quelque chose qui aurait des conséquences, comme de provoquer une réaction en chaîne.

«On pourrait partir. Avant qu'il se réveille», a dit Sam en regardant en direction du camion puis du bush. Au début tu as pensé qu'il n'avait pas compris pour Tiger, puis tu as compris. Il t'avait choisie pour être son sauveur. Mais tu ne pouvais pas prendre cet enfant et partir dans le bush. Tu ne pouvais pas l'élever dans une grotte, comme un ermite. Tu n'avais de quoi vivre que pour une personne, et Bernard te suivrait, ou enverrait des gens pour te suivre, et cela serait la fin de tout – pas juste de ta vie mais aussi de la vie de beaucoup d'autres. Avant de te tuer, ils te soutireraient des noms en te brûlant la bouche, ils t'arracheraient les syllabes des ongles, pêcheraient voyelles et consonnes dans tes narines, te rappelleraient leur autorité avec l'acier et le fil, l'électricité et le feu.

«Il a un pistolet? as-tu demandé.

— Non, a-t-il dit en secouant tête, à la limite de la perte de contrôle.

— Pas dans la boîte à gants, ou sous le siège?

— Non.»

Tu as cherché du regard une pierre assez grosse pour faire l'affaire, mais pas lourde au point d'être difficile à manier. Celle qui avait servi pour Tiger était trop grosse à porter jusqu'au camion. Comme tu évaluais le poids de plusieurs autres, le vent est tombé et la pression atmosphérique s'est mise à changer. Un front avançait – de l'air sec venant de la côte pour rencontrer l'air chaud et humide qui soufflait de l'autre direction et convergeait au-dessus de vos têtes. Aucune autre voiture n'était passée depuis au moins une demi-heure. Tu as choisi ta pierre et tu t'es approchée doucement du camion. Bernard ronflait, mais comme tu ouvrais la portière, il t'a regardée droit dans les yeux, la tête à l'envers, à moitié dans l'ombre; la pierre était lourde dans tes mains.

«Bon Dieu! Tu m'as fait peur, hein. Où est Tiger?

— Il chasse des oiseaux dans le ravin.

— Je vais aller le chercher. Il faut juste que je soulage un besoin pressant. »

Tu as lâché la pierre par terre derrière toi tandis que Bernard sautait du camion, traversait l'aire de pique-nique et regardait dans le ravin, laissant les clés sur le contact. Tu as fait signe à Sam, qui s'est précipité pour monter sur le siège du passager. «Verrouille ta portière.» Sam a obéi, te fixant des yeux, le visage stupide et illisible. Tu ne pouvais pas t'en aller comme ça, donc tu as démarré et passé la marche arrière. Bernard a couru vers le camion, la braguette encore ouverte.

Tu as lancé de nouveau le moteur, passé la première et accéléré tandis que Bernard courait le long du camion, puis, courant plus vite, il vous a dépassés. «Ferme les yeux, Sam.»

Le garçon a mis les mains sur ses yeux tandis que tu reculais, freinais, lançais le moteur et fonçais en marche avant, renversant Bernard. La collision vous a propulsés en avant puis vous a plaqués au siège.

Tu as de nouveau reculé, révélant le corps du gros homme secoué de convulsions, chemise rose tachée de sombre, la bouche s'ouvrant et se fermant, une balafre de sang giclant d'entre ses dents. Tu es repassée en première, tournant la roue afin que tout le poids du camion s'enfonce en lui.

«Garde les yeux fermés», as-tu dit, et tu as avancé et reculé sur lui jusqu'à ce qu'il ne bouge plus. Chaque fois le camion sautait moins violemment, aplatissant Bernard comme si quelque chose de gros et d'artificiel était tombé sur lui, du ciel, des nuages noirs au-dessus.

Dire qu'un jour j'avais déclaré que tu n'avais pas l'instinct maternel.

Telle est du moins ta version des faits, la raison que tu m'as donnée dans ton dernier carnet de la modification de tes plans, la responsabilité que tu prenais envers l'enfant.

Ce n'est pas une version crédible. J'en essaie une autre, une qui aille avec ce que je te sais capable de faire.

Bernard a continué à ronfler et n'a pas repris conscience tandis que tu frappais son front avec la pierre, encore et encore, jusqu'à ce que tes bras et ton visage soient couverts d'éclaboussures.

Donc on peut tirer du sang d'une pierre.

Tu avais fait pire dans ta vie.

Tu as retiré les clés du contact, tu as fermé la portière, fait le tour du camion et ouvert la portière du passager. Tu l'as pris par les pieds et tu l'as tiré dehors, sa tête a cogné contre les quatre marches en métal, laissant une traînée rouge, mouchetée d'étoiles de peau blanche. Sam faisait de l'hyperventilation, ses yeux étaient immenses et noirs, et sans prévenir il a été pris de convulsions, vomissant par terre, le corps tenaillé de haut-le-cœur jusqu'à ce qu'il n'y ait plus que de l'écume qui lui goutte de la bouche.

Tu as traîné le corps de Bernard dans le ravin, le cachant dans le même bosquet d'épineux où gisait Tiger. Les charognards auraient presque tout nettoyé avant la nuit. Tu t'es lavée à la fontaine, rinçant tes bras et ton visage, frottant la morsure à ta jambe droite, t'obligeant à ne rien ressentir. C'était un talent que tu avais développé.

Sam te regardait, le visage et la chemise recouverts de vomi.

«Tu peux te laver? lui as-tu demandé, en posant tes mains sur ses épaules.

— Oui.» Il s'est aspergé le visage et les mains, essuyant sa chemise avec ses paumes mouillées, se mouillant plus qu'il n'en avait l'intention.

«Est-ce que tu as d'autres vêtements?

— J'ai un sac. Dans le camion.

— Va te changer.»

«Elle est poisseuse, a dit Sam, décollant sa main du vinyle brun qui recouvrait la banquette du camion, la paume couverte d'une pellicule de sang.

— Essuie-la par terre. »

Comme tu t'engageais sur la route, la pluie a commencé à tomber. Tu as mis la ventilation pour recycler l'air, et éviter de respirer le pire des émanations qui montaient de l'eau. Elle recouvrait le pare-brise, résistant aux essuie-glaces qui luttaient pour te dégager la vue. Il serait impossible de conduire de nuit si une telle pluie continuait. Sam croisait et décroisait ses doigts tachés de sang, crachait dessus, se frottait les mains comme quelqu'un qui essaie de faire du feu par friction, et se penchait pour les essuyer sur le tapis de sol rugueux du camion, peinturlurant les poils avec ses doigts. Une fois qu'il eut épuisé son jeu, il se redressa, examina ses mains, et tenta de nettoyer les arcs de sang séché sous ses ongles.

« J'ai faim, gémit-il.

— Cherche dans mon sac à dos. Prends des fruits. »

Sam s'empara des dattes et en mangea quatre, examinant ta réaction pour s'assurer qu'il ne prenait pas plus que sa part. Il alluma la radio et regarda la carte. « Où est-ce qu'on va ?

— Là d'où on est venu. Dans l'orage. »

1989

Il n'avait qu'une seule photo de ses deux parents ensemble, avec lui dans les bras de sa mère, elle avait été prise lorsqu'il n'avait que quelques mois, et il l'avait toujours gardée dans son sac à l'intérieur d'une pochette en plastique, glissée entre les pages d'un livre pour éviter qu'elle ne se plie, se déchire ou se casse. Sur la photo, sa mère porte un jean et un T-shirt jaune avec une tête d'homme verte imprimée dessus et son père un short long et rien d'autre, parce qu'on était en janvier. À voir la photo, n'importe qui aurait compris pourquoi ils étaient tombés amoureux l'un de l'autre. Bronzés, beaux corps, beaux visages. Qu'est-ce qu'un beau visage ? Tout à la bonne place, de la bonne taille et peau lisse, bien que son père ait une cicatrice sur la joue, une cicatrice qu'il adorait. Son père était fort et souple et le garçon embrassait cette cicatrice chaque fois qu'il était là pour le mettre au lit, ce qui n'arrivait pas très souvent à cause du travail qui l'éloignait de la maison la majeure partie de la journée. Il se rappelait le goût de cette cicatrice sur le bout de sa langue. Ses parents n'étaient pas des gens méchants, il en était sûr, mais peut-être n'étaient-ils pas très intelligents même s'ils lisaient des livres et savaient tout du monde.

Quand Bernard s'est arrêté, le garçon s'est réveillé.

Je vais dormir là-bas. Tu restes dans le camion. Ferme les portières et ne laisse entrer personne à part moi tu comprends ?

Et si... ?

Mais Bernard s'éloignait déjà du camion en direction du seul coin ombragé. Il avait une serviette et l'avait étalée par terre près d'un arbre à demi-mort. Le garçon transpirait, alors il a baissé les vitres. Ils étaient à un demi-kilomètre de la route et il n'y avait pas de maisons, juste des champs dans toutes les directions. Bernard avait laissé les clés sur le contact. Le garçon savait conduire parce qu'en voiture, son père le prenait sur ses genoux, cela Bernard l'ignorait.

Le garçon a attendu d'entendre Bernard ronfler puis il a ouvert la portière du camion et sans descendre a essayé de faire pipi dehors, mais il n'est pas sorti grand-chose. Il n'y avait rien à boire dans le camion et rien à manger. Le terrain de camping possédait un bloc sanitaire, or le garçon devait passer devant Bernard pour y arriver. Il s'est demandé combien de temps il pourrait tenir sans boire. Deux jours déjà ? Il n'avait pas de montre et le camion aucune horloge, la seule façon de deviner depuis combien de temps il était là, c'était de regarder le soleil, ce qui ne l'aidait pas beaucoup. Il n'avait jamais vraiment fait attention à la position du soleil de sorte que plusieurs journées avaient pu passer comme ça sans qu'il ne s'en rende compte, sauf si le jour tombait. Mais il ne tenait jamais jusqu'à la tombée du jour.

Il pouvait être midi, le garçon a de nouveau entrouvert la portière, a pris les clés, fermé le camion et s'est dirigé vers les toilettes. Son estomac faisait du bruit, Bernard ronflait, des corbeaux pie se battaient pour une poubelle qui n'avait pas été vidée depuis longtemps, au-dessus on entendait le bruit du vent qui soufflait dans la poussière ambiante dont une couche d'un rouge brun s'était déposée sur le corps de Bernard et sur le magazine de bodybuilding qui lui couvrait le visage. Sur la couverture, la photo d'un homme nu, hormis un petit bikini vert, qui bandait ses muscles. Les ronflements de Bernard vibraient contre les pages en faisant bouger le bikini et les muscles bandés de l'homme comme dans un dessin animé.

Le garçon est entré dans le bloc sanitaire et a ouvert les robinets du lavabo, il n'en est pas sorti d'eau, alors il est allé dans les douches et quand il a appuyé sur les robinets en chrome ils n'ont pas bougé. Personne n'avait campé là depuis des années parce que c'était sur le chemin de nulle part de joli, et l'endroit lui-même n'était pas joli, alors à quoi bon ? Le seul endroit d'où sortait de l'eau c'était dans les cabinets mais il n'allait pas boire ça. Des mouches à moitié mortes rebondissaient contre le plafond et le sol. L'une d'elles a atterri sur son bras et il l'a tuée d'une tape, faisant gicler du sang sur sa peau.

Il a pensé alors à une station-service qu'ils avaient passée avant de s'arrêter, il devait y avoir de l'eau et à manger, quand il s'est souvenu qu'il n'avait pas d'argent. Qu'était-il arrivé à l'argent de ses parents ? Bernard devait bien l'avoir puisqu'il était son oncle et son tuteur, et que le garçon en était *l'unique héritier*, mais trop jeune pour qu'on lui fasse confiance, alors il s'est demandé soudain ce que Bernard avait pu faire de l'argent, son argent, pas celui de Bernard qu'il avait dépensé en bières et pour acheter le camion juste après que le garçon fut venu habiter chez lui. Est-ce que le camion était son héritage ? Bernard ne disait jamais rien à propos de l'argent mais le garçon savait qu'il devait en rester, même un peu, de la vente de la maison, et de l'argent de l'assurance de ses parents – il savait qu'une assurance existait, il avait entendu ses parents en parler.

Il s'est tout à coup dirigé vers les champs et il a enlevé ses chaussures. Au loin un groupe d'hommes marchait dans l'autre direction comme s'ils étaient à moitié ivres ou épuisés ou se fichaient de là où ils allaient. Il voulait courir les rejoindre, il savait pourtant qu'il ne pouvait pas. Ces hommes ne pouvaient rien faire pour l'aider.

114

Son père avait toujours été occupé par son travail, un travail important qui allait sauver tout le monde, et c'est pourquoi le garçon lui avait pardonné d'être si souvent absent. La plupart du temps, son père portait un short, même par les jours pluvieux d'hiver, il disait qu'il était à l'étroit dans une maison, de sorte qu'après avoir embrassé la mère du garçon, il prenait son fils dans ses bras et l'emmenait dehors où il s'allongeait sur le dos et plaçait le garçon sur sa poitrine face à lui, ou ventre contre ventre, ou les petites jambes du garçon à cheval sur ses côtes, sous le figuier du jardin. *Qu'est-ce que mon garçon a fait aujourd'hui ?* Au début le garçon ne savait que rire, mais à mesure qu'il grandissait, il disait : *J'ai pris mon petit déjeuner* ou *j'ai lu un livre* ou *j'ai joué avec Sandra*, la fillette qui habitait à côté et avait le même âge que lui. Plus tard encore, il parlait à son père des livres qu'il avait lus et de ses copains de classe et de ses professeurs, et son père disait : *Tu es trop grand pour être sur moi, tu vas m'étouffer,* et le garçon pesait de tout son poids sur son père et l'homme suffoquait et ils riaient. Après ces dix minutes de réconfort, qui étaient le meilleur remède contre la solitude et un baume parfait contre les séparations et les traumatismes, il soulevait le garçon de sa poitrine, le posait par terre et le ramenait à l'intérieur.

Assis au bord du champ, le garçon a regardé l'horizon jusqu'à ce que le soleil commence à descendre, et que les nuages sur la montagne virent au rouge. La tête lui tournait, ses yeux le démangeaient dans leurs orbites et sa langue était pâteuse et lourde. Il s'est mis debout en s'aidant, est retourné au terrain de camping où Bernard dormait toujours et a songé à lui donner un coup de pied. Il avait cessé de ronfler, mais le garçon le voyait respirer et il le regrettait parce que tout ce qu'il voulait c'était que Bernard disparaisse. Comme ça serait bien s'il mourait dans son sommeil. Le garçon s'est assis à côté de lui un moment, le regardant respirer et se demandant combien de temps ils resteraient comme ça tous les deux. Ce n'était pas la vie que ses parents lui avaient promise. C'était la vie contre laquelle l'assurance était censée le protéger.

Une fois la nuit tombée le garçon est remonté dans le camion et a démarré. Bernard a bougé dans son sommeil. Le garçon a passé la première et a accéléré. Il avait peur que démarrer le camion ne réveille Bernard, mais avant qu'il en prenne conscience, avant que Bernard s'en rende compte, les roues étaient en train de lui passer dessus. Les branches de l'arbre à demi mort ont frotté contre le pare-brise, le camion est entré en collision avec le bloc sanitaire qui s'est mis à trembler, s'est éloigné du camion en oscillant en direction du champ, sur le point de se renverser. Le camion était l'héritage du garçon. Il ne faisait que prendre ce qui lui appartenait. Il ne pensait pas à ce qu'il faisait.

Il a passé la marche arrière, roulé sur Bernard, puis en direction de la route, en marche avant. Il y avait moins de craquements qu'on aurait cru. C'était un gros camion et Bernard n'était qu'un petit homme, à peine plus grand que le garçon, mais tellement plus fort. Le garçon manœuvrait le camion vers l'avant puis vers l'arrière. Pendant un moment, il a cru n'avoir peut-être fait qu'enfoncer Bernard dans la terre, il a allumé les phares – on aurait dit que Bernard continuait à dormir, mises à part la drôle de rose à ses lèvres et la manière bizarre dont ses bras et ses jambes étaient disposés comme les pattes d'une araignée.

Le garçon a arrêté le moteur, laissé les clés sur le contact et les phares allumés, il a marché dans la lumière jaune pour regarder Bernard et il a dit : *Bernard ? Bernard ? Ça va ?* Mais Bernard n'a rien répondu. À l'intérieur de sa bouche, la rose s'était changée en bulles rouges pour le bain, ses yeux étaient ouverts mais ils ne pouvaient voir que le garçon remuait sa main devant eux. S'ils étaient ouverts, alors peut-être Bernard s'était-il bien réveillé. Le magazine de bodybuilding était déchiré par terre à côté de lui. Le garçon s'est penché et lui a pris le pouls comme sa mère le lui avait montré une fois, il a regardé s'il respirait encore et a écouté son cœur, or, au fond, il savait que Bernard ne ferait plus aucun bruit. Le garçon était heureux, et, surpris de l'être, il a pleuré puis crié puis trépigné. Il n'y avait plus personne au monde pour s'inquiéter de lui.

Il s'est assis à côté de l'homme, a posé le bras gauche de Bernard sur ses genoux et l'a tenu un long moment, pressant ses doigts contre le poignet mort en regardant les poils qui viraient à l'or dans la lumière des phares. Bernard portait une chevalière au petit doigt. Le garçon a caressé son bras. Il a vu le portefeuille dans le jean de Bernard et l'a pris, a compté l'argent puis a retiré la chevalière du petit doigt, la montre en or, et ses bottes en cuir neuves qui étaient trop grandes pour lui même s'il savait qu'elles lui iraient bientôt. Le jean et la chemise étaient foutus, alors il les a laissés et a remis le magazine sur le visage de Bernard. Puis il a croisé les bras de Bernard sur sa poitrine et a étendu ses jambes. Il n'y avait personne pour le voir sauf un corbeau dans l'arbre et même lui était endormi.

Dans le camion, le siège du conducteur était mouillé et le garçon s'est rendu compte que son pantalon aussi. Il est resté un moment dehors pour se sécher et regarder le vent faire bouger le magazine et les cheveux qui dépassaient en dessous. Il a mis la montre de Bernard à son avant-bras et la chevalière au petit doigt de la main droite et le portefeuille dans sa poche avant.

Bernard n'avait pas d'autre famille à part le garçon, il ne manquerait à personne, sauf peut-être à ses amis et aux gens pour qui il travaillait. Pourtant il y avait un problème. Le garçon savait conduire, mais il n'avait pas le permis et si quelqu'un le voyait au volant du camion, il appellerait la police et si la police l'attrapait elle l'arrêterait et regarderait le permis de Bernard, saurait qu'il n'était pas lui, et que le camion ne lui appartenait pas légalement même si Bernard était le demi-frère de sa mère. Aller à la station-service seul dans le noir était trop dangereux, alors le garçon a décidé de passer la nuit dans la cabine du camion pour réfléchir à ce qu'il ferait au matin, sachant déjà qu'il devrait abandonner son héritage s'il voulait vivre.

Il a éteint les phares et fermé les portières, a regardé les nuages commencer à recouvrir la lune. Il n'avait toujours rien bu depuis le soir précédent, sa bouche et ses dents se retournaient contre lui. Toutes les cinq minutes, il allumait les phares pour s'assurer que Bernard était bien mort.

Sam

Un autre week-end. Greg est libre, nous décidons de sortir de la ville pour aller pique-niquer. Il connaît un endroit, un de ces anciens établissements vinicoles entre Stellenbosch et Franschhoek, où il y a des tables avec vue sur les montagnes.

«Et ils ont des poules, dit-il. Dylan adore voir les poules, n'est-ce pas mon garçon?»

Le trajet de la ville jusqu'aux vignobles, quarante-cinq minutes, passe par les townships et l'aéroport. Les allers-retours de la maison de Greg à celle de Clare me font facilement oublier où je me trouve. Ce pourrait être San Francisco, avec un peu plus de mendiants dans les rues, un peu plus de gens qui essaient de vendre des fruits ou des babioles ou des journaux, ou qui vous proposent de laver vos vitres. À une intersection près de Bishopcourt, à l'embranchement pour Kirstenbosch, une demi-douzaine d'hommes vendent les mêmes illustrations, à base d'une technique mixte, de la vie dans les townships : des toiles peintes sur lesquelles des taudis miniatures en fer-blanc constituent de grossiers bas-reliefs. Je n'ai jamais vu personne en acheter.

DES BIDONVILLES À LA DIGNITÉ proclament des panneaux tout au long de la N2, la route qui mène de la ville à l'aéroport et à la nationale, longeant la côte en direction de l'est. Je me rappelle à moitié avoir pris cette route avec Bernard, bientôt je l'aurai complètement oublié.

Il y a quelques années, les taudis – faits de cartons, de fer-blanc, de bâches en plastique, de bouteilles, de containers, de pneus, de boue, tout ce qu'on pouvait trouver – avaient débordé jusque sur la route, me dit Greg. On l'a dégagée il y a un ou deux ans pour ne pas gêner les touristes étrangers.

Arrivés à l'établissement vinicole nous nous garons devant l'un des bâtiments du XVIIᵉ siècle, fraîchement chaulé, et trouvons une table à l'ombre près d'un étang pour disposer notre pique-nique. Dylan pousse des cris de poules et Greg dit d'une voix douce : «Ce sont des canards, mon bébé. Quels cris font les canards?» *Coin-coin*, pas *cot-cot*. Nous ouvrons une bouteille de vin, donnons à Dylan un gobelet de jus de fruit, et mangeons des salades et des sandwiches pendant qu'il joue. Il n'a pas faim. Il mange depuis le petit déjeuner.

Je regarde l'affleurement des roches sur la montagne. Le soleil est si proche qu'il me donne l'impression d'un poids qui pèse sur moi. L'air a l'odeur de mon enfance, de mes parents, de la maison dans laquelle j'ai grandi – aloès et feu de bois, finbo, ce maquis typique, et pollens âcres, qui sont autant animaux que végétaux, pollens et poussière qui laissent des marques sur les pages des livres et se posent sur la surface des objets avec une telle permanence que l'odeur ne disparaît jamais. Je me rappelle mes parents époussetant leurs livres de manière obsessionnelle, protégeant leurs couvertures dans du plastique, observant leur décrépitude qu'ils ne pouvaient prévenir que temporairement. Les livres signifiaient tout pour eux, des livres dans de fausses jaquettes, des rangées d'ouvrages dangereux cachés derrière les plus inoffensifs, des volumes dissimulés sous une lame mobile du plancher de ma chambre. Qu'est-il arrivé à tous ces livres? Qu'est-il arrivé à tout ce que nous possédions? Je ne possède aucune de ces choses, rien de mon enfance. Rien qu'une photo de moi au début

120

de l'adolescence. L'enregistrement continu de mon apparence commence avec mon arrivée chez tante Ellen, après la disparition de mes parents, après celle de Bernard, aussi.

Après le déjeuner, nous trouvons les poules dans le jardin d'herbes aromatiques qui approvisionne le luxueux restaurant de l'établissement vinicole et Dylan fait *cot cot* avec ravissement. C'est un gentil petit garçon. Nous prenant chacun une main, sautant sur place d'excitation, *cot cot cot*, il cherche notre approbation du regard.

« Il est comme toi, dit Greg.

— Il a de la chance. » Je me demande si Greg se rend compte à quel point son fils a de la chance.

Sur le chemin du retour, nous nous arrêtons à Stellenbosch pour acheter des glaces que nous mangeons dans un jardin public. Des étudiants jouent au football, et plus loin des marchands vendent des babioles aux touristes.

Deux garçons, âgés de moins de dix ans, nous observent de loin et commencent à nous parler. Greg leur répond.

« Qu'est-ce qu'ils veulent ? demandé-je.

— Ils disent : *Monsieur, monsieur, s'il vous plaît nous voulons un peu de ce que vous avez.*

— Qu'est-ce que tu leur dis ?

— Je leur dis que je suis désolé, mais que ce n'est pas possible. Peut-être la prochaine fois. C'est sans doute une erreur de leur dire "la prochaine fois". Ils vont vouloir savoir quand ce sera.

— Je pouvais leur donner la mienne. »

Il secoue la tête. « Après, ils vont vouloir la mienne aussi, et puis celle de Dylan, et ensuite ils voudront de l'argent, et avec l'argent ils iront acheter des bonbons, ou avec moins de chance, ils iront acheter de la colle, voire pire, et une fois défoncés, ils voleront d'autres pigeons sous la menace d'un couteau, ou ils feront une overdose et finiront morts dans la rue ou bien vendus. C'est sans fin... Je ne peux pas croire que ce soit moi qui dise ça.

— Est-ce qu'ils sont de mèche avec les marchands ?

— Non, ils sont d'ici. Les marchands ne sont même pas d'ici. Ils sont probablement d'Afrique de l'Ouest, ou du Zimbabwe. Ce qu'ils vendent n'est pas d'ici non plus. La plus grande partie vient de Chine en containers. »

Les garçons continuent à nous parler et Greg répond poliment mais fermement. On pourrait croire qu'il est en train de s'adresser à Dylan, dont le visage est maintenant couvert de glace au chocolat fondue, sauf que je distingue une nuance d'autorité dans sa voix que je ne perçois pas quand il parle à Dylan ou à Nonyameko ou à son jardinier ou à son domestique. Si ce n'est pas de l'autorité, alors c'est de la panique. Quand les garçons commencent à s'approcher, plus effrontés, nous décidons qu'il est temps de partir.

« Est-ce qu'on peut leur en vouloir ? dit-il dans la voiture. Si nous étions eux et qu'ils étaient nous, je ferais la même chose. Parfois je ne sais pas quoi faire, ni ce qui est bien ou mal. Ce serait tellement plus facile ailleurs.

— Les difficultés, d'un genre ou d'un autre, existent où qu'on soit », dis-je. Il me regarde un instant comme s'il ne pensait pas que ce fût nécessairement vrai.

*

Dylan est assis sur sa chaise haute, occupé à dessiner des canards et des poules, tandis que nous préparons le dîner dans la cuisine de Greg. Je fais la salade, il met un poulet rôti à réchauffer dans le four et nous allons nous asseoir à table quand les chiens deviennent fous dehors, grognant et aboyant.

« C'est le même type qui était ici l'autre jour, dit-il en se levant.

— Quel type ?

— Un type qui propose de réparer ou d'aiguiser des couteaux. » Greg va à la porte et appelle les chiens, qui continuent à aboyer, cinq voix, un homme et quatre chiens. Entre nous et l'homme à l'extérieur, il y a deux portails – celui entre le jardin et l'allée, et celui qui est à son extrémité – puis il y a la maison elle-même, avec ses alarmes, ses boutons d'appel, son générateur de secours, ses verrous, ses barreaux, son verre renforcé à l'épreuve des balles. Nous pourrions nous enfermer et laisser les chiens le poursuivre. Ce n'est qu'une fois l'homme enfin parti que Greg revient s'asseoir. «Il n'y a plus de rémouleurs. C'est une espèce éteinte. Il vient vérifier s'il y a quelqu'un, dit-il en se servant un pilon. Du moins, c'est ce que je crois. Il est peut-être inoffensif, mais il y a eu des cambriolages. Tu crois que je suis paranoïaque? Une nuit mon assistante s'est réveillée devant quatre hommes qui la tenaient en joue avec des fusils. Mais elle n'a pas de chiens. L'un d'eux était en train de défaire sa ceinture et de lui ordonner de se déshabiller quand la police est arrivée. Elle a un bouton d'alarme dans le cadre du lit. C'est la seule chose qui l'a sauvée.»

Absolution

Le déménagement avait été un prétexte non pour Clare mais pour Jacobus, l'homme qui travaillait dans le jardin de la maison de Canigou Avenue depuis que son mari et elle l'avaient achetée juste après leur mariage. Comme Clare, Jacobus pensait qu'un jardin devait être fonctionnel, qu'il devait avoir un rendement pour ses propriétaires, qu'il ne devait pas seulement être beau à regarder mais offrir aussi un moyen de subsistance dans un monde incertain. Ensemble, Clare et Jacobus avaient tracé des parcelles sur le tapis rapiécé de pelouse derrière la maison, une pelouse que les précédents propriétaires avaient protégée des mauvaises herbes avec un soin maniaque, mais sans intérêt pour y faire pousser autre chose. Avec Jacobus et l'un de ses cousins, un homme dont elle ne se rappelait pas le nom, Clare avait délimité les parterres à l'aide de ficelle et d'arceaux de croquet, enlevé le gazon et entamé le processus laborieux qui consiste à creuser et à enrichir le sol. Ensemble ils avaient choisi les graines, planifié la rotation des floraisons, concédé à William, le mari de Clare, plus qu'à l'un l'autre, qu'il devrait y avoir une plate-bande de plantes vivaces le long du mur du fond et que les parterres eux-mêmes devraient être enclos, si tant est qu'enclos fût le terme qui convenait à la profusion croissante qu'ils avaient créée, avec les broméliacées et

124

les clivias mêlées aux agapanthes. Un vieux poinsettia avait fait son apparition près de la maison, ils avaient planté un micocoulier d'Afrique dans un coin et un santal citrin dans l'autre. Aujourd'hui ce jardin au fonctionnement simple, organisé selon des principes anciens, aux lignes propres et linéaires et aux parterres nets, manquait à Clare.

Le déménagement avait été un prétexte pour mettre fin à leur relation. Comme elle, Jacobus était vieux. La nouvelle maison était beaucoup plus éloignée de chez lui. Ce serait trop loin, trop difficile d'y aller, et quand il avait vu le nouveau jardin, quatre fois plus grand que l'autre, il avait secoué la tête et s'était excusé, c'était trop de travail pour lui et, de toute façon, le nouveau jardin était déjà ce qu'il était, un show-room ondulant de spécimens arrivés à maturité, une galerie de trophées conçue par les précédents propriétaires, avec des bassins et des jets d'eau et de délicats sentiers pavés, une étrange aire boisée, et une pelouse telle, avoua-t-il, qu'il n'aurait jamais espéré en faire pousser lui-même. Il ne voyait pas où serait sa place dans ce nouvel ordre des choses. Il n'était pas à l'aise avec les terrasses de gazon et les parterres fortement inclinés, il préférait travailler sur un terrain plat où l'on voyait où poser les pieds, et de plus, avec la montagne si près, les conditions de croissance seraient différentes de tout ce qu'il connaissait. Il n'avait pas assez confiance en lui pour s'occuper de ce lieu. Clare lui donna une indemnité de licenciement, lui acheta de nouveaux outils pour son jardin à Mitchell's Plain, qu'elle n'avait jamais vu, et lui dit qu'il devrait venir lui rendre visite une fois qu'elle serait installée, sachant avec une quasi-certitude qu'il ne le ferait pas.

Le nouveau jardinier arriva, recommandé par son voisin, Mr Thacker, un juge à la retraite originaire de Londres.

«Avec un jardin pareil, vous avez besoin de quelqu'un qui vienne presque tous les jours, juste pour être sûre que

tout reste sous contrôle, lui conseilla Thacker. Adam s'occupe de mon jardin depuis quatre ans, mais c'est le seul
dont il s'occupe, et ça ne lui prend pas toute la journée.
C'est un bon gars honnête. Je lui demanderai. Il pourrait
s'occuper du vôtre le matin et du mien l'après-midi, pendant que je joue au tennis. Je joue au tennis tous les jours
de la semaine, vous savez, au Constantia Club. Je suis sûr
qu'un peu plus de travail fera du bien à Adam, pas pour
l'argent, vous savez, mais pour le sortir du lit plus tôt et
l'empêcher de boire du gin, si c'est du gin qu'il boit. Il est
honnête, vous savez. Bien sûr, si vous voulez commander
des plantes chez le pépiniériste, à votre place je le ferais
moi-même, ou je le ferais faire par ma secrétaire. Ils ont
tendance à se sucrer au passage. Mais vous devez savoir
ça, étant d'ici.

— Je n'ai jamais connu personne qui se sucrait au passage, dit Clare, dans un accès de colère froide.

— Vous ne vous en êtes pas aperçue, vous ne vous en
êtes pas aperçue, c'est tout», dit le juge en secouant la
tête, agitant un doigt. Il promit de parler à Adam.

Quand elle finit par le rencontrer, une semaine plus
tard, Clare sut immédiatement qu'Adam n'était pas
Jacobus.

«Quel est votre autre nom, Adam? demanda-t-elle en
lui montrant le jardin, qu'il semblait déjà connaître.

— Adam est mon nom», dit-il, à voix si basse que
Clare dut tendre l'oreille.

Elle essaya de nouveau, dans ce qu'elle pensait être la
langue maternelle du jardinier. «Adam est mon nom,
répondit-il de nouveau, en anglais.

— Mais votre autre nom, votre vrai nom, quel est nom
que vos parents vous ont donné? Comment voulez-vous
que je vous appelle?

— Adam est mon nom», dit-il de nouveau, cette fois-ci
d'une voix plus ferme.

Clare se rappela les photos de famille que Jacobus lui
montrait toujours – sa femme soignée, ses enfants sou-

riants, les réunions de famille pour Noël et les anniver-
saires. Elles avaient été prises dans le jardin de Jacobus,
de sorte que Clare, d'une certaine façon, connaissait ce
jardin, savait que c'était une version modeste de celui
de son ancienne maison, mais elle n'y était pas allée en
personne, pour rencontrer la femme et les enfants de son
jardinier. Elle n'avait jamais été invitée et elle n'avait pas
voulu s'imposer, se disait-elle. Elle n'avait jamais dit :
J'aimerais un jour voir votre jardin, Jacobus.

Il se révéla que le frère d'Adam, qui avait lui aussi été
jardinier, et était mort (*Il a été très malade et il est mort*,
dit Adam), avait été le jardinier des précédents propriétaires de la nouvelle maison de Clare, un couple de gens
âgés qui avaient émigré pour s'installer près de leurs
enfants à Vancouver. «Je connais bien ce jardin, la rassura
Adam. Je sais quoi faire. Vous verrez. J'ai aidé mon frère
quand il plantait pour Mr et Mrs Mercer.

— Mais il y a des choses que j'aimerais changer, expliqua Clare. Je veux un carré de légumes ici, désignant un
endroit au milieu de la pelouse de derrière qui semblait
être le plus ensoleillé, et un jardin d'herbes aromatiques
près de la terrasse.»

Adam mit les mains sur les hanches et inspecta le jardin, sifflant entre ses dents. Il regarda en direction du
soleil puis de la montagne et s'agenouilla pour toucher le
sol de l'un des parterres de plantes vivaces. «Cette terre,
elle n'est pas assez bonne pour ça, dit-il en secouant la tête
et en en émiettant une poignée.

— On peut mettre une autre terre. On pourrait
engager deux autres personnes pour vous aider, pour préparer les nouvelles plates-bandes. Je suis trop vieille maintenant pour le faire avec vous. Jadis, j'aurais pu. Mais je
n'attends pas de vous que vous le fassiez seul», dit-elle,
soupçonnant qu'il voyait là plus de travail qu'il n'en désirait.

Il secoua de nouveau la tête, frottant la terre entre ses
doigts, l'éprouvant sur sa langue. «Ces choses ne vivront

pas bien ici, dit-il. Nous devrions laisser ce jardin comme mon frère l'a fait. Nous devrions le garder comme ça. Pour le moment.» Il leva la tête en arborant une rangée de dents régulières, blanches, et essuya le bout de ses doigts sur son jean lâche. Sans savoir complètement pourquoi, Clare l'engagea sur-le-champ, pensant qu'elle le convaincrait de la possibilité des herbes et des légumes en temps voulu.

Après cela, tous les matins des jours ouvrables, Adam arrivait à huit heures et Clare le regardait désherber les parterres, tailler, tondre la pelouse – elle dut investir dans une tondeuse assez grande pour ce qu'elle commençait à appeler son «country club» – arroser, fertiliser et s'occuper du jardin avec une énergie féroce. Un mois plus tard, Adam vint la voir, l'air contrit. «C'est trop, en ne travaillant que le matin. Vous voyez, il a déjà poussé démesurément.

— Vous pourriez venir à plein temps?» Elle avait entendu parler d'amis qui avaient débauché des employés, mais elle fut surprise de le faire avec une telle aisance.

«Le juge a été très bon pour moi, dit-il avec un mouvement de tête en direction de la propriété de Mr Thacker.

— Je pourrais vous payer plus que vous ne recevez de lui et de moi réunis.

— Non, non ce n'est pas ça.» Adam détourna la tête et elle comprit qu'il n'essayait pas de faire monter les prix ; il était simplement sincère. «Peut-être que si nous pouvions avoir une personne en plus, pas tous les jours, rien que deux ou trois jours par semaine. Dix jours par mois. Je pourrais lui apprendre comme mon frère m'a appris, et s'il y a plus de travail, de temps en temps il pourrait venir l'après-midi quand je suis chez le juge.

— Est-ce que vous me recommandez quelqu'un?» demanda Clare, soupçonnant que tel pouvait être le stratagème, d'engager un parent ou un ami. Mais Adam secoua la tête.

«La plupart des jardiniers ici, ceux que je connais, ils ne sont pas très bons. Ils ne travaillent pas dur comme moi. Peut-être que le juge connaît quelqu'un, dit-il avant de hausser les épaules. Mais ça serait bien, parce que je ne veux pas que ce beau jardin qu'a fait mon frère devienne une forêt. Ce serait bien d'avoir une autre personne de temps en temps. »

Contre son gré, Clare alla voir Mr Thacker la semaine suivante pour le remercier de lui avoir recommandé Adam et lui demander s'il pouvait se renseigner. Elle-même ne connaissait personne dans le quartier et n'avait pas d'amis employant des jardiniers, ou du moins des jardiniers dont ils auraient pu se passer.

« Ce n'est pas du tout un problème, Mrs Wald. Je fais partie de la société d'horticulture. Je demanderai autour de moi, dit Thacker, l'air content qu'on le sollicite. Sinon, vous pourriez toujours vous enquérir auprès du Jardin botanique, voir s'ils auraient des employés qui chercheraient du travail en plus. » Il lui faisait visiter son jardin, qui aurait pu être une extension du sien, mais presque de moitié plus petit, bourré d'arbustes et d'arbres indigènes, ponctué de plantes exotiques colorées qui prospéraient dans le microclimat. Ce qui paraissait outré et tout au plus vaguement menaçant sur la propriété de Clare était malséant sur ce terrain plus resserré – trop maniéré, trop ostentatoire pour un si petit espace, le tout hors d'échelle. Le jardin était aussi rembourré et rubicond que l'homme lui-même.

Les contacts de Thacker avec la société d'horticulture dénichèrent un jeune apprenti jardinier qui cherchait un revenu supplémentaire et était content de travailler sous la direction d'Adam. « Une équipe, pensa Clare, j'ai une équipe de jardiniers là où jadis je n'avais besoin que d'un seul. Combien m'en faudra-t-il en plus ? Qui d'autre ? Quelqu'un pour la piscine. L'eau vire au vert. Des laveurs de vitres, aussi. Les fenêtres commencent à être ternes de poussière. »

Les mois passèrent et les formes du jardin demeurèrent inchangées. Les saisons poursuivaient leurs cycles, une pluie battante dura tout l'hiver jusqu'au retour du printemps. Clare commença à éprouver l'envie pressante d'un carré de légumes, de connaître le plaisir de ramasser ses tomates, cultiver son basilic, cuisiner ce qu'elle avait fait pousser sans pesticides, des choses qu'on ne pouvait pas trouver facilement en boutique, même dans les similihangars des chaînes de magasins bio. Quand elle en parla avec Adam, il secoua de nouveau la tête, dit que ce n'était pas une très bonne idée. Elle n'avait jamais rencontré ce genre de résistance – pas chez Jacobus, pas chez Marie, ni chez aucune des diverses femmes qui étaient venues chez elle faire le ménage – et elle ne savait comment faire sinon l'accepter sans rien dire et agir dans le dos d'Adam. Le jeune apprenti, Ashwin, qui travaillait tous les matins et deux après-midi dans la semaine (il apparut que les précédents propriétaires avaient employé un jardinier à plein temps et deux à mi-temps toute l'année rien que pour entretenir ce jardin), était seul un après-midi quand Clare lui soumit son plan. Elle lui expliqua où devraient se trouver les parcelles, quelle devait être leur dimension, et lui demanda de venir le week-end, payé double, pour les créer.

« Avec Adam ? demanda-t-il.

— Non, tout seul. Dites-moi de quel équipement vous avez besoin et je le louerai. Motoculteur, charrue, ce que vous voudrez. Je veux un carré de légumes et un jardin d'herbes. Je ne crois pas que ce soit tant demander, mais ce jardin signifie quelque chose pour Adam, vous comprenez. Il a une certaine importance pour lui. Sauf qu'en définitive, c'est mon jardin maintenant. Je dois avoir le droit d'y faire pousser ce que je veux. Est-ce que les parcelles seront bien placées ici ? Vous pensez qu'il y a assez de soleil ? »

130

Ashwin regarda autour de lui, fit quelques calculs, et accepta le plan.

Ce week-end-là, il enleva le gazon, mit de l'engrais, et planta ce que Clare lui avait demandé. Le dimanche matin, dans ces nouvelles parcelles qui s'étendaient avec une rectangularité agressive face aux formes fluides du jardin, Clare considéra les sillons et les remblais noirs et nets, la promesse de choux et de tomates, de pois et des courges, de melons et de laitues, protégés et élevés sous des voiles blancs scintillants et flottants, et sentit enfin qu'elle pouvait peut-être se mettre à aimer cette nouvelle maison, avec la montagne qui lui jetait des regards noirs, un tissu de brouillard cascadant le long de ses flancs gris fer.

Quand Adam arriva le lundi matin, elle observa sa réaction depuis son bureau. Elle n'aurait pu espérer un meilleur effet. Il sursauta, fit le tour des nouvelles parcelles en secouant la tête et se dirigea vers la porte de derrière. Quelques minutes plus tard, Marie entra dans le bureau, expliquant qu'Adam désirait parler à Clare en personne.

«Ce n'est pas une bonne chose. Ces plantes ne vont pas pousser.» Il semblait profondément peiné et Clare fut désolée pour lui, à défaut de l'être pour ce qu'elle avait fait. «On ne peut pas faire pousser ces choses ici. Elles ne pousseront pas. Et ça ne fait pas joli.

— Nous allons essayer cette année, dit Clare, tâchant de paraître résolue au moment même où la véhémence d'Adam introduisait le doute dans son esprit. Et si ça ne pousse pas, nous en ferons des parterres de fleurs l'année prochaine, ou nous remettrons du gazon. Mais pour le moment, on fait comme je dis.

— C'est une mauvaise chose.

— Ce n'est pas une mauvaise chose. C'est simplement différent. Vous verrez. Et si vous avez raison, alors c'est moi qui verrai. Mais vous devez me laisser faire pousser ce que je veux, Adam, sinon, nous finirons par nous fâcher et, à la fin, je serai obligée de vous demander de partir. Ce ne serait pas agréable. Tout le monde serait malheureux. Alors que de cette façon, je serai contente et vous n'aurez qu'à attendre de voir si ces nouvelles parcelles vous rendent malheureux ou non, et si elles entraînent des désagréments pour mon jardin. Mais donnez-leur une chance. Voyez d'abord si elles prospèrent. »

Clare

De nos jours, les transcriptions de la CVR sont toutes accessibles. Je n'en ai imprimé qu'une partie, et cela représente des centaines – non, des milliers – de pages, plusieurs cartouches d'imprimante. Je parcours celles dont je pense qu'elles ont trait à toi, Laura, d'une certaine façon, à ton cas, à tes activités. Je relis les rapports officiels de l'ANC et d'autres organismes ; je cherche ton nom, mais il n'apparaît que rarement, souvent mal orthographié – *Lara, Lora, Laure*, même *Laurie*, seulement parfois *Laura. Welt, Wal, Wêreld, World*, et enfin, dans le dernier que j'ai lu, *Wald*, voire, dans le même rapport, *Waldt* et *Weldt*. Souvent ton nom n'est pas cité du tout, et je n'ai pas d'autre choix que d'en induire ta participation aux événements décrits : l'ouverture d'une lettre piégée dans un bureau de l'administration, les suites de l'attaque d'une raffinerie.

Tes actions sont indéchiffrables pour moi. Aurais-tu été capable de faire telle ou telle chose ? Puis-je comprendre pourquoi tu l'as faite ? Je cherche de nouveau des correspondances dans tes carnets, dans les archives que tu m'as laissées et que j'ai rassemblées, mais je me retrouve submergée. Je fais des recoupements, des liens, et j'essaie de bâtir un schéma de tes mouvements durant la période en question, un schéma et une carte. Tu étais là *alors*, là *plus tard*, de retour à la maison quelques jours *après*. À la fin, ce sont surtout des hypothèses. Je peux deviner où tu pourrais avoir été, ce que tu faisais, ce que tu pensais, ce qui t'a poussée. Je continue à espérer que tes anciens camarades viendront me voir, me donner les informations qu'ils pourraient posséder, s'il reste encore quelque chose qui ne m'a pas été révélé. Je serais polie, j'accepterais leur offre avec gratitude, je ne poserais pas trop de questions difficiles, ni ne porterais de jugement sommaire sur le fait que tu n'aies pas communiqué, sur le fait qu'ils n'aient parlé ni de toi ni pour toi, ni à moi et ni aux autres. Je serais hospitalière. J'ai étudié l'hospitalité. *Merci* de m'avoir dit où était ma fille ce *jour-là*, leur dirais-je, car au moins maintenant je peux imaginer avec certitude comment *tel jour*, quel qu'il soit, s'est déroulé pour toi. C'est une histoire qu'ils ne sont pas très enclins à raconter, même en privé, tu comprends. Tu les effraies. Une femme n'est pas supposée................. Remplis le blanc. Tout ce qu'on n'attend pas d'une femme, tu l'as fait, tout ce qu'une femme n'est pas censée faire. Tu effraies parce que, dans l'action, tu apparais plus homme que femme, et plus femme qu'homme sur tous les autres plans. Tu n'es ni l'un ni l'autre.

Je suis assise dans ce nouveau jardin, qui n'est plus nouveau pour moi maintenant, mais que tu n'as jamais connu, appartenant à une maison que tu aurais méprisée comme une trahison des principes familiaux. *Tu es passée à l'ennemi,* me dirais-tu, toujours courageuse, mais je n'ai plus besoin que tu me dises ce que je sais déjà à propos de mes choix. Tu es entièrement en moi maintenant, voix résonnant sans cesse, un million de voix différentes, toutes toi, empruntées à des moments où je t'ai entendue telle que tu voulais l'être, des moments où tu n'avais pas conscience d'être écoutée, peut-être plus encore par moi. Ce ne sont pas des succédanés, c'est tout ce que j'ai, ces millions de fragments de toi *nécromancés*, convoqués autour de ce brasier béant entre mes côtes. J'aimerais avoir un chant triste à chanter, *un sí petioso stile*, pour te ramener, comme Orphée l'a fait avec Eurydice. Je t'offre la coupe à boire, une oraison, pour que tu prennes à nouveau consistance, *Etemmu*, l'âme errante. Je verse du lait et du nectar sur le feu, du vin et de l'eau, répands de la farine de maïs, la mouds contre ma peau, me coupe la gorge pour t'invoquer, me sacrifie pour t'incarner, mais tu refuses d'apparaître. Si tu refuses d'apparaître, tu n'es pas morte. Je n'ai pas vu tes restes. Ainsi soit-il.

J'ai essayé de comprendre ce jardin comme s'il était un livre, de l'interpréter en lisant ses lignes, en étudiant, pour apprécier sa forme, ses quatre zones discrètes, ses moments de maturation horticole, la nature de sa construction, son caractère construit, son absence d'ironie et d'humour, mais cette absence serait-elle trompeuse? Il y a un long bassin de natation qui part de la maison, et fait aussi office de miroir pour le jardin et la montagne qui le surplombe. Je me fraye un chemin à travers l'eau tous les matins, avec mon long corps de vieille, une otarie dans un réservoir, aveuglée au début par les projecteurs subaquatiques dans l'obscurité de l'aube. Que dit ce bassin au jardin, de quoi parle-t-il? Je le lui demande ainsi qu'à moi-même. Le bosquet, les parterres de plantes vivaces, les spécimens indigènes, les intrus exotiques, et mon carré de légumes agressif, découpé de manière rectiligne dans les formes fluides, véritable irruption dans la vie formelle, que se disent-ils les uns aux autres quand je m'arrête pour écouter? Je me tapis à l'extrémité du bassin, les doigts recourbés sur le béton lisse du rebord, regardant, narines juste au-dessus de la surface, cheveux sans vie flottant en couronne autour d'une tête agonisante, le pays des merveilles autour de moi, un paysage de fantaisie. J'ai songé à arracher la pelouse pour la remplacer par un tapis de plantes grasses, impossibles à maîtriser, biologiques, livrées à elles-mêmes, une forteresse de vie, remparts accessibles uniquement à l'aide de pierres plates suffisamment espacées pour qu'on puisse sauter de l'une à l'autre. C'est tentant.

*

Sam a posé le menton sur ses genoux et s'est détourné de toi pour regarder l'autoroute. Le bulletin météo disait que la pluie était localisée le long de la côte et qu'il ferait sec dans les montagnes. Tu suivrais une route qui, bien que plus longue et plus lente que celle de la côte, t'amènerait dans les terres, à l'opposé de la destination, quelle qu'elle fût, de Bernard. Un retour en arrière et puis un brusque crochet en direction du nord, à travers les cols, vers ton but, qui était au moins à douze heures de route – disons, à cette époque-là, avec ce camion, et avec de la chance, plutôt à seize heures de Ladybrand, et après, quoi ? Il y aurait des barrages bien avant que tu t'en approches. Tu trouvais bizarre qu'il n'y en ait pas déjà eu, mais tu t'es fiée à la providence, sachant pourtant son manque de fiabilité.

Tu connaissais une ville où tu pourrais t'arrêter pour la nuit sans attirer l'attention. Dans l'obscurité, il serait facile de se faire passer pour la mère de Sam, même si tu étais blonde et lui brun. Les éclairs emplissaient le ciel derrière toi tandis que le camion peinait en gravissant le col qui te ferait franchir la montagne et échapper à l'orage. Oudtshoorn, la première ville après les Outeniquas, était au moins à une heure, t'attendant, plate et duveteuse, contre la terre rouge de la vallée.

Près du sommet du col, tu as laissé la pluie derrière toi et te situais suffisamment haut pour voir la sombre masse des nuages. Là où la pluie tombait la terre semblait noire.

« Je veux rentrer à la maison, a gémi Sam.

— Où est ta maison ?

— Woodstock. » Bâtiments à colombages, à la peinture écaillée, avec des vieux draps à fleurs en guise de rideaux, tous décolorés par un soleil rasant. À l'intérieur, il y aurait les inévitables cimaises affaissées supportant des cadres bon marché contenant des photos de famille ou des pastels de dieux et de saints, prières ronéotées, têtes désincarnées arrachées à des poupées ou des icônes, suspendues en effigie au-dessus de lits graisseux poussés contre des murs tachés et fissurés dont le papier ou la peinture aurait commencé à se désintégrer en partant du sol, nouveaux continents formés de plâtre dénudé, glaciers s'élevant des plinthes gondolées. C'était un endroit avec des maisons habitées mais déjà à moitié abandonnées par des gens qui n'étaient plus que partiellement là.

« Mais tu as encore une maison ? » as-tu demandé, incapable de dire : *J'ai tué l'homme qui t'avait donné une maison, la maison que tu avais est perdue.* « Tu as des grands-parents ?

— J'ai une tante.

— Où est-ce qu'elle habite ?

— Quelque part. Loin.

— Loin comment ?

— Dans le Karoo. »

Tu essayais de te concentrer sur les virages en épingle à cheveux qui obligeaient le camion à effectuer une valse avec le précipice en mettant sa remorque en travers. À chaque tournant, tu klaxonnais, terrifiée à l'idée de surprendre un véhicule venant en sens inverse. « Tu connais le nom de l'endroit ? »

Sam agrippait la poignée de la portière, s'arc-boutant contre les mouvements erratiques du camion. Beaufort West, a-t-il dit, de l'autre côté du Petit Karoo et au-delà de la Swartberge, une chaîne de montagnes noires qui révèlent leur teinte d'un brun rougeâtre une fois qu'on se trouve à leur sommet. Elle était sur ta route, celle que tu inventais en chemin. On pouvait considérer ça comme de la chance, ou peut-être rien de plus qu'une coïncidence.

Tu as décidé de continuer, descendant tant bien que mal vers la vallée, traversant Oudtshoorn en trombe, puis remontant de nouveau dans la bande fertile au sud des montagnes noires. Tu as fait le plein près de Kango, as respiré l'air froid et sec et acheté des sandwiches et du biltong à la station-service. Tous deux vous êtes arrêtés pour manger, avec l'impression passagère d'être une mère et un fils ordinaires se préparant à passer les sept cols en suivant la route en terre construite par les prisonniers. Puis il a été temps de partir. La nuit était fraîche et totale, et tu as conduit le camion sur la route non goudronnée menant au col, les phares rivés sur le bord du précipice. Conduisant lentement, tu priais ton corps pour qu'il fasse des mouvements concertés, pour qu'il soit vigilant, anticipe instinctivement la courbure de la route, sente la manière dont elle allait s'incurver, sache où elle se terminerait, parce que le moindre faux mouvement, un petit coup de volant trop à gauche, même une minime accélération de trop, et ce serait la fin pour tous les deux. Impossible de regarder Sam pendant ces minutes-là. Le temps s'enroulait en un unique instant de tension qui faisait défiler toutes les années de ta vie. Tes muscles te faisaient mal, ta tête te lançait, la respiration de Sam battait dans tes oreilles et plus le camion montait plus tu devenais consciente du fardeau dont tu t'étais chargée de ton plein gré. Il était devenu tien, et toi sienne.

(Mais comment peut-on dire ça ? Tu écris dans ton dernier carnet : *Désormais, il est mien, et moi sienne, nous en avons implicitement décidé ainsi.* On ne lui a pas posé la question. Comment peut-on prétendre connaître ses pensées, présumer de son consentement ?)

Au sommet, à l'endroit où la montagne devenait plane, tu t'es détendue un moment, tu as relâché ta respiration, longtemps contenue, su que tu devais t'arrêter, consciente que ce serait un suicide de négocier des virages en épingle à cheveux de nuit, pour traverser et quitter ces montagnes. Au milieu du paysage de petits arbustes et d'herbes, un bosquet de pins s'est élevé, plus sombre contre le ciel, cachant un terrain de camping aux équipements rudimentaires. Tu t'en souvenais vaguement, datant du temps de tes vacances familiales, quand nous faisions tous les quatre la route des cols dans un état d'émerveillement inquiet.

Un feu de camp apparaissait à travers les arbres et tu as décidé de prendre le risque. Vous resteriez de votre côté, dormant dans le camion. Il y avait des toilettes chimiques au bout du terrain, à une centaine de mètres du feu de camp, contre lesquelles tu pouvais voir une silhouette penchée. À la porte, tu as épié les ténèbres à la recherche de bruits et de mouvements, entendant Sam uriner et vomir puis écoutant le cri d'un grand-duc : hou HOUU, hou HOUU, hou HOUU. Tu as appelé Sam à travers la paroi en plastique bleu.

« Ça va ?

— Oui, sa voix était humide et étranglée.

— Tu as besoin d'aide ? lui as-tu demandé, tournant le dos au feu de camp.

— Non. »

Elle a eu la soudaineté d'une attaque, l'apparition de l'homme sortant de la nuit, silencieux, debout à côté de toi, la tête rasée, brillante, les yeux pâles et métalliques dans l'obscurité. « Salut, a-t-il dit, te tendant cavalièrement la main.

— Bonjour.

— Vous allez bien ? a demandé l'homme.

— Très bien. Le garçon est malade.

— C'est fâcheux. J'ai des médicaments si vous en avez besoin.

— C'est très gentil.

— Je vais les chercher. Attendez ici. »

Tu ne savais pas si tu devais lui faire confiance, et tu pensais à partir quand un deuxième homme est apparu, aussi fauve et blond que le premier était sec et brun. Un chacal et un lion. Le premier est revenu avec un flacon de pilules. « Vous avez de l'eau ? Bien. Il faut qu'il en prenne juste une maintenant, et une autre demain matin s'il ne va pas mieux. Je vais vous en donner quatre, a-t-il dit, te tendant la moitié de ce qu'il possédait. Vous pourrez en acheter demain si vous en avez besoin. Vous passez le col cette nuit?

— Il faut que j'aille à Prince Albert, as-tu menti.

— Cette route n'est pas sûre la nuit. En plus de la route elle-même et de la taille de votre camion, il y a eu des enlèvements. Vous êtes les bienvenus, restez ici avec mon ami et moi. Je m'appelle Timothy. Lui c'est Lionel. Votre garçon et vous, vous pouvez dormir dans notre tente. On dormira dehors. Il ne pleuvra pas cette nuit. Inutile d'avoir peur de nous. » Une garantie facile à donner, que tu aurais été stupide de prendre pour argent comptant, mais la voix de Timothy et son accent (sinon ses yeux) t'ont rassurée, de même que les pilules dont tu as reconnu la marque, faisant ressurgir spontanément le souvenir d'une publicité, le dessin animé d'un système digestif simplifié d'un rouge colère qui virait au bleu rassurant.

« Merci, vous êtes très gentil. » Tu t'es surprise de nouveau en train de faire ce que tu n'avais pas prévu. Avais-tu perdu la capacité de dire non, ou avais-tu perçu une sorte de salut dans ces hommes qui étaient apparus tels des anges, convaincue de leur bienveillance?

*

COMMISSION VÉRITÉ ET RÉCONCILIATION
4 JUIN 1996, LE CAP

VICTIME : Louis Louw
NATURE DU PRÉJUDICE : Blessé dans un attentat à la bombe de l'ANC
TÉMOIN : LOUIS LOUW

PRÉSIDENT : Merci pour votre patience, Mr Louw. Je crois que le micro fonctionne maintenant. Voulez-vous bien vous pencher en avant et avoir l'amabilité de parler dedans de manière distincte.

MR LOUW : Qu'est-ce que vous voulez que je [*indistinct*] ou quoi ?

PRÉSIDENT : C'est parfait, Mr Louw, le micro fonctionne maintenant et je [*silence... indistinct*] recommence. Non, il y a toujours un problème. Les traducteurs ont un souci. Un instant, le temps qu'ils fassent leurs réglages. Ça y est ? Okay ? Est-ce que tout est en ordre maintenant ? Bien. Nous pouvons continuer. Mes excuses, Mr Louw. Vous pouvez prendre votre temps, nous ne sommes pas pressés. Maintenant, êtes-vous confortablement installé ?

MR LOUW : Aussi confortablement que possible.

PRÉSIDENT : Très bien. Vous serez aimable de nous dire si vous avez besoin de quelque chose ou si vous voulez faire une pause. Avez-vous suivi les autres audiences et le témoignage de ceux qui vous ont précédé aujourd'hui ?

MR LOUW : Oui.

PRÉSIDENT : Donc vous connaissez le genre de questions que nous pourrions poser et le genre de choses que nous voudrions connaître de vous, ou que vous pourriez nous apprendre à propos de vous-même, pour nous donner une, une meilleure idée de ce, du terrible impact de cet événement sur votre personne et votre vie et sur celles de ceux qui vous sont chers, votre famille, je veux dire, et de vos proches.

MR LOUW : Oui.

PRÉSIDENT : Pourriez-vous nous dire quelque chose à propos de vous, de là où vous étiez, et d'où vous veniez, pour ainsi dire, au moment de l'attentat ?

MR LOUW : Vous voyez, j'étais juste un homme ordinaire. J'avais grandi ici, j'étais allé à l'école ici, je faisais partie de cette communauté. J'ai été baptisé dans cette église, comme mes frères et sœurs. Ma famille a toujours été ici, vous voyez, depuis des centaines d'années.

PRÉSIDENT : S'il vous plaît un peu de silence. S'il vous plaît. Il faut laisser Mr Louw parler. S'il y a d'autres interruptions, je fais évacuer la salle. Je vous en prie, poursuivez, Mr Louw.

MR LOUW : J'étais juste un employé de bureau à l'époque de l'attentat. Je remuais de la paperasse, vous voyez. J'étais juste un employé de bureau à ce moment-là. Je n'avais jamais levé la main sur personne de toute ma vie.

PRÉSIDENT : N'avez-vous pas fait votre service militaire ?

MR LOUW : Oui, mais c'étaient les ordres. Je voulais dire dans ma vie quotidienne, il faut que vous compreniez. Cet attentat est arrivé dans ma vie de tous les jours, alors que je m'occupais de mes affaires, et dans la vie quotidienne, notre famille s'est toujours bien entendue avec tout le monde. Nous étions toujours gentils avec les gens. Je me suis marié juste avant d'être engagé comme employé de bureau et au moment de l'attentat nous avions un garçon de trois ans et une petite fille, qui venait juste d'avoir un an. Nous possédions une petite maison sur Weymouth Road et tout allait bien. Mes parents étaient fiers que j'aie un bon poste de fonctionnaire. Je n'avais pas très bien travaillé à l'école et je pense qu'ils s'inquiétaient que je ne réussisse pas dans la vie, j'avais peut-être pris un mauvais chemin quand j'étais jeune, mais j'avais décidé de changer de vie après le service militaire et je m'appliquais. Je travaillais très dur à l'époque. Donc, vous voyez ce que j'ai perdu avec cette chose terrible qu'ils m'ont faite à moi et aux autres. J'avais ma famille, un moyen d'existence, un bon travail. Alors, ce que je veux savoir, c'est ce que ce comité va faire pour me dédommager de ce que j'ai perdu ? Qu'est-ce que vous allez me donner ? Parce que je n'ai pas mérité ça.

PRÉSIDENT : Pouvez-vous nous parler, Mr Louw, du jour de l'attentat et de ce qui s'est passé exactement ce jour-là ?

MR LOUW : *Ja*, c'était il y a longtemps, presque dix ans, et, à cause du médicament que je prends, les docteurs

142

disent que j'ai des plages vides par endroits, ma mémoire a des trous et donc je ne peux pas dire que je me rappelle clairement tout, ce jour-là, vous comprenez. Si vous ne me croyez pas, vous pouvez demander à mon docteur ici présent le nom des médicaments et il vous dira qu'ils m'empêchent de fabriquer de mauvais souvenirs de ce jour-là. C'est un médicament très spécial, ce truc. Vous pouvez lui demander, si vous me croyez pas.

PRÉSIDENT : Cela ne sera pas nécessaire, Mr Louw. Nous croyons ce que vous nous dites.

MR LOUW : Tout ça est un peu confus dans ma mémoire, pour être sûr de me rappeler comment c'est arrivé, alors vous me pardonnerez s'il y a des blancs dans mon histoire, mais je fais de mon mieux pour aider et coopérer avec vous, ici, aujourd'hui, parce que j'espère que le gouvernement va peut-être pouvoir faire quelque chose pour me redonner ce que j'ai perdu ce jour-là.

PRÉSIDENT : Nous comprenons, Mr Louw. Vous souffrez de trouble de stress post-traumatique, pour lequel vous suivez un traitement.

MR LOUW : Je suis soigné oui, mais je ne crois pas que je serai jamais guéri, vous voyez, et comme j'ai dit, le médicament qu'ils me donnent affecte peut-être ma mémoire et d'autres choses aussi.

PRÉSIDENT : Nous comprenons bien. Peut-être pourrez-vous commencer par ce que vous vous rappelez de cette journée.

MR LOUW : Je me rappelle m'être levé et que ma femme avait déjà préparé le petit déjeuner. Et je me rappelle avoir été debout devant l'évier de la cuisine et que mes deux enfants étaient là, tout joyeux et c'était une chose merveilleuse, ce jour-là, un merveilleux sentiment avec lequel débutait la journée, et j'ai pensé : "Tout va bien, j'ai fondé une famille qui va se perpétuer." Certains pourraient trouver ça bizarre, mais c'était important pour moi de poursuivre la lignée familiale, si vous voulez, et c'était bon de regarder mes deux enfants en pleine santé qui me ressemblaient, à moi et aussi à mes parents et à ma femme et à sa famille, qui était là ce matin. C'est un bon souvenir et les médecins disent que je devrais essayer de me concentrer là-dessus, donc je me rappelle la blouse orange que ma femme portait et qu'elle m'avait préparé des œufs et du bacon au petit déjeuner parce que c'était la fin de la semaine et qu'on se faisait un extra. Mais c'est aussi un souvenir triste parce que c'est la dernière fois qu'on a été comme ça, tous les quatre. Après le petit déjeuner, j'ai pris une douche, j'ai mis mon uniforme que ma femme avait repassé et j'ai pris ma voiture pour aller au travail. C'était une matinée calme et très chaude, je crois, il devait faire au moins trente-cinq degrés, ce jour-là. Si vous ne me croyez pas, vous pouvez vérifier les données de la météo et elles vous montreront qu'il faisait chaud et vous savez comment c'est quand il fait aussi chaud, vous avez du mal à réfléchir rapidement, clairement, c'était comme ça ce jour-là. Notre cerveau ne fonctionne pas très bien les jours de grande chaleur. Je pense que j'avais peut-être des formulaires à remplir ou une sorte de mémo à écrire, mais je ne m'en souviens plus clairement voyez-vous, de ce que j'avais à faire exactement, ce jour-là. Vous comprenez, vous me demandez de me rappeler ce que les médecins ont essayé de m'aider à oublier et j'essaie [*indistinct*] et j'essaie de mon mieux de vous aider parce que je veux que les gens sachent ce qui est arrivé à des gens comme moi.

PRÉSIDENT : Est-ce que vous voudriez faire une pause pour vous reprendre, Mr Louw ?

MR LOUW : Non, ça va très bien. Je préfère qu'on en finisse. Donc, passé la matinée, j'ai déjeuné et c'est juste après le déjeuner que c'est arrivé. Vous comprenez, c'était parce que c'était une administration, c'est pour ça qu'on a été visés. Ça leur est égal, à ces gens, à qui ils s'en prennent, quelles vies ils peuvent bien détruire. C'est arrivé si vite que je crois qu'aucun de nous n'a compris ce que c'était. Le courrier était arrivé, j'avais la boîte sur les genoux et je n'y ai pas fait attention parce qu'elle ressemblait à toutes les boîtes de dossiers que je recevais chaque vendredi par le courrier interne. J'ai juste pensé que c'était la fournée habituelle de dossiers à traiter et ensuite j'étais par terre sur le dos, de l'eau me coulait sur le visage et il y avait du feu tout autour de moi et des gens qui hurlaient et pleuraient et il y [*indistinct*] explosions, parce que aucun de nous ne savait qu'ils avaient été [FIN DE LA BANDE 4, FACE B] et sinon à l'époque je dis qu'on aurait dû nous informer. Je n'arrivais pas à bouger, j'ai dû attendre qu'on vienne à mon secours et je suis juste resté allongé là à me demander si quelqu'un allait venir et alors finalement une des femmes de ménage, je ne me rappelle pas son nom, Dieu la bénisse, elle m'a vu, elle a soulevé ce qui restait de moi et m'a porté dans la rue et l'ambulance m'a emmené. Ensuite, j'ai dormi longtemps et quand je me suis réveillé, c'est seulement là que je me suis rendu compte que j'avais tout perdu, mes jambes presque jusqu'aux hanches, mon bras droit jusqu'à l'épaule, et mon bras gauche jusqu'au coude, la vue d'un œil, le droit. Les médecins m'ont dit que j'avais eu de la chance que ce ne soit pas pire.

PRÉSIDENT : Et comment a réagi votre famille ?

MR LOUW : Pour eux, rien que j'aie survécu faisait de moi un héros, mais je leur ai dit que non, qu'il ne fallait pas me qualifier de héros parce que c'était moi qui avais déclenché la première bombe ce jour-là. C'est moi qui ai ouvert cette boîte. J'aurais dû faire plus attention à l'emballage. Peut-être, je ne sais pas, y avait-il un indice sur la boîte qui, si j'avais regardé plus attentivement, m'aurait appris qu'elle était piégée. On avait suivi des cours pour ce genre de choses, mais on devient négligent, on devient peut-être un peu paresseux, je suppose. Au début, ma femme a été bonne, elle s'est occupée de moi, et il y avait la pension, mais ensuite elle n'a pas pu tenir. Je ne peux pas lui en vouloir, pour être franc, parce que, vous savez, je n'étais tout simplement plus un homme, et imaginez à quoi je ressemblais à l'époque, comparé à ce que je suis

145

maintenant que les blessures ont cicatrisé depuis long-temps. Je ne pouvais rien faire pour elle. Et avec deux gosses, c'était trop de travail pour elle toute seule, alors elle est partie et elle a pris les enfants pour aller habiter chez ses parents dans le Nord, et donc j'ai vendu la maison et je suis retourné chez mes parents parce que je ne pouvais pas me prendre en charge seul, à ce moment-là. Je vais mieux maintenant et le gouvernement s'est un peu occupé de moi, même le nouveau. Je dois lui reconnaître ça, au moins. Ma femme est remariée maintenant et je ne vois pas mes enfants très souvent parce que je n'ai pas les moyens d'aller les voir et qu'elle n'a pas les moyens de me les envoyer. Ce n'est pas comme ça que les choses devraient être, voyez-vous, et c'est l'attentat de ce jour-là que je rends responsable, pas elle, je sais que ce n'est pas sa faute. Qu'est-ce que je peux faire ? Je vous le demande, messieurs-dames du comité, qu'est-ce que je suis censé faire ? Qu'est-ce que vous allez faire pour m'aider ?

PRÉSIDENT : Voudriez-vous dire quelque chose, Mr Louw, à ceux qui ont assumé la responsabilité de l'attentat ?

MR LOUW : Qu'est-ce que je peux dire ? Je suppose que c'était la guerre. Mais ils se battaient contre nous, et nous, on faisait que se défendre. C'est tout. Et moi j'étais juste un employé de bureau.

PRÉSIDENT : Silence, s'il vous plaît. C'est vraiment le dernier avertissement. À la prochaine manifestation, je serai obligé de faire évacuer la salle.

Sam

Bien qu'elle ait déclaré au départ qu'elle ne le ferait pas, Clare commence à me laisser regarder sa correspondance professionnelle avec ses agents et ses éditeurs. Désormais, quand j'arrive pour les entretiens, un dossier m'attend sur la table basse de son bureau. Nous parlons le matin, déjeunons ensemble, et ensuite je suis autorisé à examiner les documents dans une autre pièce, à prendre des notes, à les photographier si je le souhaite, et à lui poser des questions, en dépit de la couche de glace qui perdure sous la surface. Elle est réservée, distante et traite le projet avec dédain. La biographie est un travail de seconde catégorie, dit-elle. La biographie, c'est du cannibalisme et du vampirisme. Je ne l'ai pas entendue redire *darling*, et je soupçonne que je ne l'entendrai plus. C'était un moment de faiblesse exceptionnel.

Une semaine plus tard. Au lieu de sa correspondance, elle commence à me montrer aujourd'hui des manuscrits et des tapuscrits avec ses notes en marge, me laissant de nouveau les emporter dans une autre pièce où je pourrai travailler dessus sans être interrompu. Je prends des notes, comparant les variantes entre les éditions de *Landing* et ses premiers jets, écrits à la main sur des cahiers d'écolier. Il y a là assez de travail pour me tenir occupé pendant des mois. Ce qui est essentiel, c'est de faire autant de copies que possible, ce qui signifie photographier chaque page que Clare pose devant moi. J'achète des cartes mémoire supplémentaires pour l'appareil photo, un meilleur trépied, et un petit projecteur. Elle me regarde avec amusement installer mon studio et elle va jusqu'à s'excuser de ne pas avoir de photocopieuse ou de *scanner*. Il est hors de question que je puisse emporter des papiers. « Trop dangereux, dit-elle, vous comprenez. J'ai perdu des choses précieuses par le passé. Je ne supporte pas la perte. Mais enregistrez ce que vous voulez, tout ce qui pourrait vous être utile. » Je sais qu'elle peut changer d'avis à n'importe quel moment. Il est en son pouvoir de mettre fin au projet et de racheter mon contrat. Techniquement, mes notes et transcriptions n'appartiennent même pas à moi, mais à Clare et à son éditeur. Je laisse tomber l'appareil photo et j'achète un scanner portable, duplique mes premières photos, emails et tout ce que je copie à Greg qui est d'accord pour conserver les fichiers en sécurité. Tout doit être compilé, copié, archivé, sauvegardé. C'est vraisemblablement une occasion que personne d'autre n'aura. Qui peut dire ce qui arrivera à ces documents quand elle mourra ? Son fils s'est déjà montré peu coopératif de sorte que je ne peux qu'imaginer les conditions restrictives qu'il posera à l'accès aux documents de Clare après sa mort. La clé, c'est d'écrire et de publier le livre avant.

Elle me dit qu'elle n'a jamais donné ce genre d'accès à personne. Personne n'a vu l'auteure dans son atelier, « à travers l'indétermination de ses textes », dit-elle. Je sais qu'à bien des égards elle me manipule, même lorsque c'est moi qui suis en train de le faire, et ce malgré le dédain qu'elle affiche pour le projet. Elle doit songer à sa réputation – cette biographie ne peut que lui profiter, ainsi qu'à ma carrière. Elle pourrait faire de moi un professeur des universités à l'âge de quarante ans. Il y a aussi l'argent. Elle et moi, nous nous nourrissons mutuellement. C'est une relation d'intérêt mutuel.

148

Au-delà de l'argent et de ma carrière, il y a aussi une autre chose. Le sujet que je n'ai pas eu le courage d'évoquer. Je laisse mon esprit vagabonder, imaginer que j'ai passé mon adolescence avec Clare et son mari au Cap, la ville qui a toujours été la mienne.

La plupart du temps, nous déjeunons ensemble dans son bureau et je lui pose des questions à propos des manuscrits, ou sur sa vie, essayant de clarifier des événements clés et d'établir une chronologie détaillée. Elle m'a aussi donné accès à sa bibliothèque, qui contient des milliers de volumes répartis sur des rayonnages partout dans la maison et possède son propre catalogue, tenu à jour par Marie dont je découvre qu'elle est archiviste de profession. Quand je tombe sur un titre inhabituel ou inattendu – *A Greater Than Napoleon : Scipio Africanus* (1960) de Liddel Hart –, je demande à Clare si elle l'a lu. Souvent elle est capable de le résumer d'une formule sibylline («la mortelle approche indirecte» dans ce cas). D'autres fois, elle avoue que le livre était un cadeau ou un achat compulsif et qu'elle ne l'a jamais ouvert. «Qui a le temps de tout lire?» dit-elle.

Il y a peu de photos dans la maison – seulement deux de ses enfants, une de chacun, bien que la photo de Laura date de son enfance, et que celle de son fils Mark soit plus récente. Suffisant et replet, il a les cheveux ébouriffés et rien de commun avec Laura, mis à part sa blondeur et son teint. C'est la première fois que je vois une photo de Laura. Je ne l'aurais pas reconnue avec son air guindé, ses nattes et son uniforme d'écolière, mais, évidemment, qui d'autre cela pourrait-il être?

Un couloir peint d'une couleur d'os non blanchi, avec pour seul ornement un long tissu tendu sur toute la longueur d'un seul mur, mène de la pièce où je suis autorisé à travailler jusqu'au corps principal du bâtiment. Tout comme les peintures de la maison, les teintes du tissu sont sourdes : granite, lin, une vague d'ocre. Dans le grand salon en forme de L, face au jardin, il y a une petite collection d'art, surtout des maîtres hollandais de troisième ordre, mais aussi des tableaux de Cecil Skotnes et d'Irma Stern, et une gravure de Diane Victor représentant le monument aux Voortrekkers comme s'il tombait en ruine après une catastrophe. Une boîte en étain noir avec le nom du père de Clare peint dessus au pochoir trône dans une vitrine fermée à clé, entouré de ce que je présume être l'argenterie de famille.

Tous les deux ou trois jours, on livre de quoi préparer les repas. Le courrier arrive tous les matins. Parfois un coursier apporte des caisses de livres. Le téléphone ne sonne jamais. J'ai proposé à Clare de l'emmener faire un tour en voiture pour changer de décor, mais elle dit qu'elle en a vu assez pour toute une vie. Le monde extérieur, aujourd'hui, est au-delà de ses forces. Le jardin, la maison, son œuvre occuperont son esprit pour le restant de ses jours. Elle se retire du monde, dit-elle, dans un isolement complet. Et de toute façon, si elle désirait vraiment sortir, Marie la conduirait.

« Comme dans une nouvelle qu'elle a publiée au début de sa carrière, dis-je à Greg, une sorte de prophétie auto-réalisatrice.

— Lis-la-moi, dit-il, en préparant le dîner pendant que Dylan, juché sa chaise haute, joue avec un jouet musical qui l'aide à apprendre l'alphabet. Il l'accompagne en chantant.

« Je ne l'ai pas ici, mais je peux te la raconter. Elle s'appelle "The Prisoner". Un universitaire aveugle qui a fait sa réputation en attaquant la vague montante de philistinisme dans la vie publique tombe en disgrâce quand un gouvernement réactionnaire arrive au pouvoir – un gouvernement particulièrement philistin. L'universitaire perd son poste, se voit privé de sa retraite, chassé de chez lui, et du fait qu'il est sans domicile ni travail (le vagabondage et le chômage étant interdits par les nouvelles lois du gouvernement) les autorités le mettent en prison. Dorénavant, comme les prisons débordent et que le nouveau gouverne-

150

ment n'accorde pas de valeur au savoir ni à l'art, il convertit tous les musées et les bibliothèques en prisons, et les détenus sont censés utiliser le contenu de ces lieux, ces palais de la culture, comme combustible – sommés de brûler les livres et les œuvres d'art pour se chauffer. Alors l'universitaire aveugle est enfermé dans la grande salle de lecture de la Bibliothèque nationale avec plusieurs centaines d'autres prisonniers. Tous les jours, les gardiens leur apportent deux repas pour qu'ils ne meurent pas d'inanition, et cette légère faim tient leurs esprits encore plus en éveil. Ils ont accès aux toilettes, parce que le gouvernement prise l'hygiène plus que tout. Les universitaires détenus font leurs lits de vieilles encyclopédies et dorment sous les tables de la bibliothèque, et à l'arrivée de l'hiver, comme le chauffage est insuffisant, ils brûlent des journaux et des périodiques aussi longtemps que possible, puis ils commencent à brûler toute la littérature commerciale avant d'être obligés de voter pour savoir quels livres de valeur brûler – en d'autres termes, pour décider quelles œuvres ont moins de valeur que les autres. Parmi les classiques, Dickens et Shakespeare sont les premiers à partir par consentement unanime, non parce qu'ils détestent tous Dickens et Shakespeare, loin de là, mais parce qu'ils sont sûrs que la bibliothèque ne contient rien d'unique de ces écrivains et qu'ils ne détruiront rien d'irremplaçable. Dickens et Shakespeare, en toute logique, sont partout du fait que leurs œuvres ont été reproduites à des millions d'exemplaires.

«L'universitaire aveugle ne peut pas lire pendant son incarcération parce qu'il n'y a pas de livres en braille dans la bibliothèque, alors les autres prisonniers lui font la lecture à tour de rôle et il découvre qu'il est plus heureux qu'il ne l'a jamais été de sa vie. Il n'a plus à se soucier de publier, ni d'acheter et de préparer des repas, ni de lire du bout des doigts. Il est heureux d'attendre qu'on lui apporte à manger, qu'on lui lise des livres, qu'on lui confectionne son lit avec du cuir et du feutre arrachés aux tables de la bibliothèque. Les autres prisonniers obtiennent des gardiens papier et encre en échange d'ouvrages pornographiques du dix-huitième qu'ils ont découverts dans la collection des livres rares, et commencent à écrire sous la dictée de l'universitaire aveugle, mais aussi pour eux-mêmes.

«Quand le gouvernement philistin réactionnaire finit par tomber, ce que l'histoire suggère dès le début comme étant inévitable, les prisonniers politiques détenus dans les bibliothèques et les musées sont libérés. Mais l'universitaire aveugle supplie qu'on le laisse là où il est. Ses anciens compagnons de détention plaident sa cause et le nouveau gouvernement accepte qu'on lui construise une petite cellule dans un coin de la salle de lecture où il a passé, contre son gré, tant d'années heureuses. Ses amis s'occupent de lui, lui apportant deux repas par jour (pour maintenir cette légère faim qui aiguise l'esprit), lui font la lecture et écrivent sous sa dictée à tour de rôle. Le soir, les gardiens l'enferment et il dort profondément, bercé par le silence des livres qui l'entourent, n'attendant rien d'eux, sinon de les écouter quand ils parlent.»

Greg sourit tandis que Dylan chante : «l, m, n, o, p». «C'est très bien, mon garçon, dit-il et secoue la tête à mon intention, son attention constamment divisée. Tu sais ce que je pense, Sam. Ce n'est pas sain d'être aussi obsédé.

— C'est de l'obsession ?

— Tu sais tout ce qu'il est possible de savoir sur Wald. Tu connais son œuvre par cœur.

— Mais c'est mon boulot. J'ai accepté d'écrire ce livre. C'était un choix naturel, même si je suis le seul à savoir que c'est le cas.

— Et tu n'y vois pas de problème moral ?

— Je ne le laisse pas m'envahir – j'essaie de ne pas me laisser affecter. J'essaie d'être impartial. Je sais comment être objectif.

— À ta place, j'en serais incapable. Si c'était à moi que c'était arrivé. Si elle m'avait fait ce qu'elle t'a fait, vu les

152

circonstances, sachant l'état dans lequel tu étais, ce qui aurait dû lui sauter aux yeux – je veux dire, je ne peux qu'imaginer l'état dans lequel tu devais être. »

Je ne sais pas quoi répondre. D'un côté, Greg a raison – mon rôle dans ce projet est contraire à toute éthique. Mais je ne crois pas avoir le choix.

Absolution

Clare alluma le moniteur pour découvrir la même voiture officielle qui était venue auparavant attendant dans la rue devant la porte d'entrée. Le visage monochrome de Ms White fixa, sans ciller, l'objectif. Il était huit heures du soir et Clare n'arrivait plus à se rappeler combien de semaines ou de mois avaient passé depuis la dernière visite de cette femme; peut-être trois semaines, peut-être six mois, une année voire plus. Clare pressa le bouton de l'interphone pour parler.

«Ce n'est pas le moment. Je suis sur le point de me mettre au lit», dit-elle avant d'allumer les projecteurs de l'entrée. Ms White leva la main pour protéger ses yeux de la violente lumière et appuya sur le bouton.

«Nous avons un groupe de suspects dans votre affaire, madame. Ce serait le moment pour venir les voir.» C'était la première fois que Clare utilisait l'interphone; elle fut surprise de la clarté du son, du fait qu'on aurait dit que Ms White était dans la pièce attenante, désincarnée.

«Ce n'est pas le moment.

— C'est le moment pour moi et les suspects», dit Ms White.

Il n'y avait pas de circulation et il ne leur fallut que vingt minutes pour atteindre le bâtiment officiel en brique situé au centre de la ville, près du vieux château et du port.

Ms White ne parla pas durant le trajet. Elles pénétrèrent dans l'immeuble par l'étroite porte voûtée de Parade Sreet et se garèrent dans la cour, qui était pleine de voitures, bien qu'il fût presque neuf heures à leur arrivée. Le chauffeur ouvrit la portière et Ms White la conduisit d'abord dans l'entrée du bâtiment puis au deuxième étage, dans un couloir qui ressemblait à n'importe quel couloir administratif. Hommes et femmes passaient d'un pas rapide et silencieux d'un bureau à l'autre, portant des dossiers, fixant le sol. Le gouvernement était-il devenu si travailleur ? Ms White mena Clare au bout du couloir jusqu'à une pièce où une glace sans tain la séparait d'une cellule où furent alignés une douzaine d'hommes d'âges, tailles, poids et races variés. Ms White leur demanda à chacun l'un après l'autre de faire un pas en avant.

«Celui-ci ? demanda-t-elle à Clare.

— Je vous ai dit, dit Clare, l'impatience éraillant sa voix, que les intrus portaient tous des capuches et des masques – des passe-montagnes sans fente pour les yeux – avec un filet en nylon à la place des fentes. Des gants aussi, des chemises à manches longues, des pulls à col roulé. Je ne voyais pas leur peau. Je ne sais pas qui ils étaient. Je ne suis même pas certaine que c'étaient des hommes.

— Celui-ci ? demanda Ms White d'une voix impavide.

— Je vous l'ai déjà dit, gémit Clare, encore plus exaspérée. Pourquoi refusez-vous d'écouter ?»

Ms White demeura imperturbable, patiente comme une bonne mère avec un enfant récalcitrant. «Celui-ci ?

— C'est un exercice absurde. Je n'en vois pas l'intérêt, s'écria Clare, heurtant la chaise du poing et se faisant une entaille. Vous avez amené ici des gens qui ne se ressemblent pas. Ce n'est pas ce que j'appelle une séance d'identification normale. Et de toute façon ça n'a pas de sens de me montrer qui que ce soit. Je n'ai rien vu d'eux qui pourrait être utile. Ils étaient tous en noir, c'était la nuit, alors même une description de leurs vêtements ne pourrait être utile. La seule chose que je connaisse, c'est leur odeur.

— Leur odeur, madame ?» Ms White se détourna des détenus en direction de Clare et éteignit la lumière, laissant les prisonniers dans le noir. «Vous n'avez jamais parlé d'odeur. Croyez-vous connaître leur odeur ? Cela pourrait nous aider.

— Ils sentaient le désinfectant, dit Clare. Le désinfectant à l'orange. Les nettoyants industriels.

— Les intrus étaient des nettoyeurs industriels ?

— Non. Par pitié. Ils sentaient le désinfectant industriel. Les solvants. Je ne sais pas. Je reconnaîtrais l'odeur si je la sentais de nouveau. Elle était caractéristique. Caractéristiquement désagréable.

— Mais voilà un important fait nouveau, madame, dit Ms White. Pourquoi ne nous avez-vous jamais dit que vous aviez senti l'odeur des intrus ? Venez par ici, je vous prie.»

Ms White fit sortir Clare et la conduisit dans le couloir, prit un tournant puis un autre, et pénétra dans un laboratoire adossé à la pièce qu'elles venaient de quitter. Un groupe d'hommes en blouses blanches, des hommes aussi hétérogènes et génériques que ceux présentés pendant l'identification, si semblables qu'ils auraient pu être les mêmes, vêtus différemment, levèrent les yeux, la mine passive comme s'ils avaient l'habitude que des femmes âgées fassent irruption dans leur laboratoire à l'heure du coucher. Ms White fit signe à Clare de s'asseoir sur un tabouret près de la porte et, quelques minutes après, un jeune homme vint lui présenter plusieurs flacons à sentir.

«Celle-ci ?

— Non.

— Celle-ci ?

— Non.

— Celle-ci ?

— Plus près, oui.

— Celle-ci ?

156

— Oui, c'est ça. Mais...

— Ah! Voyons voir, dit-il, manipulant son présentoir de flacons. Celle-ci?

— Oui. Définitivement. C'est ça.

— Lady Grove.

— Lady Grove?

— Lady Grove. *L'ami de la ménagère*. Vous n'avez pas vu les pubs? demanda l'homme. Il fredonna un calypso et fit quelques pas de danse, les hanches pivotant, les bras mimant la forme de branches entrelacées. «*Lady Grove*», chanta-t-il, secouant la tête, comme si même un aveugle ou un sourd n'avait pu passer à côté.

«Je ne regarde pas la télévision, mentit Clare.

— Ce n'est pas un nettoyant industriel, en fait, dit Ms White, avec un claquement de la langue. Un nettoyant *domestique*. Mais madame ne pourrait pas savoir ça. Madame ignore les nettoyants domestiques. Elle continue d'avoir une bonne, qu'elle appelle ainsi sans aucun doute.

— Elle ne vient que quelques fois par semaine, protesta Clare. Juste pour les gros travaux, les fenêtres. Marie et moi faisons la plus grande partie du ménage...»

Mais Ms White avait déjà pris Clare par le bras, la ramenant dans le couloir, lui faisant prendre un tournant, un autre tournant jusqu'à une salle d'attente vide. «Je reviens tout de suite, madame. Si madame veut bien attendre.

— J'aimerais rentrer chez moi. J'ai coopéré avec vous, Ms White. Je pense que j'ai été exceptionnellement coopérative vu les circonstances, sans parler de l'heure tardive. Puis-je vous rappeler que ce n'est pas moi la criminelle?» Clare se surprit en train d'essuyer une larme. La blessure à sa main gauche laissa une traînée de sang sur son visage.

«Pas la criminelle? Non. Bien sûr que non, madame. Quelle idée. Quelle bêtise. Vous avez eu le *malheur* d'être une victime. Et c'est une chose grave, bien que certains puissent penser que le statut de victime s'apparente à une forme de délinquance. Certains diraient que vous auriez pu être plus prudente, comme aujourd'hui, dans votre belle maison sécurisée. Personne ne devrait avoir envie d'être une victime. Je vous prie d'attendre ici. Je reviens *tout de suite.* »

Cela faisait des décennies que Clare n'avait pas été laissée seule dans une salle d'attente. La dernière fois, c'était à l'hôpital où elle avait attendu que ses parents viennent voir leur fille aînée et leur gendre, ou plutôt ce qu'il en restait. Il n'était pas surprenant, supposa Clare, que la police soit venue la trouver la première, en l'occurrence, c'était il y a si longtemps. Ils avaient été assez polis, au début, un homme la tenant par le coude, à peu près comme faisait Ms White, la menant à un fauteuil dans son propre salon, dans cette maison de Canigou Avenue, et la faisant asseoir, se mettant à genoux, lui expliquant dans son anglais grossier que sa sœur avait été tuée, et qu'une identification formelle par un membre de sa famille était nécessaire du fait que la famille de son mari était en déplacement à l'autre bout du pays et n'arriverait que le lendemain. On avait besoin d'une confirmation officielle. Ils avaient été assassinés dans une maison d'hôtes.

Laissant son mari et son fils à la maison, Clare était allée à l'hôpital avec la police dans une voiture de fonction. Elle s'était attendue à recevoir un choc, le drap soulevé pour révéler le quart d'un visage, tout juste de quoi reconnaître indubitablement sa sœur : le grain de beauté sous ses lèvres, pincées même dans la mort, comme si son assassinat n'avait suscité rien d'autre que de la désapprobation. Les policiers avaient retenu leur souffle avec elle, comme s'ils s'attendaient à ce que Clare se jette sur le corps de sa sœur, étanche sa douleur avec le sang, mais elle n'avait fait qu'hocher la tête d'un mouvement sec, disant de sa voix détachée : *Oui, c'est ma sœur, maintenant montrez-moi mon beau-frère.*

Après qu'elle eut identifié les deux corps, les policiers avaient emmené Clare dans une salle d'attente avec des rangées de sièges en plastique orange tournés vers la porte, où elle resta seule à prendre son pouls. Les policiers lui avaient proposé qu'une infirmière reste avec elle, mais elle avait secoué la tête, gardant deux doigts sur son cou et les yeux sur l'aiguille rouge des secondes de la pendule au mur, comptant quatre-vingts battements par minute, quatre-vingt-dix, respiration lente, de nouveau soixante-quinze, descendant à soixante-dix. Combien de temps avait-elle attendu seule, face à l'horloge murale et à la porte qui se trouvait juste en dessous ? Les secondes étaient faciles à compter, chaque seconde marquant un battement, et environ quinze mille secondes plus tard, les parents de Clare étaient apparus à la porte comme deux monuments gris. Son père, se rappelait-elle, portait un insigne de l'opposition.

« Tu veux les provoquer ? avait-elle demandé d'une voix sifflante.

— Quoi ?

— L'insigne ?

— L'insigne ? Oh. Non, ma chérie. Il était sur ma veste. C'est la première que j'ai prise. Je n'y ai pas pensé.

— Laisse-moi te l'enlever, papa.

— Personne ne s'en souciera. Je suis un vieillard. Je ne signifie rien maintenant. »

Après avoir été interrogés toute la nuit par la police, Clare et ses parents avaient quitté l'hôpital le lendemain matin. Des photographes de presse mal intentionnés avaient repéré l'insigne au revers de son père. Quand les photos avaient été publiées dans tous les journaux, le pays entier avait cru que même à l'heure de la mort de sa fille, Christopher Boyce avait tenu à défier le gouvernement.

L'enterrement, une attente d'un autre genre, avait été désagréable à plusieurs égards. Clare avait appris plus tard qu'avant leur arrivée, des manifestants avaient été gazés, matraqués et emmenés menottés et que deux d'entre eux étaient morts au poste. Pis encore, ses parents et elle avaient dû assister à la cérémonie en compagnie de la famille Pretorius qui leur avait déjà refusé l'accès aux papiers et aux affaires de sa sœur. Ils avaient chanté des cantiques étrangers à la famille Boyce, dont les suggestions pour le service avaient été ignorées, jugées trop séculaires, pas assez chrétiennes. «On n'est pas au cirque ici», leur avait déclaré le père de son beau-frère. Pendant que le pasteur discourait sur les péchés de l'homme, Clare avait gardé les yeux fixés sur un figuier sauvage et sur la montagne au loin, la poussière s'élevant de ses pentes en spirales démoniaques autour des grands dômes de granite, pâles tortues muettes sortant du sol. Ils avaient attendu ensuite, ses parents et elle, que les deux cercueils soient descendus en terre à l'aide de courroies en toile tenues par les mains musclées de la famille de son beau-frère, des hommes rouges de soleil, suant sous leur lourd capitonnage de graisse. Après le départ des autres, Clare et ses parents avaient jeté des poignées de terre sur les cercueils avant que deux hommes commencent à pelleter. Plus tard, elle s'était demandé pourquoi elle n'avait pas pris elle-même une pelle pour jeter davantage que des poignées de terre au lieu de rester là à regarder les jeunes hommes aux chemises trempées de sueur, aux visages dégoulinant de poussière. Elle voulait être sûre que sa sœur était dans la terre, qu'elle n'irait nulle part ailleurs.

Assise à nouveau dans une salle d'attente remplies de chaises orange, face à une porte et une pendule, elle avait les mains moites et froides et se sentait vieille, avec peu d'alliés dans son propre pays, une étrangère même sur la terre de sa naissance. Le crime s'était saisi d'elle, l'état de victime lui avait été imposé, et en tant que victime elle était aussi, d'une manière ou d'une autre, une suspecte.

Plusieurs heures passèrent avant le retour de Ms White et Clare s'était endormie sur sa chaise. Ms White s'éclaircit la gorge, Clare se redressa et s'aperçut qu'elle avait dormi la bouche ouverte, une traînée de salive ayant coulé sur sa blouse. Elle jeta un regard oblique à Ms White, à la pendule derrière elle.

160

« Je m'excuse, madame. J'ai été retardée. Je ne m'attendais pas à vous trouver ici, dit Ms White. Pourquoi n'êtes-vous pas rentrée chez vous ?

— Où croyez-vous que je puisse aller au milieu de la nuit sans vous pour m'y emmener ?

— Je suis sûre que vous auriez trouvé votre chemin. Vous êtes douée pour trouver votre chemin, n'est-ce pas ? De toute façon vous avez toujours été libre de partir. Vraiment, je ne comprends pas pourquoi vous êtes venue avec moi si vous n'étiez pas prête à coopérer », fit Ms White d'un ton froissé.

Clare regarda les yeux de la femme. Aucune lueur d'ironie ni de sarcasme, juste le vide. Qui est cette idiote pour me kidnapper à l'heure du coucher et me laisser seule dans une salle d'attente pendant des heures ? Ce n'est sûrement pas ainsi que procède la police aujourd'hui, sûrement pas.

« Pourquoi ne me l'avez-vous pas dit avant de me laisser ici ? » Clare essaya de contrôler sa voix mais laissa s'échapper un grincement de rage.

« Il n'y a pas de raison d'être fâchée, madame. Je vais vous faire immédiatement reconduire par un de mes hommes. Elle tourna le dos à Clare et, alors qu'elle s'éloignait, s'arrêta, la tête sur le côté. Nous avons aussi découvert quelque chose à propos de Lady Grove, le nettoyant domestique que vous avez senti sur vos intrus. Il est vendu chez près de trois mille détaillants dans tout le pays. N'importe qui de nous pourrait sentir le Lady Grove.

— Je vois.

— Oui. Donc vous pourriez tous nous déclarer suspects, je suppose, madame.

— Je ne peux déclarer suspect personne, car je n'ai pas d'autre indice à offrir. Il y avait du sang sur le sol, n'est-ce pas ? Vous pourriez faire des tests d'ADN. Il y avait un numéro d'immatriculation.

— Il ne correspond à rien. Ce numéro n'existe pas. Peut-être que votre assistante s'est trompée, dit Ms White avant de renifler.

— Il est près de trois heures. Pourquoi avons-nous cette conversation au milieu de la nuit ?

— Parce que vous n'avez pas commandé de taxi quand vous auriez pu, madame.

— Cessez de m'appeler "madame". Appelez-moi comme vous voudrez si vous êtes obligée de le faire. Je ne suis pas d'humeur à cela, testez le sang qui était par terre. Trouvez l'ADN qui correspond. Ou pas. Mais laissez-moi tranquille, maintenant. Je ne veux plus vous voir, Ms White, ni avoir de vos nouvelles, à moins que vous ne possédiez de véritables indices reliant un suspect au sang qui a été versé sur le sol de mon ancienne maison. Est-ce clair ?

— Parfaitement, madame. Il n'y a que le sang qui vous intéresse.

*

Des jours ou des semaines passèrent au cours desquels Clare cessa de penser à l'affaire et continua de s'installer dans sa nouvelle maison, se familiarisant avec son rythme particulier, son idiosyncrasie, la manière dont la porte d'un placard résistait ou dont la douche de la chambre gouttait quand la machine à laver le linge était en route. Il fallait reconnaître que tous ces systèmes de protection élaborés lui donnaient la sensation d'être protégée mais, d'un autre côté, ils lui faisaient penser constamment à sa sécurité, ce qui n'avait jamais été le cas dans l'ancienne maison de Canigou Avenue. Si la paranoïa était le prix de la sécurité, elle supposait qu'il fallait l'assumer.

Puis, un autre soir, alors que Marie travaillait tard, terminant d'écrire une fournée de lettres pendant que Clare regardait les informations, l'interphone sonna.

« Nous avons de bonnes nouvelles, madame, dit Ms White dans l'interphone. Nous avons attrapé les malfaiteurs.

— Pourquoi vous faut-il toujours venir sans vous annoncer, et toujours à pareilles heures ? cria Clare dans le micro, maudissant sa voix de trahir une fois encore son irritation.

— La loi ne se repose jamais. Et maintenant nous savons qui est responsable, madame. »

Marie fit entrer Ms White au salon. Clare ne l'invita pas à s'asseoir.

« Trois hommes et une femme. L'un d'eux vous est familier, dit Ms White, consultant un dossier.

— De qui parlez-vous ?

— Jacobus Pieterse, l'homme qui était votre jardinier dans la maison de Canigou Avenue, c'est lui le tueur.

— Mais personne n'a été tué et...

— Pourtant son ADN correspond au sang retrouvé dans votre maison. Nous avions presque oublié cet indice. Pourquoi ne nous avez-vous pas dit que vous aviez un criminel à votre service ? »

Clare fut abasourdie par cette suggestion. Jacobus était l'homme le plus doux, le moins violent qu'elle ait connu. Il avait refusé d'utiliser tout poison dans le jardin de crainte de tuer les oiseaux. « Jacobus n'est pas un criminel. Il n'est certainement pas un tueur. Je refuse de croire qu'il ait été mêlé à ça. Cela n'a rien à voir avec lui. Vous tenez la mauvaise personne. Il est entré et sorti de cette maison un million de fois. Il y a des raisons parfaitement innocentes pour que son ADN s'y trouve. Je me rappelle qu'une fois, il s'est coupé avec une paire de sécateurs et je l'ai fait entrer pour lui faire un pansement. Il aura certainement saigné sur le tapis. »

« Mais il est à la tête d'un gang, ce type. Lui et sa femme », dit Ms White, tapotant sur un dossier du bout de l'ongle qui pointait telle une aiguille de son index – une aiguille ou une arme, pensa Clare.

« Un gang ? Cet homme a presque mon âge.

— Oui, mais sa femme et lui, ce sont de gros poissons, comme on dit. Vous nous auriez fait gagner beaucoup de temps si vous aviez commencé par nous dire qu'il avait été votre homme à tout faire, avant d'attendre que nous interrogions vos anciens voisins, renifla Ms White, agitant le doigt dans la direction de Clare.

— Mon jardinier. Pas mon homme à tout faire. Je n'ai jamais eu besoin d'un homme à tout faire, rien qu'un jardinier. C'est tout à fait impossible. Jacobus et sa femme sont des chrétiens fervents. Ils ne se seraient jamais compromis dans une activité criminelle. Qu'est-ce que vous retenez contre lui ?

— Il s'est introduit chez vous, madame.

— Mais vous avez dit qu'il était un criminel avant cela.

— Oui, il s'est introduit chez vous avec sa bande. Cela fait de lui un criminel, mais il l'était déjà avant. On les reconnaît tout de suite. Enfin..., dit Ms White en riant toute seule..., moi, je les reconnais, mais il est clair que vous n'en êtes pas capable, sinon, pour commencer, vous ne l'auriez pas engagé.

— Je ne me rappelle même pas le nombre d'années où Jacobus a été à mon service. Il ne peut avoir de lien avec cette histoire. Durant des années, des décennies, il aurait eu l'occasion de s'introduire chez moi, et pas une fois je n'ai eu de problème. Rien n'a jamais manqué, rien n'a été volé, jamais une goutte de sang n'a été versée, que ce soit dans le but de se défendre ou de faire le mal.

— Il attendait son heure, madame, le moment de frapper, une vipère, dit Ms White, reniflant de nouveau. Il a attendu que votre mari vous quitte, n'est-ce pas ? Vous avez de la chance d'être encore en vie.

— Et qu'en est-il de ce qui m'a été volé ? Vous voulez dire que Jacobus est en possession de la perruque de mon père ?

— Oh non, madame. Il s'en est déjà débarrassé. Un voleur très malin. Pas de doute qu'il l'a fort bien vendue au marché noir. »

Clare sentit la pièce tourner et pencher. La femme lui donnait la nausée à force de contester toutes ses certitudes. « C'est de la folie. La perruque n'a de valeur que pour

164

moi. Vous faites totalement erreur. Tout cela est une erreur. Je veux que ça s'arrête.

— Mais c'est vous qui l'avez mis en branle, madame. C'est un délit sérieux. Nous irons jusqu'au bout», dit Ms White, ouvrant et refermant le dossier d'un dernier coup d'ongle.

Clare

J'ai fait des rêves récurrents d'une telle véracité que j'aurais pu les croire réels, sans ta présence, Laura, et même cela m'incite à me demander si tu n'as pas réapparu, ou si je n'ai pas glissé par mégarde dans un monde où l'impossible devient banal. Chaque fois, Marie me réveille d'un sommeil profond dans lequel j'ai fait un autre rêve – ces rêves préalables sont la seule chose qui change, et ils sont presque toujours ordinaires : des vaches dans un champ, moi enfant à la ferme, ou dans un bateau au large de Port Alfred, souvenirs tirés de l'obscurité. Dans la partie récurrente du rêve, il est toujours six heures et demie quand Marie me réveille, et elle dit : *Il faut vous préparer, il faut aller au studio.* Je fais un enregistrement audio de mon nouveau livre que je lis moi-même. C'est ce qui rend les rêves si réels, parce que cette semaine, dans ma vie diurne, je suis sur le point d'enregistrer mon nouveau livre, *Absolution*, un volume de souvenirs fictionnalisés (qui n'a rien à voir avec les Mémoires qu'attendaient mes éditeurs, d'où la biographie officielle). Dans le rêve, je remercie Marie, vais prendre une douche, me sèche, le tout très posément. Je choisis un pantalon noir et un chemisier noir, attache mes cheveux en arrière avec un ruban de satin noir et me mets de la crème sur le visage – toujours les mêmes actions dans chaque rêve, dans le même

166

ordre. Marie m'a fait un petit déjeuner léger – pas de citron, pas de lait, rien qui contraigne ou gêne les cordes vocales. Du thé chaud, un petit pain avec du miel. Dans la voiture, Marie me dit que c'est le dernier jour d'enregistrement, et qu'après nous pourrons reprendre notre routine habituelle, le train-train qui fait notre bonheur. Je lui rappelle la présence de mon biographe, qu'il est possible qu'il vienne nous voir tous les jours encore pendant des mois, sauf quand je lui dis, comme cette semaine (et comme dans la véritable semaine actuelle) que d'autres choses m'occupent et que nous reprendrons après une pause de dix jours. (Je sais que la façon dont je joue avec lui est cruelle, à la fois en rêve et en réalité. Il ne sait rien du contenu du livre à venir. Il y a un embargo dessus.)

Nous arrivons au morne bâtiment de verre et de métal qui abrite le studio. Une fille qui prononce toujours mon nom de travers nous accueille chaleureusement à la réception et nous escorte au premier. Dans le rêve, je m'assieds à un bureau du studio, et l'équipe de production me sourit à travers la vitre de la cabine de contrôle. Ils me font des signes de la main... des signes *affectueux*, me dis-je, parce que tu es là, Laura, tu es l'une d'eux. Pas seulement l'une d'eux, mais la patronne, la responsable de l'équipe, celle qui *donne les ordres*. Tu te penches sur ton microphone pour me dire de les avertir dès que je serai prête et qu'ils commencent à enregistrer. Apparemment, pour toi je ne suis rien d'autre qu'un écrivain dans ton studio, la demi-célébrité qui peut se promener dans presque toutes les rues de ce pays sans être reconnue, qui n'est remarquée que sur les campus de quelques universités, et, même là, par une poignée d'étudiants et de professeurs. À l'étranger, c'est autre chose. Dans mon rêve, tu ne sembles pas connaître – ou bien souhaites-tu cacher – nos liens de parenté, et j'en suis abasourdie. Pourquoi es-tu à la fois si aimable et si distante ? Est-ce par ignorance ? N'es-tu pas la fille que tu sembles être, mais son sosie ? Ou as-tu honte de moi, et désires-tu que tes collègues ignorent que tu es l'enfant du monstre qui s'assied devant eux pour lire, dans un microphone, toutes les voix de son esprit unies dans un seul hurlement furieux, car il y a tant de colère dans les pages de ce livre (qu'il soit réel ou rêvé, bien que ce soient des textes distincts, qui racontent des histoires différentes, mais avec la même fureur) que dans le rêve (tout comme pendant les séances d'enregistrement réelles de cette semaine) je me rappelle les séances précédentes (des souvenirs rêvés des séances réelles, je suppose) dans lesquelles je suis allée jusqu'à crier, hurler, m'écroulant en pleurs. Cela ne plaira pas à mon éditeur new-yorkais si bien élevé. De sa voix venue d'un autre monde, il m'a demandé de mettre de la tension et du suspense dans ma lecture, mais avec contrôle et modération, afin de ne pas choquer les oreilles et les sentiments de mes lecteurs auditifs. Dans mon rêve, je regarde la transcription du livre, l'ouvre et ne trouve que des pages blanches. *Allez-y*, me dis-tu, cajoleuse, souriante, *Allez-y, quand vous serez prête, parlez juste distinctement dans le microphone.* Mais il n'y a pas de mots sur la page, je proteste, montrant la transcription. Il n'y a rien à lire, et je ne m'en souviens plus, je ne me rappelle aucun mot, ça ne marche pas comme ça, des Mémoires, même fictionnalisés, sont un travail de réminiscence sur la page ; chaque mot, individuellement, est peut-être logé dans mon cerveau, mais je ne peux pas convoquer la totalité du texte dans ma tête. Le texte que j'ai écrit ne s'y trouve pas. Tu me souris, d'un air patient, plutôt indulgent, et tu hoches la tête. *Prenez votre temps,* dis-tu, *nous ne sommes pas pressés, le studio est à nous pour toute la journée, vous devez juste nous faire savoir quand vous serez prête à commencer.* Je feuillette le document, pensant que j'ai peut-être raté le texte, qu'il sera là si je regarde de nouveau, mais les pages demeurent obstinément vides. Je ne peux pas lire un livre vide, dis-je. Je ne peux pas prétendre qu'il y a des mots là quand il n'y en a pas, il faut que vous m'apportiez le texte que j'ai utilisé hier et avant-hier. Je n'ai pas le temps de jouer, s'il s'agit d'un genre de poisson d'avril. Je suis une vieille femme sensible, et c'est une affaire sérieuse, la lecture de sa propre vie. Soudain tu sembles contrariée, tu repousses ton siège et pénètres à pas pesants dans le studio. Tu te tiens au-dessus de moi, le doigt pointé, le visage contracté comme lorsque tu étais consumée par ta propre colère, mais agrandi cent fois, prenant toute la pièce. Te penchant, tu me dis d'une voix sifflante : *Tu vas lire maintenant, la vieille, et tu vas lire jusqu'à la fin.* (Pas *jusqu'à la fin du texte*, mais *jusqu'à la tienne.*) *Nous n'avons pas toute la journée,* murmures-tu entre tes dents serrées. *La location du studio coûte très cher et tu nous fais perdre notre temps et notre argent.* Sur ton corps je perçois l'odeur de la sauvagerie, de la rage. Je me mets à trembler, et c'est invariablement à ce moment que je me réveille, couverte de sueur.

Au sortir de ce rêve et de ses multiples répétitions au cours de la semaine, je me suis tournée chaque fois vers tes carnets ou tes journaux – je ne sais plus comment les appeler, parce qu'ils contiennent tout autant des plans, des rendez-vous et des pensées notés au hasard – le tout ne révélant apparemment rien qui puisse être utile à quiconque sinon à moi, la personne au statut de mère endeuillée, puisqu'ils sont un récit de ta vie avant que tu disparaisses. (Ne suis-je pas une mère endeuillée ? Je suis endeuillée et j'étais ta mère, mais je n'arrive pas à faire coïncider ma situation et mes émotions avec l'image qui me vient quand on prononce la formule *mère endeuillée* : cette femme aux cheveux gris qui sanglote, en fichu, tenant dans ses bras un corps brisé. Je n'ai pas sangloté, il n'y a jamais eu de corps brisé à tenir, ni ce fichu que mon esprit a emprunté aux photos de zones sinistrées, aux guerres et aux champs de bataille. Je ne pourrai jamais être cette femme-là, cherchant sa morte sans sépulture.)

Tous les samedis, je parle au téléphone à ton père. Nous nous demandons : *Tu as des nouvelles d'elle ?* Cela fait deux décennies que nous nous posons cette question. Je lui parle des rêves que j'ai faits de toi, de leur vivacité, de ma croyance qu'ils sont le signe que tu continues d'exister, et de ta rage – rage dirigée contre moi particulièrement. C'est quelque chose que nous ressentons tous deux. Nous sommes tous deux responsables. Ton père est convaincu qu'il a échoué à te soutenir comme il fallait dans tes convictions – convictions que, à tout le moins, nous partagions, même si nous n'approuvions pas certaines de tes activités. Tu nous parles, impitoyable, nous haranguant, faisant du tapage dans nos cerveaux, nous suppliant. Nous ne parvenons pas à te laisser reposer en paix.

*

Toi et Sam vous êtes assis d'un côté du feu, le lion et le chacal, Lionel et Timothy, de l'autre. Des questions évidentes auraient dû surgir de part et d'autre – questions que tu leur aurais posées à eux, qu'ils t'auraient posée à toi. Pourquoi deux jeunes étudiants – car c'est ce qu'ils ont dit être, du moins c'est ainsi que tu les décris dans tes carnets – campant seuls dans la montagne ? Pourquoi une femme seule avec un petit enfant conduisait-elle un camion sur une route de montagne dangereuse, non goudronnée, après la tombée de la nuit ? Vous vous observiez chacun à travers le feu de camp. Est-ce que tu leur faisais confiance intuitivement, comme le garçon t'avait fait confiance ? Ton carnet ne dit rien à ce sujet. Tu avais fermé à clé la cabine du camion, les clés étaient en sûreté dans ta poche, donc tu n'avais pas à t'inquiéter que les hommes volent le véhicule, bien que tu te sois peut-être autorisée à imaginer le pire afin d'être prête à être plaquée à terre, dépouillée des clés, à envisager la manière dont tu te battrais, comment tu leur grifferais le visage, crierais à Sam de les attaquer, de leur mordre les jambes comme le chien avait mordu la tienne. Mais ces hommes avaient d'innocents visages d'enfants. Tu as apporté tes dattes Safari, et ils vous ont invités à partager leur dîner. Sam a grignoté un

170

bout de pain et bu de l'eau, mais n'avait pas d'appétit pour quoi que ce soit d'autre. Il a posé la tête contre toi et tu l'as entouré de ton bras.

«Lionel et moi, nous nous demandions si vous pouviez nous emmener, si vous aviez de la place dans le camion? a dit Timothy. Je sais que c'est présomptueux, que nous sommes des inconnus, deux hommes qui plus est, et que vous êtes une femme, mais au risque d'être inopportun, je peux vous assurer que vous n'avez rien à craindre de nous. Rien à craindre, je veux dire, de la manière dont les femmes ont si souvent des raisons de craindre les hommes.

— Êtes-vous des prêtres?

— Non, pas des prêtres, a dit Timothy en riant. Et quand bien même ce serait le cas, ça vous rassurerait?» Puis il a ri plus fort encore.

«Non, es-tu convenu, tâchant d'avoir l'air décontracté et sûr de toi. Où est-ce que vous allez?

— Dans les Nuweveld. Aux environs de Beaufort West.

— Je vais par là. La tante de Sam habite Beaufort West.

— Votre sœur?

— Non.» À travers le feu et la fumée tu as cru voir Timothy hausser un sourcil sceptique. «Qu'est-ce qu'il y a dans les Nuweveld?

— Une clinique. Située au milieu de nulle part. Beaufort West est sans doute la ville qui nous rapproche le plus.» Thimothy a tenu ses mains au-dessus du feu et Lionel a murmuré quelque chose si bas que tu n'as pas compris de quoi il s'agissait. «Vous ne nous avez pas dit votre nom, a-t-il poursuivi.

— Lamia.»

Lionel a toussé puis ri. «Ah-ha, le monstre nocturne.» Un sourire en coin a tordu son visage tandis qu'il se prenait la tête entre les mains puis lançait ses bras en avant.

«Un monstre marin, aussi. Un requin. Une chouette. Et un scarabée», as-tu dit. *Au front impudent et aux lèvres souriantes.* «Le sens de l'humour de ma mère.»

Tu avais inventé cela, semant la confusion, comme pour dire qu'à la fois tu étais et n'étais pas Lamia. Tu as ri pour montrer que tu prenais ça à la légère. Tu n'étais pas ton nom, ou pas complètement, et ton nom lui aussi n'était pas seulement ce qu'il suggérait.

Les deux hommes se sont regardés comme s'ils ne savaient quoi penser de toi ; Sam, comblant le silence, a gémi dans son sommeil, son bras s'agitant violemment contre ta jambe. Tu as caressé sa tête, souriant pour rassurer les deux hommes. Ils t'ont aidée à mettre Sam au lit dans leur tente, le bordant dans un sac de couchage, la tête sur un oreiller. Depuis combien de temps, t'es-tu demandé, cet enfant n'avait-il pas dormi comme un enfant le devait, la tête soutenue, protégé par des couvertures ? Combien de nuits avait-il dormi dans un camion en marche, assis, ou affaissé contre la portière, le chien montant la garde ?

Les hommes et toi êtes retournés devant le feu et vous avez bu du Old Brown Sherry dans des gobelets en étain, assis côte à côte. Avec de l'antiseptique et du coton, Timothy a soigné la blessure à ta jambe qui avait enflé, rouge et noir. « Un chien errant, as-tu expliqué, sur une aire de pique-nique. Il essayait de voler de la nourriture. Je ne l'ai pas vu.

— Il va falloir que vous consultiez un médecin. Il avait peut-être la rage.

— J'ai connu des chiens enragés. Celui-ci ne l'était pas. Il était juste méchant. » Tu leur as posé des questions sur eux. Ils ont expliqué que c'étaient les grandes vacances, l'époque où ils pouvaient être loin de l'université, participer à de bonnes œuvres, accumuler de l'expérience, tout ce que les garçons font quand ils quittent la ville. Et puis Lionel a donné un autre tour à la conversation.

« Il se passe des choses terribles.

— Oui, des choses terribles, as-tu reconnu.

— Une époque dangereuse.

— Une époque très dangereuse », as-tu confirmé. Ils ne savaient pas à quel point.

172

«Particulièrement pour les gens comme nous. Les jeunes.

— Oui, particulièrement.

— Une très mauvaise époque.

— Certes. La pire.»

Pour arriver jusqu'ici, ils avaient fait du stop depuis Le Cap jusqu'à George où ils avaient collecté des dons de médicaments, ensuite de George jusqu'à Oudtshoorn, avant de monter à pied de Oudtshoorn jusqu'au col. Ils avaient leur tente, leurs sacs de couchage, des médicaments d'urgence et assez à manger pour une semaine de voyage, qui était le maximum dont ils pensaient avoir besoin pour arriver à pied jusqu'à la clinique s'ils ne trouvaient personne pour les emmener.

«Ce sont les parents de Lionel et leurs amis riches qui financent la clinique, a dit Timothy en souriant.

— Comme si lui, il sortait du ruisseau, Lionel a donné un coup de coude à son ami. Sa mère est le médecin chef de la clinique. Qu'est-ce que vous faites?

— J'étais journaliste, as-tu répondu, disant à moitié la vérité. Je travaillais pour le *Cape Record*.

— Ça devait être intéressant.

— Oui, intéressant.» Trop prudente pour en dire plus, tu as regardé les hommes retenir leur souffle, comme s'ils doutaient que vous soyez du même camp. Les camps étaient-ils aussi définis? Tu t'es posé la question.

«Et maintenant vous conduisez un camion? a demandé Lionel.

— Maintenant, je conduis un camion.» Tu ne parlais pas comme un routier et de nouveau Timothy a paru sceptique.

«Et votre garçon?

— Comme vous dites, c'est les grandes vacances. Il vient avec moi quand il n'est pas à l'école.»

Il était tard et vous avez commencé à bâiller, à vous étirer tandis que les silences duraient plus longtemps. Une demi-heure plus tard, tu as quitté les deux hommes, leur

173

disant bonne nuit, comme on le ferait en famille, avec un baiser désinvolte sur la joue. Dans la tente, tu as replié ton corps dans un coin, étendue sur le sol à côté de Sam, mais incapable de dormir, une malédiction qui revenait toujours aux pires moments, quand le sommeil était ce dont tu avais le plus besoin. Enfant, tu t'en souviens, tu priais pour ne plus avoir d'yeux, pour pouvoir rêver comme les autres, comme si les yeux étaient seuls responsables de la veille et du sommeil.

Tu as regardé Sam respirer, ses minces lèvres entrouvertes, ses dents de travers captant la lumière du feu qui filtrait à travers le tissu vert de la tente. La lumière charriait l'odeur épaisse de la fumée de bois et te remémorait d'autres feux plus anciens sur les plages de tes vacances d'enfant, à la ferme pour les enterrements et les mariages, d'innombrables cérémonies quotidiennes ou exceptionnelles, des feux de broussailles à l'odeur âcre de bois de cotonnier, des feux de pin dont la sève provoquait craquements et sifflements, des feux de charbon et d'essence à briquet sur lesquels on faisait griller des filets de bœuf et de poisson, laissant couler du jus qui fusait en grésillant. Sous les craquements et les sifflements du feu de camp cette nuit-là, tu as entendu les hommes murmurer.

Avant l'aube, tu t'es levée et t'es glissée jusqu'au camion, passant devant eux, endormis, la tête reposant sur leurs bras. À l'aide d'une des chemises de Bernard trouvée dans un sac sous le siège et de l'eau rapportée dans une bouteille en plastique des douches au bout du camping, tu as nettoyé le plus gros du sang dans la cabine, jusqu'à ce qu'il ne reste plus qu'une tache brune qui avait imprégné le brun plus clair du vinyle. S'ils posaient des questions, tu leur dirais que Sam avait saigné du nez, puisque c'est souvent le cas avec les enfants, et puis tu t'es souvenue que Sam avait bien saigné du nez. Le mensonge serait une sorte de vérité.

Tu t'es lavée dans la douche, te recroquevillant sous l'eau froide, tu as mis un short et ton dernier chemisier propre. Dehors, il faisait suffisamment jour pour que tu te voies dans un des rétroviseurs du camion. Il y avait des poches violacées sous tes yeux et tu avais dernièrement ébréché une de tes dents de devant. Ce visage ne te plaisait pas, trop de moi dans la mâchoire et le teint, trop de mollesse dans les joues.

Revenant discrètement au camp, tu as trouvé Sam assis devant la tente, les yeux levés vers le faîte des arbres. Depuis son arrivée au camping, le soir précédent, il était dépourvu d'affect, moins humain, moins présent. «Tu as bien dormi.

— Est-ce qu'on peut téléphoner à ma tante? Je veux rentrer à la maison maintenant, dit-il dans un long gémissement aigu comme celui d'un chien.

— Il n'y a pas de téléphone ici. Viens. Laisse-moi t'aider.» Tu as mis les vêtements de Sam, pleins de sang et de vomi, dans la poubelle du camp et lui as passé la dernière chemise et le dernier short propres de son petit sac. Au moins, tu étais sûre de le ramener à sa tante et d'être débarrassée de cette responsabilité.

Quand les hommes se sont réveillés, ils ont fait du café et vous avez bu en silence tandis que Sam sirotait du lait condensé à même la boîte. Les formalités habituelles du voyage – mise au point du trajet, évaluation du temps et de la distance, détours, vantardises masculines –, tout cela était superflu. Il n'y avait qu'un chemin logique d'ici à Beaufort West, une route à travers les montagnes.

Après avoir fini ton café, tu as aidé les hommes à démonter puis à plier la tente et les tapis de sol, le tout compact et bien entretenu. Tu as pensé à ton appartement et à son maigre contenu, maintenant abandonné, déjà saccagé. Tu savais que tes dossiers avaient été lus, une fouille entreprise à la recherche de numéros de téléphone égarés, d'adresses, de noms, de livres interdits recouverts de papier brun, que les quelques objets auxquels tu avais osé accorder une valeur sentimentale avaient été renversés, cassés. Ces choses, les livres mis à part, n'avaient évidemment de valeur pour personne d'autre que pour toi, et peut-être pour moi. Une carafe en verre bleu que tu utilisais comme vase. Un tissu en raphia avec un dessin géométrique. Deux plantes. Une photo de ton père enfant. Un assortiment de petits coquillages ramassés sur diverses plages. L'appartement était meublé, les sièges et les tables n'étaient pas à toi. Même petite, tu te méfiais de la propriété. Il était inévitable que les autorités me convoquent pour emporter ce qui restait de tes possessions après qu'elles auraient accompli leur tâche. Il était inévitable, aussi, qu'ils ne trouvent rien pour les aider dans leurs investigations. Des livres prohibés, oui, mais pas de numéros de téléphone, pas de noms, pas d'adresses, pas de dates associées à des lieux. La propriétaire a fait toute une histoire pour le four non récuré, les plinthes poussiéreuses, les toiles d'araignées sur le lustre, le panneau de marqueterie en trois bois différents représentant un poisson, le bol de pot-pourri en plastique, la plante en caoutchouc dans un pot rose vernissé – ces objets présents à l'état des lieux que tu avais détestés et volontairement jetés. J'ai abandonné la caution, trop occupée et indifférente à la dépense pour nettoyer moi-même l'appartement. Nous vivions à dix minutes l'une de l'autre et pendant tant d'années je n'ai pas connu ton adresse. Je serais venue si j'avais su. Peut-être est-ce pour cela que tu ne me l'as jamais dit.

« Vous êtes prêts à partir, Lamia ? » Tu n'as pas répondu. *Sie war in sich.* Tu étais profondément en toi-même. « Lamia ? Nous sommes prêts, si vous et Sam l'êtes...

— Oui. Il faut y aller. »

Le soleil était déjà haut quand vous avez quitté le camping dans la lumière violente des montagnes dénuées d'arbres, roches volcaniques rouges coulant en vagues ondulantes. Le reste de la route était moins pénible que ce que tu avais négocié le soir précédent – moins de virages en épingle à cheveux, des précipices moins impressionnants. Il suffisait juste de ne pas te tromper de pédale.

Tu avais peur de ce que pourrait te coûter une nuit sans sommeil.

Sam tourna son attention vers les deux hommes, les fixant du même regard inflexible qui t'avait tant émue et dérangée. C'était un soulagement de ne plus être l'objet de sa curiosité. Sam ne se contentait pas de regarder, il étudiait, comme si les adultes était une espèce envahissante, étrangère à son expérience du monde, des créatures imaginaires. Les hommes ont essayé de le faire sortir de lui-même. Timothy avait une corde et lui a montré différents nœuds.

«Celui-là, tu n'arrives pas à le défaire, non? dit-il en souriant et donnant un petit coup de coude au garçon.

— Si j'avais un couteau, je pourrais le couper, a dit Sam, sombre et buté.

— Ah, mais il y a une manière, mon gars. Tu n'as pas besoin de couteau pour couper ce nœud.

— Avec un couteau ce serait plus facile.

— Mais ça n'est pas ça qui compte. Essaie avec tes mains.»

Tu ne pouvais pas leur expliquer pourquoi Sam était si lointain, si triste. Tu arrivais à peine à le comprendre toi-même, mais tu voulais le secouer de nouveau, dire : *Sois heureux! Je t'ai délivré! Tu es libre! J'ai tué pour te libérer!*

Prince Albert émergea de la montagne, flaque blanc et vert lumineuse sur le brun foncé de la terre. Tu t'es arrêtée à l'entrée de la ville pour faire le plein et acheter encore à boire et à manger. Timothy et Lionel se sont acheté des sandwiches et ont payé la moitié de l'essence. Sam s'est déridé après avoir mangé une pêche, se tachant le visage et la chemise de jus et de chair. Les hommes étaient fous de lui, lui essuyant le visage comme s'il leur appartenait. Il supportait leurs attentions comme un chien qui a appris à ne pas mordre quand on le câline, de crainte d'être battu.

En traversant la banlieue nord crasseuse, peuplée d'enfants et de cabots sales qui bloquaient la circulation en se battant pour un bout de charogne, tu as croisé une voiture de police. Ta poitrine s'est serrée et, tandis que tu ralentissais, la voiture s'est engagée derrière votre camion. Elle t'a suivie pendant une fraction de seconde avant de faire demi-tour, gyrophares allumés et sirène hurlante, pour poursuivre une voiture qui roulait dans le sens opposé.

« C'est vraiment le Far West ici », as-tu dit.

Le Far West : cow-boys et Indiens, fermiers et indigènes, représentants de la loi et hors-la-loi. Représentants de la loi dévoyés et hors-la-loi du côté de la justice, selon nos critères, à cette époque. Être hors la loi, se placer au-delà des règles parce que les règles sont mauvaises, c'est ce que tu avais fait. Mis à part nos livres, dissimulés dans leurs cachettes, et le cercle de nos fréquentations, mes fréquentations en particulier, cachées elles aussi, ton père et moi avons toujours été très respectueux de la loi. Où as-tu appris à être davantage qu'une rebelle de papier ? Pas avec moi. Je n'étais pas un modèle d'activisme. Même mon œuvre, ma contestation fine comme du papier, on ne saurait la qualifier d'audacieuse.

Le restant de cette journée, vous avez croisé peu de voitures. Un camion s'était retourné, éparpillant des mètres de rouleaux de métal sur le bord de la route. Le chauffeur se tenait près de l'épave, l'air ahuri. Il t'a fait signe mais tu as secoué la tête – en guise d'excuse et de refus. Le long de la route, des gens avançaient péniblement avec des charges sur le dos, fagots en équilibre sur la tête, enfants attachés dans des fourreaux rapiécés contre des corps dressés d'adultes. Des garçons avaient trouvé un Caddie et ils se relayaient pour se pousser dedans, comme s'ils étaient motorisés. Ils t'ont fait signe de la main quand tu es passée, tandis que la poussière éclaboussait leurs visages. Agaves et yuccas brisaient la monotonie de la plaine, dardant des pointes fleuries et incurvant leurs formes en arcs gras. À l'horizon une outarde a détalé.

Sam s'est endormi et Timothy a lu un livre. Lionel lisait de temps à autre par-dessus l'épaule de Timothy et, quand il en avait assez, il fixait la route que la gueule du camion ne cessait d'avaler, ou toi qui conduisais, ton visage dur et balafré comme la route elle-même.

Je regarde les dernières photographies que j'ai de toi, une dernière trace de toi avec tes carnets et ton ultime lettre. Tu es quelque part sur une colline, peut-être dans les Nuweveld, avec de longes épines d'acacia derrière toi, et la surface écrémée du Karoo au loin, floue, Sam à côté de toi. Cette photo de toi et du garçon montre ton sentiment de possession et ton affection pour lui – tes mains sont sur ses épaules, il ferme à demi les yeux, tu le regardes avec un sourire aimant. Sur une autre photo, tu fixes l'appareil, tiens le garçon devant toi, ses cheveux peignés en arrière, les tiens flottant autour, de sorte qu'on ne peut mettre en doute vos deux identités. Ces photos m'étaient destinées. Il s'agissait de preuves dans l'affaire que tu plaidais. Non pas des preuves de maternité, mais de responsabilité. *La garde de cet enfant m'a été dévolue,* dit ton visage. *Et maintenant il est à toi.*

À moi.

J'ai tant manqué à mes engagements envers toi.

*

COMMISSION VÉRITÉ ET RÉCONCILIATION
19 JUIN 1996, GEORGE

VICTIME : Jimmy Sukwini
NATURE DU PRÉJUDICE : Tué par un attentat à la bombe de l'ANC
TÉMOIN : ETHEL SUKWINI (ÉPOUSE)

Suite

PRÉSIDENT : Et la nuit de l'explosion ?

MRS SUKWINI : Je ne l'ai appris que le lendemain. Mon mari travaillait dans l'équipe de nuit et quand on m'a téléphoné pour me dire que la raffinerie avait explosé, j'ai su dans mon cœur qu'il était mort. Dans mon cœur, je savais déjà que quelque chose n'allait pas avant que mon amie me téléphone pour m'apprendre qu'on parlait de l'explosion aux actualités.

PRÉSIDENT : Pouvez-nous dire, Mrs Sukwini, comment votre vie a changé après la mort de votre mari ?

MRS SUKWINI : Mr le Président, c'est la pire chose qui puisse arriver. Je ne crois pas que je doive [*indistinct*] très dure pour nous après sa mort et nous sommes allés habiter chez mes parents. Il me manquait tout le temps, et à nos filles aussi. Il me manque toujours. C'était un homme bon. Je comprends pourquoi les camarades ont fait ce qu'ils ont fait, mais je pense que les choses n'auraient peut-être pas dû se passer comme ça. Je ne sais pas. Je n'ai pas participé à ces choses. Je ne suis qu'une institutrice.

PRÉSIDENT : Merci, Mrs Sukwini. Voulez-vous ajouter quelque chose ?

MRS SUKWINI : Seulement que j'attends toujours que quelqu'un vienne me dire qu'il est désolé, qu'il aurait souhaité pour moi et mes filles que mon mari ne meure pas. J'attends toujours. S'il vous plaît, vous leur direz de venir me voir ?

1989

L'explosion puis l'éclair ont réveillé le garçon et quand il a regardé derrière lui, vers le nord, il a vu la montagne en feu. Un instant plus tard, son visage était à la vitre du camion et elle pointait un revolver sur lui. Puis elle l'a reconnu, a baissé le revolver et dit : *Ouvre la portière.* Ils se connaissaient depuis longtemps. Excepté ses parents décédés, il ne connaissait personne au monde mieux que Laura.

Qu'est-ce que tu fais là ? lui a-t-elle demandé, regardant le visage du garçon dans l'obscurité. *Où est Bernard ?*

Il a allumé les phares et tendu l'index.

Laura a éteint les phares et s'est perchée sur les marches de la cabine, la portière ouverte. *Il est mort ?*

Le garçon a fait oui de la tête. *Il dormait. La vitesse s'est enclenchée toute seule.*

On ne peut pas le laisser là.

Laura est descendue, ils sont allés ensemble à l'arrière du camion et ont dû se couvrir le nez avec leurs chemises. Le ciel se dégageait, la lune brillait suffisamment pour qu'elle voie les cadavres à l'intérieur et le garçon n'a pas eu besoin de lui dire de qui il s'agissait parce que Laura savait le genre de travail que faisait Bernard. *On va le mettre ici,* a-t-elle dit, et ils l'ont soulevé puis porté à l'arrière du camion et l'ont poussé à l'intérieur, et Bernard a roulé contre un autre corps avec son bras droit manquant, ses cheveux brûlés et ses lèvres découvrant ses dents. Ils ont fermé les portes, verrouillé l'arrière et essuyé leurs paumes par terre.

Le garçon a essayé de se rappeler depuis quand ils ne s'étaient pas vus. C'était définitivement avant la mort de ses parents, donc peut-être depuis plus de sept mois, mais Laura était partie et elle avait changé, ses cheveux étaient courts, son visage était comme une sculpture et ses yeux étaient plus noirs. Elle n'était pas venue à l'enterrement. Il avait assisté au service seul avec Mrs Gush, la femme qui s'était occupée de lui après l'accident. Il avait attendu que Laura arrive. Il avait demandé à Mrs Gush : *Vous lui avez dit ?* Et la femme avait répondu qu'ils avaient essayé de contacter Laura et laissé un message, *mais n'avaient pas pu la joindre directement.* Des gens de l'université qui avaient étudié et enseigné avec son père sont venus lui serrer la main. Ensuite, il y a eu le mentor de son père, le Pr William Wald, avec ses cheveux noirs et sa barbe blanche, qui est venu très doucement vers le garçon, a pris sa main et lui a dit en murmurant à quel point ses parents étaient des gens bien, quelle femme extraordinaire était sa mère, et combien il était désolé qu'ils aient disparu. Le garçon savait que le Pr Wald était aussi le père de Laura, et pour cette raison il avait confiance en lui. L'homme a posé les mains sur la tête du garçon et a dit que s'il avait besoin de quoi que ce soit il n'avait qu'à le demander, et que s'il n'y avait personne pour s'occuper de lui ça pouvait s'arranger. Le Pr Wald a regardé Mrs Gush d'une manière bizarre et elle a regardé le professeur d'une manière bizarre et puis le Pr Wald est parti avec sa grande femme et le garçon ne l'a jamais revu parce que ensuite Bernard s'était emparé de lui, mais maintenant Bernard était mort.

Il n'y avait pas de grands-parents puisque les siens étaient morts. Son père n'avait ni frères ni sœurs et la sœur de sa mère, Ellen, avait dit qu'elle ne pouvait pas venir :

Parce que c'est trop loin et je n'ai pas les moyens, mon chou, alors il faut que tu me pardonnes et je te verrai bientôt, okay ? Après l'enterrement, Mrs Gush lui avait confié que bien qu'on ait demandé à Ellen de s'occuper de lui, celle-ci avait refusé – c'était trop lourd à porter pour elle. Bernard était la seule alternative.

La commémoration eut lieu à l'université, les officiels pensant ainsi faire plaisir au garçon, alors que, se disait-il, ses parents auraient préféré que tout le monde se rassemble sur la plage à Camps Bay pour chanter, et ensuite les laisse disparaître dans la mer. Mais au fond, ça n'avait pas d'importance puisque leurs corps avaient déjà disparu. *Pas de cadavres*, disait le rapport sur son drôle de papier. Les fleurs provenaient d'une autre cérémonie, sans doute un banquet. Elles paraissaient trop joyeuses avec leurs grosses têtes écarlates, et au lieu d'un orchestre, on entendait l'enregistrement d'un orgue grave et larmoyant. Le son tremblait. C'était le genre d'air que ses parents auraient qualifié de *musique à se tirer une balle*. Et pendant tout ce temps, tandis que l'homme sur le podium avait parlé et parlé et parlé en levant les yeux au plafond, le garçon n'avait pas cessé de se tourner de tous les côtés pour chercher Laura, la seule personne au monde qu'il avait envie de voir à ce moment-là. Mais elle n'était pas venue et il ne l'avait pas revue avant cette nuit au camion où elle avait pointé un revolver sur lui.

Sam

Clare m'a donné congé pour une semaine, prétextant d'autres responsabilités. Certains jours, quand Greg part travailler, je reste chez lui à écouter les enregistrements de mes interviews, allongé au bord de la piscine. D'autres jours, je me rends à sa galerie de Loop Street pour travailler dans un bureau vide sur le matériau que j'ai réuni, ou j'explore la ville pendant les longues pauses déjeuner tandis que Greg s'occupe de ses artistes. Un jour, je vais acheter une voiture, tombant d'accord avec Sarah par téléphone sur le fait qu'il est idiot de continuer à en louer une jusqu'à ce qu'elle arrive en décembre. Une voiture, quelle qu'elle soit, est une voiture, dit-elle, se fiant à mon jugement.

Vendredi je remonte tout Long Street jusqu'à Kloof. J'apporte des vêtements au pressing et vais au cinéma au milieu de l'après-midi. En sortant, au moment de traverser la rue, un jeune homme s'approche. Il est poli, bien habillé, mais ses vêtements sont sales et il sent mauvais.

«Excusez-moi, monsieur, je suis désolé de vous déranger. Je m'appelle Derek», dit-il. Derek n'est pas comme la femme que nous avons vue l'autre soir. Pas d'origine sociale supérieure dans son accent, et peu d'éducation.

«Je suis désolé, je n'ai pas de monnaie, dis-je.

— Merci, monsieur.» Comme il s'éloigne j'élève la voix pour l'arrêter.

«Écoutez, je ne vais pas vous donner de l'argent, mais je vais vous acheter de quoi manger. Qu'est-ce que vous voulez ?

— Du pain, du sucre et du café. C'est ce dont nous avons le plus besoin au foyer. Du pain, du sucre et du café», dit-il sur le même ton. Son corps tout entier s'affaisse. Ses yeux sont clairs. Il n'a pas bu. Il semble que la faim l'ait rendu apathique.

Je lui dis d'attendre et j'entre dans le KwikSpar un peu plus loin. Je choisis un pain au seigle enrichi aux vitamines, un demi-kilo de sucre et je cherche le café. Il n'y en a pas en dessous de cinquante rands, je décide alors de laisser tomber. Le pain et le sucre coûtent dix-huit rands, un peu plus de deux dollars au cours actuel. Moins que ce que je paierais pour un cappuccino. Je sais qu'il faut que j'arrête de comparer, que bientôt les dollars ne signifieront rien pour moi, que je mesurerai de nouveau ma vie dans la monnaie de mon enfance.

Derek est venu attendre devant la boutique. Je lui donne le pain et le sucre. Il paraît déçu par le pain, comme si je n'avais pas choisi la bonne sorte. Je lui dis que je n'avais pas assez d'argent pour le café, ce qui est vrai en un certain sens, puisque je n'aurais pas eu assez de liquide pour le payer.

«Merci monsieur», dit-il, et il s'en va.

Jeudi, comme je vais chercher mes vêtements au pressing, je tombe de nouveau sur Derek : vu de l'autre côté de la rue, on croirait presque qu'il a de l'argent, ou du moins n'a-t-il pas l'air d'être un clochard. Puis il retrousse ses manches, pose ses sacs en plastique, et se met à fouiller dans une poubelle.

*

Greg m'a appelé il y a peu pour me dire qu'il mettait l'alarme, ce qui signifie que la cuisine, la salle à manger et le salon sont interdits jusqu'à demain matin. J'ai presque

185

une aile du rez-de-chaussée pour moi tout seul, à savoir ma chambre, la salle de bains attenante et le bureau de Greg – une pièce qui devait être la chambre de bonne quand la maison a été construite. Il n'y a pas de porte ouvrant sur l'extérieur dans cette partie de la maison et les rayons détecteurs de mouvement fonctionnent tout le long du périmètre grillagé, devant les portes, et à chaque angle extérieur du bâtiment. Greg et Dylan dorment isolés au premier, et l'escalier qui part de la cuisine et mène à la porte de service est aussi sous alarme. Les chiens sont restés avec Greg et Dylan.

C'est tellement facile de devenir paranoïaque avec les bruits. Les murs de la maison qui jouent ou un plancher qui semble ployer sous le poids d'un pas; le vent dans la cheminée ou une fenêtre qui s'ouvre. Je sais que personne ne pourrait entrer dans la maison sans déclencher l'alarme, à moins d'être plus que de simples cambrioleurs. Ils auraient besoin de toute une technologie pour désactiver le système sans qu'aucun de nous ne s'en rende compte. Greg n'est pas quelqu'un de réellement important, et moi encore moins, je sais donc que nous n'avons rien à craindre, mis à part les petits voleurs, et cette crainte est relative à la confrontation plus qu'à la perte de biens. Confrontation, douleur et mort.

Je suis presque endormi quand le hurlement électronique me dresse sur mon séant, le sang battant dans mes yeux au même rythme que la sirène. J'ai l'estomac au bord des lèvres, tout mon corps vibre de peur. L'alarme résonne dans le couloir et je me glisse hors du lit jusqu'à la porte, l'entrebâille, mais je ne vois que l'obscurité. Je traverse la chambre en courant jusqu'aux fenêtres et les entrouvre. Le jardin est vaguement éclairé par les lumières extérieures, mon souffle sort, rapide et court. Les chiens sont silencieux. Et puis l'alarme s'arrête d'un coup, aspirée par le vide du silence, et Greg m'appelle depuis le bout du couloir. Il ne voit rien dehors. Ça devait être un animal, ou une coupure de courant. Les chiens ne s'inquiètent pas.

186

L'agence de sécurité appelle pour s'assurer que tout va bien et Greg leur donne le mot de passe qui indique que oui, qu'ils ne sont pas sous la menace d'une arme – il y a un autre mot de passe pour ça – et nous retournons tous au lit.

Je commence à glisser de nouveau dans le sommeil quand les chiens deviennent fous et quelques secondes plus tard l'alarme me déchire les tympans. Je me précipite dans le couloir sans réfléchir et je vois un visage à la fenêtre de la cuisine, une paume écrasée contre la vitre. Greg descend l'escalier avec Dylan dans les bras. Il voit l'homme à la fenêtre, me donne Dylan, et m'ordonne de monter dans la salle de bains. Elle ferme de l'intérieur et n'a pas de fenêtres. On entend remuer la poignée de la porte de service et Greg pousse le bouton d'alarme dans la cuisine. Je pense : *On est foutus, on est foutus*. Je monte l'escalier quatre à quatre avec Dylan, qui pleure maintenant, et nous enferme dans la salle de bains. Au rez-de-chaussée, Greg hurle dans le téléphone : « Il y a un homme sur la propriété, il essaie toutes les portes et les fenêtres. » J'entends le bruit du verre brisé, puis le silence et encore le bruit du verre brisé ailleurs. Je pense aux portes coulissantes du salon, qui ne sont pas protégées par des grilles. Je tiens la tête de Dylan fort contre ma poitrine en le berçant. On n'entend rien pendant un long moment puis les sirènes résonnent et des pas piétinent pesamment au rez-de-chaussée et au premier. Greg est à la porte. Tout va bien, dit-il, et il me donne le mot de passe qui m'apprend que tout va vraiment bien, qu'il n'est pas sous la menace d'une arme. « Chocolate sundae, dit-il, tout est en ordre. »

L'intrus est étendu bras et jambes écartés dans le jardin, sous la menace des armes des hommes de l'agence de sécurité. Il semble tout petit, la moitié de la taille de Greg. C'est l'homme qui est déjà venu en se faisant passer pour un rémouleur. Il ne résiste pas, ne proteste pas.

Samedi matin. Après avoir balayé les débris de verre partout, nous mangeons une salade de fruits et des toasts sur la terrasse avec les chiens qui tournent en rond et geignent pour avoir les restes. Ils deviennent fous quand un hagedash atterrit sur la pelouse et l'oiseau reprend paresseusement son vol. Un vitrier vient remplacer les fenêtres et l'agence de sécurité arrivera plus tard pour vérifier tout le système. Greg a décidé d'installer des grilles devant les portes en verre coulissantes. «Ça va enlaidir la pièce, dit-il, mais qu'est-ce qu'on peut faire? C'est soit profiter de la vue en prétendant que c'est le paradis, soit bien dormir la nuit. J'ai pensé aller m'installer dans un quartier fermé à Costantia ou à Tokai. Pas pour moi, mais pour Dylan. Puis il dit ce que j'ai pensé la nuit dernière. J'étais sûr qu'on était foutus. Ce n'est qu'une question de temps.»

Pendant un moment, avant d'avoir Dylan, Greg habitait dans une vieille maison pleine de coins et de recoins dans un quartier animé, celui de l'Observatoire. Un jour pendant qu'il était au travail, un intrus a battu à mort ses cinq chiens. «Difficile de s'en remettre. Au moins, je n'étais pas là, dit-il. Mais quand tu te retrouves face à l'homme qui veut te prendre tout parce qu'il n'a rien lui-même, et nous voit, nous autres blancos, vivre comme des pharaons, je ne sais pas comment supporter ça. Il n'avait même pas d'arme à feu. Rien qu'un couteau. La police a dit qu'il était défoncé, probablement au *tik*. Je me suis enfermé dans le bureau. J'ai pleuré, en pensant que peut-être je mourrais sans dire adieu à Dylan, ou en pensant que l'homme pourrait s'en prendre à toi et à Dylan d'abord et qu'il faudrait que je vive avec ça. J'étais trop terrifié pour l'affronter. Qu'est-ce que ça dit de moi? Ça dit peut-être que nous ne devrions plus habiter ici. Ce n'est plus chez nous. Mais je ne peux pas imaginer vivre autre part. Je ne pourrais jamais revivre à New York. Je ne sais pas comment tu as pu si longtemps.»

Aussi heureux que je sois d'être chez moi, je ne peux m'empêcher de me demander dans quel genre d'endroit je suis revenu, et quelle sorte de pays et de vie j'ai convaincu Sarah d'adopter. J'ai essayé d'oublier les raisons pour lesquelles je suis parti, toute l'histoire de ma vie que j'ai laissée derrière moi, mais elle ne cesse de revenir, comme une maladie chronique.

*

Presque quatre mois ont passé depuis la première entrevue. Mon travail sur les papiers de Clare est aussi complet qu'il peut l'être pour l'instant et, de toute façon, elle me dit qu'il n'y a rien de plus qu'elle veuille partager. Sa correspondance personnelle que j'avais espéré consulter n'est pas apparue et n'apparaîtra pas. Je pars la semaine prochaine pour Johannesburg.

« Nous pourrions avoir une dernière série de conversations, si vous voulez, me dit-elle aujourd'hui. Non que je veuille suggérer que nous en avons fini. Vous pourrez me contacter à l'avenir, si besoin est, mais puisque vous êtes ici, pourquoi n'abordons-nous pas ce que vous n'avez peut-être pas osé me demander. On ne me blesse pas facilement. J'en suis venue à penser que vous cachez vos talents sous le boisseau. Vous êtes plus intelligent que vous ne le laissez paraître. Il y a là quelque chose d'à la fois sympathique et déconcertant. Pourquoi ne vous dévoileriez-vous pas durant ces quelques derniers jours ? Demandez-moi ce qu'on ne peut pas demander. Laissez s'exprimer la vérité. »

Je suis obligé de réprimer un rire. Cela semble tellement improbable, même absurde après tout ce qu'elle a dit par le passé, avec toute son hostilité du début, alors que la question la plus anodine semblait déjà impossible à poser. Je pense – comment faire autrement ? – qu'elle a déjà deviné les questions que je dois lui poser, le but réel de tout ce projet, en supposant qu'elle n'ait aucune idée de qui je suis. C'est comme avoir la permission de demander à sa mère n'importe quoi à son sujet, et découvrir qu'un million de questions vous viennent soudain à l'esprit, chacune encore moins formulable que la précédente, alors même qu'on y est autorisé.

Il fait plus chaud et nous en profitons pour nous installer dans le jardin. Je reviens sur des points précédents, clarifiant des questions de nature littéraire, sur lesquelles elle regimbe – « Vous êtes en train de m'empoisonner », se plaint-elle – et touchant d'autres sujets, des détails sur sa famille, son enfance, ses relations avec sa sœur, qu'elle aborde plus volontiers qu'à notre première rencontre. On dirait qu'elle s'anime, en fait, quand je parle d'elle.

Après trois jours de ce genre de discussion, elle perd de nouveau patience.

« Vous continuez à vous cacher sous ce boisseau. Je vous ai lancé un défi, mais vous ne laissez pas tomber le masque. Entrez dans la lumière. Cessez de tergiverser. *Rien n'a jamais été tenu secret, qui ne doive être révélé* », dit-elle. Je devrais être capable d'identifier cette citation tirée d'un de ses livres, mais duquel ? « Écoutez, Sam, poursuit-elle, plus maternelle que jamais, comment savoir si je vais refuser avant d'avoir demandé, et maintenant vous me connaissez suffisamment pour savoir que si je ne désire pas répondre je ne le ferai pas. Quelle que soit la question que vous choisirez de me poser, je ne vous en voudrai pas. C'est pour cela que vous êtes ici, après tout, *darling*. »

Ce *darling* est inimaginable. Il me fait frissonner. Marie nous interrompt soudain avec une assiette de biscuits et une théière. Elle ne dit rien et repart aussi rapidement qu'elle est venue.

J'essaie de mettre de l'odre dans mes pensées, mais l'accès de courage que j'ai ressenti en entendant le mot *darling* a disparu. Évidemment, deux questions me viennent à l'esprit : la question qu'il est possible de poser et celle qui demeure impossible. Donc je pose la première, sachant que je vais le regretter.

« Il y a bien quelque chose d'autre. » L'astuce consiste à formuler la question de telle manière que je ne mente pas, que je ne prétende pas en ignorer la réponse – que je connais déjà – de sorte que, quand la question arrive, elle ne se sente pas trahie. Je ne veux pas la coincer ; j'ai seulement besoin de voir comment elle répond. « Au cours des premières rencontres – je ne me rappelle pas laquelle aujourd'hui – nous avons parlé de l'écriture sous la menace de la censure. »

Son visage se ferme. Elle avait quelque chose de très différent à l'esprit. Je la déçois encore une fois.

« Oui. Je me rappelle cette conversation.

— Vous avez parlé de quelques cas d'écrivains qui avaient travaillé pour le Comité de contrôle des publications en tant que conseillers.

— Oui. Certains étaient de vrais affidés. D'autres pensaient naïvement défendre la littérature depuis l'intérieur d'un système hostile. Est-ce que vous en connaissiez certains personnellement ?

— Je les connaissais en tant que collègues, en quelque sorte, oui, comme les écrivains se connaissent entre eux. Mais nous n'étions pas amis intimes. Pourquoi n'en venez-vous pas au fait ?

— Quand on a su que j'allais écrire votre biographie, beaucoup de gens m'ont envoyé des lettres me proposant des anecdotes à votre sujet. J'en ai ignoré la majeure partie, parce que la plupart étaient, franchement, diffamatoires, sans aucune preuve pour les étayer. Or quelqu'un, et j'ignore qui, parce qu'il ou elle a agi de manière anonyme, m'a envoyé la photocopie d'un document, dis-je, lui tendant une chemise. Je suis allé chercher l'original aux Archives nationales, mais les dossiers de cette période ont été perdus. J'espérais que vous pourriez me dire si cela est authentique ou pas.

— Je crois savoir ce que je vais trouver à l'intérieur. » Elle ouvre les rabats verts et sort une mince liasse de feuilles photocopiées, agrafées ensemble, portant les initiales de ses nom et prénom en haut de la première page. Rien ne prouve que ce soit elle qui les y ait inscrits ; un ennemi peut avoir voulu mettre son nom sur ce rapport qui démontre, dans le plus pur style légaliste, pour quelles raisons un roman, résumé et analysé dans les pages suivantes, doit être interdit selon les anciennes lois régissant le contrôle des publications. Elle feuillette le rapport, puis le met de côté.

« Il est authentique, dit-elle, un rictus au coin de la bouche. Ce sont bien mon écriture, ma signature, mes mots. Vous me proposez en quelque sorte de justifier mes actes, mais je refuse. Je dirai seulement que j'ai fait cela comme par défi envers le système, croyant que je pourrais être capable de le subvertir de l'intérieur, ou de prouver que ses buts n'avaient rien d'élevé. Puis un jour ils ont simplement cessé de m'employer, et on ne m'a plus envoyé de livres ; précisément après la rédaction de ce rapport – coïncidence ou pas, je ne sais pas, et cela m'est égal. Si vous lisez tous les rapports que j'ai écrits, une vingtaine sur une période de deux ans au début des années 1970, vous vous apercevrez que celui-ci, celui que vous avez, est le seul qui préconise l'interdiction, sur la base d'arguments strictement légaux, comme vous pouvez le voir. La personne qui a conservé ce rapport savait ce qu'elle faisait, ou du moins le croyait. Je pensais être la seule à en détenir le dernier exemplaire. L'auteur était totalement inconnu, et le livre *Cape Town Nights*, était très évidemment écrit dans le seul but de défier les lois du contrôle des publications ; il était obscène, blasphématoire, ridiculisait ouvertement le gouvernement et la police, toutes choses interdites. La petite maison d'édition qui s'était risquée à le publier s'était fait une habitude de ces tentatives grossières de provocation à l'égard du système. Cela dénotait une forme de noblesse, totalement inefficace. Dans tous les autres cas, les livres sur lesquels j'ai écrit un rapport ont fini par être mis à la disposition du public sans changements ni corrections, pour autant que je sache.

— Et l'auteur du livre contre lequel vous avez écrit votre rapport ? »

Elle sourit et secoue la tête. « Vous le connaissez déjà. » Ayant été incapable de retrouver l'auteur du livre interdit qui avait été saisi, dont presque tous les exemplaires avaient apparemment été détruits et qui n'avait jamais été réédité ni publié à l'étranger, j'avais pensé que l'homme, car l'auteur était un homme, Charles Holz, était mort.

« Vous avez interdit votre propre livre ?

— J'ai pensé que vous me comprendriez peut-être, puisque vous êtes, comme je l'étais, un intellectuel – ou une sorte d'intellectuel – qui essaie de survivre dans une époque de fous. » Elle sourit brièvement avant de faire la moue, comme pour mimer un baiser. « Qu'est-ce que vous allez faire ? Allez-vous dire au monde que la femme qui critique si violemment la censure a collaboré avec les censeurs, est devenue l'une des leurs et a travaillé pour eux ? Faites-le, si vous voulez. Je ne vous en empêcherai pas. Je ne le peux pas. Cela ne fera changer d'avis personne. Si vous présentez honnêtement la chose, comme je sais que vous le ferez, étant vous-même un esprit hautement rigoureux, alors ceux qui me détestent se contenteront de penser que cette nouvelle information ne fait qu'ajouter à ma complexité. Il est dommage que vous n'ayez pu découvrir que cela, ce simple pétard mouillé. Je croyais que vous aviez trouvé la bonne piste. J'étais sûre que vous saviez, dit-elle.

— Que je savais quoi ? » l'interrogé-je, sentant mon cœur battre à toute allure, me demandant si elle fait allusion à notre relation enfouie – en supposant qu'elle puisse se souvenir de moi après plusieurs décennies – ou tout à fait autre chose, un secret la concernant impossible à imaginer.

Elle secoue la tête. « Vous avez posé la mauvaise question. Comment croyez-vous que vous puissiez écrire ma vie ? Vous n'avez qu'un squelette de faits, que vous étofferez de vos propres conjectures. Je ne vous ai rien révélé.

Parce que vous pensez maintenant savoir pourquoi, à une période de ma vie, j'ai pu enfreindre mon code moral compliqué, vous allez reconstituer un semblant de muscles et de peau et dire : "Voilà qui elle est, là, telle que je l'ai décrite." »

Elle prend la photocopie du rapport et la remet dans la chemise verte. « Vous êtes toujours coincé sous votre boisseau, à éclairer quoi ? Rien. Un espace obscur et vide. Mes plus grands secrets demeurent dans l'ombre. Vous ne pouvez pas me voir cachée sous ce boisseau. J'étais prête à vous révéler mes démons. Mais vous laissez cette tâche à ma charge, en supposant que je choisisse de m'y atteler. »

Ainsi m'apparaît-elle, avec ces mots-là, tels que je les ai enregistrés et retranscrits, mais en les relisant, je découvre que je n'ai pas saisi l'essentiel : cette succession continue de petites explosions, contenues dans un grand sac de peau.

Absolution

Comme le week-end s'annonçait frais, Marie suggéra qu'elles fassent un tour en voiture.

« À la plage ? demanda Clare, avant de se raviser. Non, pas à la plage. Il y aura du vent.

— À Stellenbosch alors ? dit Marie.

— Oui, d'accord.

— Et peut-être que vous aimeriez vous arrêter au cimetière, pour voir la tombe de votre sœur. Cela fait si longtemps que nous n'y sommes pas allées.

— Oui, très bien. Peut-être est-il temps que j'aille voir si elle n'aurait pas réussi à se sortir de terre. »

Rendre visite aux parents de Clare n'était pas aussi simple ; tous deux avaient été incinérés, leurs cendres répandues dans un grand vent au bord du monde, tombant en tourbillons autour de sa tête, dans l'air, au-dessus des vagues, à la jonction de deux océans.

Marie la conduisit le long de la N2, tournant à hauteur de Baden Powell Drive, traversant Stellenbosch avant d'aborder des versants couverts de vigne et de prendre le virage pour entrer dans Paarl.

Le cimetière semblait anormalement blanc : pierres tombales en marbre blanc entourées de murs blanchis à la chaux, tombes entretenues par de gros hommes blancs à la peau brûlée, remplaçant tous les jours, grâce à des fonds privés, les lis blancs fanés sur les tombes de Nora et Stephen. Le figuier sauvage était toujours là, derrière le mur, couvert de plantes grimpantes, et la stèle était maintenant visible au-delà de l'arbre. La tombe de Nora était à la place d'honneur à côté de celle de son mari, adjacente à une flamme éternelle, dont on disait qu'elle était maintenant éteinte la nuit. Mais ce jour-là elle brûlait, bleu et or sous les nuages de plomb, nue entre les croix blanches rendues invisibles par le mur blanc avec lequel elles se confondaient et qui entourait l'arpent des morts, là où les corps étaient inhumés à même la terre.

C'était un espace d'une telle blancheur que Clare, vêtue de noir, par respect des coutumes plus que des morts, ressemblait à une intruse. Elle remarqua alors qu'il y avait aussi une autre intruse, noire, petite et ronde, nichée contre la base de la stèle qui indiquait la tombe de Nora. Clare devina de quoi il s'agissait avant même de voir clairement l'objet ; elle le sut au premier éclat de métal mat à peine entrevu, qui masquait à moitié la flamme éternelle. C'était la boîte en étain noir de son père. Elle eut froid malgré la chaleur, et posa sa main sur la manche blanche de Marie. Une fois devant la tombe, Clare se pencha et saisit la boîte à deux mains.

C'était à la fois inconcevable et terrifiant de la retrouver ici. Pourtant, sans savoir pourquoi, c'était exactement ce à quoi elle s'était attendue. Elle ouvrit le couvercle. La perruque était là, et elle imagina pendant un bref instant que la tête de son père était là, elle aussi, inclinée vers le haut, en train de la fixer du regard, bien que ce fût impossible, car sa tête était en cendres, dispersées dans le ciel. Clare crut s'entendre crier. Elle savait qu'ils savaient. Elle savait qui ils étaient – la famille de Stephan, ses frères, ses cousins, neveux et nièces pour autant qu'elle sache. La signification de la perruque était claire, sa complicité était connue, quelqu'un désirait lui rappeler qu'elle n'était pas au-dessus des lois ni au-dessus des revendications de l'histoire.

196

Surprise par son propre geste, Clare chercha une petite pierre blanche et la plaça sur la tombe de sa sœur. Ce n'était pas la tradition religieuse de sa famille, mais cela faisait sens, la pierre comme symbole privé d'une émotion qu'elle était incapable de décrire. Il eût été exagéré de dire qu'elle pleurait sa sœur et elle n'avait certainement gardé aucun sentiment affectueux pour son beau-frère, mais durant un instant le déplacement de la pierre depuis le sol jusqu'à la tombe apaisa le tumulte qui s'agitait dans son cœur. Une fois qu'elle eut terminé, Clare demanda à Marie de la ramener à la maison.

« Vous ne voudriez pas aller déjeuner quelque part ? demanda Marie d'une voix pleine d'espoir.

— Pas maintenant, non, je suis désolée. On peut s'arrêter pour acheter un sandwich si vous avez faim, mais je n'ai plus aucun appétit. »

Plus tard dans la journée, Clare se rappela qu'elle devait appeler Ms White. On approchait de la fin du mois. Quand l'intrusion avait-elle eu lieu ? Au début du mois de décembre un an plus tôt, ou à la fin du mois de novembre l'année précédente ? Les dates étaient floues dans sa tête. Il lui semblait que c'était encore au printemps, qu'il faisait juste assez chaud pour laisser les fenêtres ouvertes pendant la nuit. Au téléphone Ms White se montra indifférente.

« Eh bien, c'est parfait. Vous avez retrouvé la perruque. Je suppose que l'affaire est classée.

— Qu'en est-il de Jacobus et de sa soi-disant bande ?

— Comme vous n'avez pas porté plainte contre eux nous les avons relâchés.

— C'est aussi simple que ça ? demanda Clare, incrédule.

— Aussi simple que vous le dites, madame.

— Et les intrus ? Il n'y a pas d'indices ?

— Les intrus ?

— Les gens qui sont entrés chez moi, évidemment.

— Mais nous les avions arrêtés, Jacobus et sa bande, et vous avez dit que ce ne pouvait pas être eux, madame. Je ne comprends pas. Vous voulez maintenant que nous les inculpions de vol ?» Ms White semblait réellement perplexe, comme si elle n'arrivait pas à comprendre la nature ou la logique des intentions de Clare.

«Ce n'était pas Jacobus, mais j'ai besoin de savoir qui c'était. Je désire seulement connaître les responsables de l'intrusion, du vol. Je peux seulement vous dire que c'est quelqu'un de lié à mon passé. À la famille de mon beau-frère. À ses camarades, ses frères, ou même ses sœurs. Ils veulent me punir.

— Si c'est une affaire de famille, madame, alors pourquoi y avoir mêlé les autorités ? Si vous saviez qui c'était, pourquoi nous avoir fait perdre notre temps ?

— Ce n'est pas aussi simple que ça.

— Peut-être devriez-vous vous charger de l'enquête. Vous êtes si douée pour les découvertes. Vous avez trouvé la perruque de votre père. C'est bien. Peut-être que vous trouverez les intrus. Et alors vous me téléphonerez si vous voulez. Et nous irons les chercher pour vous.» Comme on va chercher une balle ou un bâton, eut envie d'ajouter Clare. Des intrus qui n'étaient que des jouets, ajoutez à cela une perruque, une boîte en étain, deux femmes d'un certain âge... «Ou vous réglerez l'affaire telle qu'il se doit, madame, en famille.»

Mais ce n'est pas ma famille, aurait souhaité dire Clare. *Ils n'ont rien à voir avec moi. Ils savent ce que j'ai fait. Ils m'envoient des signes. Ils me terrorisent.*

Clare

Il y a une chose que je ne t'ai jamais dite, Laura, une chose me concernant qui nous rapproche plus que tu ne pourrais l'imaginer. Si j'ai de nombreux regrets – en particulier quant au genre de mère que j'ai été pour toi, et au genre de mère que je ne suis jamais parvenue à être – je n'en ai pas de plus grand que celui-ci : avoir échoué à te révéler la vérité la plus noire à mon sujet quand tu étais là pour l'entendre, avoir échoué à te montrer, au moment où tu en avais besoin, à quel point nous étions semblables. Voici mon véritable aveu. Avouer est tout ce que je peux faire pour toi.

C'est une histoire de sœurs : ma sœur Nora, et moi.

Peut-être ne te l'ai-je jamais dit, mais même lorsque nous étions toutes petites, Nora me tourmentait impitoyablement. J'étais *la Girafe*, *l'Oie*. *Je vais te pendre haut et court, te tordre le cou, la Girafe,* hurlait Nora, me menaçant avec une corde. Et puis quand je me mettais à pleurer, elle me serrait contre elle en me disant qu'elle ne le pensait pas, *Sans rancune, Clare,* c'était juste pour plaisanter, c'est comme ça que font les sœurs. J'ai cessé de l'aimer quand j'avais huit ans, après qu'elle m'a coupé les cheveux dans mon sommeil et les a brûlés dans le jardin. J'ai cessé de penser à elle comme à ma *chère sœur* avant l'âge adulte, avant même l'adolescence, bien avant que Nora ne quitte la maison.

À seize ans, Nora était toujours en train de proférer des menaces. Elle menaçait nos parents d'épouser un gros bœuf de Boer, Stephan Pretorius, avec ou sans leur permission. Un jour elle m'a menacée avec une plaque brûlante qu'elle avait sortie du four, me poursuivant dans toute la maison en hurlant : *Je vais te tuer ! Je vais te tuer !*, parce que je lui avais pris son rouge à lèvres. Elle menaçait les chats de les noyer et de les électrocuter. Elle menaçait nos parents de ne plus jamais les voir s'ils n'assistaient pas à son mariage. Elle menaçait de s'enfuir, de ne jamais leur permettre de voir leurs petits-enfants (une bénédiction peut-être, qu'il n'y en ait pas eu). Elle utilisait incessamment la menace. Pourquoi, me demandais-je, était-elle si différente de moi ? Comment deux personnes deviennent-elles opposées en tout alors qu'elles sont élevées par les mêmes parents dans la même maison avec les mêmes valeurs et les mêmes règles ? Je n'ai pas de réponse à cette question, même aujourd'hui. Nos parents étaient plus stricts avec elle, mais pas au point de produire un tyran. Mon père disait que le fantôme de sa grand-mère, qu'il se rappelait avec terreur, devait hanter Nora, comment expliquer sinon sa méchanceté ? Il y a eu des moments où je me suis demandé si tu avais hérité de ce fantôme, Laura, si l'écho du nom de Nora dans le tien était le signe d'une malédiction généalogique.

Même enfant, j'avais compris pourquoi elle voulait épouser Stephan. Ce n'était pas une question d'amour. Il était plus âgé qu'elle, un homme déjà – un homme pour remplacer notre père, qui lui était infiniment supérieur. (Je sais que tu vas protester – que moi aussi j'ai épousé un homme pour remplacer mon père, un homme de loi comme lui, pour prendre sa place. Contrairement à Nora, j'étais consciente de ma sottise, et ton père n'était – n'est – pas un monstre.) Le mari de Nora, si différent de ton père, avait un corps puissant et épais, respirant la santé et l'auto-

200

complaisance. Que pouvaient dire nos parents sinon : *Oui, nous te donnons notre bénédiction* ? Et même s'il appartenait à une branche parallèle de la même tribu chrétienne (si on peut parler de tribu de nos jours), la famille Pretorius semblait aussi étrangère à mes parents que nous avons dû le paraître à leurs yeux. Le soir du mariage de ma sœur, j'ai entendu mon père sangloter dans son bureau comme il le faisait seulement en se remémorant les défunts.

Un client de mon père nous a prêté une limousine pour la journée, et nous avons payé le jardinier en plus pour nous conduire à l'église, puis au banquet, et ensuite à la maison. Sur le chemin de l'église, le jardinier était si excité par la voiture qu'il a essayé les essuie-glaces mais n'a pu trouver comment les arrêter, et nous sommes arrivés sous un soleil éclatant à l'église dans notre limousine prêtée avec les essuie-glaces qui crissaient sur le verre sec, et même une fois la voiture arrêtée, ils ne cessèrent d'aller et venir jusqu'à ce que la batterie soit morte. Après la cérémonie, nous avons dû traverser la ville à pied pour rejoindre le banquet du mariage – il n'y avait pas de place dans les limousines que la famille de mon beau-frère – des douzaines de personnes – avaient louées pour eux. Ou peut-être ne voulaient-ils simplement pas se risquer à une telle intimité avec nous. Ma sœur était devenue une des leurs, avait embrassé leur foi, avait tourné le dos à notre discret méthodisme. Stephan avait fait scandale en choisissant une étrangère, mais il avait tenu bon. Il disait qu'il l'aimait. Et qui ne l'aurait pas aimée ? Elle ressemblait à Marilyn Monroe à cette époque, blonde et parfaite, telle une déesse.

Nous sommes arrivés au banquet en nage et couverts de poussière, tandis que ma sœur et sa famille étaient secs et frais, déjà occupés à manger leur soupe glacée. Il y avait eu une « erreur » dans le plan de table, de sorte que mes parents et moi n'étions pas à la longue table du bout avec les mariés, les invités à l'église, les parents de mon beau-frère et ses six frères et sœurs, mais à une table juste de côté, avec ma tante, mon oncle et mes cousins, petit groupe de corps minces et pâles, suffoquant devant la quantité servie de bœuf. Nous ne figurions sur aucune des photos du mariage, sauf celles prises par mon oncle, avec ma sœur et son mari flous dans le fond, mâchant leurs *braaivleis*.

Les mois suivant le mariage, quand ils allèrent s'installer à la ferme des grands-parents, dans la longue maison blanche aux environs de Stellenbosch, Nora apprit les us et coutumes de sa nouvelle tribu, ses conventions de langage avec tous ces diminutifs écœurants, *le petit pot, la petite sœur, la petite maîtresse*. En privé, notre mère demanda à ma sœur si la famille de son mari la traitait bien. Au début ma sœur ne répondit pas, puis elle dit : *Oui, mère, ils me traitent bien*.

Un jour où nous lui rendions visite, j'ai fait tomber une assiette ancienne décorée de fleurs bleues délicates qui s'est brisée sur le sol fait de bouse et d'argile, frotté au sang de bœuf et parsemé de noyaux de pêche, sans doute pour me délecter par avance de la réaction de la belle-mère de ma sœur.

Les années ont passé. À mon retour d'Europe, mon beau-frère était devenu quelqu'un d'important au National Party. Mes positions politiques s'étaient, comme je le déclarais si souvent à l'époque, «radicalisées» – du fait, principalement, de mon séjour en Angleterre, et des gens que j'y avais rencontrés, des livres qu'il m'avait été soudain permis de lire sans crainte d'être découverte ni sanctionnée. C'est alors que j'ai fait la connaissance de ton père. Nous avions été présentés l'un à l'autre par des amis qui partageaient nos idées et avaient arrangé notre rencontre et, nous appréciant suffisamment, nous avons décidé de nous marier. Ton frère Mark est né et, tandis que ton père se montrait plus prudent, plus soucieux de ne pas mettre en danger sa place récemment obtenue à l'université, je suis devenue plus radicale, écrivant, publiant et assistant à des meetings auxquels la femme d'un professeur n'aurait pas dû assister. Cela suffit à me faire remarquer par des gens des deux bords, et un soir, dans un meeting, j'ai laissé échapper que ma sœur et son frère allaient passer quelques nuits au Cap. Un de mes camarades a demandé, de l'air le plus dégagé qui soit, s'ils séjourneraient chez moi. Ne sois pas ridicule, ai-je répondu. Le mari de ma sœur n'accepterait jamais mon hospitalité. Ils descendent dans une maison d'hôtes huppée. Si je connaissais le nom de cette maison d'hôtes ? Bien sûr – et j'ai laissé s'échapper ce nom de ma bouche.

Je n'avais pas compris qu'il s'agissait d'un secret, que je devais être seule à connaître les dispositions qu'ils avaient prises, que ma sœur, en me faisant confiance, essayait de me tendre la main de l'amitié, de la réconciliation même.

Tu as raison de protester.

Bien sûr, que je l'avais compris. Je savais que je détenais une information sensible. J'ai choisi de l'oublier. J'ai passé le reste de ma vie à me demander pourquoi.

J'imagine cette scène d'épouvante, tous deux surpris par l'intrus dans la chambre de la maison d'hôtes. Nora et Stephen au lit, les draps luisant d'huile capillaire, elle collée contre lui, chaussettes sur le sol froid et rugueux, une odeur aigre dans la chaleur de la chambre. Réveillée par l'ouverture brusque de la porte, se redressant dans le lit, moite de sueur, voyant la silhouette découpée sur la lumière intruse du couloir, elle doit s'être demandé : *Où sont les gardes ?* Devoir négocier pour garder la vie sauve leur aura paru inacceptable. Logiquement, Nora aurait pu espérer que son mari intervienne pour la sauver, mais elle devait savoir qu'il n'avait pas donné beaucoup d'indices montrant sa capacité à se mettre en danger, à placer l'intérêt de quiconque au-dessus de son propre instinct de préservation. J'ai lu la déposition. L'assassin de ma sœur a déclaré qu'elle avait menacé de crier, d'appeler les gardes, de réveiller toute la maison d'hôtes. Pourquoi, je me le demande, à l'heure la plus cruciale, a-t-elle proféré une menace sans parvenir à la mettre à exécution ? Elle a regardé son mari muet de terreur qui s'agrippait aux draps, et l'odeur de sa merde a rempli la pièce. (La police, le coroner, ils ont confirmé cela.) L'intrus s'est d'abord dirigé vers ma sœur tandis que son mari suppliait qu'on l'épargne, à genoux sur le lit. Et alors c'est arrivé. Il a bougé, mais pas en direction de l'assassin; il a bondi du lit vers la fenêtre ouverte dans l'intention de s'échapper, et à l'instant où ses jambes se sont plantées sur le sol et qu'il a tourné son dos blanc et nu à sa femme, le pistolet s'est détourné de l'œil de celle-ci pour lui tirer dessus au son d'un *pffft* feutré. Elle n'a ni crié ni bougé, mais a regardé l'assassin, qui s'est dit plus tard surpris par son silence.

Quand j'ai vu leurs corps le lendemain matin j'ai pensé : *C'est moi qui ai fait ça. C'est à cause de moi que c'est arrivé.* J'ai conduit l'assassin à la porte de ma sœur. Je n'ai pas été choquée par leur mort ni par la violence faite à leurs corps. Je savais ce que des balles tirées à bout portant pouvaient produire sur des tissus vivants; je l'avais constaté moi-même, sur le cheval de ma cousine. La seule chose qui m'ait choquée, c'est ma capacité à fournir l'information qui avait provoqué la mort de ma sœur et le fait de n'éprouver, par la suite, aucun remords. Ils étaient, me suis-je dit à l'époque, du mauvais côté de l'Histoire. Quant à cela, au moins, j'avais raison. En ce qui concerne le rôle que j'ai joué, je suis plus réservée.

Tu vois, Laura, de quelle genre de participation j'ai fait preuve – sans être aussi courageuse que toi, mais aussi décidée et obstinée, aussi désireuse de changer les choses, ou du moins d'apparaître utile aux yeux de personnes plus impliquées que moi. Ai-je été insensible ? L'avons-nous été toutes deux ?

Dans ta dernière lettre tu m'as écrit :

> Tu sais que je ne te demande pas l'absolution, car c'est une chose à laquelle tu ne crois pas et ne peux donc me donner, ou ne souhaites pas me donner. Je ne fais que mettre ce document à ta disposition

comme ma version de la vérité, une vérité parmi beaucoup d'autres. La vérité de Bernard serait différente, mais il ne peut pas parler. La vérité de Sam serait différente encore, et il se peut qu'il parle. Si tu refuses de m'absoudre, refuseras-tu aussi de me juger, ou le jugement appartient-il un autre ordre d'éthique ?

Reviens. Reviens pour que je puisse tout te dire en face, pour que je puisse repenser mon éthique, te supplier de me donner ton absolution, me prosterner au nom de la réconciliation et de l'amour. Tu es tout ce que j'aime maintenant. Je n'ai besoin que de toi.

*

Au moment où la révolution de la Terre te libérait de l'œil du soleil, Lionel t'a dirigée vers un point qu'il reconnaissait dans un repli ombreux des montagnes de Nuweveld. La clinique était un long bâtiment bas dans un petit groupe de maisons en plâtre blanchies à la chaux, entourées d'un bosquet d'acacias. Il y avait de la lumière à l'intérieur et on entendait une radio. Timothy a frappé à la plus grande des maisons, et sa mère a ouvert la porte. Elle était beaucoup plus vieille que ce à quoi tu t'étais attendue, petite, vêtue d'une robe à smocks soignée. Elle a embrassé son fils sur les deux joues avant de faire de même avec Lionel.

« Mère, je te présente Liama et Sam. C'est eux qui nous ont conduits jusqu'ici.

— Et ils ont fait tout ce chemin avec toi ? Quelle honte ! Tu n'es pas bien, mon petit ! »

La maison était claire et d'une modernité incongrue. La mère de Timothy, Gloria, t'a servi un thé et a dit que vous pouviez dormir dans la clinique. « Il n'y a pas de patients en ce moment, il y a donc plein de lits. Vous pouvez rester tout le temps qu'il faudra.

— Peut-être une nuit. Juste pour nous reposer. Je peux payer, as-tu proposé.

— Ce n'est pas nécessaire. Vous avez conduit les garçons. C'est déjà beaucoup. Vous voulez encore un peu de malva pudding ? Il est toujours meilleur le lendemain, je trouve.

— Nous ne resterons pas longtemps. Demain, j'emmène Sam à Beaufort West. Chez sa tante.

— Évidemment», dit Gloria, comme si Beaufort West n'était peuplé que de tantes attendant la livraison de neveux prodigues.

À l'instar de la maison de Gloria, la façade rustique de la clinique masquait un intérieur dernier cri équipé de salles de consultation et d'attente, d'un bloc opératoire et d'un dortoir avec seize petits lits. Gloria et Timothy t'ont aidée à faire deux lits, t'ont montré les toilettes et les douches, la cuisine avec ce qu'il fallait pour faire du thé et du café, et t'ont invitée à revenir prendre le petit déjeuner chez Gloria le lendemain matin. Une fois seule, tu as mis Sam au lit et l'a regardé droit dans les yeux.

«Peut-être qu'il faudrait qu'on parle. Tu sais où ta tante habite à Beaufort West ?

— Il faut que je voie l'endroit. Je ne connais pas le nom de la rue, mais j'y suis déjà allé. Je connais le chemin.

— Et tu es sûr qu'elle habite toujours là ?

— Je crois.

— Une fois que je t'aurai emmené chez ta tante, je vais te laisser avec elle. Et après ça je m'en vais. Je quitte le pays. Sam a fait la grimace et donné des coups de pied dans le lit. Les gens vont poser des questions sur ce qui est arrivé à Bernard. Il faut que tu leur dises ce que je lui ai fait, comment je l'ai tué. Seulement donne-moi peut-être trois jours après mon départ, avant de dire quoi que ce soit. Sam a de nouveau levé les yeux vers toi. Tu comprends ?»

Le lendemain matin, tu as confié à Timothy et Lionel tes carnets et ta dernière lettre, tous les documents qui

206

comptaient pour toi, demandant à ces jeunes hommes, ces inconnus à qui tu faisais confiance, de me donner les papiers en personne quand ils le pourraient.

*

Entre la clinique et Beaufort West, il n'y avait qu'une piste en terre qui serpentait au milieu de collines couleur de peau morte. Elle s'arrêtait à un kilomètre de la ville, de sorte que ceux qui n'en connaissaient pas l'existence ne l'auraient jamais trouvée. Elle ne figure sur aucune carte et n'existe plus aujourd'hui.

En venant de la clinique, on voyait d'abord la flèche blanche de l'église qui s'élevait comme un défi au-dessus des arbres poussiéreux. Tu es arrivée en ville dans une rue aux vitrines quasiment à l'abandon où se trouvait une station-service devant laquelle tu t'es garée à côté d'autres semi-remorques scintillants et agressifs dans la chaleur de l'été. Dans une cabine téléphonique de l'autre côté de la rue tu as cherché dans le mince annuaire de Beaufort West le nom que Sam t'avait donné. Une fois que tu l'as trouvé, tu as composé le numéro et après une seule sonnerie une femme a décroché.

«Ouuui. Qui est à l'appareil?» La femme semblait soupçonneuse.

«Avez-vous un neveu du nom de Sam ou Samuel?

— Oui. De quoi s'agit-il exactement? Qui est à l'appareil?» Sa voix ne semblait pas faire grand cas d'un neveu.

«Sam est avec moi. Je me demandais si je pouvais vous l'amener. Son tuteur est mort. Bernard... il est mort. Nous sommes en ville.

— Sans blague, dit la femme, d'un ton monocorde qui t'a surprise.

— Est-ce que je peux vous l'amener?» Tu as regardé Sam, qui s'était glissé à côté de toi dans la cabine. Il était en train de jouer avec le cordon, le tordant pour lui faire prendre une forme bizarre, et regardait de l'autre côté de la rue un marchand de fruits et légumes.

« Qui êtes-vous ? Qui est à l'appareil ? fit la femme d'un ton tranchant.

— Nous arrivons. »

La tante de Sam habitait une maison sans étage avec une grande terrasse couverte. Elle se tenait sur les marches tandis que vous approchiez en mangeant des pêches, le jus dégoulinant le long de tes bras. Tu espérais que la femme se précipiterait pour prendre Sam dans ses bras, au lieu de quoi elle s'est contentée d'attendre sous la marquise, avachie, vêtue d'un jean et d'un chemisier blanc et sale, les bras croisés sur la poitrine. Elle avait les traits angu-leux de Sam, son nez busqué et ses yeux étroits, mais avec une tignasse rousse.

« Sam ? C'est ta tante ? C'est sa maison ? »

Sam t'a regardée, a regardé la maison et a regardé la femme.

« Tu ne reconnais pas ta tantine, Sam ? a demandé la femme.

— Si.

— Tu ne veux pas venir voir ta tantine ? »

Tu as regardé Sam monter les trois marches basses jusqu'à sa tante, une main tenant la pêche dont il suçait la chair, un hémisphère du noyau exhibé, l'autre pendant sur le côté. La femme a posé la main sur sa tête, lissant ses cheveux en désordre. « C'est vous qui êtes sa tutrice main-tenant ? demanda-t-elle en fermant à demi les yeux. Vous êtes une amie de ma sœur, en quelque sorte ?

— Non. Je l'ai trouvé par hasard. Il m'a dit que ses parents étaient morts. Il a dit que vous étiez sa seule parente.

— Je suppose que c'est vrai. Comment savez-vous que ce salopard de Bernard est mort, au fait ?

— J'ai vu son corps. Je l'ai vu – je veux dire que je l'ai vu mort. Je faisais du stop et je suis tombée sur le camion et le corps de Bernard. Sam était caché dans le bush. Ils

208

avaient été attaqués. » Tu savais que cette histoire était plausible, ce genre de choses n'étaient pas rares. Et, d'une certaine façon, il avait bien été victime d'une attaque.

« Tant mieux. Je veux dire la mort de Bernard. Pas l'attaque. Vous voulez une tasse de thé ou quelque chose ? demanda la tante.

— Il faudrait que j'y aille, as-tu répondu, pressée de t'en aller. Vous vous occuperez de Sam ?

— Vous voulez dire que vous le laissez avec moi ?

— C'est votre neveu, non ? »

Vous vous êtes regardées droit dans les yeux. Les lèvres de la tante se sont étirées et aplaties contre ses dents.

« Je suppose qu'il faut que je le garde avec moi, alors. » Sam avait terminé sa pêche et s'était retourné vers toi, faisant rouler le noyau dans sa bouche, les yeux dans le vide. Tu as de nouveau pensé à l'emmener dans le désert, à le rebaptiser, comme tu te l'étais dit, en l'appelant *Samuel*. Mais tu savais que c'était impossible. « Vous me chargez d'un vrai fardeau, *Miss*... comment vous appelez-vous ?

— Ça n'a pas d'importance. »

La tante de Sam a levé les yeux au ciel et a grogné. « Je dois dire que je trouve qu'il y a quelque chose de bizarre dans tout ça. Arriver sans rien. Je dois dire que c'est *étrange* », dit-elle, attrapant Sam, l'attirant à elle et le plaquant contre son jean délavé. Il a remué ses chaussures rouges, tâchant de se libérer de l'étreinte de la femme, mais elle l'a serré plus fort, refermant ses bras sur sa poitrine. « C'est ça. Je trouve que cette femme est étrange. » Elle a toussé, une toux profonde et grasse qui lui a fait perdre l'équilibre, libérant l'enfant.

Tu as étudié Sam avec la même intensité que la sienne lorsqu'il te dévisageait. Après toutes ces étreintes non désirées, ces enlacements et serrements, tu as ressenti un désir fou qu'il te tienne, de le tenir, de sentir de nouveau cette chaleur autour de ta taille. De trois doigts secs tu as touché sa joue. Il n'a pas bronché. Tu voulais qu'il tende les bras et s'accroche à toi, crie qu'on ne l'abandonne pas, te force à faire ce que tu ne pouvais pas.

Mais il n'avait rien à dire.

Bien sûr que je l'ai immédiatement reconnu. Pas juste ici. Je l'ai immédiatement reconnu dès Amsterdam. Et le trouver soudain face à moi, c'était comme d'être confrontée à mon assassin. Je me suis demandé s'il était venu exiger son dû. Mais depuis, il n'a cessé de se montrer charmant. *Que veut-il?* Je me le demande. *Pourquoi ne peut-il pas dire ce qu'il est venu dire?*

1989

Ce n'est pas par hasard que Laura et le garçon se connaissaient, avant qu'elle le trouve là dans le noir, au fond du camion, avec le cadavre de Bernard par terre. Le seul hasard a été qu'ils se retrouvent au même endroit au même moment. Quand ses parents s'étaient fait sauter avec trois autres personnes devant un poste de police, la seule personne au monde que le garçon avait voulu voir était Laura parce qu'elle était plus proche d'une mère que tous ceux qui lui restaient au monde. Il lui a tendu la main, elle l'a prise et a attiré sa tête contre son bras, et pendant un instant, il n'a pas été capable de se souvenir si elle n'était apparue qu'après la mort de Bernard ou si elle était là avant. Ils sont restés un moment en silence, le regard perdu dans l'obscurité. Le garçon avait envie de demander à Laura si elle pouvait être sa mère, maintenant que sa mère était morte, mais il ne l'a pas fait. Il savait que c'était impossible.

Il y avait un barrage sur le chemin ; elle a montré sa carte d'identité ainsi que celle du garçon et a expliqué qu'elle allait rejoindre son oncle, le propriétaire du camion. Le garçon se demandait ce qui leur arriverait si la police ouvrait la remorque pour découvrir ce qu'il y avait dedans. Ils ont eu de la chance. La police les a laissés partir et leur a dit d'être prudents.

Laura a conduit presque jusqu'à l'aube où ils sont arrivés dans une ferme près de Beaufort West où elle a retrouvé ses camarades qui l'attendaient et c'est là que le garçon a vu Timothy et Lionel pour la première fois. Laura a dit au garçon qu'il devrait maintenant faire confiance à ces hommes parce qu'elle était obligée de s'en aller – il y avait quelque chose qu'elle était obligée de faire. Ils se reverraient probablement un jour, a-t-elle dit, et elle a promis de chercher à le retrouver, comme lui devrait aussi la rechercher, et que s'ils cherchaient tous les deux à se revoir, ils se retrouveraient un jour. Elle lui a dit d'aller voir sa mère, d'aller la trouver si jamais il avait besoin de quelque chose. *Ma mère est quelqu'un de bien*, a-t-elle promis. *Ma mère ne te laissera pas tomber.*

Le garçon l'a regardée partir en voiture avec un homme, sans savoir qui il était, il n'avait jamais vu son visage. Il savait seulement que Laura et l'homme avaient une chose importante à faire et qu'il était trop dangereux pour lui de les accompagner. Il n'avait jamais revu Laura. Si elle avait dû revenir, elle l'aurait déjà fait.

Elle leur avait laissé le camion qui était l'héritage du garçon et, les jours suivants, il avait regardé Timothy, Lionel et d'autres hommes creuser des tombes pour tous les cadavres, y compris Bernard.

Timothy a enlevé toutes les marques d'identification du camion, y a mis de nouvelles plaques, et un des autres hommes est parti avec. Le garçon n'a jamais revu le camion, maintenant ça lui était égal.

Au début, quand il leur demandait ce qu'ils allaient faire de lui, Timothy et Lionel riaient et disaient : *Tu seras notre mascotte.* Au fil des semaines, ils n'ont plus su quoi lui répondre. Le garçon leur a rappelé qu'il avait une tante à Beaufort West et, durant plusieurs jours, tout le monde s'est demandé s'ils devaient ou non emmener le garçon chez sa tante ou si c'était trop risqué, s'il ne valait pas mieux le garder avec eux puisqu'il était né à l'intérieur du mouvement. Il pourrait y grandir et vu qu'il était déjà presque un homme, on pourrait lui apprendre à tirer. Lionel a dit que ça ne serait pas bien, que ce n'était pas juste pour le garçon, et qu'il fallait qu'ils l'emmènent chez sa tante.

Mais le garçon connaissait à peine sa tante et les autres ne savaient pas si on pouvait lui faire confiance. Alors il leur a dit : *Et les parents de Laura ? Laura a dit que je pouvais aller chez sa mère. Et son père... son père m'a dit que si jamais j'avais besoin de quelque chose...*

Et c'est comme ça qu'ils se sont retrouvés devant le portail de la femme, à regarder à travers la porte grillagée, et que la femme a secoué la tête et pris les papiers de sa fille et dit qu'il fallait qu'ils s'en aillent.

Le garçon et les hommes sont restés là, la porte leur a claqué au nez et, même s'ils étaient à l'ombre, c'était un jour de février très chaud sans vent et le garçon est sorti recouvert de sueur. Les hommes se sont tournés vers lui et lui ont dit de ne pas s'en faire. Il est resté sur le pas de la porte à regarder la montagne pour ne pas avoir à regarder les hommes ni les fenêtres de la maison. Il ne voulait pas qu'on le voie, ni voir personne tandis qu'il écoutait la circulation à l'heure de pointe sur Camp Ground Road, Malta Road, Albert Road, des routes qui tournaient en direction du nord, suivant le pourtour de la montagne, revenant en cercle à son quartier, à la maison qui avait, jusqu'à récemment, été la sienne.

Ils sont retournés à la voiture et sont restés assis un moment dans l'ombre pendant que les hommes discutaient du sort du garçon devant lui. *Je crois qu'on devrait lui demander à lui*, a finalement insisté Lionel, et quand on lui a demandé, le garçon a dit qu'il ne voulait pas rester avec eux. Il voulait aller chez sa tante à Beaufort West, là où Laura devait l'emmener au début, ou pas au début, mais en dernier recours, après l'avoir sauvé de la situation où il s'était mis. Il était sûr que c'était sa faute si ces hommes étaient obligés de décider quoi faire de lui, sa faute si Laura avait été forcée de s'occuper de lui, sa faute encore si ses parents avaient disparu. C'était sa faute et son échec.

Il a promis de ne rien dire sur eux à sa tante ni à qui que ce soit.

Pas avant que tout ça ne soit terminé, tu sais, toute cette histoire, mon ami, a dit Timothy.

Ils le laisseraient devant la porte de sa tante. Si quelque chose n'allait pas, si sa tante refusait de le prendre, s'il sentait qu'il ne pouvait finalement pas vivre avec elle, ils lui donneraient un numéro de téléphone, et quelqu'un viendrait le chercher.

Clare

Tu as roulé le restant du jour et une partie de la nuit jusqu'à ce que, à une heure de marche de la frontière, tu abandonnes le camion et te mettes à suivre ta boussole jusqu'à un endroit où tu espérais pouvoir te glisser discrètement hors du pays.

Les montagnes étaient sèches, les arbres rabougris, vieux et épais. Pendant que tu marchais, le brouillard s'est installé dans les ravins, stagnant à travers les branches basses. Un léger vent venait du sud-ouest, mais le ciel était dégagé et continuerait d'être lumineux pendant quelques heures. Si tu continuais de ce pas, tu atteindrais la frontière bien avant l'aube.

Tandis que tu avançais, tes pensées ont commencé à s'emplir de la mort des autres, de ta propre mort, inévitable, et de l'absence de Sam – une absence que tu sentais dans le poids du sac sur ton dos, la bretelle de vinyle rouge pénétrant tes chairs, te sciant la peau en s'y incrustant. La pensée des morts que tu avais causées – les morts dont en définitive toi seule étais responsable – t'emplissait toute entière, incarnée par une chanson qui te revenait obstinément en mémoire. Tu étais absorbée dans tes pensées, la mort t'emplissant au-delà du point de satisfaction, *erfüllte sie wie Fülle*, atténuée par la pensée de ta propre mort,

215

celle qui doit venir, et qui pourrait bien survenir dans l'heure ou le jour suivant.

Tes sandales ont heurté la première bobine de barbelé tranchant avant que tu l'aies vue, mais tu as reculé à temps pour éviter de te lacérer les mains. Tu as enlevé ton sac à dos et l'a posé par terre, en tendant l'oreille. En fouillant au fond de la poche en vinyle rouge, tu as trouvé des pinces et une paire de gants de cuir avant de remettre le sac sur ton dos et commencer à couper dans la bobine jusqu'à ce que tu puisses la dévider et passer au travers. Tu t'étais entraînée à ça, coupant d'épais fils, et les muscles de tes mains étaient forts et réactifs. Tu savais qu'il pouvait y avoir plusieurs longueurs de fil barbelé, séparées par des espaces sans arbres. Une fois de l'autre côté, tu t'es arrêtée, tendant les deux oreilles dans le vent avant de les protéger, écoutant le vide. Il n'y avait aucun bruit à part celui du vent. Quand tu t'es remise en route, tu as essayé de marcher en suivant une ligne droite à partir de la première bobine, mais tu n'avais aucune idée de la distance qui pouvait séparer chaque barbelé. Ton cœur s'est mis à battre tandis que le bruit de tes pas et de ton sang tonnait dans ta tête. Le brouillard était trop épais pour que tu puisses voir plus loin que le bout de ton bras et tes poumons s'emplissaient d'air humide. Cinq minutes plus tard, tes pieds ont rencontré une nouvelle bobine. Tu as découpé le fil de nouveau, t'y es ouvert un passage, et t'es remise a marcher. Tu craignais d'avoir tourné, de marcher parallèlement à la frontière plutôt qu'au travers, – qu'il puisse y avoir des sections perpendiculaires de bobines conçues dans le but précis d'égarer quiconque essaierait de traverser. Tu t'es souvenue de ta boussole. Son cadran vert fluorescent t'a confirmé que tu continuais à te déplacer en direction de la liberté. Après deux autres lignes de bobines tu as commencé à perdre espoir, et tu es tombée sur les genoux, épuisée, le cœur cognant, le souffle irrégulier, peinant sous le sac à dos humide. Seule la surface de terrain la plus proche de toi était visible. Ta montre te disait qu'il était deux heures, mais tu avais l'impression qu'il était plus tard. Il y avait des endroits, disait-on, où les montres ne marchaient pas.

Quand tu as essayé de te lever, tu as découvert que tu en étais incapable, et tu as été obligée de ramper. Au moins à l'aube, pensais-tu, je verrai où je suis. Tu as rampé pendant une heure, toujours sud-sud-est, mais sans rencontrer de nouveaux fils. Ta bouche était sèche, tes jointures te faisaient mal. Tu as fini par réussir à te relever et, à ce moment-là, des lumières ont explosé sur ta droite. Un homme a crié. Un chien a aboyé.

Et puis l'homme et le chien se sont jetés sur toi.

Tu n'arrivais pas à te rappeler combien de jours avaient passé. Peut-être cinq, peut-être mille cinq cents. Tu avais été privée de tout moyen de compter le passage du temps, vivant en permanence à l'intérieur, dans une cellule sans fenêtre, avec des transferts dans des couloirs sans fenêtre, vers d'autres pièces sans fenêtre, douches sans fenêtre, pièces d'interrogatoire sans fenêtre, tous éclairés par les mêmes lumières orange, tu ne pouvais pas dire depuis combien de jours tu n'avais pas vu le ciel ni le soleil. Et le soleil ! Le choc de son éclat a commencé par t'aveugler. Ils t'avaient placée sur le dos, ton visage brûlait dans la lumière violente, de sorte qu'au lieu d'examiner le monde, pour t'assurer qu'il était toujours comme tu te le rappelais, tu as dû fermer les yeux pour te protéger de cette luminosité éblouissante. Comparés au temps que tu avais passé à l'intérieur, ces moments où tu fermais les yeux pour te protéger du soleil, ne voyant plus son éclat orange qu'à travers tes paupières grises, n'étaient pas plus qu'un répit. C'était un soulagement, après l'air stagnant de la prison, de respirer les vents de l'océan, de sentir ton corps se réchauffer, de sorte que même les entraves qui t'immobilisaient étaient presque pardonnables, et le fait que ta colonne vertébrale et tes jambes n'étaient soutenues par rien de plus qu'un mince poteau en métal, pas plus épais que ton poignet, était presque oubliable les premières minutes. Tu pouvais goûter le sel dans l'air, et crier si tu voulais, mais tu avais perdu depuis longtemps le courage de crier, et n'osais que te parler en murmurant, remuant à peine les lèvres, le sel dessinant sur elles de petites fleurs blanches. Ils avaient fermé la cage et étaient repartis de l'autre coté des dunes. Tu restais là à écouter les vagues qui se brisaient sur la plage, et quand le vent tournait, tu entendais les voix des autres comme toi, se murmurant à eux-mêmes, gémissant, pleurant silencieusement, et puis un hurlement étranglé.

« C'est un système simple, mesdames, messieurs, pas très différent d'une canne à pêche, mais avec une fonction presque opposée, comme vous pouvez le voir ici. Les cages, en titane ultraléger, sont reliées à ce mécanisme qui peut les tirer sur leurs câbles au-delà de la portée de la marée haute, ou leur donner assez de mou pour qu'elles puissent être attirées par les vagues de la marée descendante jusqu'à plus d'un kilomètre en eau profonde, selon l'effet désiré. Sur cette plage, très isolée – à une heure de voiture des grilles du périmètre, comme vous le savez, et à une autre heure de l'artère la plus proche – il y a vingt-cinq cages, qui opèrent généralement à pleine capacité.

— Quelles sont les dimensions ?

— Chaque cage mesure un mètre de large et trois de haut, et à l'intérieur le long de l'axe vertical, se trouve un poteau, avec une barre transversale ajustable qui peut être levée ou baissée selon la hauteur des épaules du détenu. Il est essentiel qu'elle soit correctement adaptée, afin que le détenu soit fermement maintenu en position, même lorsqu'il est submergé. Des fers aux pieds, au cou et aux poignets immobilisent le détenu, et ceux-ci sont également ajustables, il n'est donc pas possible que quelqu'un puisse s'en échapper quand il est mouillé, afin d'atteindre le sommet de la cage.

— Même alors, ils ne pourraient pas s'échapper, non ?

— Non, mais ils pourraient avaler une gorgée d'air. »

Tes souvenirs étaient très clairs ; du passé récent, tu étais moins sûre. Tu te rappelais la première fois que tu avais marché sur une plage, à l'âge de deux ans, avec ton père et moi et ton frère, et tu sentais ton maillot de bain rouge orné d'un poisson jaune qui te collait à la peau. Tu te rappelais les premiers pas que tu avais faits, sans aucune crainte, car tu savais tout de la mer, qu'on pouvait y nager, aussi qu'elle était plus froide qu'elle ne paraissait. Tu étais entrée d'un pas ferme dans l'écume et t'étais mise à barboter avec confiance, ton père et moi nageant de chaque côté. Il y avait l'exaltation de te sentir portée, ce qui rendait la nage plus facile que dans le réservoir de la ferme, mais aussi la puissance des vagues, qui te faisait travailler plus dur. Après dix minutes dans l'eau, tu as dû aller te reposer sur la plage, laissant ta poitrine monter et gonfler en rythme avec le ressac, les cheveux salés, filandreux autour de ton visage tandis que tu regardais les vagues approcher et s'éloigner. Couchée sur le dos, tu as fixé le ciel blanc-bleu jusqu'à ce que ton père ouvre un parasol pour nous protéger.

« Si vous regardez la plus proche de nous, vous pouvez voir que nous avons donné beaucoup de mou au filin, et que l'eau est déjà autour de ses chevilles. Dans peu de temps les vagues vont emporter la cage dans le ressac et c'est ce que nous appelons le "seuil critique". S'ils supportent ça sans hurler, alors nous savons qu'il est impossible de les briser, et nous pouvons tout aussi bien les laisser partir. C'est une méthode propre, aussi, parce qu'une fois qu'ils ont parcouru cinq cents mètres, il y a un système automatique qui ouvre la cage aux prédateurs, requins et autres, et nous les laissons là jusqu'à ce que nous voyions un peu d'activité dans l'eau, et alors nous savons que nous pouvons ramener la cage, plus ou moins vide.

— Donc il n'y a pas besoin de les enterrer.

— Tout ce qui reste est incinéré. Parfois les prédateurs prennent tout. Ce que nous appelons le "grand ménage". Il ne nous reste plus qu'à y mettre le suivant.

— Mais il y en a, sans doute, qui craquent ?

— Comme ce type là-bas, celui qui a hurlé il y a quelques minutes. Vous voyez, mes hommes sont entrés dans l'eau, ils recueillent ce dont ils ont besoin, et s'il ne leur donne pas tout ce qu'ils veulent, alors il y retourne. Parfois il faut une douzaine de voyages avant qu'ils réalisent qu'on ne plaisante pas ; ils hurlent chaque fois, mais ne nous disent pas tout ce que nous voulons entendre, et ils y retournent. Mais ceux-là finissent toujours par craquer. C'est le système le plus efficace que nous avons trouvé, et il a également une fonction écologique. Le nombre de poissons a été multiplié par dix les trois dernières années dans le secteur.

— C'est le tribunal de dernière instance, pour ainsi dire, pour les cas les plus difficiles.

— Ce sont ceux qui ont tout subi sans avoir craqué. Je ne sais pas pourquoi, il y a quelque chose avec la mer, une sorte de rythme naturel qui leur fout une trouille de tous les diables. Mais nous avons amélioré le procédé. Vous les laissez rôtir une journée sur la plage. Puis le lendemain matin, après qu'ils ont frissonné toute la nuit à cause des brûlures, nous descendons les cages jusqu'au bord de l'eau et nous laissons la marée opérer sa magie. C'est une chose magnifique à voir. Il y a quelque chose de rédempteur là-dedans. »

Tes doigts et tes orteils t'élançaient et te brûlaient à mesure le sel agissait sur la chair à nu de tes ongles arrachés. Les plaies sur ton dos étaient avivées par le sable que le vent y faisait voler et par les piqûres persistantes des puces. Tu avais conscience que tu commençais à brûler quand tu frottais tes cuisses nues l'une contre l'autre ou bougeais les poignets dans leurs fers. Tu avais la bouche cotonneuse et tu fermais les yeux pour conserver le peu d'humidité qui y restait. Dormir était impossible à cause de la force nécessaire à demeurer en place. Si tu te relâchais, les fers de tes poignets et de tes chevilles entraient dans ta chair, et il n'aurait pas fallu longtemps pour qu'ils commencent à attaquer l'os. *J'ai résisté si longtemps, je ne peux plus. Ce n'est pas comme la maladie ou la fièvre, pas même comme la honte. La nudité n'a plus d'importance. Ils peuvent me faire ce qu'ils veulent, ils peuvent me regarder me pisser et me chier dessus, s'il me reste quelque chose à pisser ou à chier. Pas de nourriture dans mon estomac à vomir, pas même de la bile. Ce n'est pas le pire qu'ils aient fait. C'est presque un répit.*

La position suspendue au-dessus du sable n'entraînait peut-être ni bouffée de honte ni frissons de la maladie, mais elle n'en était pas moins tout aussi brûlante et glacée à la fois. C'est derrière les murs que la honte avait été perpétrée. Tu ne voulais pas te rappeler ce qu'ils avaient fait pour t'humilier. Il était impossible de revenir sur cela et de continuer à demeurer toi-même.

Tu entendais les voix des gardiens et des officiels qui les accompagnaient, mais ne percevaient pas les paroles. Ils passaient plus de temps à te regarder que tu ne t'y serais attendue, comme s'ils assistaient à un match de cricket, avec des interruptions pour le déjeuner et le thé. En tournant la tête d'un côté et de l'autre, tu voyais des cages tout comme la tienne, neuf à gauche, quinze à droite, la plus éloignée à la limite de ton champ de vision. Certaines étaient alignées avec la tienne, d'autres plus près de l'eau. Dans la cage à ta gauche se trouvait une jeune femme. Comme toi elle raidissait son corps, le maintenant en place pour que les fers ne pénètrent pas dans ses extrémités. Tu as cru l'avoir déjà vue à l'intérieur, mais sans cheveux, et à plusieurs mètres de distance, il était difficile d'en être sûre. Tu as claqué de la langue, comme vous vous étiez appris à le faire, elle n'a pas réagi. Peut-être était-elle partie ailleurs, en voyage. Les gardiens étaient trop loin pour voir ce que tu faisais. En tournant la tête, tu as découvert que la cage de droite était plus proche, et tu as reconnu un de tes acolytes. Ensemble vous aviez appris l'ancien alphabet, enseigné par l'un des premiers prisonniers, savoir transmis au long des années. Pour les gardiens, ce n'était que du bruit, un charabia.

« Salut l'ami. Ils ne nous regardent pas.

— Ils t'ont amenée ce matin ?

— Je ne sais pas. Il faut que tu te tiennes droit. Tes poignets.

— Ça sera fini demain, d'une manière ou d'une autre. »

Tu as essayé de te rappeler depuis combien de temps vous étiez amis. Vous vous étiez rencontrés au moins cinq ans avant d'être capturés. Vos corps n'avaient pas beaucoup changé. Vous étiez plus maigres maintenant, les traits tirés, mais vous étiez reconnaissables en tant que vous-mêmes.

« Je ne crierai pas. Et toi ?

— Non. »

Il était inutile de crier. Tu croyais savoir ce que c'était que se noyer, tu l'avais presque vécu à l'âge de trois ans dans le grand bassin d'une piscine. D'abord tu avais paniqué, obligée de quitter l'échelle pour l'eau profonde, et puis, te sentant couler au fond de la piscine, tu t'étais détendue, étais arrivée à la fin de tes réserves d'air, et soudain t'étais trouvée sur le béton, la bouche de la monitrice vissée à la tienne, ses rides dégouttant d'eau, et un parterre d'enfants autour de toi, regardant avec curiosité la grande et grosse femme t'insuffler de nouveau la vie. *Ce n'était pas si désagréable de manquer se noyer ; j'aurais préféré ça plutôt que d'être ressuscitée. Pourquoi est-ce que j'ai paniqué ? Je savais nager ; j'ai nagé avant de marcher. Je parlais avec quelqu'un, un garçon brun, et j'essayais de faire du sur-place, et puis soudain je me suis retrouvée sous la surface, les autres petits corps et l'abdomen rond de la monitrice au-dessus de moi.*

La lumière commençait à changer, un vent chaud soufflait dans la cage, jetant du sable contre ton corps brûlé, et tu as commencé à te sentir glacée, tenaillée, au moment du coucher du soleil, par la nausée due aux coups de soleil.

La femme à ta gauche et l'ami à ta droite commençaient eux aussi à frissonner et à trembler.

Est-ce là ta fin ? Est-ce ainsi que tu as fini ?

C'est mon cauchemar. Je le fais chaque nuit, chaque heure, je le fais depuis deux décennies.

Je n'arrive pas à en voir plus.

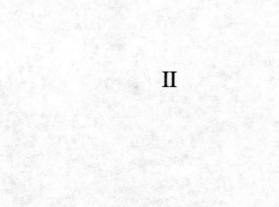

II

Sam

Avant que je parte demain pour Johannesburg, Greg suggère que nous allions faire un tour dans mon ancien quartier. Nous commençons par nous arrêter au marché du week-end, dans l'ancienne biscuiterie, envahi par des branchés locaux qui achètent à prix d'or de la poterie, de l'artisanat, des masques africains bombés et peints en blanc mat pour les rendre plus chic. Malgré ça, il existe encore des commerces normaux sur Albert Road. Les gardiens, à grands mouvements de bras, insistent pour nous faire garer sur une place interdite parce que tout le monde le fait et que la police s'en fout et que de toute façon on est samedi alors qu'est-ce qui pourrait se passer ?

Nous nous asseyons sur des bottes de foin pour manger pendant que Dylan joue avec des enfants. Greg semble connaître tout le monde et après deux heures passées à manger, à jouer et à se frayer un chemin dans la foule pour acheter des sandwichs végétariens, des pâtisseries et des cafés glacés, je lui dis que je vais partir à la recherche de mon ancienne maison et les rejoindrai plus tard.

Je me faufile entre les voitures sur Albert Road et, avec le plan en tête, je me dirige vers le City Bowl. Quelques rues plus loin, je tourne dans Dublin Street, traverse Victoria et prends Kitchener.

Le Devil's Peak se dresse au-dessus de ma tête, bien qu'il ne me semble pas aussi massif que dans mon souvenir. Même si la rue n'a pas beaucoup changé en deux décennies, elle me donne l'impression d'être plus étroite, resserrée et renfermée. Certaines maisons sont plus délabrées qu'auparavant, d'autres semblent avoir été récemment rénovées, repeintes et enchâssées dans des barreaux qui entourent leur perron. Du kwaito sort de l'une des maisons les plus minables. Plus haut, dans une maison qui a été récemment rehaussée d'un étage, une stéréo diffuse un quatuor à cordes, toutes les fenêtres ouvertes et les rideaux avachis par la chaleur voletant à travers les barreaux.

Je croyais que je reconnaîtrais la maison sans avoir à regarder les numéros, mais je me trouve soudain à l'intersection avec Salisbury et je suis obligé de revenir sur mes pas jusqu'à la maison au nouvel étage, alors je m'aperçois qu'on a démoli notre ancienne maison en même temps que celle d'à côté. Elles étaient blanches, la nouvelle structure est peinte en gris sombre bordé de noir et au lieu de ses toits en pente un cube de verre et d'acier dépasse du sommet. Il y a un nouveau portail et toute la terrasse a été encagée dans des barreaux disposés de manière à produire des dessins géométriques. Je vois l'intérieur à travers les fenêtres ouvertes : les murs ont été peints couleur sang, le plafond habillé de bambous, des masques congolais sont suspendus aux murs – «de la magie de jeteurs de sorts», dirait Greg. Une femme dans l'une des pièces donnant sur la rue me regarde par la fenêtre.

Trois garçons passent à bicyclette en échangeant des cris. Un chat traverse devant eux en courant, ils le houspillent jusqu'à ce qu'il disparaisse derrière une voiture garée. Au-dessus de nous un hélicoptère fouette les airs, au loin, vers la montagne, des klaxons de voitures et de taxis gémissent le long de l'Eastern Boulevard. Dans mon souvenir, c'était un quartier calme, peut-être ne l'a-t-il jamais été.

La femme sort sur le perron et me regarde avant de jeter un coup d'œil des deux côtés de la rue comme si elle attendait quelqu'un.

«Je peux vous aider, crie-t-elle. Son accent n'est pas local – peut-être hollandais ou allemand.

— J'ai habité ici – du moins dans cette moitié, dis-je désignant la partie la plus au sud de la maison.

— Oh! Il y a longtemps? Ça fait cinq ans que nous sommes là. Nous avons réuni les deux. Une seule, c'était vraiment trop petit. C'étaient des taudis. Cette rue était un enfer. Maintenant ça va mieux. Nous pensons peut-être la vendre. Je pourrais vous faire un bon prix. Vous voulez la racheter? Vous habitiez ici il y a longtemps, j'imagine?

— Oui, il y a longtemps.» Je revois mes parents dans la pièce de devant telle qu'elle était avec ses murs beiges, mon père penché sur ses livres à un bout de la table où nous prenions nos repas, ma mère tapant sur une vieille machine portative à l'autre, tandis que je dessine avec des crayons de couleur et des stylos sur des longueurs de papier blanc de boucher, déroulées sur le plancher nu.

«Oh, je comprends, alors. La femme regarde de nouveau à droite et à gauche dans la rue. Je vous inviterais bien à entrer, mais je suis en train de préparer le déjeuner, mon mari n'est pas ici et je n'invite généralement pas les inconnus, si vous voyez ce que je veux dire.

— Ça n'est pas grave. Je ne m'attendais pas à entrer.»

J'essaie de m'imaginer quelle version de ma vie m'aurait permis de rester au Cap avec mes parents, de grandir dans cette maison, de les y regarder vieillir, peut-être de finir par la vendre pour aller dans un endroit plus tranquille, un bungalow à Hermanus avec une vue sur la mer, pour que nous revenions tous trois constater avec étonnement à quel point le quartier avait changé ou pas.

Je pense qu'il aurait pu en être ainsi, si seulement j'avais su ce qu'ils faisaient. Je devais sûrement être au courant de ce qu'ils fabriquaient pendant que mon père n'étudiait pas le droit et que ma mère ne s'occupait pas de moi ou ne tapait pas à la machine. Mais peut-être la machine faisait-elle partie de ces activités, tout compte fait. Ils sortaient le soir et me laissaient avec Mrs Gush, la vieille femme qui n'avait pas de dents, sifflait des chansons dans mon oreille et me faisait de la « soupe » avec de la crème glacée, du lait et des tranches de goyave en boîte. Parfois mon père partait seul des jours ou des semaines durant. D'autres fois, des amis de mes parents – y compris Laura – venaient et passaient la nuit à parler. J'écoutais à la porte de ma chambre et j'essayais de comprendre ce qu'ils disaient. Certains n'étaient pas d'ici ; ils avaient des accents bizarres ou parlaient un mauvais anglais. Mes parents connaissaient des gens de partout. Cela, je le comprends aujourd'hui, faisait aussi partie de leurs activités – leurs fréquentations, le danger que représentait leur cercle, leurs liens formels et informels.

Je devais avoir conscience que notre famille avait quelque chose de différent. Ils ont dû laisser échapper des indices. Si je me rappelle la machine à écrire, alors je devais savoir qu'elle avait une certaine importance. Comme Laura, ma mère était journaliste. C'est comme ça qu'elles s'étaient connues – par ce biais et peut-être par d'autres aussi. Ainsi que mon père, ma mère étudiait le droit et ils avaient tous deux suivi les cours de William Wald. Pendant qu'il terminait sa maîtrise, ma mère subvenait à une partie de nos besoins en travaillant comme journaliste. Parfois elle m'emmenait avec elle après l'école et je l'attendais en lisant dans la voiture alors qu'elle interviewait des gens. Pourtant quand j'ai fait des recherches dans les archives du *Cape Record*, le journal où elle et Laura travaillaient, je n'ai trouvé aucun article signé de ma mère. Laura y est, mais pas ma mère. Peut-être travaillait-elle comme correctrice ou assistante, ou peut-être que je me suis toujours trompé et qu'elle faisait seulement croire qu'elle était journaliste parce qu'elle s'occupait de quelque chose de tout à fait différent.

Je revois mes parents comme dans mon dernier souvenir, sur le perron de la maison de Woodstock, telle qu'elle était quand nous y habitions. Ils se penchent pour m'embrasser, me confiant à la garde de Mrs Gush. Mon père porte un pantalon kaki et une chemise à carreaux bleus. Ma mère a ses cheveux tirés dans un foulard et porte un haut rouge et une jupe portefeuille en indienne. Après leur départ, Mrs Gush s'est installée au salon tandis que je lisais dans ma chambre. Une heure après celle à laquelle il devait rentrer, Mrs Gush est venue me demander ce qui selon moi avait bien pu les retenir. J'ai dit que je ne savais pas – ils allaient voir des amis. Une heure plus tard la police était à notre porte. Mrs Gush m'a conduit dehors et m'a tenu par les épaules pendant que la police fouillait la maison. Je ne comprenais pas pourquoi ils fouillaient, et en même temps je savais exactement pourquoi. Une heure plus tard, ils sont ressortis avec des livres, des dossiers et la machine de ma mère. « Quelqu'un va venir pour le garçon, a dit l'un d'eux. Vous pouvez vous en occuper cette nuit ? » Mrs Gush a protesté et alors ils ont dit que si elle ne pouvait pas il faudrait que je passe la nuit au poste de police. Quand je me suis aperçu qu'ils prenaient la machine de ma mère, j'ai hurlé et j'ai essayé de l'arracher aux bras du policier qui la portait. « Vous pouvez contrôler ce garçon ? Sinon, il va avoir des ennuis comme ses parents. » Mrs Gush m'a tiré pour me ramener à l'intérieur. Les tiroirs avaient été vidés par terre et les meubles retournés, l'assise du canapé et des fauteuils lacérée. Ma chambre, d'habitude propre et rangée, n'était plus qu'un fourbi de jouets, de livres et de vêtements. Je me suis mis à pleurer. Mrs Gush a dit que c'était inutile et m'a aidé à ranger la maison.

Si j'avais su ce que mes parents préparaient, je persiste à croire que je les aurais suppliés de ne pas le faire, de ne rien faire qui les aurait mis en danger ou aurait risqué de me les enlever. Il n'est pas suffisant de dire qu'ils le faisaient pour une « bonne cause » ou qu'ils avaient « des buts élevés». L'équation n'est pas équilibrée, les pertes sont trop importantes.

*

Je quitte Le Cap ce matin avant le lever du soleil. Greg et Dylan sont au portail avec les chiens pour me dire au revoir de la main. J'irai aujourd'hui jusqu'à Colesberg et demain j'arriverai à Johannesburg à temps pour prendre les clés de la maison que nous laisse le collègue de Sarah qui part pour son nouveau poste. Sarah arrive mardi de New York.

Je me maintiens éveillé en écoutant les enregistrements de mes interviews avec Clare. C'est aussi une manière de me distraire du paysage, qui, au-delà de la vallée de la Hex, s'installe dans la monotonie du Karoo que je n'ai jamais réussi à aimer quand j'y habitais. Après Laingsburg, il y a de longs tronçons en travaux et j'attends derrière d'interminables files d'embouteillage régulées par des auxiliaires féminines en uniformes orange. Elles perchent en petites unités mobiles, attendant de laisser repartir les voitures, tandis que les corbeaux pie planent et plongent à la recherche de nourriture. Quand nous bougeons, nous avançons au pas sur des surfaces inégales, à moitié achevées, ondulées et instables avec des bouts d'asphalte qui scintillent comme de la poussière de charbon contre les couches plus pâles de sable et de gravier. C'est peut-être la route principale qui traverse le pays mais elle est toujours à deux voies.

J'écoute l'enregistrement de l'une de nos dernières conversations, quand j'ai demandé à Clare si ses parents – son père en particulier, qui était actif dans l'opposition, du début des années 1950 jusqu'à sa mort au milieu des années 1980 – avaient influencé ses vues politiques.

«Si vous voulez me demander s'ils m'ont endoctrinée, alors soyez direct, dit-elle en produisant sa toux réprobatrice qui explose dans les haut-parleurs de la voiture. Venez-en aux faits.

— Alors est-ce qu'ils vous ont endoctrinée ? » Je déteste le son de ma voix, si hésitante, obséquieuse et enjôleuse.

« Pas tout à fait comme vous l'entendez. Écoutez, mes parents représentaient la première génération de leurs familles respectives à s'élever au-dessus des préoccupations agraires, à exercer une profession libérale, ils avaient donc une sensibilité particulière à propos du monde. C'est-à-dire qu'ils possédaient une constellation de valeurs à la fois respectueuses de la tradition – ils n'étaient pas exactement agnostiques, alors que mes grands-parents et mes arrière-grands-parents étaient, je pense, sérieusement dévots – mais ils se méfiaient naturellement des idéologies totalitaires, tout comme des idéologies autoritaires. À la fin de leur vie, mes quatre grands-parents étaient, peut-être, en train d'être transformés en humanistes par les circonstances, l'expérience et l'observation. C'étaient des progressistes latents obligés de se tourner vers l'extérieur et vers le futur, d'imaginer où se trouveraient les opportunités pour leurs enfants, mes parents, au-delà de leur expérience rurale et très insulaire – des hommes et des femmes qui étaient en train de *quitter l'orthodoxie,* pour autant qu'on puisse qualifier d'orthodoxes les méthodistes, ou étaient contraints par l'histoire de faire cette transition, pour transformer leur vision du monde du fait de ce qu'ils observaient autour d'eux, bien que les méthodistes se fussent honorablement, sinon parfaitement conduits dans ce pays par le passé. Mes parents, en revanche, semblaient être entrés dans le monde comme des humanistes accomplis qui pratiquaient la religion d'une manière plutôt décontractée et fluide – ma mère plus que mon père. » À ce moment, dans mon souvenir, Clare avait été distraite par l'un de ses jardiniers, qui avait mis en marche une tondeuse signalée par un bruit de fond indistinct. « Cet homme fait un bruit horrible, non ? Je vais lui demander d'arrêter. » Elle crie par la fenêtre en xhoa et ferme brusquement, mais le jardinier continue, je m'en souviens, et le bruit de la tondeuse continue d'être audible, rendant certains de ses mots difficiles à comprendre. «Ce que je veux dire, c'est que nos parents nous ont élevés dans leur foi, nous ont fait baptiser et confirmer, mais on ne m'a jamais dit que je devais épouser un genre d'homme particulier, pourtant si j'avais ramené à la maison un Afrikaner, un juif ou un musulman, ou surtout un homme qui ne fût pas blanc, je ne doute pas que je leur aurais donné à réfléchir ou pis. Je pense à leur surprise quand Nora leur a annoncé ses fiançailles avec Stephan, et ma mère n'était pas absolument ravie quand elle a découvert que mon promis était d'une famille catholique, bien qu'athée lui-même. Même les humanistes ont des points aveugles.

— Mais est-ce qu'ils vous ont endoctrinée, politiquement parlant?»

Je me rappelle que Clare avait paru tellement surprise par ma suggestion implicite qu'elle n'avait pas répondu à la question. Il y a une longue pause dans la conversation tandis que la tondeuse ne cesse de faire du bruit. J'entends la lame qui heurte une racine ou une pierre. Je m'entends bouger sur le canapé, pousser une chemise contre le magnétophone et cliquer sur mon crayon pour faire sortir la mine.

«J'allais dire qu'ils l'avaient fait, manifestement, vu la conformité relative de mes croyances politiques et des leurs. Mais cette équation n'a rien d'évident. Ma sœur a été aussi peu endoctrinée par mes parents qu'il était possible de l'être. Elle a choisi la voie opposée. Donc ce n'était pas inévitable, ce n'était pas une équation naturelle. C'est une question à laquelle je ne peux pas répondre complètement. Je ne sais pas, en définitive, quelle influence les parents peuvent avoir sur les croyances de leurs enfants, ni pourquoi ils choisissent d'agir sur la base de ces croyances. On ne peut que semer la graine, procurer l'environnement adéquat et espérer que la fleur promise par l'illustration du sachet soit celle qui sorte, que l'hybride ne retourne pas aux caractéristiques d'une génération antérieure, ou ne soit pas transformée par des facteurs imprévisibles et totalement extérieurs – une sécheresse, un orage, la pollution –, que la graine ne subisse aucune mutation et que quelque chose de méconnaissable ne finisse pas par pousser à la place.

— Et c'est ce que vous suggérez qui est arrivé avec votre sœur?

«Une mutante, oui. Le sol de Nora, l'eau qu'elle a bue, l'air qu'elle a respiré, tout était pollué. Et alors qu'elle et moi avons grandi dans les mêmes conditions, plus ou moins, je possédais plus de résistance, des immunités naturelles contre l'environnement qui essayait si fort de déformer notre croissance afin d'atteindre ses visées pernicieuses. Mais pas Nora. Elle a toujours été influençable. Elle était faible.

— Et votre fille? Diriez-vous que vous l'avez endoctrinée?» J'entends la tension dans ma voix, la manière dont elle paraît soudain étranglée, effrayée par les mots qu'elle prononce.

«Parfois une plante est plus vigoureuse que sa souche. Mais Laura – je ne désire pas parler d'elle, comme vous savez bien.»

Je m'arrête à Beaufort West pour déjeuner, achète un sandwich et me gare dans la rue de l'ancienne maison d'Ellen. La ville ne semble pas avoir changé depuis la dernière fois que j'y suis venue, excepté les nouvelles caméras de surveillance et le panneau prévenant que nous sommes sans une ZONE DE SÉCHERESSE. Le niveau du barrage est dangereusement bas et ils sont obligés de faire venir l'eau par camion. Après des années passées aux États-Unis je suis frappé par l'aspect américanisé de la ville – les franchises de fast-food, les motels sur la grand-rue, les ferrailleurs et les caravanes. Seuls quelques panonceaux en afrikaans ou en xhosa me rappellent où je me trouve, et l'architecture des maisons, le township, et les gens eux-mêmes. Du point de vue démographique, c'est comme prendre une petite ville du Sud profond et la déposer au milieu d'un terrain vague au Nevada.

L'ancienne maison d'Ellen semble tout aussi inchangée que la ville, et je réalise que je suis garé là où Lionel et Timothy doivent s'être arrêtés il y a vingt ans de cela.

«C'est la maison?» avait demandé Lionel. Des deux, c'était celui qui s'inquiétait le plus de moi.

«Oui, c'est celle-là», avais-je dit en regardant par la vitre arrière. J'y étais allé assez souvent pour pouvoir leur indiquer la route une fois dans les faubourgs. Bien que je n'aie pas su l'adresse exacte, à partir du carrefour de la prison, j'ai trouvé mon chemin sans difficulté. À l'époque, il y avait une bougainvilliée avec des fleurs orange qui courait tout le long du toit et retombait en recouvrant la pergola de lourdes tentures de feuilles et de fleurs. La pergola est maintenant nue – cela fait un abri en moins où se cacher.

Lionel m'avait tendu le sac contenant tout ce que je possédais.

«Tu nous appelles si tu as besoin de quoi que ce soit, si ça ne marche pas.» J'ai hoché la tête et dit au revoir. Je ne les connaissais pas depuis suffisamment longtemps pour ressentir quoi que ce soit au moment de les quitter, si ce n'est un vague espoir de ne pas avoir à faire appel à eux, que tout se passerait parfaitement bien avec ma tante.

Ils sont restés dans la voiture à me regarder tandis que je remontais la rue et frappais à la porte d'Ellen. Avant d'entrer, je me suis retourné. Lionel m'a fait un signe de la main, Timothy a démarré le moteur et ils sont partis. Je ne les ai jamais revus.

*

Je me fie au satellite pour me diriger à travers l'enchevêtrement des routes de la province de Gauteng, je prends la N1 jusqu'à la N12 et au centre de Johannesburg la M1, puis l'avenue Jan Smuts bordée d'arbres, le zoo, à gauche à la Goodman Gallery et Chetser Road, puis à droite à la 1ʳᵉ Avenue et à cent mètres à gauche. Bien que ce soit l'heure de pointe, je me retrouve devant la maison en un rien de temps et découvre au moment où je lâche enfin le volant que mes mains tremblent et que je suis essoufflé.

Depuis la rue la maison est invisible : la propriété semble n'être rien qu'un mur blanc cachant une forêt d'arbres avec un portail à gauche protégeant une longue allée pavée de briques. À mi-chemin se trouve dans la rue un petit abri en bois, juste assez grand pour une personne, où un garde, assis dans un fauteuil en plastique noir, surveille tout le pâté de maisons depuis Chester Road jusqu'à la 7ᵉ Avenue, vingt-quatre heures sur vingt-quatre.

J'appuie sur le bouton de l'interphone et Jason, le collègue de Sarah, vient m'ouvrir. Les trois derniers correspondants du journal qui couvrent l'Afrique ont occupé cette maison de style Cape Dutch. «C'est ce que les Américains préfèrent, m'apprend Jason en me tendant un anneau avec pas moins de trente clés et me faisant faire le tour du propriétaire. Grande, vieille, hauts plafonds, hauts murs, sécurité importante, joli quartier. Vous serez très bien ici.» Il y a une petite maison dans le fond, jadis destinée à la bonne, dont Sarah fera son bureau, et un 4×4 de fonction noir et rutilant. Jason me donne les noms et les numéros de portable de la femme de ménage et du jardinier, les numéros de compte et les mots de passe du service de maintenance et des télécoms, une liste de restaurants corrects dans le quartier et tout un petit livre d'informations touchant la sécurité – où l'on peut et où l'on ne peut pas aller. D'après lui il n'y a nulle part où on puisse aller seul à pied, même le jour. Utilisez votre voiture autant que possible, et dites à quelqu'un où vous allez, à quelle heure vous comptez arriver, et quand vous serez de retour. Cela me paraît excessif, mais je n'ai jamais habité Johannesburg et ne peux me fier qu'aux histoires que j'ai entendues. Jason me montre les boutons d'alarme – au moins un dans chaque pièce, parfois deux ou trois – et me donne deux boutons d'alarme portables suspendus à un lien que Sarah et moi pourrons porter autour du cou.

« Il faut les porter tout le temps, dit-il, parce qu'on ne peut jamais savoir si la femme qui vient au portail vendre du maïs grillé n'est pas en fait un homme armé qui porte des rembourrages. Inutile de finir tué dans votre lit. Changez régulièrement de mots de passe. Rose a travaillé pour moi ces quatre dernières années et je lui fais toute confiance. Andile, le jardinier, il ne faut pas le lâcher des yeux, mais il suffit qu'il vienne les jours où Rose est là, et elle le surveillera pour vous, ne vous inquiétez pas. Mais vous êtes né ici, je n'ai pas besoin de vous raconter tout ça. »

Je propose à Jason de l'emmener à l'aéroport, or il a déjà commandé une voiture et, une demi-heure après mon arrivée, je me retrouve seul dans ce bunker de luxe. Quand j'étais enfant, je n'aurais jamais pu imaginer vivre ainsi, avec du personnel (même à mi-temps), deux voitures, une piscine, et une sécurité aussi importante et high-tech que celle que Greg possède au Cap.

Je commande une pizza – « Ne laissez jamais entrer un livreur, prenez toujours la commande par l'ouverture dans le portail », m'a averti Jason –, puis je téléphone à Sarah avant qu'elle parte pour l'aéroport. Nous sommes habitués à ces séparations, bien que par le passé ce soit toujours son travail qui l'ait éloignée de la maison plutôt que le mien, et cela ne fera que continuer une fois qu'elle sera arrivée. Après les vacances, elle part deux semaines en Angola faire un reportage sur l'industrie pétrolière ; après ça, le Nigeria, la Sierra Leone, et on ne sait pas où encore après. Elle est plus courageuse que moi, je sais que je n'ai pas besoin de m'inquiéter de savoir comment elle va s'habituer à la vie ici. Vu son travail, il est peu probable qu'elle soit à Johannesburg plus que la moitié de l'année.

Avec les informations à la télé en fond sonore, je vais voir les profils de mes nouveaux collègues à l'université sur le net. Comme pour mes boulots précédents, ce n'est qu'un contrat à durée déterminée. C'est celui de Sarah qui compte, du moins pour le moment, et celui qui fixe le lieu et la durée de nos séjours.

L'idée me prend de chercher sur le site de l'université quelqu'un qui se prénommerait Timothy ou Lionel. Ignorant leurs patronymes, j'ai cherché par le passé des Lionel et des Timothy plausibles dans les archives des témoignages de la CRV – le premier endroit auquel j'ai pensé – et aucun d'eux n'a semblé correspondre au peu que je savais des deux hommes et de leurs activités.

Au département d'anthropologie, je tombe sur un « professeur Lionel Jameson ». Je clique sur le lien menant à son profil. Quand la photo apparaît, je sais sur-le-champ que c'est lui.

Le vol de Sarah est retardé, alors j'attends au Woolworth, dans la galerie marchande, entre les terminaux international et national. Je commande un muffin au son, un café et m'assieds à la longue table commune, dos à l'entrée.

Après quelques gorgées, une main entre dans mon champ de vision, posant un rectangle de carton marron en lambeaux à côté de ma soucoupe. Je lève les yeux sur une sorte d'épouvantail géant qui se contente de rester là sans croiser mon regard. Le carton explique en un gribouillis d'afrikaans d'un côté et de mauvais anglais de l'autre qu'il est sourd et a besoin d'argent. À court de monnaie, je mets une pièce de cinq rands dans la main qui se tend à l'instant où je sors mon portefeuille. La déception se lit sur son visage à la vue de la pièce, comme s'il ne pouvait pas croire que je lui donne si peu. Il ne me remercie pas, ne me regarde toujours pas – n'accuse pas réception de mon don autrement que par un air déconfit. Sans importuner d'autres personnes, il sort du café et, alors qu'il s'en va, je m'aperçois que son jean est complètement trempé et taché. Il est clair qu'il souffre d'incontinence et ce n'est qu'alors que je le sens, tandis qu'il s'éloigne sans être inquiété par la vigile de sécurité. Son jean est élimé jusqu'au-dessus des chevilles, et le talon et le quartier, toute la partie postérieure, manquent à ses chaussures, de sorte que ce sont plutôt des sabots, qui claquent à chaque pas. Je le regarde s'en aller et retourne à mon muffin à vingt rands, le meilleur que j'aie jamais mangé et qui m'a été servi avec un ramequin de cheddar râpé et un petit pot de confiture. Je me demande dans un accès d'irritation pourquoi la vigile, une rondouillarde en uniforme qui ne semble attentive à rien en particulier, excepté au roman d'amour qu'elle est en train de lire, n'a pas empêché l'homme de venir importuner les clients. Je suis scandalisé et, tout aussi soudainement, je suis stupéfait d'être scandalisé, et me scandalise de l'être. Je crains que Sarah ne regrette d'être venue s'installer ici à la minute où elle descendra de l'avion et que nous serons entourés d'hommes offrant de nous aider, de nous montrer notre chemin, de porter nos bagages : un champ de mines d'opportunistes, de véritables désespérés et de criminels.

Sarah arrive enfin et, quand je la vois passer les portes de la douane, je ressens un flot de soulagement d'être à nouveau avec elle. Je déteste ces séparations parce qu'elles m'en rappellent toujours d'autres. Des hommes proposant de nous conduire et de nous guider commencent à pulluler. Je nous dégage de la mêlée pour nous emmener dans un coin plus tranquille. Elle m'embrasse et j'essaie de rester calme, mais je ne peux pas m'empêcher de regarder derrière elle pour m'assurer que personne ne chipe sa valise.

Ma vigilance la fait rire : «Je t'en prie, Sam, à côté d'ici, JFK ressemble à un pays du tiers-monde. Où est la voiture ? Comment vas-tu ? Qu'est-ce que tu es bronzé.» Elle me regarde attentivement et en même temps prend note de tout ce qui l'entoure. J'ai envie de lui dire de faire attention, de se rappeler où elle est, qu'on ne peut pas baisser un instant sa garde. Il faut que je me souvienne qu'elle est déjà venue, qu'elle sait comment fonctionnent les choses et sait mieux que moi s'occuper d'elle.

Dans la voiture je lui demande si elle se rappelle ce qu'elle a dit au début de notre liaison.

«Qu'il fallait que tu te détendes?» Elle rit, sa tête pivote et elle regarde derrière moi la silhouette que dessinent sur le ciel les immeubles du centre-ville.

«Tu m'as dit que tu admirais mon courage de parcourir la moitié de la terre pour venir dans un endroit où je ne connaissais personne. Et tu as dit que tu n'étais pas sûre de pouvoir faire la même chose.»

Sarah s'accroche à la portière tandis que je me faufile dans les voies fluides de la circulation à l'heure de pointe. «Je ne me rappelle avoir dit ça, mon amour, mais c'était il y a plus de dix ans. Mon père était un bon modèle. Il a voyagé dans tant d'endroits différents. Quand ce boulot s'est libéré, j'ai su que je devais poser ma candidature. Tu as vécu dans mon pays. Maintenant il est temps pour moi de vivre dans le tien pendant un moment.»

Nous disposons différemment les meubles que Jason et les autres correspondants ont laissés derrière eux. Il va falloir acheter des chaises, un nouveau canapé, mais cela attendra jusqu'à ce que le container arrive avec nos affaires. Pour l'instant nous pouvons vivre avec ce qui est ici. Bien qu'elle soit épuisée, Sarah se sent obligée de prendre contact avec son rédacteur en chef à New York. Prendre le temps de s'installer, dans ce métier, il n'en est pas question – demain au réveil elle commencera à travailler sur un article, prenant ses marques, «tâtant le terrain», dit-elle avec cet enthousiasme qui m'a fait tomber amoureux d'elle. Il y a une pièce dans le bâtiment principal où je pourrai travailler quand je serai là. Le pavillon dans le jardin a toujours fait office de bureau du correspondant et nous sommes tombés d'accord pour qu'il continue d'en être ainsi – nous avons besoin d'une séparation nette entre le travail et la maison, même s'ils ne sont qu'à quelques mètres de distance. De toute façon j'ai un bureau à l'université. Avant d'aller au lit, j'envoie un message à Clare, ma première communication avec elle depuis notre dernière entrevue.

*

Chère Clare

Je voudrais vous témoigner ma reconnaissance et ma gratitude pour la patience dont vous avez fait preuve à mon égard ces quatre derniers mois. J'espère, comme vous l'avez dit, que nous nous reverrons. Il semble que je retournerai au Cap au cours de l'année prochaine.

J'ai commencé à transcrire les interviews et aurai sans aucun doute d'autres questions quand je commencerai à donner forme au livre. Il est possible que je vous envoie la transcription au cas où l'enregistrement serait défectueux. En fait, vous en trouverez une ci-jointe datant du début, où le son disparaît soudain et votre voix avec. Je crois que c'était une alarme qui s'était déclenchée. J'ai fait de mon mieux, mais il y a des passages inintelligibles et je vous serais reconnaissant si vous vous sentiez capable de reconstituer leur contenu (voire de les reformuler à nouveau, les réviser ou les ignorer s'ils sont sans intérêt).

J'espère n'être pas présomptueux en déclarant que les quatre derniers mois m'ont transformé à maints égards. Il n'y a rien que je désire plus que de vous retrouver un jour pour reprendre nos conversations. J'espère également que vous pourrez pardonner mes questions et révélations moins honorables de cette dernière entrevue.

Avec mes meilleurs vœux pour de joyeuses fêtes et une nouvelle année prospère,

Sam Leroux

Je me contiens jusqu'à ce que nous soyons au lit, et puis, rassuré par la présence de Sarah à mes côtés, je laisse affleurer brusquement les expériences des quatre derniers mois, les laisse couler hors de moi, mon cœur se contracte, bras et jambes secoués de mouvements convulsifs. Je perds le contrôle, tremble dans les bras de ma femme, attends qu'elle me redonne consistance.

Absolution

Maintenant que les jours terriblement chauds étaient passés et que le brouillard tombait plus abondamment de la montagne, étendant sa nappe de blancheur éphémère sur le jardin de Clare, elle donna à Marie, qui avait si rarement des vacances, sa semaine de Pâques.

«Je ne sais pas comment je vais me débrouiller toute seule, dit Clare, jouant une exaspération qu'elle ne ressentait pas totalement. J'ai presque oublié comment faire la cuisine.

— Voyons, Clare, on croirait que vous êtes impotente. Écoutez, j'ai laissé des plats dans le congélateur et vous n'avez plus qu'à en sortir un le matin, le laisser décongeler pendant la journée, et le mettre au four le soir. J'ai noté ce qu'il faut faire pour chacun», dit Marie, nouant une écharpe autour de son cou et tendant à Clare une feuille où étaient imprimées les instructions concernant la cuisine et l'entretien de la maison pour chaque jour de son absence. Marie allait voir une nièce à Rustenburg et avait l'intention d'aller au casino, à la messe et dans la réserve de Pilanesberg observer les animaux. «Je vais voir un rhino noir cette fois-ci, enfin. Je n'ai jamais vu de rhino noir. Et un lycaon. Vous n'imaginez pas à quel point j'ai hâte d'en voir un. La campagne dans cette partie du monde est sans égale, à mon avis. C'est là que je prendrai ma retraite...», dit-elle en riant avant de se corriger, une main sur la bouche en un geste de regret hésitant. Elle avait déjà dépassé l'âge de la retraite et évoquer la fin de sa vie professionnelle suggérait d'une certaine façon la fin de la vie de Claire. Même si elles ne partageaient aucune des croyances les plus essentielles et élémentaires, Marie était l'archiviste et la gouvernante la plus efficace que Clare pourrait jamais espérer trouver. Le désaccord faisait partie de leur contrat, et même si elle ne désirait pas entendre les opinions surannées de Marie touchant la majorité au pouvoir, les Noirs en général ou les droits des minorités sexuelles, Clare ne pouvait pas vivre sans elle ; il lui était impossible de songer à continuer sans Marie.

Sans personne d'autre pour manier les interrupteurs ou fermer les placards, ouvrir les portes ou répondre au téléphone les rares fois où il sonnait, les quelques bruits qui se produisaient d'eux-mêmes étaient amplifiés, se réverbéraient comme dans une chambre d'écho et s'imposaient aux oreilles de Clare telle une brusque augmentation de pression. Entendre le bruit du freezer la faisait se dresser sur ses pieds, certaine qu'il y avait quelqu'un dans la cuisine, ou que Marie avait changé d'avis et décidé finalement de ne pas l'abandonner, ou qu'un intrus avait réussi à fouler sans bruit l'herbe sèche, à débrancher l'alarme, à forcer les verrous et était occupé à s'emparer effrontément des possessions de Clare dans la pièce voisine. Cela se passerait ainsi, elle serait seule, tous les prédateurs du monde flairant la vulnérabilité de Clare, le plus vieux membre de la meute abandonné par les autres et laissé pour mort afin que la nature exécute son tour de passe-passe où ceux qui sont escamotés ne sont pas simplement en coulisse, éclipsés dans une trappe, mais disparaissent physiquement et pour de bon.

Après une journée à sursauter au moindre coup de vent contre la porte, Clare passa vingt minutes à fermer tous les rideaux et les stores pour ne pas voir la nuit qui tombait rapidement. Puis, dans un moment de peur irrationnelle,

elle actionna les volets blindés qui descendirent mécaniquement dans un vacarme carcéral de métal entrechoqué contre du métal. Le système spécial de ventilation se mit automatiquement en route, souffla un air d'une fraîcheur si revigorante – l'odeur moite et sauvage de la montagne pénétrant d'un coup à l'intérieur – que Clare se sentit presque libérée dans sa cellule. Elle mettrait l'alarme plus tard. Elle n'avait jamais utilisé les volets, déclarant à Marie qu'elles ne succomberaient pas à la mentalité d'assiégées. Contrairement à chez ses voisins, il n'y avait pas de plaque avec la gueule menaçante d'un berger allemand sur le mur d'enceinte, rien que le mur lui-même et ses fortifications subtiles, son affreuse imitation de lierre en fer forgé et ses détecteurs de mouvement invisibles. Les fils électrifiés n'arboraient pas l'avertissement GEVAAR ou INGOZI, ces divulgations consciencieuses destinées à alerter le criminel du danger encouru. Ceux qui s'aviseraient de s'introduire chez elle, avait décidé Clare, méritaient bien de souffrir, si ce n'est pire.

Le plat décongelé du premier jour d'absence de Marie était une quiche au thon typique de ses talents culinaires, qui avait été élaborée à la moitié du siècle dernier à l'époque où les légumes en boîte et les viandes en conserve étaient en vogue. Depuis son déménagement, Clare avait pris l'habitude de dîner devant la télévision, lassée de cette formalité qui consistait à dresser la table tous les soirs, à s'asseoir l'une en face de l'autre en tâchant d'avoir une conversation polie à propos de journées tellement semblables qu'il était impossible de les distinguer. Récemment, elles avaient adopté une nouvelle façon de faire. En posant devant Clare un petite assiette de bretzels ou de chips et dans une autre des lanières de biltong de koudou pour elle, avec deux verres de vin tirés d'un cubitainer, Marie demandait tous les soirs à six heures si Clare voulait *la table ou les plateaux*. Malgré les mines qu'elle prenait pour réfléchir, Clare ne s'en décidait pas moins toujours pour *les plateaux*. Alors elles s'installaient dans le salon pour manger sur des plateaux en bois à tréteaux en regardant les feuilletons préférés de Marie. Scandalisée par la vie de débauche menée par les personnages et le chaos social dans lequel ils se trouvaient, Marie commentait leurs faits et gestes comme s'ils étaient des personnes réelles. «Encore une histoire d'adolescente enceinte, disait-elle en secouant la tête et faisant claquer sa langue contre son palais. Vous vous rappelez qu'au début de l'année Teresa était enceinte de Frikkie.» Ou : «Encore cette histoire de discrimination, comme si on n'en avait pas déjà eu assez comme ça.» *Histoire* à la place de *problème* ou *controverse* – c'était jadis la façon de parler de la sœur de Clare et de sa belle-famille Pretorius. Après deux heures d'un tel spectacle, Clare s'excusait et allait se coucher avec un livre, qu'elle lisait tout au long de la nuit entre de courtes périodes de sommeil.

Sans Marie, Clare se conforma au rituel du soir du mieux qu'elle put, même si, distraite par les informations, elle laissa la quiche trop longtemps au four et fut obligée d'enlever une couche de flan brûlé sur le dessus. Elle se força à préparer une salade, mangeant sans appétit devant la télévision. Elle avait vaguement l'intention de regarder quelque chose d'autre que les deux feuilletons que Marie et elle suivaient habituellement, mais quand la musique de générique de la première série retentit, elle fut surprise de découvrir qu'elle voulait savoir ce qui arrivait à Teresa, Frikkie, Zinzi et Thapelo. Elle s'endormit un moment, le plateau bascula sur le côté et elle fut réveillée à neuf heures passées par un film d'action américain qui se déchaînait sur l'écran. La vaisselle attendrait demain. Elle l'empila dans l'évier, en pensant à quel point Marie en aurait été dégoûtée.

«La vaisselle sale attire la vermine, aurait dit celle-ci. Et je ne parle pas seulement des souris et des cafards, mais aussi des serpents, je vous assure. J'ai entendu dire que Mrs Van der Westhuizen avait eu des serpents chez elle le mois dernier parce qu'elle avait laissé de la vaisselle à la bonne pour le lendemain. »

Souris et cafards, serpents et autres bêtes étaient les bienvenus ce soir s'ils le souhaitaient, au cas où ils parviendraient à passer à travers les volets qui transformaient la carapace de la maison en un patchwork d'acier et de pierre.

Clare était trop fatiguée pour lire, mais elle garda le livre qu'elle essayait de terminer près d'elle sur le lit. Plus tard, dans la nuit, elle serait parfaitement réveillée et elle aurait besoin de faire passer le temps. Au début, elle avait mis ses insomnies sur le compte de la maison, convaincue qu'elle dégageait quelque chose de toxique. Elle l'avait fait examiner par une demi-douzaine d'experts environnementaux qui n'avaient détecté aucun problème. Puis elle s'était convaincue que l'orientation du bâtiment, ou quelques défauts dans la manière dont elle et Marie avaient disposé les meubles étaient en cause. Bien qu'elle ne crût pas en de telles choses, elle avait consulté une femme de Mowbray qui prétendait être un maître du feng shui. Elle avait fait de petits ajustements dans la disposition des fauteuils et des canapés, et déclaré que l'espace était bien équilibré pour une maison de ce genre. Cela ne résolut toujours pas le problème. Puis Clare avait payé un architecte d'intérieur allemand de Constantia pour repeindre toutes les pièces en couleurs neutres et apaisantes avec une peinture non toxique, ce qui ne changea rien non plus.

« Peut-être que c'est vous le problème et pas la maison, avait dit Marie. Moi, je n'ai aucun mal à dormir, sauf si j'oublie de boire assez d'eau dans la journée ce qui me donne des crampes *affreuses* au milieu de la nuit. »

Clare souffla par le nez et leva les yeux au ciel.

« Je suggère juste que vous pourriez peut-être consulter quelqu'un. On dit que l'insomnie est peut-être, comment dit-on... ?

— Vous avez encore été jouer au docteur sur le net. Pratiquer la médecine sans diplôme.

— ... *symptomatique*. On dit que l'insomnie est peut-être *symptomatique* d'un autre problème plus sérieux. De nouveau le claquement de langue, une main à la taille, l'autre pointée en signe d'accusation. Il faudrait aller consulter, je vous le dis.»

Pour satisfaire Marie plus que par espoir de guérison, Clare s'était soumise aux prises de sang, aux moniteurs cardiaques et aux scanners du cerveau. Tous conclurent qu'elle n'avait rien – sa santé était remarquable pour une femme de son âge. Son médecin suggéra une psychanalyse, mais c'était une chose qu'elle était incapable d'envisager. Elle parla avec sa cousine Dorothy, qui avait jadis souffert d'insomnie, et qui lui suggéra d'aller voir un guérisseur, un *sangoma*.

«Ils savent ce qu'ils font. Ce ne sont pas juste des magiciens qui touillent de la poudre d'os et toutes ces bêtises. Ils utilisent des herbes. Ça pourrait t'aider, avait-elle dit. Ça ne peut pas te faire de mal, je crois, si tu vas en voir un qui a bonne réputation.

— Où est-ce qu'on est censé trouver ce que tu appelles un guérisseur de "bonne réputation"?

— Regarde dans l'annuaire – ou demande à ton jardinier. Ils savent toujours.»

Craignant qu'Adam n'interprète mal une telle demande Clare ne put s'y résigner. De plus, si les *kwaksalwers* pratiquant la médecine «occidentale» étaient une chose, les devins et les interprètes du monde des esprits qui vous mettaient en contact avec l'âme des ancêtres en étaient une tout autre.

Persuadée que le problème se résoudrait tout seul, elle cessa de combattre l'insomnie, s'y accommoda, finit par la connaître comme son ombre, une ombre tel un nourrisson qui exigeait attention, amusement et nourriture. Cet état de veille refusait en effet de se laisser réduire au silence avant qu'un certain nombre de pages aient été lues, des notes prises, des pensées réarrangées selon des critères de tranquillité et d'ordre, chacune soigneusement placée dans son compartiment, maintenant la paix pendant une heure ou deux, jusqu'à ce que l'insomnie recommence à s'ennuyer, à s'agiter et exige qu'on reprenne le jeu depuis le début, les pensées évoluant de nouveau en cercles répétitifs et frénétiques. C'était une façon d'être, aussi insatisfaisante fut-elle.

Quand son mari l'avait quittée et qu'elle avait été forcée de dormir seule après tant d'années passées avec un corps chaud à ses côtés, Clare avait constaté avec surprise à quel point le lit était froid lorsqu'elle n'avait que ses seuls os pour le remplir. Son mari était parti en hiver et, les premières nuits, elle avait continué à dormir de son côté habituel, près de la porte, entassant des oreillers le long de ce qui avait été le côté de William pour bloquer le courant d'air créé par son propre corps. Après une semaine passée dans la compagnie gênante de ces objets mous qui demeuraient inertes, sans vie et incapables de s'ajuster à ses mouvements nocturnes, elle réalisa que la chose la plus intelligente à faire était de dormir au milieu du matelas, d'adapter son corps à la totalité de la surface du lit. Cela aida pour la chaleur, et Clare finit par mettre cette première période d'insomnie sur le compte de l'absence de William. Ils avaient des relations cordiales, bien qu'il l'eût quittée pour une autre femme, quelqu'un qui n'avait qu'un an de moins qu'elle. Cela semblait suggérer que le désintérêt de son mari à son égard n'avait rien à voir avec le visage ou le corps vieillissant de Clare, mais au contraire qu'il s'était fatigué de sa personnalité. Un mois après son départ, elle lui avait téléphoné pour se plaindre.

« Je ne peux pas dormir sans toi, dit-elle d'un ton incisif.

— Prends un amant, fit-il, à moitié moqueur. Ou achète une poupée gonflable.

— Ne sois pas ridicule, William. Je n'arrive pas à me faire à l'espace en trop. Tu as laissé un vide.

— Eh bien, réduis la taille. Achète-toi un luxueux lit d'une place, à baldaquin. Transforme-toi en princesse douairière.» Il pouvait être ainsi, railleur, tout en se prétendant affectueux.

Il y eut un silence entre eux sur la ligne. Au bout du fil, pas moins qu'à l'autre extrémité de la ville, derrière la montagne, sur la côte atlantique, elle entendait des mouettes brailler.

«Est-ce que j'ai fait quelque chose de mal? demanda-t-elle. Est-ce qu'il y a quelque chose d'autre que j'aurais dû faire?»

Il soupira et elle l'entendit rapprocher le combiné de son visage, le micro amplifiant le son de la surface en plastique entrant en contact avec ses poils.

«Non, ma chère, il n'y a rien que tu aurais pu ou dû faire. Ne te tourmente pas en pensant que tu as échoué à faire quelque chose. Tu as toutes les raisons de me faire porter la responsabilité de notre échec et de le dire autour de toi. L'acrimonie peut me pleuvoir sur la tête. J'ai été égoïste et je n'en suis pas fier, mais voilà tout. La vérité c'est que je suis heureux aujourd'hui. J'imagine que j'aurais été heureux autrement si j'avais continué à vivre avec toi, si je n'avais pas rencontré... désolé, je sais que tu ne veux pas que j'en parle.

— Comment s'appelle-t-elle?»

Il y eut une autre pause, une hésitation et puis il dit, comme si le nom lui-même était un soupir ou une expiration : «Aisyah.»

En un éclair, elle comprit. Le départ de William n'avait vraiment rien à faire avec elle. Il avait eu beaucoup de maîtresses par le passé, elle le savait, y compris parmi un certain nombre de ses étudiantes. Elle avait soupçonné qu'à une ou deux reprises, ces liaisons avaient entraîné des complications, de sérieux compromis ainsi que des responsabilités imprévues. Mais cette nouvelle femme,

251

c'était la possibilité d'un genre de vie totalement différent, d'une nouvelle façon de vivre dans un pays plein de nouvelles promesses.

Afin de ne pas se réveiller dans l'obscurité totale, seule dans sa nouvelle maison qui lui paraîtrait toujours trop grande, trop autonome et sensible, capable de réorganiser seule sa propre architecture pour en faire quelque chose de complètement inattendu – un musée ou une morgue, par exemple – à l'instant où ses occupants relâcheraient leur vigilance, Clare laissa la lumière allumée dans le couloir et se mit au lit.

Après une heure passée à se tourner d'abord à gauche puis à droite, elle s'était presque endormie quand il y eut une brusque interruption de lumière, comme provoquée par une panne momentanée – ou pis, par le mouvement de quelqu'un passant entre elle et la porte. Elle demeura aussi immobile que possible, tendant l'oreille, se rappelant qu'elle avait oublié de brancher l'alarme. Il n'y avait pas d'autre son que le bourdonnement de la ventilation et le murmure du flux d'air, pourtant Clare était sûre d'avoir perçu un changement de lumière à travers ses paupières closes. Elle supposa que c'était une coupure de courant – *délestage* était l'euphémisme employé par le prestataire, comme si la fourniture d'un service élémentaire était un fardeau à porter – mais cela n'y ressemblait pas, et la transition du réseau public à son générateur aurait été imperceptible. Non, il y avait des gens dans la maison, amis ou parents de son défunt beau-frère, l'un de ses six frères et sœurs ou de ses innombrables cousins, hommes et femmes aussi âgés que Clare, venus lui rappeler de nouveau ce qu'ils savaient d'elle. La disparition et le retour de la perruque n'étaient pas suffisants, ils avaient décidé maintenant de la torturer d'une façon différente et terrible. Comme naguère dans l'ancienne maison de Canigou Avenue, son cœur s'emballa, cognant de terreur et d'indignation à l'idée que quelqu'un ait osé entrer chez elle.

252

La lumière fut de nouveau masquée, et le demeura, à moitié moins forte que ce qu'elle aurait dû être. Il y avait quelqu'un sur le pas de la porte de la chambre de Clare. Si ce doit être ma fin, qu'elle vienne, pensa-t-elle, et elle ouvrit les yeux.

Clare

Je ne peux plus la supporter, cette vision, fruit d'une imagination horrible, de toi troussée comme un cochon maigre, attendant ton sort dans cette cage en titane, tâchant de ne pas perdre la raison. J'essaie une fois encore ce que j'ai déjà essayé auparavant. Je te fais une offrande, une chanson de mon invention, et je prie pour que tu te matérialises de nouveau, ma fille vagabonde. Dans le jardin, je fais un feu avec les feuilles mortes de l'eucalyptus du voisin et un tas de brindilles coupées l'hiver dernier à l'oréodaphné. Il craque, fume et se transforme en un petit brasier. Je verse du miel et du lait sur les flammes, un verre de vin et de l'eau de la montagne. À défaut d'orge, je répands de la farine blanche de maïs, écrasant le grain entre mes paumes. Je le fais correctement cette fois-ci. Je te prie, Laura, te supplie d'apparaître, je promets de sacrifier un mouton noir en ton honneur. Je me pique le doigt pour t'appeler, j'extraie une goutte de mon sang pour que tu t'incarnes. Avant, je ne l'avais pas fait comme il faut : je n'avais versé le sang qu'en pensée. Je bourdonne et glapis. Je danse sur des pas de mon invention, derviche déséquilibré, cheveux au vent, grue de paradis, vieille bique. Je chante une mélopée funèbre comme j'aurais dû le faire avant. Les hagedash me regardent en criant en chœur.

254

J'attends que le feu meure de lui-même, je disperse les braises, les recouvre de cendres, les fenêtres de mon voisin s'éteignent. Fatigué de mes singeries, il a fini par se coucher. J'ai dit à Marie que je ne voulais pas être dérangée, mais il ne fait pas de doute que mon voisin m'a observée, comme le font les voisins, et s'est fait son opinion. Il va raconter à tout le voisinage, à tous ces notables du Constantia Club, que Clare Wald pratique la sorcellerie. Ils liront mon nouveau livre à la recherche d'indices sur la nature de ma magie noire. Je prédis une forte augmentation des ventes locales. Il m'est indifférent d'être observée et jugée folle – ou pis, saine d'esprit mais agent du mal.

Dans l'obscurité, la lune a jailli de la montagne, je reste assise devant mon tas de cendres, passant les doigts dans les scories aussi légères que des plumes ou des pétales gris. Le silence règne, un souffle remue les cendres, mais tu n'es pas venue. Un mythe n'est qu'un mythe. Peut-être es-tu morte depuis trop longtemps. Peut-être y avait-il une erreur dans la recette de l'incantation.

Je rentre, verrouillant les portes derrière moi, branchant l'alarme qui nous rassure, Marie et moi, jusqu'au matin. À la déception causée par l'échec de ton apparition se mêle du réconfort. Si tu ne surgis pas, il y a encore une chance que tu ne sois pas morte. Mais si tu n'es pas morte, où es-tu, Laura ? Où es-tu allée ? Il est invraisemblable que tu parcoures le monde sans contacter l'un de nous – si ce n'est ton père ou moi, alors au moins ton frère. Tu ne peux pas encore être en captivité ; ce n'est qu'un fantasme dérangeant. Non, tu ne peux qu'être morte, et je ne crois pas au surnaturel. C'était idiot de faire semblant d'y croire.

Je prends une douche et m'allonge sur mon lit, fais craquer mon dos, me tourne sur le coté et enfouis à moitié la tête dans l'oreiller. Dans mon sommeil s'enchaînent les rêves où tu apparais, toujours en train de m'abandonner, ou bien encagée, ton corps exposé, attendant d'être consommé par les requins, os béquetés par des vautours palmistes à la marée descendante, os coulant dans la vase de l'estuaire, avant qu'on te découvre à la prochaine ère, femme des tourbières de ce pays, tombée dans la même arène que tes propres victimes.

Mes cris me tirent du sommeil et je m'assieds, les draps enroulés autour de moi, parce que j'ai senti ton souffle et le froid de ta main, et maintenant, dans mon sommeil, tu viens hurler sur des ailes de haillons noirs brûlés de sang, psalmodier un cri obsédant sous mon nez. Tu t'insinues entre mes orteils et infectes mes entrailles, embryon de ver solitaire avide de renaissance.

Je me réveille en hurlant et Marie vient à ma porte. C'est la gardienne de mes secrets. Je ne pourrais jamais me passer d'elle. « Tout va bien, dis-je, ce n'est qu'un mauvais rêve. »

Mais ce n'était pas un rêve, et tu n'es pas venue seule.

Aussi vite que tu es arrivée, tu disparais dans l'ombre, laissant place à Nora, portée par des ondes quasi imperceptibles, le son du vent descendant de la montagne ou l'air de cette maison brassé par des moteurs cachés.

J'entends d'abord le murmure de deux coussins pressés l'un contre l'autre, l'air chassé par son poids, le crissement de deux tissus frottant chaîne contre trame. Elle s'assied sur la chaise la plus proche de la porte de ma chambre. Je sais immédiatement que c'est Nora, et sa présence est si réelle que mon esprit, traumatisé, ordonne à ma main de chercher le bouton d'alarme jusqu'à ce que j'entende la voix de Nora dans ma tête, me prévenant qu'elle sera partie depuis longtemps quand les gens de la sécurité arriveront et que j'aurai l'air d'une vieille folle, à qui on demandera si elle a bien dormi, si elle a parlé à son médecin des choses qu'elle croit voir, si elle prend tous ses médicaments. Je n'en prends aucun.

« Alors peut-être que tu devrais », dit-elle.

La voix de Nora, cette voix chantante et amusée de jeune femme, me plonge dans un bain d'acide. Je la connais aussi bien que la voix de mes parents et que la tienne

– que j'ai perdue, Laura. Jusque-là, je pouvais tous vous convoquer dans mon esprit, toi et ton frère, ton père; mes morts et mes vivants. Je pouvais parler avec vous à voix haute, comme une vieille femme. Mais maintenant, je m'aperçois que je suis capable de convoquer jusqu'à votre présence. Je voudrais te renvoyer. J'ai fait une erreur! Je n'ai pas besoin de plus de preuves. J'accepte ta mort, maintenant laisse les vivants en paix.

Ma sœur, la Nora que j'ai involontairement fait apparaître, a un sens de l'humour qui lui manquait de son vivant. La nuit, elle me tient compagnie des heures durant, commentant mes œuvres, tous les livres qu'elle n'a jamais eu l'occasion de lire, spéculant sur leur sens. Elle est devenue une lectrice éternelle, bénéficiant de la magnifique bibliothèque de prêt des Enfers. À juste titre, elle se retrouve dans chacun de mes livres, sous une forme ou une autre, parfois jeune, plus souvent vieille, homme et femme, humaine ou simple animal. Une fois, je lui ai attribué le rôle d'un ouragan, une tempête d'une férocité si imprévisible qu'elle avait vaincu les météorologues et détruit sans préavis un pan du littoral américain. Une autre fois, elle incarnait une sécheresse de longue durée, tourmentant l'héroïne souffrante à l'aide de nuages d'orage qui ne crevaient jamais. Son talent admirablement flexible sait se plier à mes desseins.

Elle porte la robe de cocktail en taffetas jaune dans laquelle je l'aie vue pour la dernière fois, la jupe arrangée avec coquetterie autour des genoux, le dos droit, avec aux lèvres sa moue coutumière. Sa peau reste ferme alors que la mienne est maintenant flasque, ses yeux demeurent brillants et clairs, alors que les miens ont commencé dernièrement à se ternir, à s'obscurcir, à errer indépendamment de ma volonté. Le seul changement que je vois en elle est la présence d'une cavité ronde et sombre. C'est un cercle parfait du côté gauche de son visage : un trou dans lequel on pourrait mettre le doigt. Autour, un feu d'un noir rougeoyant fait rage, silencieux et immobile sur la surface de sa peau pâle. C'est le trou dont je dois assumer la responsabilité, l'orifice fatal, la flamme éternelle brûlant sous une dalle de marbre. Dans le dernier instant de sa vie, il s'est ouvert pour consumer les trois quarts de son visage.

« Je n'ai fait que parler de moi. Mais comment vas-tu, toi, ma chère sœur ? dit-elle finalement après des heures passées à expliquer mes textes. À propos, ce dernier livre a été un *triomphe* si je puis dire, mais quel lot d'obscénités, un pareil langage a beaucoup dérouté père et mère. » Après un quart d'heure supplémentaire de bavardage aussi assommant – pas vraiment ma conception d'une apparition classique – elle se tait et approche, ses mouvements hésitent comme si ses os étaient plus vieux que les miens de plusieurs siècles, elle se penche, en posant la main sur son cœur. J'en ressens la pression comme à travers l'engourdissement glacé d'une anesthésie, et puis cette pression pénètre ma peau et s'enroule autour de l'organe qui bat, ralentissant son rythme affolé. J'aimerais pouvoir dire que ce petit tour ne me fait pas peur, mais ce n'est pas le cas. Mes mains tremblent. Je miaule comme un chaton et lui demande d'arrêter.

Je tâche de considérer la situation à l'aide de ma logique habituelle. J'envisage la possibilité d'être en train de dormir et de faire une nouvelle sorte de rêve qui laisse libre cours à la culpabilité que je porte depuis si longtemps. Le problème, suivant cette logique, c'est que mes rêves oppressants sont habituellement d'un genre totalement différent et n'ont pas d'effets physiques.

Il y a quelques semaines, j'ai rêvé que je visitais une ville européenne animée, moitié Paris, moitié Londres, traversant la métropole à pied, échappant soudain à une menace mal définie et courant pour aller à un rendez-vous dont je ne pouvais pas discerner la nature exacte, mais que je ne pouvais me permettre de rater. À l'intersection de deux larges boulevards, je fus obligée par un guide local, une femme de petite taille avec des cheveux bruns coiffés à la dernière mode et des lunettes cerclées d'acier qui bégayait, de faire un détour par un musée souterrain, dont l'entrée était rouge et semblable à une bouche, les murs écarlates et les escaliers noirs – le tout constituant une description peu élaborée de l'enfer – d'où sortaient des nuages de vapeur. Je portais un manteau en laine que j'avais récemment acheté dans la vie diurne, et que je décidai de laisser à l'entrée, sachant qu'il ferait trop chaud pour le porter à l'intérieur. Je pensais que je n'en avais que pour quelques instants et qu'il ne pouvait lui arriver aucun mal. Une fois que je fus descendue dans le musée (qui présentait des expositions sans queue ni tête – dioramas de traîtres et gredins qui avaient été considérés par le passé comme de braves notables, un tableau du renouvellement urbain, une collection de crânes de victimes de meurtre disposés dans des boîtes reliquaires) l'air se refroidit de plusieurs degrés et je commençai à frissonner. Au moment où je ressentis de nouveau le besoin de mon manteau, je réalisai que, pour poursuivre mon voyage, il me fallait progresser jusqu'à l'autre bout du musée, de l'autre côté du fleuve qui coupait la ville en deux. Seule la progression vers l'avant était autorisée. Il était impossible de retourner chercher mon manteau, et en prenant conscience de cela, je compris que la guide s'était débrouillée pour me faire abandonner la chose dont j'aurais le plus besoin pendant ma visite. Il m'était interdit de retourner à l'entrée et, chaque fois que j'essayais de le faire, je découvrais que le musée lui-même avait refermé derrière moi tous les passages, murs, portes et barrières manœuvrant d'eux-mêmes. Le manteau était perdu – je n'avais aucune idée de la rue dans laquelle se trouvait le musée, ce qui signifiait que je ne le récupérerais très probablement jamais. Cette perte soudaine m'emplit d'une peur disproportionnée par rapport à la valeur réelle de l'objet – manteaux et vêtements ne sont d'ailleurs pas des choses auxquelles je porte beaucoup d'intérêt dans ma vie diurne. Un vêtements est utile et peut être remplacé quand il est usé ou, de fait, perdu. Je n'y ai jamais prêté d'attachement sentimental.

La nuit dernière, j'ai rêvé que j'acceptais de remplacer une actrice malade pour interpréter le rôle d'une adolescente dont le jeune premier est amoureux, dans une pièce de théâtre, sur le thème des fêtes de fin d'année, dans laquelle j'avais joué jadis à l'école. Mais à mesure qu'approchait le soir de la première, je m'apercevais que je n'avais pas lu la pièce et ne connaissais pas une ligne de mon texte. Je ne parvenais pas non plus à me rappeler mes déplacements, dont il me vint à l'esprit qu'ils devaient de toute façon avoir changé puisque qu'il s'agissait d'une nouvelle interprétation de la pièce. Plus significatif encore, à la dernière minute j'acceptai de jouer le rôle antipathique du personnage principal que je n'avais jamais étudié. C'était le personnage qui avait le plus de dialogues à dire et se trouvait constamment sur scène. Tandis que j'étais prise de panique à l'idée d'étudier le texte que je n'arrivais même pas à retrouver, un ancien amant me téléphona pour me demander s'il devait venir voir la pièce et j'insistai, oui, il *devait* venir et il *devait* amener sa mère (une femme ordinaire avec un faible pour la sentimentalité victorienne, elle avait tenu un pub dans l'East End à Londres) parce qu'elle allait l'adorer – c'était une production fascinante, elle était réalisée avec le professionnalisme le plus parfait, avec un décor extraordinaire et des acteurs merveilleux, une authentique évocation des festivités de Noël du XIXᵉ siècle. J'avais mal au cœur en raccrochant, sachant qu'il n'y avait rien de professionnel dans mon échec à apprendre mon texte.

Je sais ce que signifient de tels rêves. La perte du manteau, le fait d'être amenée par la ruse à abandonner une chose qui protège et réconforte dont j'aurais besoin dans l'avenir, je ne peux qu'y voir la crainte d'être dépossédée. Je ne croirais pas à de telles choses si ce rêve et ses variantes n'étaient pas si persistants dans ma vie inconsciente. Le rêve d'impréparation est plus évident, et arrive le plus souvent quand je m'inquiète d'une prochaine intervention publique. Je sais pourquoi ce rêve est revenu. J'ai accepté quelque chose que je n'aurais jamais dû accepter, la participation au festival littéraire des Wienelands dans cinq mois qui me confrontera à mon public, quoi qu'il vaille, et la série de lectures à Johannesburg que Mark m'a extorquée en contrepartie de l'utilisation détournée que j'ai faite de son identité dans mon nouveau livre. J'ai du mal à supporter ce genre de mise à nu.

Mais la présence de Nora, et ta brève apparition, Laura, n'ont pas l'aspect du rêve. S'il ne s'agit pas d'une véritable apparition, alors c'est une sorte d'hallucination ou d'illusion, une projection de mon esprit dérangé. Et si c'est le cas, comme l'insomnie dont je souffre à intervalles irréguliers depuis les sept dernières années (peut-être est-ce même un effet de l'insomnie, une hallucination induite par le manque de sommeil), alors je ne vois pas l'utilité d'y résister.

«Qu'est-ce que tu cherches? À me faire prendre conscience de mes fautes et de mes échecs, je suppose, dis-je maintenant à Nora. Me rappeler tout ce que j'ai fait contre toi.

— Oui, il y a de ça, dit Nora, un petit sourire satisfait pointant derrière sa moue, un petit sourire satisfait et une moue que nous partageons. Et après tout, c'est toi qui nous as appelées. De plus, tu ne fais pas assez *pénitence*, Clare. Tu es une *terrible* pécheresse, et pourtant tu ne vas pas à l'église, tu ignores la tradition, tu ne fais rien pour montrer que tu regrettes ou te repens.

— Chaque personne a sa propre forme de repentance. Je me repens à ma façon, en privé, insisté-je. Je me repens d'une manière à laquelle même vous, les morts, n'avez pas accès.

— Et si je ne suis, comme tu sembles le penser à l'instant, rien qu'une hallucination de ton esprit, alors cela ne suggérerait-il pas que tes tentatives de repentance ont échoué?» Nora secoue la tête et ses yeux qui lançaient si souvent des éclairs de fureur, ses yeux qui hurlaient et rageaient aussi bruyamment que sa voix quand, enfant, elle laissait éclater sa colère contre moi, ses yeux qui jugeaient et condamnaient, aussi impérieux que n'importe quel dictateur, se font doux devant moi.

Nous conservons le silence pendant une heure de plus au milieu de la nuit, deux sœurs, si semblables, séparées par le temps. «Est-ce le prix que je dois payer, me forcé-je enfin à demander, ce réveil des vivants?

— Le prix? Tu parles d'un prix? Il n'y en a pas qu'un seul. Pour ce que tu as fait, pour tous les actes que tu as commis, le prix est démultiplié. Prix, dettes et débits contre toi, Clare. Tu commences seulement à payer.»

*

Maintenant que je vous ai invoquées et fais apparaître, Nora et toi, comment vous faire partir, Laura? Si je portais du noir, si je jeûnais, brûlais des cierges et récitais des incantations, si je me retirais dans une grotte d'ermite dans le désert, peut-être me laisseriez-vous vivre en paix le restant de mes jours et de mes nuits.

Après son mariage et sa conversion à la religion de son mari, Nora me reprochait de ne pas pratiquer. «C'est de la foi dont tu as besoin, disait-elle. Tu as besoin de la foi pour retrouver le bon chemin. Tu es une mauvaise femme, Clare, et un jour ce mal te rattrapera.

— Petite, je jouais à avoir la foi, me rappelé-je avoir dit, furieuse qu'elle ait la prétention de me faire la leçon à propos d'une chose aussi personnelle, comme on joue à se déguiser en princesse. J'ai toujours su que c'était imaginaire. Pour toi, la foi a toujours eu une réalité corporelle. Je suis incapable d'expliquer comment nous en sommes venues à voir les choses de façon si différente.»

Nora avait gloussé, avec un air plus supérieur que d'habitude. Nous étions dans l'ancienne maison de Canigou Avenue et Mark rampait par terre tandis que Nora le photographiait. «Un jour Dieu te trouvera, avait-elle roucoulé, en prenant une photo. Il te choisira et te prendra. Tu te trompes en croyant avoir ton libre arbitre. La foi n'est pas une question de choix individuel.

— C'est *mon* choix ! avais-je crié, sentant la rage battre dans mes yeux. C'est mon choix de ne pas croire aux phantasmes réconfortants. Les phantasmes réconfortants sont la perte de ce monde. Au nom de la loi des phantasmes réconfortants, un groupe s'autorise à soumettre tous les autres.

— Et mon neveu ? Tu vas laisser mon garçon grandir hors de l'Église, sans Dieu ?

— Ce n'est pas *ton* garçon ! Mark m'a regardé, surpris, et s'est mis à pleurer. C'est mon enfant et l'enfant de William et nous l'élèverons de façon qu'il devienne un homme moral, un homme bon, pas un homme qui se sent au-dessus de qui que ce soit à cause de la couleur de sa peau ou du dieu devant lequel il s'incline.

— Les enfants sont incapables de trouver seuls leur chemin, a dit Nora, prenant une photo de Mark hurlant dans mes bras, mon visage déformé par la colère. Il faut les guider. Il faut qu'ils aient des adultes pour les guider comme il faut. » Une autre photo : un flash et encore des cris.

« Il est temps que tu t'en ailles », avais-je dit en ouvrant la porte.

Nora est revenue la nuit dernière, très semblable à ce jour-là. Elle parle comme elle parle toujours maintenant, me saluant avant de passer des heures à faire des déclarations assommantes sur mon travail. Puis, se levant de là où elle était assise, elle a posé ses mains de fantôme sur mon visage et j'ai senti mes paupières sous le bout de ses doigts. Tandis qu'elle retirait ses mains et que j'ouvrais de nouveau les yeux, je me suis retrouvée dans une pièce inconnue, toujours assise au pied d'un lit, mais pas le mien, pas dans cette maison. J'ai regardé mes jambes et j'ai vu celles de Nora à leur place, couvertes d'une chemise de nuit. Un homme était allongé à mes cotés et j'ai su à l'odeur de son after-shave et de la crème au camphre dont ses plantes de pied étaient enduites que ce devait être mon beau-frère, Stephan. La porte de cette nouvelle chambre a tremblé sous une brusque poussée et ma main s'est portée à ma bouche, sans que j'aie eu l'intention de la mouvoir. Mes pieds ont remué mais je ne les avais pas forcés à le faire. Stephan a murmuré quelque chose, paniqué, et je me suis tournée pour le regarder. Le corps que j'occupais agissait de son propre gré. Je n'étais qu'un visiteur.

La porte a de nouveau tremblé et je me suis retrouvée en train de courir vers elle, le corps de Nora se ruant contre la chambranle, regardant Stephan recroquevillé sur le lit. Nora lui a dit d'une voix sifflante d'appeler de l'aide, mais au moment où sa main se tendait vers le téléphone, le corps de Nora a été projeté en arrière par la porte qui s'ouvrait brutalement. Nous avons atterri par terre contre le pied du lit, une déflagration de douleur s'est répercutée le long des épaules de Nora – une douleur que je sentais, mais seulement de manière indirecte, comme une pression plus qu'une douleur.

Un homme est entré et a fermé la porte derrière lui, bien que le loquet ne fonctionne plus, elle s'est rouverte, laissant pénétrer la lumière du couloir – exactement comme la lumière de mon couloir pénètre dans ma chambre. L'homme n'avait pas pris la peine de mettre un masque. Si on peut dire de quelqu'un qu'il semblait agir de manière rationnelle, c'était bien cet homme. Mais son visage n'était pas celui de l'individu que j'avais été amenée à connaître quelques semaines après la mort de Nora, l'homme qui avait été accusé de son meurtre, jugé coupable et qui n'avait jamais rejeté les accusations.

Je me demande, Laura, à quoi tu ressemblais quand tu tuais, si ton visage était calme, si tu étais parfaitement consciente de tes actes, ainsi que cet homme semblait l'être, ou si tu étais submergée par la rage et le feu du moment. Je me représente ta bouche étirée en une ligne, j'imagine tes lèvres pressées : une bouche rationnelle, une bouche en harmonie avec ce que fait le reste du corps. Et ensuite, je ne peux m'empêcher de te voir différemment, telle une femme enflammée, hurlant vengeance, déployant une langue de feu.

L'assassin de ma sœur n'avait rien de dément ni d'impulsif. Il connaissait sa tâche et la remplissait sans transpirer ni permettre à ses mains de trembler. L'odeur de merde emplissait la chambre tandis que l'homme appliquait le silencieux de son revolver contre le visage de Nora. J'ai senti quelque chose se relâcher dans le corps de ma sœur et une humidité brûlante se répandre sur ses cuisses. En une seconde, Stephan s'était déplacé vers la fenêtre, et comme si tous deux étaient reliés par des fils, l'homme s'est déplacé dans la même direction, tirant trois coups.

Je ne voulais pas me tourner pour regarder, mais Nora l'a fait. Je savais déjà à quoi Stephan Pretorius ressemblait dans la mort. La puanteur de merde et d'urine qui me vrillait les narines s'élevait du giron de Nora, se mêlant aux odeurs de poudre et d'huiles du revolver, les odeurs d'une bête brute créée par le plus évolué des animaux – une bête qui n'a pas sa place dans la nature.

L'homme au revolver s'est alors tourné vers Nora. J'ai senti de nouveau les entrailles du corps que j'occupais se relâcher, la chaleur liquide continuer à couler jusqu'au sol, et bien que j'eusse voulu émettre un plaidoyer, supplier cet homme d'accorder le pardon à ma sœur, je n'arrivais pas à faire remuer la bouche de Nora, à forcer un son à en sortir.

Au moment où je regardais le doigt de l'homme se recourber sur la détente, je me suis réveillée seule dans ma chambre les yeux encore imprégnés du souvenir brûlant du visage détruit de Nora – un pape en train de hurler et de se désintégrer dans l'obscurité.

De telles expériences ne peuvent s'expliquer que de deux façons selon la logique qui est la mienne, une logique où le surnaturel n'a pas de place, bien que ce soit en feignant une pratique surnaturelle, ma fausse nekyia autour du feu, que je semble avoir provoqué ces récents phénomènes. La cause en est soit psychologique, ce qui signifie que mes sentiments de culpabilité et de complicité vis-à-vis de ces faits monstrueux se sont exacerbés, au point que même mon esprit conscient en soit affecté comme dans un rêve. Soit la cause est physique, et c'est peut-être, dans ce cas, la plus cruelle des deux hypothèses : celle de la perte de mon esprit par le processus d'une démence autodestructrice, bien que je ne perçoive aucune autre anormalité psychologique, tels des problèmes de mémoire ou de confusion, et que les médecins m'aient tous déclarée en bonne santé.

Je peux comprendre l'attrait du surnaturel. Voir tes visites et celles de Nora comme des apparitions, comme l'intrusion dans la réalité d'un monde au-delà du monde physique, serait plus réconfortant. Et en l'absence de toute autre, c'est peut-être cette explication que je suis obligée de croire.

*

Maintenant que Sam m'a laissée en paix pour les mois à venir, je mets de côté le dernier de tes carnets, Laura, mon guide des dernières semaines précédant ta disparition, ces jours que tu as passés en compagnie de Sam. Je me tourne plutôt vers un carnet choisi au hasard au milieu de la pile, me demandant comment pendant vingt ans j'ai pu négliger de lire la quasi-totalité de ces dix volumes. Ce n'est pas complètement vrai. Aux pires moments de faiblesse, de besoin et de douleur, j'en ai pris un, l'ai parcouru jusqu'à ce que je ne puisse plus y voir assez clair pour continuer, et l'ai remis au coffre pour des mois ou des années. L'espoir que ces carnets puissent me fournir des indices sur l'endroit où tu te trouvais était submergé par ma douleur égoïste.

Le carnet que je prends maintenant date de l'année où tu as commencé à travailler au *Cape Record*. Tu t'étais installée dans un meublé au-dessus d'une boutique sur Lower Main Road dans le quartier de l'Observatoire. D'habitude, tu te levais tôt pour t'installer sur le balcon et regarder passer gens et voitures, saluant les voisins de la main, les interpellant, jeune femme blanche dans un quartier gris. («Tu ne veux pas vivre dans un endroit plus sûr?» t'avais-je demandé, d'après tes notes. Tu avais répondu : «Je veux vivre comme toi dans la banlieue la plus profondément noire.»)

Ton père te donnait de l'argent pour t'aider à joindre les deux bouts, bien qu'à l'époque je n'en aie rien su. J'aurais protesté, dit qu'il fallait que tu commences à te projeter dans la vie sans notre aide, oubliant que mes parents avaient financé mes années itinérantes à l'étranger, alors que j'étais beaucoup moins concentrée, tellement plus extravagante que tu ne l'as jamais été, mes objectifs étant bien moins nobles que les tiens. Toi, tu voulais dire la vérité, moi, fabuler et fabriquer. À cette époque et dans ce pays, qui plus que toi valait la peine d'être aidé? Toi et ton frère avez hérité de votre père l'amour de la vérité. Je ne peux m'empêcher d'y voir une mise en accusation de la menteuse professionnelle que je suis.

Après ton café, tu prenais une douche, mettais des vêtements simples et peu féminins et descendais en espérant que ta Valiant jaune cabossée serait toujours là où tu l'avais garée la nuit précédente. (On te l'a volée une fois, ton père t'a aidée à en acheter une autre, a payé un de ses anciens étudiants pour te laisser te garer dans son allée à quelques rues de là – un autre secret que j'ignorais.) Tous les jours ouvrables tu faisais le trajet de quinze minutes sur Victoria Road qui te menait au centre-ville, te garais, et allais au bureau.

Au début, tes rédacteurs en chef ne te permettaient, jeune femme tout juste sortie de Rhodes que tu étais, que de rédiger des nécrologies. Dans tes carnets, tu notais de brèves esquisses de tes sujets :

Un commerçant à la retraite avec trois enfants absents, tous émigrés en Angleterre. Il n'avait qu'un teckel infirme pour lui tenir compagnie. Il va falloir tuer le chien parce que personne ne veut le prendre. J'en fais un prophète local, exagérant son importance et l'effet de sa mort sur le quartier. Par curiosité, je vais à l'enterrement. Deux de ses enfants (sanglots, leur peine est bruyante ; le fils semble terrifié par tous ceux qu'il rencontre) viennent de Londres, et des vieilles dames de la rue où il vivait sont là. C'est tout. Moins de dix personnes à l'enterrement. La prochaine fois, il vaudrait mieux que je dise que l'homme était le Christ réincarné, et pas juste un prophète, pour attirer les foules.

Tous les matins, tu lisais les annonces de décès. Certains jours, tu en trouvais deux ou trois à ton arrivée que le rédacteur en chef de nuit avait signalées comme méritant une notice nécrologique. D'autres jours, tu choisissais toi-même des gens d'une notoriété locale ou nationale évidente, mais aussi d'autres tels que celle d'un ancien commerçant, d'hommes et de femmes qui n'avaient jamais été considérés comme importants que par les quelques personnes qui les connaissaient et les aimaient. Entre deux nécrologies, ton rédacteur en chef te permettait de petits reportages : articles de société, des comptes rendus d'audience de procès locaux sans importance. La vérité était que les nécrologies te plaisaient et que tu en tirais le meilleur parti. Tu écoutais patiemment et parlais poliment, quelle que soit la personne à qui tu t'adressais. Tu vérifiais et revérifiais les faits touchant aux vies que tu décrivais avant de les embellir de sorte que les quidams semblaient plus importants qu'ils n'étaient (un héritage de moi, comme j'aime à le penser, en dépit de ta passion pour la vérité). Les familles envoyaient leurs remerciements pour la qualité de tes notices et le directeur de la rédaction disait en plaisantant que tu ne devrais être employée qu'à rédiger des nécrologies, tel un scribe ou un chroniqueur des morts.

268

Un mois après ton arrivée au journal, tu as fait la connaissance d'une femme qui était revenue travailler en freelance pour le *Record* après avoir eu un enfant, qui allait maintenant à l'école. Elle était plus âgée que toi de presque une décennie, mais le jour de votre rencontre vous vous êtes trouvé un point commun.

« Je m'appelle Ilse, t'a-t-elle dit, te fixant de ses yeux noirs sous une frange encore plus noire. Ils t'ont déjà confié des nécros de prisonniers ? Dis-leur que tu veux t'occuper des crimes. C'est là que se trouve la vraie information. »

Tu lui as dit ton nom, elle a croisé les bras sur sa poitrine et t'a regardée.

« Tu es la fille de Bill Wald, non ? » Le ton était plus accusateur qu'interrogateur. Elle était plus petite que toi d'une tête, mais tu t'es sentie intimidée, comme devant un membre plus âgé de ta famille.

Tu n'avais jamais entendu ton père appelé « Bill », mais oui, tu as dit que tu étais sa fille.

« C'était un de mes professeurs et un très bon ami. Cela fait des siècles que je ne l'ai pas vu. »

Tu as cru l'avoir aperçue à l'une des garden-parties que ton père avait à cœur d'organiser pour ses étudiants diplômés. Mais cela devait être bien des années auparavant. Avant de savoir ce que tu disais, c'est sorti tout seul : « Oui, Ilse. Je me rappelle que papa t'aimait beaucoup. »

Est-il possible que tu aies su, même alors, que ton père et Ilse avaient été amants ? Je le savais, le savais depuis des années avec une quasi-certitude, mais tu n'étais qu'une enfant quand elle était son étudiante, quand leur brève liaison l'avait tenu éloigné de la maison plus que d'habitude, puis avait pris fin sans explication et avec des semaines de bouderie de sa part. J'ai su seulement ensuite qu'Ilse – je ne connaissais que son prénom – avait épousé un étudiant de ton père et était enceinte.

Tu étais tellement observatrice, il n'est pas impossible que tu aies su – pas seulement pour ton père et Ilse, mais pour tout ce que nous croyions faire de manière indéchiffrable pour un enfant.

Tu as commencé le compte rendu de cette rencontre par une phrase que je ne sais comment interpréter. *Réussi à faire la connaissance de Ilse.* Je sens un frisson glacé en bas de ma colonne vertébrale quand je la relis, comme si, depuis le début, tu avais manigancé tout ce qui a suivi, mis chaque joueur en mouvement tout en te mêlant à eux.

*

Cher Sam,

Comme j'ai l'air nunuche ! Même si vous y avez pris plaisir, votre transcription soigneuse est pour moi un triste et salutaire rappel de ne plus accepter de faire des interviews en face à face. Les choses qu'on dit sans réfléchir ! Oui, pour le bien de votre livre, j'essaierai de reconstituer les passages inaudibles et, avec votre permission, de réviser ce que je dis ailleurs, en conservant, pour autant que j'en sois capable, le ton brillant de la conversation. Que sais-je de la politique ? Je crains d'avoir à faire quelques recherches afin de montrer mes faibles opinions politiques sous un jour plus sophistiqué puisqu'elles sont destinées à trouver place dans votre œuvre. Maintenant que j'y pense, il faut que vous me laissiez voir les autres transcriptions – toutes, dans leur intégralité, inaudibles ou pas – afin que je puisse travailler à me faire mieux comprendre.

Je vous envoie aussi autre chose, bien que je ne sache pas le temps qu'il lui faudra pour atteindre Jo'burg. (À propos, pourquoi avoir quitté New York pour Egoli ? J'aurais cru qu'il n'y avait pas mieux, mais peut-être que le fait de revenir en Afrique est un signe de masochisme.) La postière a haussé les épaules et a dit quelque chose à propos d'imprévisibilité et d'instabilité, bref, ce genre de choses. Je lui

270

ai demandé si elle trouvait que le pays était moins stable aujourd'hui qu'il l'avait jamais été par le passé et, dans sa sagesse, elle a répondu qu'elle craignait qu'il en fût ainsi. Vous voyez quelle pessimiste je suis devenue, mais peut-être que dorénavant, après avoir passé ici un certain temps, vous comprendrez pourquoi j'ai décidé de ne plus désespérer du service postal de ce pays et me console au contraire en pensant que ce que j'enverrai atteindra son destinataire avant ma mort afin que je puisse, à tout le moins, recevoir un accusé de réception. Nul doute que c'est là la raison pour laquelle nous communiquons aujourd'hui de cette manière invraisemblablement stérile, qui est pour moi, femme de plume de la vieille école (voilà bien un terme, s'il en fut jamais un, qui requiert l'analyse) manifestement inélégante, impermanente et pesante.

Cette «chose» que je vous envoie – un exemplaire d'épreuves de mon nouveau livre, *Absolution* – ne vous causera pas, je l'espère, de dérangement. Quoi qu'il en soit, il sera dans les librairies en mai. Je pense sincèrement qu'il ne risque pas d'usurper la position de votre propre travail, mais en constituera une sorte de prélude *avant la lettre*[1]. De plus, en vous l'envoyant maintenant, je vous donne le temps de réfléchir à une façon de l'incorporer dans le portrait surréaliste de cette vieille femme que vous avez fait de moi. Quant au *pourquoi* et au *parce que* (*pourquoi* je ne vous en ai pas parlé, *parce qu*'il est arrivé que, etc. – puisque tout *pourquoi* a un *parce que*, et que personne ne doit rien tenir pour évident), laissez-moi juste vous dire que je ne parle à personne de mon travail, excepté à ma femme d'affaires et à mon éditeur londonien, et qu'entre eux ils mettent les pièces en mouvement pour obtenir le genre de

---

1. En français dans le texte.

résultat que les gens attendent tous les deux ou trois ans, et seulement une fois que tout est en place, les gens de la publicité prennent les rênes en main ; il n'est plus possible alors d'arrêter la machine. Elle fait teuf-teuf, vroum-vroum et bzzz, et à la fin le gros volume sort.

Tout cela pour dire que j'espère que ce paquet saura susciter votre intérêt et que vous ne jugerez pas trop durement ma manie du secret et de la duperie qui est devenu mon mode d'engagement par défaut avec tous ceux que je connais depuis des années.

Bien à vous,

Clare.

P.-S. Je consulte mon dictionnaire. Homme de plume peut signifier : commis aux écritures (ce qui convient à la façon dont je conçois ma vocation), transcripteur des saintes écritures (copiste du divin, si vous préférez), calligraphe, auteur, mais aussi, depuis le XIXe siècle, un forgeur (faussaire, criminel) en se souvenant que forgeur n'a pas toujours eu le sens négatif qu'il a aujourd'hui. Ecclésiaste 11.5 : *Dieu, qui est le créateur* de toutes choses.* J'aime cette idée du Dieu créateur dont toutes les créations ne sont peut-être rien d'autre que des contrefaçons d'originaux perdus qui n'existent probablement plus, si tant est qu'ils aient jamais existé.

---

* En anglais : *forger* (*God, that is forgere of alle thingus*).

1989-1998

La vie avec sa tante Ellen fut le début de quelque chose s'approchant d'une vie normale, une vie de souvenirs, une vie que le garçon – à savoir, Sam, en d'autres termes, moi, ou une version de moi – se rappellerait intégralement et pas juste par fragments d'odeurs, de lumières et de bruits.

Pour autant, cela ne signifie pas que sa vie ait été particulièrement heureuse, ni même malheureuse. Ellen l'adopta, le priva du nom de famille de son père, Lawrence, et lui donna son propre nom, Leroux, sans lui demander son avis. Comme pour la perte de sa maison, de son contenu et de l'argent de ses parents, ce fut un autre genre de spoliation. Il avait toujours été Sam Lawrence et maintenant, après avoir rempli quelques documents et y avoir apposé diverses signatures, il ne l'était plus.

Un jour qu'Ellen était allée faire des courses et avait laissé Sam tout seul, il avait composé le numéro que Timothy et Lionel lui avaient donné. Personne n'avait répondu. Quelques jours plus tard, il téléphona de nouveau. Le numéro avait été supprimé.

Au début, Ellen avait voulu savoir ce qui s'était passé, lui avait demandé des douzaines de fois de lui dire exactement comment il s'était retrouvé devant sa porte. «On a été agressés sur la route. Et l'agresseur a tué Bernard pendant que je me cachais. Après j'ai fait du stop. Et les dernières personnes qui m'ont pris étaient pressées, alors je les ai laissées au bout de la rue avant qu'elles reprennent la route. » C'est l'histoire qu'il avait répétée avec Timothy et Lionel, et après l'avoir entendue un certain nombre de fois, Ellen avait fini par cesser de lui poser des questions, bien que Sam sût, à la manière dont elle plissait les paupières et se tournait pour le regarder du coin de l'œil, qu'elle ne le croyait pas vraiment.

Eh bien n'en parlons plus, avait-elle fini par lui dire. Tu es en sécurité maintenant et nous pouvons oublier le passé.

Avait-elle appelé la police pour signaler l'agression et la mort de Bernard ? Sam ne le sut jamais. Il se rappelait qu'il y avait des indices, la montre et la bague de Bernard, qui pouvaient suggérer une autre histoire, une autre explication de la manière dont il était arrivé chez elle. Un agresseur aurait volé la bague et la montre. Sam les gardait enroulées dans une chaussette cachée au fond du tiroir inférieur de la commode, dans la chambre qui était devenue la sienne. Tous les soirs il vérifiait qu'elles étaient toujours là, enroulées exactement telles qu'il se rappelait l'avoir fait.

Je suis désolée de ne pas t'avoir fait rechercher tout de suite, avait dit Ellen plusieurs semaines après le début de leur vie commune, mais elle ne paraissait pas désolée du tout. Il avait espéré qu'elle serait comme sa mère, ou même comme Laura, qu'elle le laisserait se serrer contre elle, qu'elle le traiterait un peu comme son propre fils. Mais elle ne le prenait pas dans ses bras, pas plus qu'elle ne tolérait ses longs silences devant la fenêtre, ou assis dans le jardin, ou allongé sur le canapé les yeux au plafond. *Arrête de bouder maintenant,* disait-elle, du ton du professeur qu'elle était. Sam se rappelait que sa mère se plaignait de sa famille, de Bernard et d'Ellen. *Il faut se prendre en main et aller de l'avant,* disait Ellen. *Tu n'es plus un petit garçon. Tu es pratiquement un homme, même si tu n'en as pas l'air. Trouve-toi quelque chose à faire. Lis un livre.*

274

Les quelques livres que Sam avait réussi à conserver n'étaient, il le savait, rien de plus que des histoires pour enfants. Il comprenait qu'il n'était plus un enfant, ou pas de la même façon qu'il l'avait jadis été. Puisqu'il était pratiquement un homme, alors il décida qu'il était temps de lire des livres pour adultes. Au bout du couloir central sur lequel donnaient toutes les pièces de la maison, il y avait une bibliothèque à quatre rayonnages. Il commença par celui du bas et sa demi-douzaine de *Livres condensés du Reader's Digest*, les dévorant en une semaine avec ensuite l'impression d'avoir mangé trop de gâteaux. Puis il y eut les bibles en anglais et en afrikaans, et aussi des psautiers dans les deux langues, mais il les ignora. Suivirent les policiers – Agatha Christie, Ngaio Marsh – moins indigestes que les livres condensés, néanmoins toujours insuffisamment nourrissants.

Une fois qu'Ellen l'inscrivit à l'école locale, il eut moins de temps pour lire mais commença à parcourir les rayonnages, entreprenant comme il le pouvait ce qu'il ne savait pas encore être son éducation. Il lut Scheiner et Millin, FitzPatrick et Bosman, Paton et Van der Post. Autant de romans qu'il était capable de lire sans avoir de mal à les comprendre : l'histoire était exactement ce qu'elle prétendait être. Il épuisa le contenu de la bibliothèque, et puis, comme l'automne commençait à s'installer et que les jours raccourcissaient, il découvrit une autre collection de livres dans le salon, cachée derrière des piles de *National Geographic*. Pourquoi, se demanda-t-il, ces livres étaient-ils cachés ? Ils ne l'étaient pas aussi soigneusement que ceux de ses parents, dont certaines couvertures étaient remplacées par du papier brun, d'autres étant dissimulés dans des sacs en plastique sous le plancher. Les livres cachés d'Ellen étaient encore intacts, avec leur couverture et toutes leurs pages, mais ils étaient rangés de côté, là où les visiteurs ne pouvaient pas les voir. Sam commença par un livre intitulé *Dusklands*, qui au début avait l'air d'une sorte d'histoire – une histoire qui ne ressemblait à aucune de celles qu'il avait lues – et à la moitié se transformait en une tout autre sorte de livre. Il ne comprenait pas ce que tout cela signifiait, mais quand il le lisait la nuit dans sa chambre, une lampe électrique cachée sous les draps, il ressentait une sorte d'excitation qu'aucun autre livre ne lui avait procurée auparavant. Il y avait d'autres livres du même auteur qui le désarçonnèrent et le stimulèrent encore plus que le premier. Puis il passa à un autre écrivain dont il trouva les histoires encore plus déroutantes. Il fut obligé de lire *The Late Bourgeois World* avec un dictionnaire ouvert à coté de lui, et il acquit la certitude que de tels livres lui en apprenaient autant sur son pays que sur lui-même.

Les derniers des livres dissimulés derrière la pile de *National Geographic* étaient de Clare Wald. Quand il avait découvert cette cachette, il n'avait pas remarqué son nom, mais en prenant cette fois le premier des livres de Wald, *Landing,* il se demanda s'il était possible que ce soit la mère de Laura. Il retourna le volume et regarda en quatrième de couverture la photo de l'auteur avec un bébé singe dans les bras qui tirait la langue. Il n'avait vu Mrs Wald que deux fois dans sa vie, il sut cependant que c'était bien la mère de Laura, la mère qui s'était tenue en retrait à l'enterrement de ses parents, et qui plus tard lui avait claqué la porte au visage. Il mit le livre sous sa chemise et le lut en une nuit. Et bien qu'il fût encore plus incompréhensible que tous les autres qu'il avait lus, le fait de se glisser dans les mots de la mère de Laura fut comme de découvrir que la maison où il avait vécu avec ses parents avait d'autres pièces – et pas seulement des pièces mais des étages entiers, des escaliers et des ailes à la fois en accord avec l'architecture de la petite maison qu'il connaissait, tout en la transformant en quelque chose d'autre, de sorte qu'il en appréhendait l'espace originel d'une manière nouvelle. Il lut ses autres livres – *Cacophony, Dissidence, In A Dry Mouth* – et commença à comprendre que les romans de Wald n'étaient pas seulement des espaces habitables, aussi réels que la maison qu'il occupait avec sa tante, ou que celle où il aurait pu espérer vivre avec Clare elle-même, mais qu'ils donnaient aussi des clés pour ouvrir la bibliothèque de sa mémoire.

Parfois, le soir, il entendait Ellen au téléphone. *Ça change tout*, soupirait-elle. *Tous mes plans sont à l'eau. Mais que faire ? Il n'y a personne d'autre pour le prendre maintenant que Bernard est mort. Si je pouvais, tu sais, je l'abandonnerais dans la seconde. Peut-être qu'il serait renversé par un camion ? Non, bien sûr je ne pense pas ce que je viens de dire.*

Sam commença à songer que quelque chose dans cette famille empêchait de donner de la valeur à la vie. Sa mère en était la preuve, Bernard aussi, sans aucun doute, sa tante aussi. Et Sam lui-même. Il le savait.

Tu as besoin d'entrer dans une meilleure école, dit Ellen au début des vacances d'hiver. *Il est temps de voir plus loin.*

Avec l'aide d'Ellen, il gagna une bourse dans une école de Port Elizabeth où il alla vivre l'année suivante.

La vie à l'école était la vie normale d'un pensionnat. Les vacances étaient des vacances normales, la plupart du temps chez Ellen, parfois avec des excursions sur la côte. Il lisait d'autres livres sur d'autres pays, mais revenait toujours à l'Afrique du Sud, et particulièrement à celle de Clare Wald.

Ellen lui suggéra d'essayer d'oublier les années précédant son arrivée chez elle. C'est mieux comme ça, lui dit-elle. Tu peux te rappeler tes parents, mais essaie de ne pas penser à cette époque. Ils ne savaient pas ce qu'ils faisaient, à tous points de vue. Pauvres imbéciles. Il vaut mieux oublier tout ce qu'ils ont fait. Or Sam ne savait pas comment séparer les événements des gens qui y étaient mêlés, et une fois que les livres de Clare lui eurent donné la clé de son passé, il ne souhaita pas refermer cette porte.

Il alla étudier à Grahamstown, vota pour la première fois en 1994, termina major de sa promotion, entreprit une maîtrise et termina premier, là encore. Pendant tout ce temps, il lisait et relisait les livres de Wald. Chaque fois qu'il en paraissait un, il l'achetait le premier jour de sa mise en vente. S'il ne pouvait pas vivre avec Clare, il pouvait vivre dans la maison de ses mots.

À son arrivée, Sam se rendit directement de l'aéroport au gratte-ciel qui avait été converti par l'université en résidence universitaire. Il était logé au coin de la rue où se trouvait l'hôpital Bellevue de sorte qu'il ne cessait d'entendre les sirènes d'ambulances et ne pouvait dormir sans des bouchons d'oreilles. Si pour lui, Le Cap était une grande ville, il sut dès la première heure passée à Manhattan que cet endroit était encore entièrement différent. Les arbres étaient rabougris, prisonniers de trous cerclés par du béton. Il lui fallait tordre le cou pour voir un pan de ciel. Partout où il levait les yeux, l'espace était obstrué par des bâtiments qui l'écrasaient et l'enfermaient. Il n'aurait jamais cru que les grands espaces du Karoo, vastitude qu'il avait souvent perçue comme anxiogène et oppressante, lui manqueraient.

Une fois son téléphone branché, il appela Ellen pour lui dire qu'il était bien arrivé. Elle considérait que le téléphone n'était pas fait pour bavarder, mais pour communiquer brièvement des informations essentielles. Ils se promirent de s'écrire et raccrochèrent au bout de deux minutes. Sam aurait aimé parler plus longtemps, il ne sut comment faire pour l'empêcher de raccrocher.

À la fin de la première semaine eut lieu une soirée pour les nouveaux étudiants de troisième cycle en lettres et sciences humaines, dans l'une de ces maisons appelées *brownstones* dont l'université était propriétaire. À son arrivée, un trio de jazz était en train de jouer et un serveur lui glissa un verre de vin blanc dans la main. Il reconnut un groupe de personnes qu'il avait aperçues à l'un de ses séminaires, mais, quand il se joignit à elles, il eut du mal à suivre les références faites aux pièces et aux concerts auxquels tous avaient assisté rien que cette première semaine. Théâtres et concerts exigeaient une somme d'argent que Sam se refusait à dépenser, malgré la bourse qui lui avait permis de venir. Il s'était juré d'économiser autant que possible en prévision de son retour.

Sans qu'on remarque son absence, Sam se retira à une table d'angle où des amuse-gueules étaient disposés sur des plateaux. Alors qu'il s'apprêtait à partir, une voix proche déclara : *Mon Dieu, que c'est déprimant. Je m'appelle Greg. Et toi ? On se connaît ?*

Sam regarda l'homme, surpris d'entendre l'accent du Cap.

J'ai décidé que tu serais la seule personne avec qui je supporterais de parler, à part avec l'Israélienne là-bas, dit Greg désignant du menton une femme au crâne rasé qui parlait au doyen de la faculté de lettres. *Ces Américains me tuent.*

Comment sais-tu que je ne suis pas américain ?

Tes vêtements, dit Greg. *La façon dont tu te tiens. Ta coupe de cheveux. Tes chaussures. Ta coupe de cheveux, surtout.*

Sam porta la main à ses cheveux pour se dégager le front.

Non, comme ça, dit Greg, se décoiffant pour lui montrer. Le dos des mains de Greg était couvert de tatouages de signes astrologiques. *Parle encore et je te dirai d'où tu viens et à quelle école tu es allé.*

Qu'est-ce qui te fait croire que tu peux me déchiffrer si facilement ?

Parce qu'il n'y a pas tant d'Africains du Sud blancs et que nous sommes presque tous parents. Nous sommes probablement cousins éloignés. Je dirais que tu as passé du temps au Cap mais que tu es allé à l'école quelque part ailleurs dans le Cap Est. Grahamstown ?

Port Elizabeth, dit Sam. C'était déconcertant d'être aussi transparent.

Greg était venu à New York faire un master en histoire de l'art. *À mon retour j'ouvrirai une galerie d'art pour tous les riches Européens qui viennent à la recherche de l'Afrique authentique,* dit-il, en faisant des cornes avec ses doigts et une affreuse grimace. *Mes parents me disent que je devrais essayer de rester ici.* Il leva un index et l'agita en direction de Sam : *« C'est une question de temps avant qu'ils nous pendent tous aux arbres, mon garçon »,* dit *mon père. Alors, tu vois, je n'ai pas le choix. Je dois y retourner pour lui prouver qu'il a tort. »*

C'est Sarah qui présidait la première réunion du club à laquelle Sam assista. À la fin il s'approcha d'elle pour s'inscrire et payer sa cotisation annuelle. Elle s'élevait à quinze dollars, ce qui pour lui était une somme, mais ce club proposait des activités auxquelles il devait participer s'il souhaitait rencontrer des gens. Quand il vit son sourire, sur ses lèvres autant que dans son regard, il pensa que c'était une raison supplémentaire pour adhérer. Elle avait de belles dents, d'épais cheveux brun clair et quelque chose de sain et d'indubitablement américain – comme si elle s'était réveillée à la ferme, avait bu un verre de lait que venait de traire son père et mangé des crêpes préparées par sa mère. Ses vêtements n'étaient ni tachés ni froissés. Plus tard, quand il apprit qu'elle n'avait jamais mi les pieds dans une ferme et que son père n'aurait su que faire d'une vache, Sam se demanda à quoi son enfance avait bien pu ressembler, mais sans savoir comment le lui demander. Poser des questions sur l'enfance de Sarah aurait été l'inviter à en poser sur la sienne.

Quand les membres du club ne se réunissaient pas pour écouter des poètes locaux ou lire leurs propres œuvres, ils allaient généralement dans des bars de Bleecker Street ou se réunissaient dans un appartement. C'était à l'une de ces soirées – chez une poétesse somalienne en exil qui habitait dans les profondeurs d'Alphabet City et se baladait dans la rue avec ses clés dépassant d'entre les doigts de sa main gauche et une bombe au poivre dans la droite – que Sam se retrouva seul à seul avec Sarah. Il savait qu'elle était considérée comme une étoile montante du département de journalisme, qu'elle était proche de la fin de son master, qu'elle avait déjà publié des articles dans d'importants magazines et qu'elle n'habitait pas près de l'université. Personne au club ne savait où elle vivait parce qu'elle n'avait jamais invité personne chez elle. Ils parlèrent de la thèse de Sarah sur la couverture médiatique du scandale de l'Irangate en Amérique. Tandis qu'elle parlait, s'humectant les lèvres en les faisant rouler l'une contre l'autre et en prenant de longues gorgées d'un gobelet en plastique rouge, avalant une chips de temps à autre, Sam commença à sentir qu'il avait besoin d'elle. Il comprit qu'elle lui rappelait étrangement Laura.

Mon père a passé du temps en Afrique, dit-elle, *dans la diplomatie. Il a été au Congo et en Rhodésie dans les années 1960, en Afrique du Sud aussi – dans les années 1970 et 1980. Je crois qu'il a passé pas mal de temps en Afrique du Sud.*

Mais tu n'allais jamais avec lui ?

Il disait toujours que les postes étaient trop dangereux, donc maman et moi restions en Virginie. Je ne sais pas... peut-être qu'on aurait pu aller avec lui, mais je crois qu'il s'inquiétait trop pour notre sécurité. Il aimait l'Afrique du Sud. Il disait que c'était un pays magnifique. Je ne peux pas imaginer ce que ça a dû être de grandir dans un endroit aussi dangereux.

Même s'il s'y était passé des choses terribles, Sam n'avait jamais considéré le pays comme un endroit dangereux dans son ensemble, pas plus que ne l'était l'Amérique. Il essaya de déchiffrer l'expression sur le visage de Sarah. Elle semblait curieuse et préoccupée, mais ça aurait pu être la lumière réfractée par l'abat-jour en verre qui dessinait sur son visage un labyrinthe d'ombres puissantes.

À mesure qu'ils parlaient, Sam pensait de plus en plus à Laura, découvrant chez Sarah la même curiosité énergique, mais aussi une ressemblance physique, dans ses membres musclés et ses traits nets, tout en angles, au teint blond olive, et dans ses yeux toujours mobiles, ne cessant de scruter Sam que pour embrasser les environs, remarquant tout et tous autour d'eux. Sam eut l'intuition que si elle flairait un article, alors c'était une femme qui ne s'arrêterait pas avant d'avoir tout compris d'une personne, avant d'avoir découvert la vérité.

Sam

Nous nous réveillons au bruit des oiseaux, une caco-phonie comme je n'en ai jamais entendu, au Cap ou à Beaufort West ni à Grahamstown. Avec les hagedash, que je connais, il y a les touracos gris qui semblent aussi pré-historiques que les hagedash et produisent un cri qui glace le sang, pareil à celui qu'un bébé qu'on étrangle.

À peine réveillée, ce matin, Sarah file au pavillon de l'autre côté de la terrasse pour commencer ses recherches sur les compagnies pétrolières américaines en Angola. La piscine est tentante, mais je sais qu'il faut que j'aille tra-vailler. Nous nous souhaitons une bonne journée, j'im-plore Sarah d'être prudente et de ne laisser entrer personne, elle me rappelle de garder mon calme. Tandis que je quitte l'allée et regarde la porte se refermer derrière moi, une femme s'approche à pied, des paniers tressés empilés sur la tête et des balais en paille attachés à la taille, l'air d'arriver de la campagne.

Quelque trépidante et congestionnée que soit la circula-tion au Cap, elle possède une sorte de logique fluide qui m'est familière. Je connais ses quartiers et ses points de repère, son énergie et ses codes. Mais Johannesburg a ses propres règles agressives et son train implacable qui me donnent des sueurs froides, alors même que la voix du GPS n'arrête pas de me dire de changer de file, de tourner dans tant de mètres, de faire attention aux radars. Quand j'arrive à l'université, j'ai l'impression d'avoir besoin d'un calmant.

L'université m'a alloué une place de parking dans le garage souterrain du Sénat qui de l'extérieur ressemble à un grand hôtel de la fin de l'ère soviétique. À l'intérieur, c'est un cauchemar à la Escher : ascenseurs, escaliers et passerelles qui ne se rejoignent jamais de façon prévisible. Après m'être perdu deux fois, je finis par arriver au département d'anglais où l'administrateur me dit qu'il faut que j'aille remplir des documents dans un autre bureau, puis que je me rende encore à un autre endroit pour y prendre ma carte d'identité. Une heure et demie plus tard, je reviens avec la carte et les documents demandés sans pouvoir me rappeler la façon dont je suis arrivé là. L'administrateur du département me conduit à mon bureau, m'apprend le code de la serrure électronique et m'explique que je ne dois jamais oublier de désactiver l'alarme silencieuse du bureau à mon arrivée, sinon les services de sécurité arriveront.

Seul dans le bureau qui contient en tout et pour tout une table, un fauteuil, une bibliothèque vide, un classeur et un ordinateur, je télécharge tous les enregistrements de mes entretiens avec Clare et les scans de ses manuscrits. Je n'enseignerai qu'à partir de février et mon premier semestre est peu chargé, mais j'ai l'intention de travailler sur le livre dans ce bureau, même si la maison, qui offre les distractions de la piscine et de la télévision, est bien plus confortable, particulièrement un jour chaud comme celui-ci. Je passe le reste de la matinée à transcrire un entretien et à répondre au message de Clare, qui est arrivé au milieu de la nuit.

Chère Clare,
J'espère que cette lettre vous trouvera en bonne santé. Un ami français m'a dit un jour qu'il fallait toujours commencer une lettre par une assertion, ou des vœux concernant le destinataire plutôt que de

parler de soi. Je crains de ne n'avoir jamais complètement maîtrisé cela. J'espère tout de même sincèrement que vous allez bien tandis que vous lisez ces lignes. Comme il semblerait artificiel de commencer une lettre par quelque chose comme : « Chère Clare, je ne doute pas que vous profitez de ces longues journées de décembre et vous préparez pour les fêtes. » Peut-être est-ce quelque chose que seuls les Français savent faire – ou faire bien – ou peut-être est-ce le genre de formulation qui n'est vraiment possible qu'en français. Alors je commencerai par moi, puisque c'est tout ce que je sais faire.

S'il vous plaît, ne soyez pas blessée si je vous dis que j'ai été choqué d'apprendre que votre nouveau livre était en quelque sorte une autobiographie – c'est je crois ce que votre dernier message semblait suggérer. Évidemment, j'ai hâte de le lire et je ne peux que vous dire combien je suis intrigué. J'ai réussi à forcer un rédacteur en chef à me laisser en faire la critique. Lisez-vous les critiques ?

Sachant qu'*Absolution* est maintenant en chemin, je pense, plus que jamais, devoir explorer d'autres domaines pour votre biographie, et le faire de vive voix serait idéal. J'enseigne ici à partir de février, mais j'aimerais vous revoir, si possible, dans les six prochains mois.

Je pense également que je vous dois de nouvelles excuses. Maintenant que je suis occupé à transcrire nos entretiens, je m'aperçois à quel point mes questions étaient stupides et juvéniles. Je ne sais où vous avez trouvé la patience d'y répondre. J'entends parfois dans les enregistrements de l'irritation dans votre voix, mais seulement dans votre voix. Merci pour cela – pour la retenue dont vous avez fait preuve, et la patience de vos propos.

Bien à vous,

Sam

285

Avant de descendre déjeuner, je cherche où se trouve le bureau de Lionel Jameson dans le bâtiment principal. Si c'est lui, et je sais que ce doit être lui, je ne suis pas sûr de lui dire où nous nous sommes connus. Peut-être qu'il serait préférable de lui téléphoner ou de lui envoyer un mail d'abord, mais une fois dehors, en train de manger mon sandwich sur les marches du grand escalier du bloc central, je décide qu'il ne peut pas y avoir de mal à aller voir où se trouve son bureau, même si je n'ai pas l'intention de frapper, même si je perds tout courage et finis par ne jamais le rencontrer.

Sa porte d'un bois épais et brun, recouverte d'affiches sur l'activisme et les manifestations antimondialisation, se trouve au milieu d'un couloir au plafond élevé. Il suffit pour l'instant de l'avoir localisé. Je prendrai contact une fois que j'en aurai trouvé le courage. Bien que je souhaite en premier lieu lui demander des nouvelles de Laura, je m'aperçois que mon hésitation concerne tout autant ce qu'il peut se rappeler de moi enfant.

Je tourne les talons au moment où la porte s'ouvre. Il me regarde, c'est Lionel, indubitablement, bien que ses cheveux soient moins épais et plus décoiffés qu'il y a deux décennies. C'est un soulagement de le voir et je ressens une bouffée inattendue de bonheur. Pour la première fois, je comprends que nous ne sommes pas si éloignés que ça en âge – il ne doit pas avoir plus de six ans de plus que moi, mais à l'époque il me semblait être un adulte inaccessible.

«Vous attendez quelqu'un?

— Lionel Jameson.

— C'est bien le nom inscrit sur la porte.» Il est plus bourru que dans mon souvenir, il parle plus fort aussi, sa voix retentit dans le couloir et rebondit contre le haut plafond.

«Je suis Sam.»

Il scrute mon visage et secoue la tête. «Désolé, êtes-vous un des candidats pour le poste d'assistant? Les entretiens sont au bout du couloir.

286

— Je suis Sam Leroux. J'étais Sam Lawrence. C'est sous ce nom que vous m'avez connu à l'époque. C'est Laura Wald qui m'a conduit à vous.» J'observe son visage, les rides de son front s'aplanissent, ses pupilles se dilatent.

«Entrez, dit-il en ouvrant brusquement la porte. Je crains d'être pressé.»

Le bureau de Lionel est plein de caisses de livres qui n'ont jamais été ouvertes depuis un précédent déménagement. S'en dégage une sensation poussiéreuse, comme dans un entrepôt oublié de tous excepté de son unique gardien. Je me suis fait une idée trop haute de lui. C'est juste un universitaire prématurément vieilli, un professeur typique, insensible au capharnaüm ou trop accablé de travail pour mettre de l'ordre dans son fouillis. Les étagères sont pleines de piles de papiers, de dossiers, et rien ne semble avoir été épousseté depuis des mois.

«Je suis tellement soulagé que tu ailles bien, me dit-il en étudiant mon visage. Tu n'es plus un petit garçon! Tu vas bien, n'est-ce pas?

— Donc vous vous souvenez de moi.

— Tu as presque autant l'accent américain que moi, maintenant. Dis-moi, tu n'étais pas à Chicago, toi aussi?

— New York.»

Il secoue la tête, croisant les bras sur la poitrine et riant. Les tiroirs du classeur dans le coin de la pièce sont ouverts, dégorgeant de liasses de documents marqués de signets, et de dossiers suspendus. «J'ai tellement de questions, dit-il en tirant sur ses cheveux roux. Mais tu vas bien, au bout du compte? Je me suis fait tellement de souci quand on t'a laissé.» Son visage se contracte tandis qu'il joue avec un trombone accroché à une liasse de papiers. Je le rassure, lui dis que je vais bien. Ce n'était pas la réaction que j'attendais. «Tu dois avoir des questions pour moi aussi. Tout ce que je peux te dire...» Il se tait, secoue de nouveau la tête, comme s'il renonçait à poursuivre.

Je lui apprends que je suis en train d'écrire la biographie de Clare, que j'ai presque terminé mes recherches,

287

mais que j'ai encore quelques pistes que j'aimerais explorer. Même si Clare n'a pas voulu me parler de Laura, je ne veux pas laisser filer cette histoire. Elle mérite au moins une petite place dans le livre.

«J'espérais que vous pourriez me dire quelque chose à propos de Laura.»

Le nom semble le frapper comme une balle : sa poitrine se dégonfle et toute l'animation de son visage meurt ; son corps devient rigide tandis qu'il se détourne de moi pour remuer les innombrables piles de papiers sur son bureau. Mon irruption dans son espace est apparemment une transgression que je n'avais pas l'intention de commettre. Je veux partir, et je m'aperçois que Lionel a besoin que je parte.

«Oui, évidemment. Je regrette, j'ai ces entretiens à faire, là, tout de suite, il va vraiment falloir que tu m'excuses. Peut-être que nous pourrons revenir sur ceci à un autre moment ? Je suis désolé de ne pas pouvoir te parler maintenant.»

Je l'invite à dîner, mais il part en vacances et dit qu'il faut que je lui téléphone au Nouvel An. Je sais qu'il essaie de se débarrasser de moi. Je décide de ne pas lâcher, quel que soit le temps que cela prendra.

Ce soir Sarah et moi allons dans un restaurant animé au centre commercial de Rosebank et prenons une table à l'extérieur d'où nous pouvons regarder les passants. Nous commandons, puis nous décidons de prendre un cocktail à la place du vin, je vais donc au bar. Il y a une demi-douzaine de serveurs qui vont et viennent – trop nombreux pour le petit espace derrière le bar face à la caisse, et trop peu pour l'affluence de clients à cette heure-ci. Je modifie la commande et décide d'attendre que le barman ait fait les cocktails. Une jeune femme derrière la caisse me jette un regard timide avant de sourire. Machinalement, je lui souris à mon tour, après quoi elle me rend mon sourire, l'air ravi, puis tressaille et défaille, comme si elle allait mourir de honte, me tournant le dos et s'écroulant derrière le bar. Ses collègues la regardent, la relèvent, m'observent puis lui demandent ce qui se passe. Elle secoue la tête et disparaît dans la cuisine.

J'apporte les verres à Sarah.

«À ta santé, dit-elle en trinquant. Qu'est-ce qui s'est passé ? Tu lui as juste souri et la fille a réagi comme si tu lui offrais une bague en diamant ou quelque chose de ce genre.

— Je ne sais pas. La plupart des Blancs ne voient pas les Noirs. Vigiles. Serveurs. Employés de bureau. Tu reçois ce que tu donnes. Je lui ai souri et peut-être que c'est la première fois qu'un jeune Blanc lui sourit.»

Nos plats arrivent et nous commandons d'autres cocktails. La nuit est chaude, sans vent, des musiciens ambulants, un peu plus loin, chantent un vieux tube de Dolly Rathebe. Tandis que nous attendons la carte des desserts une vieille Blanche s'approche en titubant.

«*Ek soek'n honderd rand*», dit-elle en tendant la main.

Je lui dis que je suis désolé, que je n'ai pas cent rands à lui donner, bien que ce ne soit pas vrai. Je vois Sarah qui se met à chercher son portefeuille jusqu'à ce que je l'arrête d'un regard. Le femme nous maudit et va à une autre table où les convives, trop gênés de ne rien lui donner, lui tendent une poignée de monnaie. Elle prend les plus grosses pièces et délaisse les autres. Quelques cents – laissez tomber, elle n'en veut pas.

«Qui peut lui en vouloir» ? dis-je, prenant la carte des desserts des mains de notre serveur. Avec cinq rands, tu n'achètes pratiquement rien. Greg dit que le fait d'être blanc devrait lui donner droit à des réductions d'impôts. Greg est l'être le plus radical que je connaisse dans le pays. Il a calculé qu'il donne dix mille rands par an aux mendiants. Sans compter l'aide qu'il offre à sa bonne, à son jardinier et à sa nounou, ni les bonnes œuvres que soutient sa galerie. «La vie à la plantation, dit-il. C'est le prix à payer.» Je désigne d'un geste tous les clients bien habillés autour de nous, les portions de nourriture extravagantes, l'alcool vendu au prix fort, mais qui coule à flots.

« Ce n'est pas différent de New York aujourd'hui, ou de Londres, dit Sarah. Ce n'est pas une question d'endroit. Ce ne sont pas seulement des questions d'endroit. »

Absolution

L'homme tendit les mains, retira une paire de gants en cuir fin. Tandis qu'il plissait les yeux sous la lumière du corridor, Clare le reconnut immédiatement. Jamais elle n'aurait pu s'attendre à le trouver là.

« Grand Dieu ! s'écria-t-elle, le cœur cognant dans sa poitrine. Qu'est-ce que tu peux bien faire ici ?

— Tu savais que j'allais venir, lui dit son fils en enlevant sa veste. Tu m'as dit d'entrer sans prévenir. »

— Je n'ai rien dit de la sorte, Mark ! J'ai bien envie de téléphoner à la police.

— Ne sois pas ridicule, mère. Je suis venu passer la semaine, tu dois t'en souvenir. Qu'est-ce que tu fais au lit si tôt ? Il n'est même pas dix heures.

— Tu appelles ça tôt ? Je n'ai aucun souvenir de t'avoir invité à me rendre visite. » Clare regarda Mark s'affaler dans le fauteuil recouvert de taffetas le plus proche de la porte de la chambre. Elle se redressa contre la tête de lit, puis alluma sa lampe de chevet. Son fils paraissait fatigué, sa peau était bleuâtre, des rides profondes creusaient ses tempes. Comme il était irritant d'être interrompue ainsi. Elle savait qu'elle ne se rendormirait jamais, et craignait que toute la semaine, qui aurait dû être entièrement consacrée au travail, ne fût gâchée par les exigences et les lubies de son irascible de fils.

«J'ignorais qu'il me fallait une invitation pour rentrer à la maison», dit-il. Il desserra sa cravate en soie grise et déboutonna son col de chemise, exhibant un collier de poils qui dégoûta Clare. Le droit, qui avait préservé la sveltesse de son père et de son grand-père maternel, avait donné à Mark Wald une bedaine qui lui seyait mal.

«C'est ma maison, pas la tienne. L'ancienne maison de Canigou Avenue, celle où toi et ta sœur avez grandi, où vous avez galopé de long en large en la malmenant à votre façon, pouvait être considérée aussi comme la vôtre, mais celle-ci est à moi seule et à personne d'autre jusqu'à ma mort. J'ai vendu notre maison en faisant un bénéfice considérable et pour le bien de ma propre sécurité. Si tu veux une maison, il faudra que tu l'achètes toi-même et que tu en sois responsable. Comment est-ce que tu as eu la clé ?

— Tu m'as fait une copie la dernière fois que je suis venu. Sa voix était aussi fatiguée et tendue que celle de sa mère. En cas d'urgence. Tu *voulais* que je puisse entrer. Du moins, c'est ce que tu as dit alors.

— Comme j'ai manqué de perspicacité. Et pourquoi viens-tu m'embêter plutôt que ton père et ta belle-mère ?» C'était un rituel entre eux, ce badinage hérissé de piques, moitié jeu, moitié chicane, tous deux cherchant à prendre le dessus alors qu'ils ne voulaient que se taquiner.

«Papa fait des rénovations. Ce n'était pas pratique pour moi. Je vois bien à quoi tu fais allusion, mais vraiment, je n'ai rien à en dire. Tu n'attends pas de moi des racontars, j'espère. Je peux te préparer une tasse de thé ou autre chose ?

— Je serais bien incapable de prévoir ce que tu *peux* ou ne *peux pas* faire.

— Me *permets*-tu de te faire un tasse de thé ?

— Permets-moi d'exercer la courtoisie élémentaire qui consiste à offrir à boire dans sa propre maison. Tu as conscience qu'à cause de ton intrusion je ne vais pas pouvoir dormir de toute la nuit ? Tu as bouleversé mes heures de repos, qui sont pour le moins durement gagnées, dit-elle, sortant les jambes du lit. Je suppose que puisque tu m'as proposé du thé, tu veux à manger et à boire.

— Si ce n'est pas trop te demander.

— Ça me dérange terriblement, mais voyons voir ce que nous pouvons trouver. Marie a laissé un véritable festin dans le congélateur. Tu mangeras et je te regarderai.»

Clare trouva du pain et du fromage, du chutney et de la mayonnaise, et prépara à son fils un sandwich comme elle n'en avait pas confectionné depuis de nombreuses années. Quand il venait avec sa famille, ils habitaient généralement chez l'ex-mari de Clare, parce que Coleen, la femme de Mark se plaignait que cela la rendait nerveuse d'habiter chez Clare, et Clare, qui n'était pas très intéressée par Coleen – une fervente adepte de ce qu'elle appelait les «rôles féminins traditionnels» – ne faisait pas d'objection à cet arrangement. Les jumeaux, ses deux petits-fils, étaient trop jeunes pour qu'on raisonne ou qu'on parle avec eux, et eux-mêmes étaient surtout intéressés par les piscines, les glaces et les longues visites à l'aquarium. Il n'arrivait à Mark d'habiter chez sa mère que lorsqu'il venait seul au Cap pour affaires.

«Pourquoi est-ce que les volets sont fermés? demanda-t-il, en se versant un verre de vin du cubitainer dans le réfrigérateur.

— Tu ne me demandes pas la permission de prendre du vin?

— Ne change pas de sujet, mère. Les volets. Est-ce qu'il est arrivé quelque chose?

— Tu poses vraiment des question agaçantes. Tu ne veux pas offrir un verre de son propre vin à ta mère?

— Veux-tu un verre de ton propre vin, mère?

— Non, merci, ça ne ferait que m'empêcher de dormir, mais sers-toi, dit-elle en lui adressant un clin d'œil.

— Les volets, mère, insista Mark en essayant de ne pas sourire et en avalant la moitié de son verre de Stein. Pourquoi bois-tu cette effroyable bibine?

293

— Marie l'aime bien. Les volets sont clos parce que, si tu veux savoir, je me sentais vulnérable. C'est cela que tu veux entendre ? Sans Marie, pour la première fois depuis que nous avons emménagé dans cette forteresse de country-club, je ne suis sentie une vieille femme seule au monde avec rien que le verre fragile entre moi et ces... pendant un instant elle faillit s'arrêter, puis, sans chercher à sonder les implications de ce qu'elle allait dire, elle poursuivit : ... entre moi et ceux qui veulent venir me faire part de leurs récriminations.

— Je ne comprends pas ce que tu veux dire.

— Ni moi non plus, peut-être. Quoi qu'il en soit, remuer le passé est une chose qu'il vaut mieux laisser à la vie diurne, dit-elle en se levant de table. Si tu veux veiller, veille. Regarde la télévision, si tu arrives à trouver quelque chose de décent à une heure pareille, écoute de la musique, enfin vaque à tes occupations nocturnes habituelles, quelles qu'elles soient.

— Merci, mais je suis épuisé. Mark se frotta le visage, qui jadis avait été si tendu et pâle et était en train de se transformer en une boule terreuse. Je suis debout depuis cinq heures du matin. Il y avait une audience à dix heures et j'ai pris le dernier vol ce soir, qui était en retard d'une heure. Je pourrais dormir vingt-quatre heures si je n'avais pas des choses à faire demain.

— Des rendez-vous avec des clients ?

— Des rendez-vous, oui. Il va falloir que je me lève tôt, mais je pensais qu'on pourrait peut-être dîner ensemble. Tu aimerais aller quelque part ? Je pourrais réserver. On pourrait même aller dans ce restaurant à Franschhoek.

— L'idée de passer la soirée dehors ou d'être sur la route après la tombée de la nuit ne me plaît guère. » En fait, Clare devait l'avouer, elle ne voulait plus se retrouver à l'extérieur de sa propriété barricadée après le coucher du soleil. Les rares fois où elle avait reçu des invitations, elle les avait refusées, avec l'excuse mensongère qu'elle-même et son assistante n'y voyaient plus assez bien pour

conduire de nuit. «Et de toute façon, Marie a laissé amplement de quoi manger et sa cuisine me suffit. Mes papilles
ne sont plus ce qu'elles étaient et ton grand dîner serait
gâché. Tu sais où est la chambre d'amis. Personne n'y a
dormi depuis ta dernière visite, donc si les draps sont
sales, c'est de ton fait. S'ils sont trop dégoûtants, prends-
en des propres dans le placard. J'espère que tu n'as pas été
choyé par les domestiques au point d'avoir oublié comment faire un lit. »

Elle demeura un moment sur le pas de la porte à se
demander s'il fallait étreindre ou embrasser son fils. Ils
n'avaient jamais été très démonstratifs. Après quelques
secondes éprouvantes, tous deux s'adressèrent un signe de
tête et Mark ferma la lumière.

Clare se leva avant l'aube. Trop fatiguée pour nager,
elle alla travailler avant d'émerger du bureau jouxtant sa
chambre. C'était peut-être le plus grand avantage de cette
nouvelle maison – pouvoir passer du lit à la table avant
que le charme de la nuit ait complètement disparu, et sans
avoir à rencontrer personne, si ce n'est son propre reflet
qui suffisait à la déranger certains matins. Marie savait
qu'il ne fallait pas frapper avant onze heures si la porte
demeurait close. Mark n'avait pas été aussi bien formé.

«Tu es levée, mère? demanda-t-il de l'autre côté de la
porte de son bureau.

— Une porte close signifie que l'on ne veut pas être
dérangé», cria Clare, ouvrant la porte et se confrontant
à la vision de Mark, déjà douché, ce qui lui restait de
cheveux peigné en arrière et enduit de gel, son ventre rem-
plissant sa chemise.

«Mon premier rendez-vous a été annulé.

— Et tu t'attends que je te fasse la conversation.

— Je pensais que ça nous donnerait l'occasion de parler. Tu travaillais?

— Contrairement à toi, je travaille toujours; même
quand il semble que je ne sois pas occupée à quelque
chose en particulier. Mais maintenant que tu m'as inter-

rompue, autant cesser le travail mécanique. Cette interruption me coûte très cher, comprends-tu. Je ne retrouverai pas ce que j'ai perdu. Elle donna à ses lèvres ce qu'elle espérait être la forme d'un sourire ironique. Peut-être pourrais-tu nous faire du café, trouver où Marie range les biscottes et nous pourrions nous retrouver dans le jardin dans une demi-heure. Adam devait tondre la pelouse aujourd'hui, mais je lui demanderai d'attendre jusqu'à demain. »

Elle n'était pas habituée à tant d'intrusion, particulièrement maintenant qu'elle avait enfin commencé à se sentir chez elle dans cette nouvelle maison. Au-delà de la contiguïté du bureau et de la chambre, cette demeure lui offrait un plus grand espace vital tout en la séparant du reste du monde. Les mendiants ne pouvaient plus accéder directement à sa porte. Seuls les impudents et les désespérés appuyaient sur l'interphone du portail. Marie, pour qui même cela était insuffisant, avait proposé de faire construire un second portail qu'elle avait vu dans certaines propriétés de Johannesburg, créant ainsi une sorte de zone de décontamination sécuritaire. L'idée était simple : si on avait besoin de se faire livrer de l'épicerie, par exemple, le livreur franchirait le premier portail, pour poser la commande dans la zone sécurisée, Marie signerait le bon tout en étant séparée du livreur par le second portail, et, seulement après son départ et la fermeture du premier portail, elle ouvrirait pour prendre la livraison. Clare avait refusé cette proposition grotesque et paranoïaque. Le Cap n'était pas encore Johannesburg, où des quartiers entiers étaient devenus des zones de sécurité privatisées et où des gardiens armés surveillaient les parkings des épiceries depuis des tours de guet à l'épreuve des balles. De plus, ceux qui étaient vraiment déterminés trouveraient toujours le moyen de contourner les deuxième et troisième défenses. Ils couperaient les fils de fer barbelés et creuseraient des tunnels sous les murs. Nul endroit n'était vraiment sûr.

Mark apporta le plateau du café et Clare ne put s'empêcher de remarquer les mugs – des mugs plutôt que des tasses et des soucoupes – et la boîte de lait en plastique. Marie aurait posé un set de table ou un tissu sur le plateau, sorti la porcelaine, versé le lait dans un pot, et mis les biscottes avec des tranches de cake sur une assiette. De telles choses rendaient la vie dans ce pays plus supportable, en même temps qu'elles soulignaient l'ironie de vivre encore ainsi, de la même manière que lorsqu'on était né.

«La vie est terriblement injuste, dit Clare en se saisissant du mug que lui tendait son fils. Que nous puissions vivre comme ça. Je ne serais pas surprise si un jour prochain, tout cela nous était retiré, ce que d'ailleurs je ne trouverais pas entièrement injustifié.

— Le gouvernement devrait te charger de la réforme agraire, mère. Tu m'as l'air d'être très radicale.

— As-tu jamais pensé que j'étais autre chose ?

— Je pensais jadis que tu étais libérale», dit Mark, tournant le lait et le sucre dans son café, tapotant sa cuillère sur le mug d'une manière qui fit tressaillir Clare. C'était une habitude qu'il tenait de son père. «Une bonne Blanche libérale à la mode d'antan.

— Quelle déclaration blessante ! Qu'est-ce qui a pu te faire croire que j'étais libérale ?

— C'était avant que je sache ce que ça signifiait. Je n'étais qu'un enfant. Puis, quand j'ai compris que tu n'étais pas libérale, ni quoi que ce soit d'aussi inoffensif et facile à étiqueter, j'ai pensé que tu étais pragmatique.

— Une pire insulte, encore. De quoi d'autre me qualifierais-tu ? D'opportuniste ? de réactionnaire ? de partisane de l'apaisement ?»

Mark rit et secoua la tête. «Maintenant, je sais que tu n'es pas seulement une radicale, mais aussi une stricte non-conformiste, si tu me permets l'expression.

— Disons que oui et passons à autre chose. D'ailleurs à quoi bon qualifier mes idées politiques qui sont de plus en plus versatiles. Je constate tant de stupidité et de mesquinerie autour de nous qu'il m'arrive parfois, furtivement, de regretter une certaine forme d'efficacité passée. Les gens dans ce pays ne se plaignent pas quand les biens ou les services – les services en particulier – sont médiocres. Je suis d'une génération, tout comme toi (c'est d'autant plus triste), qui pourra dire qu'elle a connu deux gouvernements nationalistes corrompus. La question est de savoir si nous survivrons au second dont certains membres voient en nous une mission inachevée, une cinquième colonne potentielle, des ennemis infiltrés. Un colon, une balle. Ce sont eux qui considèrent tous les Blancs comme des parasites et ce sont *eux* qui sont les pendants de ceux de l'ancien régime qui voyaient dans tous les Noirs des terroristes ou des feignants. Ce n'est peut-être qu'une question de temps avant que mes semblables, et les tiens, vu la nature de ton travail, soient qualifiés d'ennemis de l'État. Nous sommes les nouvelles cellules dormantes, ceux qui complotent dans l'ombre. Aujourd'hui, émettre une opinion divergente revient à commettre une trahison. Même l'ancien gouvernement d'apartheid n'aurait pas osé aller jusque-là.

— Et maintenant voilà que tu parles comme une raciste et une réactionnaire.

— Sincèrement je ne pense être ni l'une ni l'autre. C'est moi qui suis celle – disons une de ceux, une des dernières personnes – qui garde foi en la lutte. Pas les hommes et les femmes qui utilisent aujourd'hui leurs anciens faits d'armes comme des écrans de fumée, qui tirent les ficelles pour faire disparaître leurs PV, voire pis, comme par magie. Ta sœur aurait eu son mot à dire. Elle aurait été cinglante. Elle aurait parlé comme je le fais, mais avec plus d'audace. Nous pourrions même un jour nous réclamer d'elle, évoquer son héritage en guise de bonne foi. J'aurais aimé que Laura nous fasse plus confiance, et que nous lui ayons donné de meilleures raisons de le faire. » Mark respira bruyamment et bougea sur la chaise blanche en fer forgé, l'air mal à l'aise, comme s'il lui était trop pénible d'entendre parler de sa sœur. Il était possible, pensa Clare, qu'il sache des choses à propos de Laura qu'il n'avait jamais partagées.

«Tu parles de Laura comme d'une sorte de héros – ou d'héroïne. Je ne suis pas du tout sûr que ce soit le cas, dit Mark. Enfant, c'était une terreur. Et guère mieux en grandissant.

— Les médias ont déprécié et perverti le concept d'héroïsme. Aujourd'hui, on accorde presque toujours aux sportifs célèbres, hommes et femmes, le statut de héros. Laura n'appartient pas à cette catégorie. Ce qu'elle a fait, que je suppose qu'elle a fait, était à la fois trop grand et désintéressé, tout autant que trop déshonorant et horrible, pour être qualifié d'héroïque. Le terme manque de cette ambiguïté nécessaire pour décrire les activités de ta sœur – pour qualifier ce qu'elle a fait et ce que j'imagine qu'elle puisse avoir fait. Elle était plus qu'une simple humaine, mais moins qu'une déesse. Contrairement aux héros de l'Antiquité, je ne crois pas que Laura ait été favorisée par les dieux, ni même par un dieu en particulier – certainement pas celui des chrétiens, en qui, à côté de tout le reste, elle ne croyait pas beaucoup. Penses-tu que mon analyse soit juste ?

— Avant même ses dix ans, elle me terrifiait déjà. Je suppose qu'elle était pour moi une sorte d'héroïne, quand j'étais enfant, bien que d'un genre atypique. Je ne veux pas parler de ce qu'elle a fait ou pourrait avoir fait à l'âge adulte. Pour être franc, je me suis toujours tenu éloigné des détails pour préserver l'image que j'avais d'elle.

— Et cette image est ?

— Celle d'une personne d'une indépendance totale. Comme toi.»

Clare chercha un sourire, mais Mark était aussi solennel que s'il était en train de se préparer à plaider. S'il y avait là de l'humour ou de l'empathie, une autre partie de lui l'empêchait de faire remonter à la surface la cage qui les contenait. Elle aurait aimé qu'il ne soit pas si inhumain.

«Nul ne sait mieux vous flatter que votre enfant! L'indépendance totale, du moins pour moi, ça remonte à loin – à commencer par supposer que j'en aie jamais fait preuve. C'est à ton père que j'ai cédé d'abord le contrôle de l'intendance nécessaire à mon fonctionnement quotidien. Ton père embauchait et renvoyait le personnel, tenait les comptes du ménage, trouvait une cuisinière pour s'assurer que nous ne mourrions pas de faim et une bonne pour s'occuper de toi et ta sœur quand je refusais de le faire parce que j'étais trop accaparée par mon travail. Ton père jouait tous les rôles domestiques que la société, la culture, la religion et l'État avaient depuis des siècles attribués à l'épouse. Mais cela n'est pas la raison de notre séparation. À ce propos, je veux qu'il n'y ait aucun malentendu. Ton père a connu beaucoup d'autres femmes, et je ne serais pas surprise qu'il ait eu d'autres enfants que toi et Laura. N'aie pas l'air si choqué. Ce que je lui souhaite aujourd'hui, c'est qu'il soit heureux avec sa nouvelle Mrs Wald.

— Aisyah.

— C'est le nom qu'on m'a dit.

— Je mentirais en prétendant que ma relation avec elle est totalement fluide. Elle se comporte comme si elle s'attendait que les Blancs la traitent comme une bonne, et voilà qu'elle agit elle-même de cette manière : trop de lait et *quatre* sucres dans son café. Elle ne m'aime pas du tout, je crois, et elle ne supporte pas Coleen ni les enfants. Elle est gaga jour et nuit devant papa – moitié bonne, moitié concubine. C'est tout à fait répugnant.

— Maintenant c'est toi qui parles comme un réactionnaire. Si tes collègues t'entendaient...

— Tu t'es déjà débrouillée pour me faire trop parler. Et je n'aime pas être tiraillé entre vous deux. Papa le fait aussi.

— Je suis surprise qu'il te demande de mes nouvelles.

— Il veut savoir si tu vas bien, c'est tout. Après le vol, il était très inquiet, mais il ne savait pas quoi faire pour t'aider.

— Il a toujours su quoi faire. Il a fini par développer un tel niveau de sensibilité à mon égard qu'il était capable d'anticiper ce qu'il fallait faire avant même que j'aie demandé quoi que ce soit. Il était vraiment intuitif pour ça – Marie a le même talent. Avec les autres – les hommes que j'ai connus avant d'épouser ton père, des hommes qui dépendaient de moi et m'étonnaient par leur suprême indifférence –, l'indépendance était mon sésame, mon passeport pour la liberté. Si j'étais capable de me débrouiller par moi-même, alors j'étais libre d'échapper aux situations potentiellement intenables. Avoir assez d'argent pour manger et un endroit chaud et sec pour passer la nuit, qu'il s'agisse ou non de dormir, me suffisait amplement à cette époque. Ce genre d'attitude n'est possible que lorsqu'on est jeune et sans attaches, dégagé de toute inquiétude ou responsabilité légale, exempt de ce lent amoncellement de choses qui fabriquent du sens et sont dotées de sentiments connus de leur seul propriétaire, de choses qui définissent ce qu'on a le droit de faire, où on a le droit d'aller, ce qu'on a le droit de risquer. Je n'ai jamais été très forte pour les objets ou les babioles. À mesure que grandissait leur accumulation, c'est ma bibliothèque qui a primé, et les quelques possessions qui me viennent de mes parents et de mes grands-parents que j'ai choisi de conserver. »

Clare remarqua que Mark regardait sa montre sous la table, pensant certainement qu'elle ne s'en apercevrait pas. Au même instant, Adam sortit du garage avec une débroussailleuse. Clare sentait la pression de la montagne contre son dos, le soleil brûlait son visage en profondeur.

« On lui dit de ne pas tondre et il trouve un autre moyen de faire du bruit. Mais je suppose qu'il ne faut rien reprocher aux travailleurs, dit Clare, tournant le dos à son fils qui continuait à respirer bruyamment, trop fier pour s'excuser. Nous n'avons plus le temps. Tu as tes rendez-vous. »

*

« Tu es de retour plus tôt que prévu », remarqua Clare tandis que Mark ouvrait la porte, ce soir-là. Dans la journée, elle s'était amusée à envisager pendant un moment de changer le code de l'alarme et les serrures, avant de prendre conscience que cela paraîtrait insensé pour tout le monde sauf pour elle. C'était une chose d'aimer ses enfants, c'en était une tout autre de leur céder l'accès inconditionnel à sa vie, comme elle l'avait fait étourdiment. En vérité, elle ne se rappelait pas avoir donné une clé à Mark – ni une clé ni le code de l'alarme. Si seulement elle pouvait réparer cette brèche sans l'offenser. Mais elle savait qu'il était prompt à se vexer, à voir une humiliation là où il n'y en avait pas. Ce qu'il pouvait hurler, enfant, menaçant ses amis, ses professeurs, même ses parents et grands-parents de les attaquer en justice – tellement semblable en cela à sa tante Nora, pensa Clare pour la première fois. « Je ne t'attendais pas avant au moins une heure, dit-elle, se penchant pour recevoir un baiser, qu'il lui donna avec une rapidité consciencieuse, comme s'il trouvait ce contact presque repoussant. Donc le dîner n'est pas du tout prêt. J'imagine que tu dois avoir faim. Et que tu t'attends à être nourri toute la semaine. Tu restes toute la semaine ? Tu as vraiment faim ?

— Oui, mère, mais pourquoi tu ne me laisses pas faire ? Je suis un cuisinier tout à fait compétent, dit-il, et il embrassa son autre joue.

— À part allumer le four et y mettre le plat décongelé, il n'y a rien à cuisiner. Tu pourrais faire une salade. Est-ce que tu manges de la salade ? » Elle jeta un coup d'œil à son tour de taille, inquiète pour son cœur ainsi qu'elle l'était depuis son enfance. Il ne lui parlait plus de sa santé, bien qu'il ait subi des opérations ces dernières années et qu'elle le sût. « Qu'est-ce que tu as fait aujourd'hui ?

— Comme je te l'ai dit, j'ai rencontré quelques clients. Dans la cuisine, il la regarda sortir du réfrigérateur une

302

tête de laitue iceberg, un avocat et deux tomates. Cet avocat n'est pas mûr, mère. Il faut le mettre avec des bananes dans un sac en papier. »

Clare regarda les mains dodues de son fils et sa mâchoire dont le contour avait commencé à se relâcher ces derniers temps. Elle remit l'avocat dans le réfrigérateur.

Par respect pour la foi inébranlable de Mark en la confidentialité, elle avait appris à ne pas poser de questions indiscrètes sur son travail. La plupart de ses affaires concernaient le droit à la vie privée tel qu'il était inscrit dans la nouvelle constitution du pays. Parfois certaines affaires l'avaient suprise, comme celle où la plaignante soutenait que son travail de prostituée était protégé par le droit à la vie privée. Mark avait perdu, mais il avait plaidé avec passion pour un jeune homme qui avait contracté le VIH durant sa brève incarcération et était mort d'une maladie liée au sida faute de soins appropriés peu après sa libération.

Clare avait assisté à une session de la Cour constitutionnelle – sa première visite dans ce lieu encore récent –, émue et sidérée à la fois par l'espace et l'institution qu'il abritait. À ses yeux, le bâtiment n'avait rien d'une réussite architecturale, bien qu'il ait été applaudi quasi unanimement. Il donnait une sensation d'ouverture, de transparence et de conscience de l'histoire du pays au détriment de la gravité monumentale, qui lui faisait entièrement défaut. Bien qu'il fût évident que les urbanistes et les architectes eussent conçu la place centrale comme un endroit de vie civique décontractée, de pique-niques, de réunions et de festivités impromptues, elle rappelait au contraire ce qu'elle était en réalité, une cour de prison reconvertie, avec les ruines de deux escaliers ayant appartenu au bâtiment démoli où les prisonniers attendaient jadis d'être jugés. Elle ne pouvait s'empêcher de penser à la grandeur monumentale des bâtiments de l'Union à Pretoria où les classes moyennes noires jouaient maintenant le week-end, les adolescents s'exerçant à des figures de danse, les adultes posant pour leurs photos de mariage, se déployant dans un espace de pelouses vertes, d'arbres sculptés et de perspectives classiques. Il était possible d'être à la fois monumental et accueillant, d'imposer le respect sans intimider ou aliéner les habitants. En cela le bâtiment de la Cour constitutionnelle était fondamentalement un échec. La noblesse des idées avait pris le pas sur le sens pratique et esthétique.

Pour Clare, la salle dégageait une impression significative de chaos, de bric-à-brac. Le sol était dallé de carreaux bruns et un tapis blanc orné d'un motif organique gris et violet totalement incongru recouvrait la partie basse du lieu. Les murs étaient soit en briques rouges récupérées dans l'ancien bâtiment démoli des prévenus, soit en plâtre blanc, avec des colonnes en béton gris. Les avocats s'asseyaient devant des bureaux en bois qui auraient pu provenir d'une bibliothèque de prêt tandis que les juges siégeaient, au-dessus du niveau des avocats, mais sous celui de la galerie du public, derrière une table dont la partie frontale était recouverte de peaux de vaches noir et blanc – une jolie touche africaine, pensa Clare, et la seule marque d'originalité et d'intégrité artistique au milieu de tout ce fatras. L'endroit était à la fois contemporain et traditionnel et contenait cependant trop de verre et d'acier, trop d'angles concurrents, de balcons inutiles et de surfaces cacophoniques pour parvenir à former un tout. Ce que Clare avait aimé, ce qui l'avait à la fois impressionnée et troublée par son audace, c'est que le public, les spectateurs, soient physiquement au-dessus des juges. Cette disposition était un peu trop démagogique pour la satisfaire pleinement, mais que les juges soient les serviteurs du peuple était, en théorie, une bonne chose. Que les hommes de loi eux-mêmes, les avocats qui apparaissaient devant la Cour, occupent la position la plus basse ajoutait une touche encore plus subtile d'ironie. À travers les longues fenêtres horizontales qui se dressaient obliquement derrière les juges, la vie de la rue – circulation piétonne et automobile –

restait visible. Les sirènes étaient audibles. Tout était perméable et transparent. La plus haute autorité sur la loi du pays n'était ni une chambre étoilée, ni un lieu de secret ou de privilège, mais un espace ouvert à tous. Pourtant, ce qui préoccupait Clare par-dessus tout, c'est que dans ses efforts pour être accessible et transparente, cette Cour constitutionnelle, la plus haute instance de ce nouveau pays fragile, pouvait aisément être ignorée – voire, pis, attaquée.

Contrairement à certains de ses pairs, hommes de la vieille école qui continuaient à combattre l'illogisme de l'apartheid, la logique du privilège illogique, Mark semblait avoir une compréhension instinctive du ton de la Cour, du formalisme décontracté de son discours, de ses interrogations critiques, de ses frustrations titanesques et de la bonne humeur taquine de ses juges. Il maîtrisait l'espace et jouait son rôle avec conviction, même si les juges ne tranchaient pas en faveur de ses clients. C'était une cause noble à servir, le droit à la vie privée, mais Clare se demandait si son avocat de fils n'allait pas un peu trop loin, si un intellect, habile, toujours capable de concevoir une interprétation plus flexible de la loi, ne risquait pas aussi de la pervertir. Il y avait des limites à la vie privée, et il y en avait toujours eu et il en faudrait toujours. Un État où il n'y aurait pas de limites à la vie privée serait inévitablement un État de chaos – un État qui ne pourrait pas demeurer longtemps un État.

Mais cela, tout comme sa santé et bien d'autres sujets, Clare et Mark n'en parlaient pas. Quand elle lui posait une question sur son travail, il se réfugiait dans le silence ou se tenait sur la défensive. Elle espérait au moins qu'il parle de droit avec son père, son modèle en tant de choses. Pour le bien de l'un comme de l'autre, elle espérait qu'ils parviennent à apprécier ce type de complicité, bien que, les années passant, elle pensât qu'il n'en était pas ainsi, que le meilleur et le plus proche interlocuteur de Mark était son propre esprit. Et en cela, peut-être, il ressemblait davantage à sa mère.

Clare

À mesure que le jour progresse et que je tâche d'ignorer l'aspirateur que Nosophi passe avec enthousiasme, la tondeuse et le taille-haie d'Adam, le clip-clop des allées et venues de Marie de son bureau au mien, je suis prise d'une migraine. Elle commence à la base du crâne et poursuit son chemin grinçant le long du coté droit de ma tête telles des plaques tectoniques glissant les unes contre les autres en un arc de cercle qui va de mon front à mon os occipital. Puis viennent la nausée et les distorsions visuelles, cette forme de reins jumeaux que je vois toujours et qui pixélise le monde à l'intérieur de ses frontières. La première fois que c'est arrivé, j'ai pensé que je devenais aveugle. J'ai appris que la seule façon de faire cesser la migraine était de fermer les yeux en espérant qu'elle disparaisse d'ici une heure ou deux. Alors je me remets au lit, mais le mal de tête est implacable, et la douleur s'étend, courant le long de ma clavicule, propageant des ondes démoniaques jusqu'à l'arête de mes omoplates. Après une heure passée à me tourner d'abord à droite puis à gauche, à m'allonger sur le ventre puis le dos, oreillers sur et sous la tête, je finis par m'endormir et faire le plus troublant des rêves récurrents, de ceux qui prennent diverses formes en utilisant toujours le même scénario.

Dernièrement, ainsi commence généralement l'histoire, je me suis engagée à m'occuper des chiens d'un jeune couple qui habite près de la maison de mon enfance. Dans la plupart des versions de ce rêve, l'après-midi où les propriétaires doivent revenir de vacances, je m'aperçois à la dernière minute que depuis plusieurs jours j'ai négligé les animaux, les laissant sans nourriture et sans accès au jardin. Des visions de chiens fous, les pattes pleines de leurs crottes, la maison rendue inhabitable par le désordre, me submergent. Imaginant le pire, que l'un des deux, ou les deux animaux puissent être morts, je me précipite vers la maison, et j'arrive exactement en même temps que le couple. Il n'y a pas d'espoir de redresser la situation avant qu'ils la découvrent. Mais, dans une variante du rêve que je fais aujourd'hui, je me rappelle avoir négligé les chiens seulement après le retour du couple, aggravant encore ma responsabilité. Je prends conscience que le couple ne m'a pas téléphoné pour venir reprendre le double de leurs clés, mais, submergée par la honte, je ne peux pas me résoudre à les contacter. La menace d'une sanction légale se tapit à la lisière du contenu du rêve : je serai jugée et par conséquent officiellement considérée comme ayant maltraité et négligé des animaux, comme une personne irresponsable au point qu'on ne peut lui faire confiance pour s'occuper d'elle-même et je devrais donc être enfermée là où je ne pourrai plus faire de mal à personne.

Chaque fois que j'ai fait ce rêve particulier, il met en scène le même couple. Ils ont deux chiens, ou un chien, ou un chat et un chien. Je ne fais jamais ce que j'ai promis, ce qui a pour résultat non seulement une terrible gêne, mais aussi la mort possible de ces autres vies totalement innocentes, les animaux de compagnie qui ont compté sur moi pour leurs besoins les plus élémentaires. Ce qui, au réveil, me trouble toujours plus que tout, c'est que je n'arrive pas à comprendre comment j'aurais déçu ce couple particulier. Ils n'avaient pas d'animaux, mais quand j'étais adolescente pendant les vacances scolaires, on me payait parfois pour surveiller leur petite fille. Je sais que je me suis toujours bien occupée d'elle, lui lisant des histoires jusqu'à l'heure du coucher, la bordant, la consolant quand elle pleurait après sa mère (toujours sa mère et jamais son père), attendant que les parents reviennent de leur dîner avant que Rodney, le mari, qui ressemblait à un Cary Grant plus dissolu, me raccompagne à pied. Il pressait toujours l'argent dans mes mains quand nous arrivions devant mon portail, les paumes moites et les billets flasques de transpiration. À l'époque je n'aurais rien eu contre le fait que Rodney m'attire de côté, contre un arbre, pour m'embrasser. Bien que rien de la sorte ne soit jamais arrivé, ce sentiment passe comme un fil de bâti dans le tissu des rêves, invisible mais maintenant fermement la doublure qui tient tout le reste en place, les coutures cachées, la construction masquée, sous un chatoiement de satin subconscient. En me remémorant mon désir pour Rodney, je soupçonne que s'il m'avait vraiment embrassée, poussant mon corps contre l'écorce du laurier du Cap, insinuant sa langue dans ma bouche, j'aurais été horrifiée.

Je m'aperçois, trop tard, que cette série de rêves n'a rien à voir avec Rodney ou sa femme ou leur fille, dont je me suis si bien occupée, et à propos de qui je n'ai aucune raison d'avoir mauvaise conscience. Ces rêves ont tout à voir avec toi, Laura, petit animal sauvage que j'ai négligé, que je n'ai pas nourri ni abreuvé, dont je n'ai pas tenu compte autant qu'il était nécessaire. Je n'aurais pas dû attendre que tu m'appelles à l'aide. J'aurais dû savoir ce dont tu avais besoin, j'aurais dû anticiper tes demandes, et prévoir ce que tu te sentirais obligée de faire. J'aurais dû savoir que tu ne pouvais être ni domestiquée ni brisée. Si j'avais essayé de t'arrêter, m'aurais-tu laissé faire?

« Non, dis-tu, entrant dans mon lit cette nuit, fondant sur moi, enserrant tes membres autour des miens. Tu n'aurais pas pu m'arrêter.

— Mais si j'avais été différente, si j'avais su comment l'être, si j'avais pu donner des deux mains au lieu de toujours, *toujours* retenir quelque chose, alors sûrement tu m'aurais laissée t'aider !

— On ne peut pas réécrire le passé, vieille femme. Tu dois accepter ce que tu es.

— Ce que je suis ? dis-je en implorant tandis que tu te lèves et t'éloignes. Dis-moi ce que je suis !

— Un monstre, réponds-tu, la voix défaite, emplie de tristesse. Un monstre comme moi. »

*

Puisque je ne sais pas quoi faire d'autre, je retourne à ce que je lisais l'autre jour. Je m'aperçois, pour la première fois, que tes dix carnets de notes ne sont rien de plus que des cahiers d'écolier – du même genre que ceux que j'ai utilisés pour composer la première demi-douzaine de mes romans, convaincue que si les autorités perquisitionnaient un jour dans notre ancienne maison de Canigou Avenue, la police penserait qu'il s'agissait de devoirs d'enfants qui ne constituaient aucune menace. Je rendais mon écriture enfantine, même négligée par endroits. Mais ton écriture, Laura, est toujours précise et, bien qu'inhabituelle, indubitablement adulte. À la voir on dirait que c'est celle d'un écrivain, contrairement à la mienne.

Après ta première rencontre avec Ilse au journal, tu l'as revue quelques jours plus tard et, tâchant d'avoir l'air d'être frappée par quelque inspiration spontanée, tu l'as invitée à déjeuner avec toi. Elle a suggéré une petite auberge sur Church Street.

Si tu savais qu'elle avait eu une relation avec ton père, tu n'en as rien dit, essayant plutôt de jouer l'ingénue à la recherche des conseils et de l'amitié d'une femme plus expérimentée – un rôle que je n'ai jamais rempli pour toi. Que tu m'aies un jour demandé mon avis, je ne m'en souviens pas. Tu te tournais vers les hommes de la famille, vers ton frère et ton père, et même tes oncles, mais les femmes tu les ignorais – comme si tu soupçonnais que seuls les hommes avaient accès à la vérité, que les femmes n'étaient, dans cette société, pas plus que des ornements, des obstacles sur le chemin que tu voulais suivre.

Ilse a passé le déjeuner à vitupérer contre les nouvelles lois répressives imposées au pays et à appeler de ses vœux le retour d'exil de figures de l'opposition qui viendraient nous libérer d'un coup de baguette magique. Craignant que quelqu'un n'écoute, tu regardais autour de toi, surveillant les réactions, les allées et venues tandis qu'Ilse parlait, son petit corps générant tant de colère qu'être assise en face d'elle revenait à subir une agression.

«C'est un endroit plutôt sûr, dit-elle, remarquant ton malaise, et le propriétaire est une sorte de compagnon de route.

— De toute façon, il faut être prudents.

— Les gens prudents ne font pas bouger les choses. Avant que des gens comme nous – comme nos parents, nos cousins – ne commencent à se sentir directement menacés, rien ne changera.» Elle soupira puis se prit la tête entre les mains, toujours dramatique. C'était le genre de passion explosive que ton père trouvait irrésistible, une qualité que je n'ai jamais pu lui offrir. «Il faut m'excuser, dit-elle, levant les yeux sur toi à travers sa frange noire, tu n'es pas forcément d'accord avec mes opinions. Mais je connais les sympathies de Bill, donc j'imagine que tu...

— Non..., l'as-tu rassurée, prenant sa main sur la table, la secouant comme pour conclure un contrat, ... tu as parfaitement raison. Je suis entièrement d'accord avec toi.»

Elle sourit, prenant ta main dans les siennes. «Je le savais. Je suis contente. Il faut que tu rencontres Peter. Nous cherchions quelqu'un comme toi.»

Tu as été flattée par cette ouverture, mais tu sentais que tu ne pouvais pas lui faire confiance. Peut-être avais-tu raison : elle avait été la maîtresse de ton père, s'était jetée dans ses bras alors que tu n'étais encore qu'une enfant, sachant qu'il avait une famille. Elle était venue à la maison, avait fait la connaissance de la femme et des enfants de son professeur, et elle ne l'en avait pas moins séduit, consciente du mal qu'elle pourrait faire.

« J'en serais ravie », as-tu répondu, flirtant presque avec elle. Tu as décidé ce jour-là d'accepter son invitation, de t'infiltrer dans sa vie, trouvant le moyen, en matière de transgression, de lui rendre la pareille.

*

J'ai dit aujourd'hui à Adam de venir plus tard pour pouvoir jouir seule de ma baignade, regarder d'un côté du sentier de gravier blanc qui sépare les parterres les plus conventionnels la lumière du petit matin pénétrer les bourgeons noirs en forme de larmes de l'agapanthe, et de l'autre côté attraper la rosée déposée sur les lys-boule de feu. Je prends conscience avec horreur que les précédents propriétaires ont conçu cette plantation pour évoquer le drapeau de l'Afrique du Sud, rayures bleu, blanc et orange. Je note de demander à Adam d'enlever les lis. De toute manière, je n'ai jamais aimé ces couleurs trop vives.

À l'arrivée d'Adam je rentre et je passe la matinée à relire la transcription de l'un de mes entretiens avec Sam, qui m'écrit maintenant comme si j'étais quelque chose comme une maîtresse, ou si ce n'est une maîtresse, la mère qu'il aurait voulu avoir. Même si j'en éprouve du remords, je suis incapable de me forcer à lui donner plus que je n'ai déjà fait.

Après le déjeuner, je retourne à tes mots, Laura, sentant à chaque page qu'au lieu de te rapprocher de moi, de me mener à la vérité de ton destin, tes carnets ne font que t'éloigner de l'idée que je me suis faite de toi. À chaque ligne, je te connais de moins en moins, au point où je commence à croire que tu n'es pas toi-même, pas dans ce carnet, pas comme dans le dernier volume, celui où, même quand tu déçois mes attentes, je peux déceler de l'humanité dans tes choix ou, du moins, une rationalisation de ces choix, une manière d'y voir encore de l'humanité.

Mais dans *ce* carnet, dans ces pages, tu n'es que froides intentions, une jeune femme totalement déterminée, ne faisant que ce que tu désires faire, que ce que tu as décidé ou a été chargée de faire. Ce que je n'arrive pas à discerner, c'est la nature précise de ce désir.

Sur leur suggestion, tu as rencontré Ilse et Peter dans une taverne de l'Observatoire – ce qui signifiait qu'après avoir quitté ton bureau, en rentrant chez toi vendredi soir, tu n'as eu qu'à te garer et faire moins d'une minute de marche pour les retrouver plus haut dans la rue, déjà attablés dans un coin discret, à l'écart du flux de la circulation, là où vous pourriez parler sans crainte d'être entendus.

Vu l'exubérance d'Ilse et ses déclarations imprudentes au déjeuner, ce fut une surprise de trouver Peter si contrôlé, si classique dans sa façon d'être et de s'habiller – le genre de doctorant aux alentours de la trentaine qui aurait passé toute sa scolarité à Bishops ou à SACS et serait directement allé à l'université du Cap, avant, disons, de décrocher une bourse Rhodes pour étudier la politique à Oxford. Autrement dit, en surface, il était la copie conforme de ton frère ou de l'un de ses amis. En réalité, il n'était pas du tout tel qu'il apparaissait. Il n'avait jamais vécu hors du pays et, des années après avoir passé sa licence et survécu au service national, ce n'était qu'aujourd'hui qu'il commençait sa maîtrise sous la supervision de ton père. Tu t'es demandé à quel point Peter était au courant à propos d'Ilse et «Bill» ainsi qu'elle persistait à l'appeler. (Pour moi il n'a jamais été «Bill», pas une fois dans notre vie commune, et cette révélation dans tes carnets me blesse plus que je ne m'y attendais.) Je parcours la ligne en titubant quand je tombe dessus : *Je sais pour Ilse et papa. Et maman*? Comment as-tu fait pour ne pas me confier ce que tu savais ?

Malgré toi, tu les aimais tous les deux, découvrant qu'ils étaient de commerce facile, plus que tes autres collègues ne le seraient peut-être jamais – pour la plupart des hommes plus âgés, endurcis et gros buveurs, dont certains risquaient leur vie à couvrir des histoires que le gouvernement ne voulait pas qu'on raconte –, du moins avec toi, une jeune femme qui n'avait pas le droit d'être aussi belle tout en demeurant aussi inaccessible.

Ce soir-là, au début, il n'a pas été question de politique. Vous avez échangé l'histoire de vos vies. Ilse avait survécu à une enfance cloîtrée dans Graaf-Reinet avec un père médecin qui s'était tiré une balle dans la tête un dimanche après la messe.

«Et ta mère?» avais-tu demandé, curieuse d'en savoir autant que possible à leur sujet – et en particulier sur la femme qui avait tellement attiré ton père.

«Peu de temps après la mort de mon père, elle s'est soûlée et a été victime d'un accident de voiture mortel – tombée d'une falaise dans la vallée de la Désolation.» Tu t'es représenté le haut monticule de roches et de terre, l'affleurement des cimes et les chutes abruptes vers le sol inflexible du Karoo.

Après l'accident de sa mère, Ilse est allée au Cap où elle et Peter se sont rencontrés pendant leurs études. Ils se sont mariés juste après avoir quitté l'université, au grand dam des parents de Peter, un banquier et une femme au foyer qui étaient morts l'année passée – lui d'un cancer, elle d'une crise cardiaque.

«Alors vous êtes orphelins, maintenant, as-tu dit, orphelins adultes.» Ils t'ont regardée comme si jusque-là cette idée ne leur était jamais venue à l'esprit et pouvait changer la manière dont ils se positionnaient eux-mêmes dans le monde, à la fois en tant qu'individus et en tant que couple. Et toi, bien que plus jeune qu'eux de plus d'une décennie, sans enfants, telle que tu le resterais toujours, orbe vers la tombe, tu t'es présentée comme la mère qu'ils cherchaient tous les deux.

Mais il était clair que ce sujet dérangeait Ilse. Elle ne voulait parler ni de parents ni d'enfants, et moins que tout du deuil.

« Tu ne détestes pas le *Record* ? demanda-t-elle, comme Peter retournait chercher des bières. Ils n'imprimeraient jamais un article sur un chat perdu s'ils pensaient que ça risquait de leur attirer des ennuis. Et quand ils couvrent les townships, c'est-à-dire quasiment jamais, ils agissent comme s'ils étaient au cœur le plus noir du Congo.

— Pourquoi est-ce que tu travailles pour eux ?

— Les journaux alternatifs ne payent pas aussi bien. J'ai un enfant, Peter est retourné à l'université, que veux-tu que je fasse ? Nous sommes obligés de faire des compromis. Ça ne sera pas toujours comme ça. Les choses changeront. Nous allons les faire changer, n'est-ce pas ? » Elle t'a fixée avec attention, sans ciller, son regard à moitié obscurci par les longs cheveux noirs qui tombaient de part et d'autre de son visage.

À mesure que la soirée avançait et qu'Ilse continuait d'enrager là dans son coin, Peter la consolant de temps à autre, calmant son ardeur, tu sentais le ressentiment te chatouiller la poitrine, sensation complexe. Qui était cette femme pour prêcher de cette manière, pour dire et faire ce qu'elle voulait sans avoir à en affronter les conséquences ?

*

Je te mets de côté, Laura, pour aussi longtemps que tu demeureras silencieuse, et réponds à Sam, le provoquant, l'engageant à poursuivre à l'aide de cajoleries, espérant lui montrer la voie, le forcer à faire ce premier pas que je suis bien trop lâche pour faire moi-même.

Cher Sam,

Merci pour votre message. Ne vous inquiétez pas, le fait de vous avoir choqué ne me blesse pas, bien que je soupçonne votre ami français de vous avoir également conseillé de ne pas inciter le destinataire de votre correspondance à réagir d'une manière particulière aux mots que vous utilisez. On réagit à ce que les mots disent, et parfois – trop souvent – l'intention demeure opaque. En l'occurrence les mots que j'ai écrits semblent plus épineux que je l'aurais souhaité. Si vous étiez ici, vous verriez mon sourire et comme je m'amuse, mais mon cerveau manque de l'énergie nécessaire pour mettre en mots cet amusement, si vous voyez ce que je veux dire. C'est ainsi que nous lisons, interprétant l'intention de l'autre selon ce que dit le texte (le texte que l'autre a écrit). À la fin il ne peut y avoir que *cela*, les mots sur la page, ou dans ce cas sur l'écran. Alors permettez-moi de vous rassurer : je ne suis jamais blessée par le fait que quiconque soit choqué par ce que je peux avoir fait ou dit, moins que tout par ce que je peux avoir écrit. Cela a souvent été mon intention – mon espoir le plus cher – de choquer d'une manière ou d'une autre. (Voilà une révélation pour votre livre.) Je crains d'y être rarement parvenue, donc votre choc est une sorte de cadeau pour la vieille femme que je suis, et il me tiendra chaud la nuit, bien que je n'en ai pas besoin en ce moment puisqu'il fait une chaleur vraiment terrible – 33 °C aujourd'hui et un vent du sud-est qui rend cela beaucoup plus désagréable. On dit qu'on a repéré des requins dans False Bay, des requins grands comme des hélicoptères ou des dinosaures. On ne sait que croire. Marie refuse de s'approcher à plus de vingt mètres du rivage tant elle est convaincue qu'inévitablement les requins commenceront à sortir de l'eau pour venir chercher leurs proies sur terre. Quant à moi, cela fait longtemps que je n'ai pas nagé dans une autre eau que celle de ma piscine et je n'ai aucune intention de changer cette habitude. La voilà encore – l'intention, ce vieil épouvantail.

Je vous prie de ne plus vous excuser pour les questions que vous me posez. (Je dirais qu'enjoindre quelqu'un par écrit n'est pas la même chose qu'induire, par ses mots, un certain type de réaction. Et sachez que là, je suis en train de sourire de nouveau, ironiquement.) Je sais que je suis une cliente difficile pour un interviewer. Ma réputation n'est pas fausse. Je soupçonne que votre séjour en Amérique vous a rendu plus direct, bien que vous possédiez encore un peu de votre africanité du Sud. En tout cas, c'est cette franchise qui m'a parfois surprise. Avec les Anglais et même avec les érudits locaux, il y a plus de circonlocutions – questions en forme de paragraphes ou de mini essais, questions qui intimident beaucoup celui qui est questionné. Je me dis toujours que si l'interviewer a tant à dire à l'interviewé, alors à quoi puis-je bien servir? Sachez que j'apprécie votre retenue (en général) sur ce point. Je ne sais pas si c'était conscient de votre part, mais cela n'importe pas vraiment.

Les critiques, oui, je les lis. J'attendrai la vôtre avec impatience et j'espère que vous serez sincère en ce qui concerne les endroits où j'aurai manqué ma cible. Soyez-en sûr, je sais qu'il y a des manques dans ce livre, des choses que j'aurais voulu mettre, mais que je n'ai pas pu dire par égard pour certaines personnes, des choses que je dis mal, moins directement que j'aurais aimé le faire. Tout cela pour la protection – protection de moi-même, protection de ma famille. (Je peux être directe, ici, en privé. *Ma* au lieu de *une*.) C'est pourquoi ce livre, comme vous le découvrirez, est si distancié et distanciant. Y a-t-il une manière plus prudente d'écrire sur soi qu'à travers cette distance déformante?

Un jeune homme plein d'allant à l'université de Stellenbosch qui écrit un tas d'âneries agréables et parfaitement bien intentionnées (la voici de nouveau) mais tout à fait démentes à propos de mes livres, m'a demandé de faire une lecture au festival littéraire des Winelands. Vous devinerez sans doute de qui je veux parler. J'ai momentanément fait tomber son nom dans ma poubelle mentale et je ne veux pas prendre la peine de l'en ressortir. Je me demande si cela vous tenterait de venir?

Bien à vous,

Clare

P.-S. Je suppose que vous «fêtez» les fêtes. Pas moi. Mais je ne vous en souhaite pas moins de «bonnes fêtes». J'avais l'habitude de m'échapper des réjouissances de fin d'année pour faire de longues promenades, à l'époque où l'on pouvait encore marcher en étant (je me rappelle votre expression) «relativement peu brutalisé» dans cette ville. Dans la montagne au-dessus de Rhodes Memorial, les arbres et l'architecture de l'université vous feraient presque prendre l'endroit pour le mont Palatin. De telles promenades ne sont plus possibles, ni pour moi ni pour la plupart des gens, en réalité. Même les groupes de randonneurs accompagnés d'une meute de chiens ne sont plus en sûreté. Si vous venez à Stellenbosch en mai, peut-être pourrions-nous trouver un moment pour nous promener. Cela me ferait plaisir.

La vie depuis la mort de ses parents lui avait laissé l'impression d'une série de coins : un coin de la petite maison de sa tante; un coin d'une salle ou d'une succession de salles, à l'école et ensuite à l'université; un coin d'une cabine d'avion; un coin de sa résidence universitaire à moitié habitée par d'autres créatures avec des couches de poussière qui réapparaissaient une journée après avoir été lavée. Sarah offrait plus qu'un coin. Elle était l'espace, la lumière, l'insouciance, et sa confiance en elle, tout à la fois mouvements et grâce, était si naturelle et inconsciente qu'il ne pouvait qu'en être émerveillé.

Il ne savait pas ce que cela pouvait signifier de commencer une relation avec une Américaine, d'unir sa destinée à un autre pays. Il comprenait qu'il était en train d'aller trop vite; il savait aussi qu'il n'avait presque personne d'autre au monde – juste une tante dans un patelin au milieu de nulle part, quelqu'un qui, au départ, n'avait pas voulu de lui. Il n'avait pas de relations, pas d'argent, pas de privilèges autres que ceux qu'il pourrait acquérir par lui-même.

Parle-moi de ton enfance exotique, dit Sarah, traçant une ellipse sur la joue de Sam sur une cicatrice dont il ne pouvait se rappeler l'origine parce qu'elle avait été faite quand il était encore bébé. Une partie de lui gardait un souvenir de sa mère lui disant qu'un chat était monté dans son berceau, tandis qu'un autre écho lui disait qu'on l'avait pris dans les bras et taillé avec un tesson de bouteille quand ses parents l'avaient emmené là où ils n'auraient pas dû. Quoi qu'il en soit la cicatrice était là et ne s'en irait pas. Elle avait fait partie de lui depuis aussi long-temps qu'il se souvenait d'être lui-même. Imaginer son visage sans la cicatrice à la joue gauche, c'était imaginer le visage de quelqu'un d'autre, une autre personne avec une identité différente, quelqu'un qu'il avait peut-être été mais ne pourrait plus jamais être aujourd'hui. Elle lui rappelait la cicatrice sur le visage de son père, un visage si dissemblable au sien que parfois on aurait dit que les cicatrices étaient leur seul point commun.

Sarah continua à tracer son ellipse du bout du doigt jusqu'à ce qu'il lui dise d'arrêter, prenne sa main dans la sienne tout en examinant la surface changeante de ses yeux. *Exotique* était une étrange manière de décrire son enfance qui ne lui avait jamais semblé que casanière, excepté à la mort de ses parents et durant les circonstances qui l'avaient amené à se retrouver confié à la garde de sa tante. Mais ces événements n'avaient rien d'exotique dans le sens où l'on entend généralement cet adjectif. Aux yeux de Sarah, pourtant, il *devait* en effet paraître exotique et, à proprement parler, c'était la manière exacte de le dire. Comparé à elle, il *était* de l'extérieur, d'un pays aussi étranger que possible, bien qu'il se sentît curieusement chez lui dans cette Amérique, qui avait été à la fois plus familière et plus étrangère que n'importe quel autre lieu auparavant. Avant de venir à New York, il avait toujours pensé que l'Angleterre était son modèle de pays et son cadre de référence, mais à mesure que le temps passait, il réalisait à quel point il s'était trompé. L'Amérique était son pays d'une manière différente, l'inverse de lui-même et sa possibilité d'exister, sa jumelle culturelle et son anti-pode.

Quand Sarah parla de son enfance *exotique*, il craignit qu'elle ne signifiât pas seulement « étrangère » mais aussi «étrange et barbare», «épicée et parfumée», une enfance fascinante par son paysage, ses créatures et ses coutumes – tribales et tropicales – bizarres, bien que le mot «tropicales» fût loin d'être juste.

Il lui dit que ses parents étaient morts, et qu'après leur décès sa tante l'avait recueilli et malgré qu'il ne la vît à présent qu'une fois par an quand il retournait chez lui pour les vacances, qu'il était pour le reste seul au monde. Au début, il ne parla pas de Bernard. Il ne parla pas de la manière dont ses parents étaient morts. Il comprit plus tard qu'il avait parlé de leur mort d'une manière qui ne laissait place à aucune autre question.

Ou peut-être Sarah avait-elle demandé comment ils étaient morts et avait-il seulement répondu : *Ils sont morts. Décédés.*

Et après leur mort, avait-elle dit, comprenant qu'il n'était pas disposé à parler d'eux, *qu'est-ce que tu peux me dire de ces années ?*

Au moment de commencer à raconter sa vie auprès de sa tante, il s'aperçut que ses souvenirs étaient tous contenus dans les livres qu'il avait lus, les livres qu'il avait habités afin de donner sens à sa vie, afin de libérer ses premiers souvenirs – les livres de Clare. Ses souvenirs étaient autant les siens que des scènes des livres qu'il avait lus à l'époque où se déroulaient les événements. Chaque fois, l'histoire qu'il racontait à Sarah commençait comme la sienne et ensuite, sans qu'il en eût l'intention, devenait quelque chose qu'il n'avait pas vécu, tiré d'un roman de Clare.

Il y avait des histoires d'école. Des histoires où il faisait semblant d'être malade afin qu'on ne révèle pas qu'il avait soudoyé des garçons en leur promettant de leur donner à chacun une barre de chocolat par semaine pour le restant de l'année s'ils votaient pour lui à une élection, – avait été dénoncé par un membre noir de l'équipe de nettoyage, et avait soutenu devant le principal que celui-ci mentait. Des histoires où il écoutait des disques dans la chambre d'externes dont les parents faisaient l'aller-retour en voiture et le ramenaient à l'école pour qu'il puisse jouer dans des maisons de banlieue avec des hauts murs et des piscines, des jardiniers et des bonnes – et où il avait découvert une vieille parente de l'une des bonnes cachée dans un cabanon, couverte de blessures suppurantes parfaitement circulaires dont il savait qu'elles avaient été faites par une cigarette. Des histoires où il trouvait un scorpion dans sa chaussure – et regardait le scorpion se tourner pour le fixer, abaissant sa *metasoma*, sa queue, et son *aculeus*, son dard (mots qui, selon lui, ne pouvaient qu'être sortis d'un livre), et refusant le combat. Des histoires où il faisait le mur de l'internat pour aller jouer du piano dans une salle de classe vide la nuit.

Qu'est-ce que tu jouais ? demanda Sarah, examinant ses doigts.

Du Schumann, dit-il, sachant qu'il avait surtout joué des études de Chopin. Un des personnages de Clare, se rappelait-il, était pianiste et spécialiste de Schumann.

Il lui raconta des histoires à propos d'un professeur d'afrikaans qui était amoureux de lui et lui avait offert un recueil de poèmes de C. Louis Leipoldt.

Tu l'as dénoncé ?

Il a quitté l'école l'année suivante. Je ne l'ai jamais revu. Personne n'a su où il était allé. En fait le professeur était resté à l'école et rien de plus n'avait jamais été dit à propos du cadeau.

Des histoires de vacances avec Ellen passées à Bushmans River et de vagues bleu-vert de l'océan Indien qui se brisaient dans un bruit de tonnerre – la brume sortant de l'écume qui se précipitait autour de la crête torturée des rochers, imprimant aux vagues des tourbillons et des remous hypnotiques, et lui courant, paniqué, jusqu'aux sommets herbeux des dunes pour s'éloigner du rivage, sa poitrine s'élevant et s'abaissant sous un mince T-shirt en coton. Il n'avait jamais eu peur de la mer.

De quelle couleur le T-shirt ?

Vert, et or aux manches, dit-il, pensant qu'il avait peut-être été bleu et orange.

Ils étaient ensemble depuis plus d'un an quand il finit par dire à Sarah quelque chose à propos de Bernard, bien qu'il s'y soit préparé pendant des jours, rejouant sans cesse le scénario qu'il était en train d'inventer pour être sûr qu'il saurait répondre aux questions susceptibles de lui être posées.

Après la mort de ses parents, pendant une brève période précédant celle où il s'était retrouvé chez sa tante, dit-il, il avait eu un tuteur, un oncle, un demi-oncle en fait, et le tuteur, ce demi-oncle, avait disparu avec tout l'argent de l'héritage de ses parents, le peu qu'il y avait, et tous leur biens, y compris ses jouets à lui.

J'avais quelques livres et quelques vêtements et c'était tout.

Et ce tuteur, ton demi-oncle, il a juste disparu ? Il n'avait jamais entendu une voix aussi compatissante que celle de Sarah, excepté celle de sa mère.

Il m'a lâché – il m'a abandonné et alors ma tante m'a pris. Il m'a abandonné à elle. Il m'a laissé là. À sa porte.

Mon Dieu, Sam, c'est terrible. Mon pauvre. Elle semblait bouleversée, ses yeux rougis s'emplirent de larmes. Elle les essuya et posa ses mains sur les siennes qu'elle tint comme pour extirper la vérité de ses doigts.

Il entendit de nouveau le moteur qui s'emballait, puis sentit la secousse comme une grosse pierre sortant de terre et le levier de vitesse à pommeau noir dans sa petite main, et puis l'autre secousse qui s'évanouit dans un premier craquement puis un second craquement plus faible, et ensuite il vit le corps dégonflé et couvert de flaques roses dans les phares du camion. Pendant des années, il s'était efforcé d'être sûr de ne rien ressentir à propos de ce moment qui avait fait basculer sa vie. Il savait que c'était lui qui avait provoqué ce changement, même si c'était un accident. C'était incontestablement un accident. Ses parents étaient morts à cause d'un accident. C'est ainsi que tout le monde le lui avait expliqué. Il essaya de se rappeler qui lui avait annoncé la mort de ses parents – ce devait être la police ou Mrs Gush, la vieille femme édentée – mais il avait un trou de mémoire, comme si le film de ses souvenirs avait été coupé et des jours entiers de pellicule perdus ou brûlés dans un projecteur cassé, couverts de bulles jaunes et noires virant au blanc.

Les accidents arrivaient sans cesse. Il venait d'un pays d'accidents. Il essayait de comprendre ce que cela signifiait. Cela semblait signifier que personne n'était jamais responsable de rien à condition de dire la vérité et surtout de déclarer que l'on regrettait. Mais il n'avait pas dit la vérité et il ne regrettait pas.

Il n'y avait pas moyen d'expliquer tout cela, alors il ne dit rien pendant un moment et essaya de réfléchir à une explication qui pourrait faire sens dans sa tête. Par miracle, il avait trouvé cette femme à qui il semblait plaire et, maintenant qu'il l'avait trouvée, il ne pouvait pas imaginer en être séparé, mais dire toute la vérité était trop risqué. Comment avoir la certitude qu'elle le comprendrait, et qu'elle garderait le secret. Il connaissait son goût pour les histoires étranges, cachées et scandaleuses, et il savait que sa faim était insatiable.

C'est arrivé comme ça, dit-il en secouant la tête. *Je ne me rappelle pas ce que j'ai ressenti. Mes parents me manquaient. Voilà ce que j'ai ressenti.*

Il voyait bien qu'elle ne se satisfaisait pas de ce qu'il avait ressenti. Il lui faudrait toujours lui donner plus, peindre un paysage de fantaisie, parce qu'il était sûr qu'elle voulait qu'il vînt d'un endroit inimaginable. Alors il décrivit des oiseaux dont elle n'avait jamais entendu parler – hagedash, bulbuls et touracos concolores – et des plantes qu'elle n'avait jamais vues – euphorbes géantes, palmistes et figuiers sauvages – et des montagnes si vertes et douces qu'on les aurait crues recouvertes de velours et parsemées de moutons en coton. Il transforma des atomes de poussière grise en troupes de singes verts traversant des plateaux et des cols, des troupeaux de springboks paissant dans les plaines, des vols d'outardes géantes explosant à la surface plane du Karoo et des familles de babouins campant au milieu des routes. Il lui parla des points de repère de son enfance, Table Mountain, Fish Hoek, Camps Bay, et égrena des histoires de canicule pendant les mois d'hiver de l'hémisphère nord.

Oui, dit-elle, *ça a l'air d'un endroit étonnant. Mais il y a des gens dedans aussi, Sam. Et je veux que tu m'en parles. Je veux que tu me parles plus de tes parents. Tu ne me m'as même jamais dit leurs noms.*

Peter, dit-il, *et Ilse.*

Sam

Avant notre mariage, j'ai fini par dire à Sarah qui étaient vraiment mes parents, qu'ils étaient morts dans un attentat, mais que c'étaient eux qui en étaient les auteurs, qu'ils s'étaient tués par accident, et avaient tué d'autres personnes – certaines innocentes, d'autres complices des institutions de l'apartheid.

Je le lui ai dit dans la voiture alors que nous allions chez ses parents en Virginie. J'ai attendu que nous roulions, sachant que je ne pourrais plus revenir sur ce que j'allais lui avouer.

« Tu es en train de me dire que tes parents ont commis un attentat-suicide. » Elle parlait si bas qu'elle était presque inaudible à cause du bruit de la route.

« Leur mort était accidentelle. Comme je l'imagine, ils devaient laisser la voiture devant le poste de police et téléphoner pour prévenir, mais il y a eu un problème avec le mécanisme. Pendant qu'ils attendaient le bon moment, l'heure prévue, avant qu'ils sortent de la voiture, la bombe a explosé.

— Je croyais que la lutte anti-apartheid était non violente. »

J'avais imaginé qu'elle allait laisser éclater sa colère au lieu de quoi elle semblait abasourdie, comme frappée d'une douleur soudaine et incompréhensible.

« Il faut que tu comprennes le contexte. C'était un accident. Rien n'aurait dû se dérouler de cette manière. Des innocents n'étaient pas censés mourir. Tu as lu le rapport de la CVR. Leur mort était une erreur. » Je me rappelle avoir eu du mal à respirer, avoir senti ma gorge se serrer. C'était pervers de parler ainsi de mes parents, comme si leur mort était l'équivalent d'une erreur administrative : le mauvais dossier sorti des archives, le mauvais ordre donné, le mauvais employé exécuté.

Pendant vingt kilomètres nous avons roulé en silence. J'ai ouvert la bouche et tout en pressentant qu'il ne fallait pas le faire, je me suis vu commencer à dire à Sarah la vérité pour Bernard. Mon cœur battait à tout rompre mais je voulais qu'elle sache. Je voulais enfin avouer à quelqu'un ce que j'avais fait.

« Je suppose qu'en fin de compte ça n'a pas d'importance, fit-elle avant que je trouve le courage de parler. Mais j'aurais aimé que tu le me dises plus tôt. »

Au final, je ne lui ai pas dit pour Bernard. Je ne l'ai toujours pas fait. Je me dis que maintenant il est trop tard, et qu'il n'en pourrait sortir rien de bon.

Comme il n'y avait plus personne à qui demander en quelle année j'avais reçu mon circuit de trains, ou mon tricycle rouge, j'ai rassemblé tous les Noëls avant la mort de mes parents en un seul jour chaud et chaotique avec une sortie à la plage, une fête hawaïenne, un déjeuner mexicain, douze invités, deux invités, des grands-parents, pas de grands-parents, et mon père et ma mère buvant toujours de l'alcool dans un Thermos en plastique au coucher du soleil, portant des maillots de bain et me mettant de la crème solaire. Le premier Noël que j'ai passé avec ma tante à Beaufort West, la chaleur faisait miroiter les toits en tôle et mes bras collaient aux tables, mes cuisses aux chaises en plastique sur la terrasse derrière la maison. Des amis d'Ellen sont venus déjeuner, elle a fait cinq salades différentes et un poulet grillé, et il y avait un gâteau de

Noël avec du sucre glace et de la pâte d'amandes acheté à une paroissienne. Ellen m'a donné des cadeaux destinés plus au confort qu'au plaisir : des chaussures, un short, une anthologie de nouvelles. En les ouvrant, je n'ai ressenti aucune joie et me suis efforcé de ne pas fondre en larmes, et puis j'ai quand même pleuré lorsque j'ai déballé la photo de ma mère adolescente qu'Ellen avait mise dans un cadre en argent. Je ne me rappelle pas si Ellen a eu des cadeaux.

J'ai réussi à oublier le premier Noël après la mort de mes parents, seul avec Bernard dans sa maison, entourés de bière et de bœuf au barbecue. Il n'y a avait pas de cadeau cette année-là, aucun dont je veuille me souvenir.

Je décide de croire que mes parents doutaient, se sont retirés au dernier moment, ont réfléchi, se sont consultés, ont confirmé qu'ils faisaient ce qu'il fallait sans considération du risque qu'ils prenaient et de ce que leur échec signifierait pour moi. Ils ne pouvaient pas croire qu'ils allaient à la mort. Ils ne pouvaient pas avoir voulu tuer. J'ai essayé de me convaincre qu'il s'agissait seulement d'un exercice pour démontrer leur pouvoir de tuer, pour autant que la pose d'une bombe puisse jamais être un exercice.

Le container est arrivé de New York il y a quelques jours et je cherche le dossier que j'ai gardé contenant les transcriptions du greffe et des coupures de presse relatives à mes parents.

*

LE CAP, 29 OCTOBRE 1999 – TRIBUNAL DE POLICE

LE COMMISSAIRE DU MK DÉCRIT L'ENTRAÎNEMENT
QUI A CONDUIT À L'ATTENTAT À LA BOMBE
CONTRE LE POSTE DE POLICE DU CAP

Aujourd'hui la CVR a entendu que la bombe qui a tué cinq personnes en 1988 devant le commissariat central du

Cap était un attentat justifiable visant une cible gouverne-
mentale destinée à démontrer que le régime de l'apartheid
n'était pas invulnérable.

Six anciens membres du MK, Umkhonto we Sizwe,
branche armée du Congrès national africain, ont demandé
l'amnistie pour leur rôle dans cette affaire et dans un certain nombre d'autres attentats contre des installations gou-
vernementales dans les années 1980.

Parmi eux se trouvaient Joe Speke, 52 ans, qui a
fomenté une partie des attentats alors qu'il était à la tête
de l'unité des opérations spéciales de l'ANC, dont celui
contre le commissariat du Cap. Mr Speke a décrit la façon
dont Peter Lawrence, celui qui a posé la bombe devant le
commissariat central du Cap, avait suivi un entraînement
pour se perfectionner au maniement d'un mécanisme de
mise à feu à distance qui a défailli, tuant Lawrence et sa
femme Ilse Lawrence, qui était avec lui dans la voiture au
moment de la conflagration. Un policier et deux civils ont
également été tués par l'explosion prématurée des dix
kilos de dynamite.

Mr Speke, qui est représenté par William Wald, avocat
au Cap et professeur de droit à l'université du Cap, a été
interrogé par Carlo Du Plessis, qui représente les familles
des deux civils tués dans l'explosion. Les familles s'op-
posent à l'amnistie de Mr. Speke au motif que les victimes
étaient des civils dont la mort ne pouvait servir aucun but
politique. Mr. Speke a suggéré qu'il était possible que la
cellule des Lawrence ait été infiltrée par les services de
sécurité et la bombe sabotée.

Mr Speke terminera de témoigner lundi.

® South African Press Corporation

*

En lisant cet article, j'essaie de me pas me mettre en
colère. Quels imbéciles, me dis-je. Quels imbéciles de risquer leur vie de cette manière. Même si la bombe n'avait
pas explosé prématurément, ils auraient certainement

328

été pris et envoyés en prison – ou s'ils avaient réussi à s'échapper, à m'emmener à la campagne pour vivre en exil, ainsi qu'ils devaient l'avoir prévu, ils auraient toujours pu se faire assassiner. Je sais qu'ils m'aimaient, mais jusqu'à quel point m'aimaient-ils pour avoir été prêts à mettre en danger mon bien-être ? Je range le dossier avant de commettre l'erreur de lire quelque chose de plus perturbant. Si leur mission a été compromise, peut-être est-ce une consolation de savoir qu'ils ont été tués non par erreur, ou par leur propre faute, mais pas l'ennemi lui-même, l'État.

Nous ne prenons que quelques jours de vacances pour les fêtes puis nous nous remettons tous deux au travail. Je m'enferme dans mon bureau à l'université et retourne aux enregistrements de mes entretiens avec Clare, réalisant des transcriptions minutieuses qui prennent beaucoup plus de temps que les conversations elles-mêmes. Je n'en suis qu'aux premiers jours des entretiens, au début. Ma voix, en sortant des haut-parleurs de l'ordinateur, semble toujours étranglée, pincée et fantomatique. Celle de Clare en revanche est exactement telle que je me la rappelle.

«La maternité a-t-elle changé votre écriture ?» J'entends l'inflexion dans ma voix, une modulation dont je sais qu'elle était destinée à suggérer que j'avais déjà mon idée.

«Vous oubliez que j'étais mère, dit-elle de sa voix traînante, s'éclaircissant la gorge et toussant, avant d'être écrivain.

— Mais les deux romans non publiés que vous prenez pour des erreurs de jeunesse, ont bien été écrits avant votre mariage, alors je pense que la question n'est pas injustifiée.

— Très bien. La maternité a-t-elle changé mon écriture ? Vous voulez parler de la manière ou du contenu ?» Sans nulle transition audible, alors qu'elle semblait écarter la question on dirait qu'elle est au moins disposée à l'évaluer sérieusement.

«L'un et l'autre. Tout dépend de la manière dont vous souhaitez interpréter la question.

— Ce n'est pas une question si redoutable, maintenant que j'y pense», dit-elle, s'interrompant de nouveau, et je me la rappelle regardant son jardin par les fenêtres, sans cesse, comme si les plantes, les arbres et les fleurs, peut-être même les pelouses et le bassin de natation, contenaient toutes les réponses. «La maternité a changé ma pratique de l'écriture de manière prévisible. Je n'avais plus tout mon temps à moi, bien que cette expérience n'ait rien d'original, encore moins pour une mère. Simplement, voici comment se présente l'affaire : s'investir dans l'institution de la famille signifie toujours l'annihilation partielle de soi (pour les malchanceux, ceux qui se rebellent de manière compréhensible contre les contraintes de la famille parce qu'ils pensent qu'ils n'ont pas d'autre choix, la famille représente l'annihilation *totale* de soi, la forclusion de toute possibilité d'une subjectivité individuelle). Pour moi, en tant que mère et épouse à un moment de l'histoire de ce pays de colons des plus rétrogrades d'un point de vue social, cela signifiait que j'étais soudain chargée du soin d'un enfant, des fondamentaux – couches sales, bouche affamée, vagissements et siestes – et pour finir, des allers-retours maison-école ou maisons d'amis, et des drames de l'adolescence, alors que les enfants voient leurs parents, s'ils les voient (si tant est que les miens m'aient vue), comme des personnes chargées de les discipliner, de leur faciliter la vie et de les protéger plutôt que comme des acteurs à part entière : le récit de l'enfant, pour lui, doit éclipser celui du parent, qui n'est qu'un second rôle. Donc la maternité m'a volé mon temps, et pour récupérer une partie de ce temps (ici je me confesse de manière grotesque) je l'ai pris à mon mariage – moins de temps pour mon mari, plus pour l'écriture et les enfants. Mon fils vous donnerait une version différente, selon

laquelle, une fois ma carrière lancée, j'ai été presque toujours absente, et, lui, élevé par son père, des nurses, des
jeunes filles au pair et même des jardiniers. Mais ce ne
serait pas une version exacte, pas plus, je dois l'avouer,
qu'inexacte, et à cet égard je ne pense pas que je doive
m'excuser de m'être parfois absentée pendant que mes
enfants grandissaient. J'étais là quand il était important de
l'être. Quant au contenu de l'écriture, à savoir si les faits
biologiques et chimiques de la maternité ont changé mon
style, ma forme et mes sujets, il faudra que je laisse cela
aux critiques, qui en décideront après ma mort. »

Absolution

Au dîner, Clare n'avait pas d'appétit. Elle déplaçait sa nourriture dans son assiette, jouant avec comme le chat caresse un animal qu'il a tué par erreur, tandis que Mark terminait une portion et s'en servait une autre, comme s'il ne pouvait ni se rassasier ni en finir rapidement avec son repas. Le contact visuel entre eux, quand il avait lieu, n'était que momentané ; il semblait que son fils faisait tout ce qui était en son pouvoir pour éviter de la regarder. L'assiette devant lui, la série de quatre toiles géométriques sur les murs de la salle à manger, et les fenêtres avec leurs vues sur le jardin éclairé, les lumières transformant arbres et arbrisseaux en ménagerie statique et la piscine en un portail vert chimérique et miroitant, c'est sur eux que se posaient les yeux de Mark, pas sur le visage de sa mère. Comment lui dire à quel point c'était blessant ? Clare essayait de ne pas le regarder, mais elle n'y arrivait pas ; il était tout ce qui lui restait au monde, à part les gens qu'elle payait pour organiser l'intendance et s'occuper d'elle. Elle savait qu'il ne lui appartenait plus – il appartenait maintenant à sa femme et à ses enfants, si tant est qu'on appartienne jamais à qui que ce soit.

« Est-ce seulement l'année dernière qu'a eu lieu l'effraction ? demanda Clare, moins parce qu'elle se posait la question que pour briser le silence.

— Tu ne te rappelles pas, mère ? C'était l'année d'avant. » Il le dit d'une manière qui suggérait que Clare avait souvent des problèmes de mémoire, reproche qui l'atteignit comme un coup de poing dans l'estomac.

Pendant de nombreuses années, avant l'effraction, Mark l'avait encouragée à vendre pour s'installer dans un endroit plus sûr que la maison de Canigou Avenue, et quand enfin elle avait reconnu qu'il n'y avait pas d'autre choix que de se soumettre à une assignation à résidence volontaire derrière de hauts murs, des grilles et des clôtures électriques, avec Marie en porte-clés personnel, toujours derrière elle, même alors elle s'était plainte que ce n'était pas une vie, pas pour une femme, pour quiconque, encore moins pour quelqu'un qui avait considéré une fois pour toutes que la liberté était une chose qui allait de soi. En réponse à quoi Mark lui avait dit que son Afrique du Sud n'était pas un endroit où une ou deux femmes âgées et célibataires pouvaient vivre sans la protection d'un homme à la maison vingt-quatre heures sur vingt-quatre. Va en Australie ou en Nouvelle-Zélande, la supplia-t-il, ou en Angleterre ou en France, ou même en Amérique. N'importe lequel de ces pays serait préférable à ici. Clare lui avait demandé, pensant à sa femme, qui avait failli être agressée plusieurs fois dans sa rue, si le mariage ou la proximité d'un homme garantissaient la protection. Non, avait été obligé de concéder Mark, s'il parvenait à trouver du travail ailleurs, dans un endroit plus sûr où il pourrait faire ses courses le soir sans s'inquiéter de ce qui l'attendait chez lui, ou de ce qui pouvait arriver en chemin ou au retour, alors qu'il était en train de faire quelque chose d'aussi inoffensif que d'aller chercher des affaires au pressing, il emmènerait toute sa famille, y compris Clare, sans hésitation. Il en était arrivé à la conclusion que l'Afrique du Sud n'était tout simplement pas un endroit pour une femme, quels que soient son âge ou son origine ethnique. « La seule chose qui pourrait faire changer ces gens, avait-il dit, c'est si toutes les femmes quittaient simplement le pays. Voilà ce qu'il faudrait : la désertion de plus de la moitié de la population, pour démontrer qu'elles en ont assez d'être moins bien traitées que des citoyennes de seconde classe, moins bien que des animaux, comme une propriété appartenant à la communauté des hommes, livrées à l'exploitation, maltraitées, soumises et obligées d'agir contre leurs propres intérêts, d'être complices de la violence qui leur est faite par les hommes. — Alors, tu dois te rappeler les détails de l'effraction, dit Clare, poussant son assiette de côté. L'incompétence de la police, incapable de localiser aucun suspect plausible ni de suivre aucune des pistes indiquées par les témoignages, le fait qu'un grand nombre de choses d'une valeur évidente – appareils électroniques, argenterie et ainsi de suite – ont été ignorées au profit d'un objet sans valeur manifeste, sinon peut-être pour un collectionneur d'accessoires juridiques.

— La perruque de grand-père.

— Exactement.

— Et la police n'a jamais élucidé l'affaire.

— Ça a été une parodie d'enquête et de procédure. Ils m'ont accusée d'être une espèce de criminelle du fait de vivre dans des conditions aussi vulnérables, comme si le quartier de Rondebosch était Langa, et ils ont fait des insinuations à propos de ma sécurité à long terme, même de mon droit à rester dans ce pays en tant que Blanche, au mépris de la validité de mon droit de naissance à me considérer comme une citoyenne de la république. Ils ont suggéré que j'étais une étrangère, sinon de fait, du moins par essence.

— Que toutes les Blanches quittent le pays ? Je ne doute pas qu'on trouve un grand nombre de partisans de cette solution. »

Même Clare n'aurait jamais osé dire une chose pareille – de plus, elle pensait que c'était loin d'être juste, et commença à penser que les idées politiques de son fils n'étaient pas aussi progressistes qu'elle l'avait cru jadis.

334

« Quoi qu'il en soit, poursuivit-elle, ce qui importe dans les récents événements c'est que la perruque ait été rendue – du moins, qu'elle me soit revenue, ce qui, je pense, était prévu depuis le début. Bien que cela ait été à moi de la trouver, elle était offerte à la vue de tous, pas même cachée, mais placée dans le lieu le plus symbolique qui soit.

— Je ne te suis pas. La police a fini par résoudre l'affaire ?

— Quelques mois après le cambriolage, un jour de mai particulièrement agréable, Marie a suggéré que nous allions à Stellenbosch, et au retour nous sommes allées visiter les tombes de Nora et Stephan à Paarl. Dans le cimetière, juste à côté de la flamme éternelle que la famille de Stephan a tenu à installer – comme s'il était une sorte de héros national, comme si, par cette lumière persistante, ses idées valaient la peine d'être commémorées – se trouvait la perruque de mon père dans sa boîte avec son nom en lettres d'or sur le couvercle. »

Clare observa la réaction de Mark et puis, voyant qu'une partie de lui ne croyait pas à son histoire, elle quitta la salle à manger et revint peu après avec la boîte en étain cabossée. Mark l'ouvrit, enleva la perruque, la plaça sur son poing droit, et la tourna pour l'examiner.

« C'est elle, c'est sûr, dit-il. Petit, cette perruque m'obsédait.

— À part des photographies, des livres et sa collection de stylos, c'était la seule chose de mon père que je voulais vraiment conserver quand il est mort. Je n'aurais jamais imaginé qu'elle puisse signifier quelque chose pour toi. Elle secoua la tête pour revenir à son sujet. Donc : la perruque est volée, elle disparaît pendant un temps, la police ne trouve aucune piste, regimbe quand je lui demande ne serait-ce que d'enquêter sur le vol d'une chose aussi manifestement dépourvue de valeur significative, et lorsque ensuite je pense à visiter la tombe de ma sœur et de mon beau-frère assassinés, je la trouve là, à m'attendre, comme si on l'avait laissée en guise de message ou de mémento. Non, pas *comme si,* en fait, mais au contraire très intentionnellement. Je crois que cette perruque m'a été volée puis a été apportée dans cet endroit symbolique par mes tortionnaires dans l'idée de me dire quelque chose.

— Que diable veux-tu dire, mère ? »

Clare essaya de garder son calme, mais ce que son fils pouvait être rageant !

« Tu es en train de dire que les voleurs savaient qui tu étais et aussi que Nora était ta sœur. Donc tout ce que ça signifie, c'est que tu as été *délibérément* visée plutôt que d'avoir été victime d'un délit fortuit. À part ça, je ne vois pas où tu veux en venir. »

Clare poussa un soupir théâtral et fit signe à Mark de lui donner la perruque. Elle remit un crin en place, la rangea dans sa boîte et referma soigneusement le couvercle. « Exact. Il n'y avait rien de fortuit dans cette effraction, pas plus que les intrus n'étaient des délinquants ordinaires – ou sinon, ils agissaient pour le compte de gens qui n'étaient pas des délinquants ordinaires. Qui sait si mes persécuteurs – c'est ainsi que je les vois – sont ceux qui ont fait le sale boulot, ou s'ils n'étaient rien de plus que les marionnettes de ceux qui désiraient me dire ce qu'ils savaient de moi, de la manière la plus intrusive, intimidante et finalement tout à fait mesquine. C'est le genre de coup qui peut être conçu par un bureaucrate, un administrateur qui se délecte de manière perverse de la signification et de la valeur d'une agrafe ou d'un trombone ou d'un dévidoir de ruban adhésif.

— Je ne te suis toujours pas. Qu'est-ce que tu es en train de suggérer que ces persécuteurs, comme tu les appelles, connaissaient à ton sujet, en fait ? »

Clare respira profondément et écarta les mains. « Nous arrivons ici à la racine la plus enfouie de mon histoire. Voici l'information qui va changer la manière dont tu perçois ta mère – une information qui va porter un coup à notre relation, la transformer en une chose diminuée, une chose abîmée, vaincue et effrayée par la révélation.

— On croirait que c'est toi la criminelle et pas ces intrus.

— Effectivement, dit-elle, la voix soudain rauque, le menton tremblant malgré elle, c'est exactement ce que je suis, une criminelle, et pas de la manière que la police suggérait, pas parce que je suis devenue une victime par ma faute en ne prenant pas les bonnes mesures de sécurité, mais une vraie criminelle. »

Elle laissa la confession s'installer entre eux, attendant la réaction de Mark. Il plissa le front et prit un air incrédule.

« Ou peut-être devrais-je le dire de cette façon. Même si mon crime n'est pas un crime en tant que tel, je ne peux que me considérer coupable de quelque chose comme de négligence criminelle, ou si ce n'est de négligence, alors d'imprudence – imprudence avec la vie des autres, imprudence avec une information qui mettait ces vies en danger. Tant qu'a duré ce cirque de commission Vérité et Réconciliation, j'ai pensé faire quelque chose de symbolique et d'audacieux – à savoir demander l'amnistie en tant que criminelle politique. Mais à la fin j'ai manqué de courage, et je n'ai pas voulu banaliser les crimes beaucoup plus graves commis, eux, de première main. Néanmoins une partie de moi sent toujours qu'une audience destinée à m'amnistier est ce dont j'aurais le plus besoin – un procès, une exposition formelle de la vérité et un juge pour trancher, pour déclarer que la chose que j'ai faite ne l'a pas été par rancune, mais pour des motifs politiques. »

Mark se redressa sur sa chaise. Même s'il ne comprenait pas la nature du crime de sa mère, elle espérait qu'il puisse comprendre l'urgence de son besoin. « Mais le comité pour l'amnistie ne siège plus maintenant, depuis un certain temps », dit-il, l'air perplexe.

« Je comprends tout à fait. Je sais que je ne peux pas espérer une véritable amnistie politique.

— Alors qu'est-ce... est-ce que tu penses te livrer à la police pour le crime que tu imagines avoir commis ?

— J'ai de mauvaises relations avec la police. Ils penseraient que je me moque d'eux après tout cet embrouillamini de la perruque. Je suis certaine qu'ils ne prendraient pas ma confession au sérieux – ils pourraient même m'accuser de faire perdre son temps à la police. Non, ce n'est plus une affaire qui relève des autorités. »

Clare regarda son fils, son expression figée, sans plus aucune trace de bonne humeur ni d'affection.

« Vois-tu, l'origine de cette histoire commence avec toi », dit-elle. Mark haussa le sourcil gauche, mais le reste de son visage demeura figé, les mâchoires travaillant sa bouchée. « Tu étais le premier petit-fils dans la famille, alors que Nora s'était mariée dix ans avant moi et n'avait pas eu d'enfant. En conséquence de quoi tu as été cause d'une brouille considérable entre ma sœur et moi. Ma grossesse et mon accouchement réussis, ta beauté extrême, translucide, en tant que bébé, c'étaient des flots d'huile versés sur le feu qui m'avait séparée de Nora depuis ma naissance. Certains premiers-nés s'adaptent. Ils acceptent ceux qui suivent. Ils possèdent l'instinct d'élever, de protéger et de guider, comme toi avec Laura – du moins dans tes bons moments. Ma sœur n'avait en rien ce sens de l'éducation, ou sinon, il était à ce point éclipsé par la rage ressentie devant le fait que j'usurpe sa position d'unique centre d'attention de nos parents que sa seule façon d'agir avec moi ne pouvait s'exprimer que par l'indignation et la haine – en s'indignant de mon arrivée et en haïssant mon existence. Je t'épargnerai le catalogue de ce qu'elle m'a fait subir enfant : les brûlures et les coups, les fourberies et les insultes, la destruction de mes livres les plus chers, sa tentative de saper mes relations avec nos parents. Ce n'est que sur ce dernier point qu'elle a échoué, et en échouant elle s'est révélée à leurs yeux telle la terroriste qu'elle avait été avec moi. Pas juste une terroriste, mais un geôlier et un tortionnaire, ma nurse sadique à moi. »

Tout en parlant, Clare voyait l'incrédulité plisser le visage de Mark.

«Tu crois que j'exagère, je le sais – en ce qui concerne cela et tout le reste –, mais je te prie de m'écouter jusqu'au bout. C'était pendant les vacances de Noël et nous passions une semaine avec oncle Richard et tante Frances à la ferme pour fêter également le douzième anniversaire de Dorothy. Moi-même, je venais juste d'avoir onze ans. Frances avait préparé une fête pour la famille et des amies de l'école de Dorothy à Grahamstown. Avec l'aide de ma mère, qui comme tu dois t'en souvenir, était une excellente cuisinière, Frances avait fait pour l'occasion un gâteau d'une beauté époustouflante. Le moment venu, avec toute la famille, les amis, les voisins et même le personnel et leurs enfants rassemblés pour voir Dorothy souffler ses bougies, tante Frances est allée chercher le gâteau à l'office. Nous l'avons entendue crier et vue reparaître, pâle, choquée. Elle tenait le plat sur lequel on avait décoré le gâteau, et au sommet se trouvait une grosse crotte de chien, une énorme éclaboussure marron. Dorothy a fondu en larmes pendant que Frances cherchait une explication. Les enfants, et pas juste quelques parents, ont éclaté de rire. Comme si tout cela n'était pas assez choquant, Nora s'est avancée et m'a désignée. De sa plus belle voix de justicière, elle a annoncé qu'elle m'avait vue dans le jardin en train de ramasser la crotte avec une truelle. Mais avant que je puisse même protester – je n'avais rien fait de tel, j'avais joué à cache-cache avec Dorothy et ses amies toute la matinée, de sorte que je n'avais pas d'alibi à ce moment de la journée –, le fils d'une domestique a hurlé que Nora était une menteuse et qu'il l'avait vue ramasser la crotte, la porter dans l'office et en ressortir avant que personne l'ait vue. L'enfant a crié cette vérité avec une telle conviction que personne, je pense, n'a pu douter qu'il dît la vérité.

« Si la chose en était restée là, elle aurait été oubliée, parce que punir Nora sur les dires de cet enfant était impensable, même pour des parents aux vues égalitaires. Si les adultes pouvaient en effet croire le garçon, une partie d'entre eux choisirait de ne pas le faire à cause de sa couleur, et cette incrédulité remporterait la partie. Mais Nora ne pouvait pas ne pas relever l'accusation, et en même temps elle était trop jeune pour savoir comment manipuler son accusateur de façon à se faire passer pour la victime innocente et lésée – rôle qui était, en fait, le mien. Accusée à tort, je me suis retrouvée tout au long du drame comme souvent les innocents : choquée et silencieuse, bouche bée. Nora s'est précipitée sur son accusateur, a tiré sur sa chemise, l'a giflé deux ou trois fois avant que mon père et oncle Richard puissent libérer le garçon deux fois plus jeune qu'elle, et au moins deux fois plus petit.

« Ensuite, j'ai remarqué un changement dans la manière dont mes parents traitaient Nora. Ils ne lui ont plus fait confiance pour s'occuper de moi ou d'autres enfants. On ne lui a plus confié de responsabilités à la maison. Mes parents étaient toujours chaleureux avec elle, mais de manière plus distante, comme si elle avait fait quelque chose de tellement monstrueux qu'ils ne pouvaient plus la considérer comme avant. Le crime qui consistait à mettre de la crotte de chien sur le gâteau d'anniversaire de sa cousine aurait pu être pardonnable, même compréhensible. Il était surtout question de jalousie – si ce n'est envers Dorothy, du moins, de manière indirecte, envers moi. Mais Nora avait aggravé ce crime d'abord en m'accusant de ce qu'elle avait fait – cherchant ainsi à saper l'affection que mes parents avaient pour moi – et ensuite en attaquant le seul témoin de son crime.

— Donc, dit Mark dont les rides du front se creusaient, tu es en train de dire que le vrai problème de tes parents était que Nora ait commis un crime prémédité destiné à détruire la bonne impression qu'ils avaient de toi, l'enfant favorisée.

— Comment en conclus-tu que j'étais l'enfant favorisée ?

— Tu devais l'être, ou Nora devait croire que tu l'étais pour avoir agi comme elle l'a fait – pour s'être sentie marginalisée au point de ne rien pouvoir faire d'autre que donner une mauvaise image de toi. »

Clare observa un changement dans l'attitude de Mark, comme si son esprit avait besoin d'un problème juridique à maîtriser qui requière toute son attention et rende cet échange avec sa mère moins difficile à supporter.

« Je n'avais jamais considéré les choses ainsi. Son plus grand crime a été d'agresser celui qui disait la vérité – le démuni qui n'avait rien à perdre, ou plutôt tout à perdre mais sans savoir quoi, et ne pouvait donc dire que la vérité.

— Que lui est-il arrivé ?

— Pour autant que je m'en souvienne, on l'a emmené à l'intérieur, on lui a mis des compresses froides sur le visage et on lui a donné du thé sucré et un bout du gâteau de secours que tante Frances avait fait au cas où le premier n'aurait pas suffi. Il avait été caché, à l'abri dans le garde-manger. Il y en avait à profusion et nous avons retrouvé notre bonne humeur pour Dorothy. Mais Nora a disparu avec mon père. Je ne peux pas dire si elle a été battue. Je soupçonne que non. Mes parents ne m'ont jamais punie physiquement et je ne me souviens pas qu'ils l'aient fait avec Nora. Je soupçonne plutôt qu'elle ait été soumise à un de ces interrogatoires philosophiques de mon père, qui étaient souvent aussi pénibles que l'eût été une correction tant on se sentait exposé, incapable de se cacher, déchu du statut d'enfant idéal qu'on attendait qu'on soit – mais encore humain. Mon père savait comment nous faire prendre conscience de nos fautes sans détruire le sentiment de notre humanité. Après mon mariage, et plus particulièrement après ta naissance, les choses ont empiré entre

Nora et moi. En fin de compte, je me demande si j'ai fait ce que j'ai fait à cause de tous les sévices que Nora m'a infligés, ou bien à cause de mon investissement dans une lutte morale, politique et démocratique ? Mon mobile était-il politique ou personnel ?

— Et de quoi penses-tu être coupable ? »

Bien qu'il fasse bon dans la maison et qu'il ait fait très chaud dans la journée, un frisson glacé courut le long des épaules de Clare. Elle n'avait jamais parlé à personne de ce qu'elle avait fait, pas même à son mari, encore moins à ses parents qui en auraient été horrifiés et ne lui auraient peut-être jamais pardonné. Seuls ceux qui avaient été témoins de sa transgression devaient savoir, et elle avait perdu contact avec eux depuis longtemps. L'histoire n'avait pas fait surface pendant le procès de l'assassin supposé, ni pendant les audiences de la commission Vérité et Réconciliation.

« J'ai laissé filtrer l'adresse de Nora. Je l'ai dite à quelqu'un qui n'était pas censé savoir où Stephan et elle passeraient une certaine nuit. L'information a été utilisée, et, comme tu le sais, ils ont été assassinés dans leur lit. Pendant longtemps, j'ai cru avoir agi par simple négligence, et par désir de me sentir importante aux yeux de gens qu'à la fois je respectais et craignais sérieusement. Plus le temps passe, plus je pense avoir su exactement ce que je faisais – de quelle manière l'information serait utilisée et quelles en seraient les conséquences. Rétrospectivement, j'ai l'impression que c'était une décision aussi politique que personnelle. Stephan était puissant, avait la capacité de faire beaucoup de mal. En l'éliminant, j'avais l'impression de porter un coup à tout l'édifice de l'État, à l'apartheid. Nora était un dommage collatéral, comme on dit. Son rôle politique était négligeable, et largement symbolique. »

Clare nota les efforts pénibles de Mark pour la regarder, la façon dont il se tournait instinctivement vers le jardin inondé de lumière. Espérant attraper son regard dans la vitre à défaut de son visage, Clare se tourna dans la même direction. Les lumières du jardin et de la piscine étaient commandées par un minuteur et, sans crier gare, elles s'éteignirent, laissant ses yeux se fixer dans la surface noire réfléchissante des fenêtres de la salle à manger.

Clare

En travaillant dans mon potager ce matin avec Adam, à préparer le sol pour un nouveau semis de graines de laitues, je dérange par inadvertance une colonie de fourmis qui commencent à se précipiter vers moi tels des prisonniers en cavale, s'introduisant dans mes sandales, mordant mes pieds et mes chevilles avant que je puisse les éviter. Adam dirige le jet sur mes pieds sans me demander la permission, et les fourmis s'éparpillent et se noient.

« Je suis désolé, Mrs Wald. » Il semble étonné, embarrassé et plutôt effrayé par ce qu'il vient de faire.

« Ne soyez pas désolé, Adam, pour l'amour de Dieu. Vous avez fait exactement ce qu'il fallait. » En vérité, je suis surprise par cette soudaine intimité. Elle me rappelle le genre de rapports physiques que Jacobus et moi entretenions, faciles et interprétés par chacun comme ce qu'ils étaient précisément, les mouvements et les gestes nécessaires à une relation de travail rapprochée. Plus tard, Marie m'administre une lotion à la calamine et il ne me reste aucune séquelle. Les fourmis survivantes sont retournées à leurs affaires et je décide de laisser la laitue pour un autre jour.

Je pense à la notion de provocation. Une Blanche privilégiée, qui ne pouvait que profiter du système injuste de ce pays, pouvait-elle se sentir poussée à commettre un attentat, voire à favoriser et à soutenir un attentat ?

La voie que tu as empruntée, ce travail que tu as pensé devoir accomplir, Laura, sont des choses que je comprends sans difficulté. C'est le travail en lui-même, si on peut parler de «travail» – l'espionnage, les attentats et le meurtre d'innocents, même si leur innocence était entachée par leur participation à l'architecture de l'apartheid, à ses institutions, à son appareil gouvernemental, à son économie d'oppression et à ses méthodes d'isolement –, que mon esprit est incapable de concilier avec des formes morales et éthiques de résistance. Je recule devant la violence car je sais qu'elle peut contaminer même les justes. J'observe ce que notre pays démocratique est devenu, la manière dont la violence civique a été forgée comme une monnaie et un blason, et je me demande si la désobéissance civile non violente, malgré la lenteur de sa progression, n'aurait pas été une meilleure façon de remporter la victoire. C'est ainsi que l'Inde a fait ; c'est peut-être une société inégalitaire, mais on peut marcher sans crainte dans la plupart de ses rues.

J'ai compris que j'avais élevé une radicale quand j'ai découvert un dossier TOP SECRET caché entre ton matelas et ton sommier – tu ne devais pas avoir plus de treize ou quatorze ans. À l'intérieur se trouvaient des transcriptions manuscrites de conversations entendues entre ton père, moi et nos amis. Il y avait là de nombreuses conversations de dîner, rapportées de ton écriture précise. Entre parenthèses, tu résumais des aspects de notre dialogue qui n'avaient pas d'intérêt : («Ils ont passé vingt-deux minutes à parler d'Alan Paton»); («Demi-heure ennuyeuse sur La Guma»); (Qui est Rick Turner ?); (Le dîner commence par dix minutes de discussion sur les séjours à la ferme). Ce qui t'intéressait, ce qui attisait ta curiosité et poussait ton stylo à faire le compte rendu de conversations d'adultes que leur exactitude rendait ennuyeuses, c'étaient les discussions politiques que nous avions avec nos amis concernant ce qui n'allait pas, et ce que nous croyions bon de faire. Ton père et moi étions souvent d'accord, nos amis pas toujours, car à cette époque j'étais loin d'être aussi radicale que par le passé. Tu soulignes quelques phrases en rouge, en identifiant celui qui parle quand tu le sais. Je me rappelle avoir frissonné quand j'ai commencé à y discerner un canevas qui trahissait déjà ta position et ton idéologie : «Les manifestations non violentes ne sont pas prises au sérieux»; «Mais il faut répondre à la force par la force»; «Est-ce qu'on doit rester assis ou faire des sit-in comme les Américains pendant qu'un holocauste a lieu autour de nous?». Les exaltés, les plus francs de nos proches amis, ceux qui plus tard ont été bannis, contraints à s'exiler, ou tués en détention, c'étaient toujours leurs mots que tu soulignais, pas les idées plus modérées de ton père ou moi. Nous étions trop passifs, trop pacifistes à tes yeux, et sous nos hésitations les moins courageuses tu tirais un trait tremblé au marker jaune, faisant de nous des lâches et des phraseurs. J'ai pleuré en voyant ces vagues jaunes et compris ainsi ce que tu pensais de moi.

J'ai remis le dossier à sa place et ne t'en ai jamais parlé, ni à ton père, espérant que tu tempérerais ton sens de l'injustice – et ce que je commence à percevoir comme ton sens de la provocation – pour en faire quelque chose de créatif. (Où est passée cette chemise? Je ne l'ai plus jamais revue après ton départ, et ne l'ai pas trouvée parmi tes effets personnels après ta disparition.) Bien que cela puisse sembler vaniteux, j'aurais aimé que tu me ressembles, ou plutôt à ton père, qui canalisait sa rage en une exploration passionnée, interrogative et explicative de la loi. Je me suis donc réjouie quand tu es devenue journaliste, soulagée que tu puisses t'exprimer librement sur la page, et espérant, contre toute attente, que tu ne te mettes pas en danger. Tu ferais le bien! Tu révélerais l'injustice! Tu lutterais avec les mots!

Les rares fois où nous t'avons vue à ton retour au Cap, je me rappelle la rapidité avec laquelle tu semblais frustrée

346

et te mettais en colère. Je le voyais bien, tu n'avais pas d'autre choix que de passer à quelque chose de plus direct, plutôt que continuer à rendre compte d'une actualité dont on t'autorisait à dire trop peu. Au lieu de cela, tu as décidé de te jeter dans l'enfer et la rage aussi longtemps que possible, de brûler comme un feu sacré, telle une flamme purificatrice courant par tout le pays, carbonisant l'herbe blonde.

Voici comme je le comprends : tu as senti que tu ne pouvais pas te faire entendre, tu croyais que tu n'avais pas d'autre choix que d'agir, de fermer ton stylo et faire taire les touches de ta machine, de laisser sécher l'encre et moisir les rubans, de laisser à d'autres personnes plus patientes le travail consistant à dire une vérité limitée et tronquée par l'État. Je comprends cette décision. Je comprends que ton père et moi ayons élevé une femme insatisfaite de ne faire que ce qui était sans danger, encore moins de faire ce qu'on lui disait de faire. Je comprends que tu aies pensé n'avoir pas d'autre choix que d'agir.

Mais nous ne t'avons jamais appris à tuer.

*

En retournant aujourd'hui à ton carnet, je trouve une page dédiée, de manière inexplicable, à des faits concernant Rick Turner, le philosophe et activiste qui après quasiment cinq ans de bannissement a été assassiné chez lui, d'une balle tirée à travers une fenêtre. Un froid terrible et douloureux me saisit lorsque je trouve ces notes sur lui, ici, de ta main. Turner encourageait l'activisme des Blancs et je comprends en un éclair comment, bien qu'il ait été tué quand tu étais encore une enfant, son modèle et son appel à l'action peuvent avoir été le coup de coude dont tu avais besoin pour sortir de ta complaisance et te précipiter tout droit dans la lutte armée.

Cependant, je me demande si les choses furent aussi simples. Tes notes sont plus une compilation de faits connus sur l'affaire, sur le meurtre non élucidé de Turner, que le genre de pensées qu'on note quand on est inspiré par un héros ou un martyr. On croirait presque que tu préparais une enquête de fond, comme si tu avais découvert, enfin, qui était Rick Turner – pas juste un ami d'un ami de la famille, quelqu'un dont on avait parlé au cours d'un dîner à l'époque de son assassinat, mais un homme avec son histoire propre, un autre modèle de Blanc au sein du pays, tel que ton père ou moi n'avons jamais pu te fournir.

1999

Sam était réveillé depuis une demi-heure, mal à l'aise sous la couette d'hiver qui avait récemment émergé du placard où Sarah faisait de la place pour ses nouveaux vêtements. Elle devait être réveillée elle aussi car, lorsque le téléphone retentit, elle le décrocha à la première sonnerie.

Qui est à l'appareil? De sa voix étranglée, elle se tourna vers Sam pour murmurer, le front plissé : *C'est la police. À Beaufort West. Mais je ne comprends pas vraiment ce qu'il dit.* La manière dont elle dit Beaufort West le fit sourire. Chaque syllabe était si clairement et nettement prononcée, Beau-Fort-West, en même temps que sa voix se fragmentait en une série de tons obstrués, difficilement audibles. Puis il comprit ce qu'elle lui disait, prit le téléphone et eut l'impression qu'elle lui passait un poids plus lourd que sa conscience.

Il n'eut pas besoin de lui poser la question. Elle lui proposa de venir avec lui, pour être sûre qu'il ne soit pas seul face aux événements. Il dirait à l'administrateur de la faculté qu'une situation grave s'était présentée dans sa famille, qu'il fallait qu'il s'absente mais qu'il essaierait d'être de retour avant le début du semestre de printemps.

Le mot «situation» était le plus prudent qu'il puisse employer pour qualifier ce qui était arrivé. Il signifiait non seulement que quelque chose avait eu lieu mais aussi la localisation de ce quelque chose. Il ne désignait pas seulement la maison, la rue et la ville, mais aussi la région, la province et le pays où vivait sa tante, et le lien de tous ces endroits avec les lieux alentour, leur état et leur condition, les environs plus lointains et ainsi de suite jusqu'à ce que ce contexte devienne le monde entier avec, dans un périmètre éloigné, la pulsation lumineuse d'un crime. Dans son esprit, tout cela était une situation particulière qu'il voyait comme dans un paysage dramatique, flouté par un canevas léger de sable suspendu, fin comme de la farine, pris dans les projecteurs. Il savait qu'il y verrait plus clair en s'approchant de la ville, que des mains invisibles montant de la terre jaune en soulèveraient le rideau de poussière.

Il avait attendu ces vacances avec impatience, cette occasion de s'échapper dans la chaleur de l'hémisphère sud, alors qu'au nord, c'était le beau milieu de l'hiver, même s'il s'agissait de rejoindre la poêle à frire du Karoo et la torpeur sociale de Beaufort West, où les jours passeraient en compagnie de sa tante et de ses amis désireux d'entendre le récit de sa vie à l'étranger, désireux eux-mêmes de s'échapper. Ellen avait prévu une excursion à Plettenberg Bay pour le Nouvel An, en s'arrêtant au retour à Prince Albert, car là-bas, avait-elle déclaré, on se croirait toujours au printemps, quelle que soit l'époque de l'année.

Allongé dans son lit ce matin-là, le téléphone encore à la main, il sentit l'attente brisée de cette échappée qui pleuvait autour de lui, avant de s'apercevoir que la pluie n'était pas que dans sa tête, mais de l'autre côté de la fenêtre, telle une douche de glace qui commença à recouvrir le verre, déformant leur vision de la circulation, une traînée de taxis jaune canari semblant cracher des feux de stop sanglants le long de West End Avenue.

Sam

C'est une journée oppressante de la mi-janvier dans la tour du Sénat : fenêtres trop petites, air stagnant, immeubles d'en face offrant un étrange mélange d'architecture postindustrielle, telle une vision de l'avenir, brutale et rétrograde.

« Si le Cap est la rencontre de San Francisco et de Miami Beach, avait pris l'habitude de dire Sarah à ses amis américains, alors Johannesburg, c'est Berverly Hills croisé avec Cleveland et *Blade Runner*. »

Je passe de longues heures dans ce bureau, faisant tous les jours l'aller-retour le long de Jan Smuts Avenue, toujours bourrée de voitures, la circulation étant congestionnée par les changements de largeur de route : trois voies dans une direction, puis deux, puis une, puis de nouveau deux, et parfois on a l'impression qu'il y en a cinq dans les deux directions alors qu'en fait elle n'est jamais aussi large.

« J'adore cet endroit, a dit Sarah ce matin, c'est l'idée que je me fais du paradis – travailler dans une maison au milieu d'un magnifique jardin avec ma piscine et des plantes merveilleuses. Le seul inconvénient, c'est la peur constante de me réveiller avec un fusil sous le nez. Mais je suppose que ça pourrait arriver n'importe où. »

Je m'arrête à l'intersection de Jan Smuts et St Andrews ; un immense panneau publicitaire devant moi montre une domestique dans un uniforme vert en train de taper dans un ballon de foot sous la légende UNE NATION UNIE. Devant le panneau se trouvent deux signalétiques indiquant des directions opposées : LA CLINIQUE DE LA MIGRAINE à droite, la COMMISSION SUD-AFRICAINE DES DROITS DE L'HOMME à gauche. C'est une compagnie pétrolière anglaise qui a sponsorisé le panneau publicitaire. Un homme s'approche, traversant la route avec un écriteau manuscrit : SOUDURE/PEINTURE, son numéro de portable griffonné en dessous. Il y a des écriteaux comme celui-là partout en ville, cloués aux arbres et collés aux murs. Quand il le tient devant ma vitre, je lève la main en guise d'excuse et lui fais signe de partir.

La tâche qui consiste à retranscrire les interviews avec Clare prend plus de temps que prévu. J'ai l'impression de finir par me noyer dans ses mots – et il n'y a pas que les transcriptions, il y a la montagne de matériel qu'elle m'a autorisé à copier dans ses archives, les divers entretiens que j'ai eus avec les quelques personnes dignes de foi ayant accepté de parler d'elle, sans oublier le rayon entier de la bibliothèque de l'université contenant tous les ouvrages consacrés à ses livres. Sans être insurmontable, la tâche pourrait en revanche prendre des années. Or je n'ai que douze mois avant l'échéance imposée par mon éditeur.

Je suis sur le point d'aller chercher une boisson froide et un paquet de pop-corn quand le téléphone sonne. C'est Lionel Jameson.

« J'espère que tu me pardonnes d'avoir été aussi brusque au mois de décembre. » Les parasites rendent sa voix tantôt aiguë et bourdonnante, tantôt rapide et rauque ; on dirait qu'il est à l'autre bout du monde. « Pour être franc, ta visite m'a complètement pris au dépourvu – un vrai choc.

— Tu croyais que j'étais mort ou je ne sais quoi ? »

Il y a d'abord un silence et puis, sans répondre à ma question, il lâche : « Si ton invitation à dîner tient toujours, j'aimerais l'accepter. Je crois que je te dois au moins ça. »

Je ne sais comment interpréter le ton de sa voix, mais je parle avec Sarah et nous convenons de l'inviter vendredi. Elle part en Angola au début de la semaine prochaine et, pour je ne sais quelle raison, je sens qu'il vaudrait mieux ne pas voir seul Lionel.

Quand je le rappelle pour lui donner l'adresse il dit : « Oh, très chic. Autre chose, il y a quelqu'un que j'aimerais amener, si ça ne pose pas de problème ? » Il n'a pas besoin de me dire que c'est Timothy – je le sais déjà, comme si un cauchemar prémonitoire me l'avait appris.

*

Le vendredi soir, alors qu'il fait encore jour, ils arrivent dans une voiture noire aux formes effilées – celle de Timothy, pas de Lionel. Nous regardons le portail se refermer et bien que nous soyons relativement en sécurité dans ce minicomplexe, Timothy enclenche d'un geste expert de la main le mécanisme qui actionne le verrouillage central.

« Je sais qui tu es, dit-il, me mettant une bouteille de Kanonkop Pinotage vieille de dix ans entre les mains, et je suppose que tu te rappelles qui je suis. »

La différence entre les deux hommes ne pourrait être plus prononcée. Autant Lionel est pauvrement vêtu, effacé, pas rasé depuis plusieurs jours, la peau abîmée par le climat et les yeux injectés de sang, autant Timothy paraît trop apprêté et trop soigné. Ses ongles sont limés, son costume est plus cher que tout ce que je ne pourrai jamais m'offrir. Il est pourri par le succès.

Les présentations faites, nous buvons des cocktails autour de la piscine jusqu'à la tombée du jour. Timothy travaille maintenant pour le ministère du Tourisme. Il nous écoute parler, gardant un silence qui me dérange. Sarah s'excuse quelques minutes pour aller téléphoner ou répondre à un email, absence durant laquelle j'aurais pu m'attendre que l'un ou l'autre me fasse un compliment sur elle, mais dès qu'elle s'en va Lionel se tait et tous deux fixent le sol, faisant tourner la glace dans leurs verres, attendant d'être resservis. Le fromage, les crackers et les olives que je propose disparaissent ; Sarah et moi y avons à peine touché.

Je suis sur le point de suggérer que nous entrions dîner quand Timothy finit par parler.

« Lionel m'a dit que tu voulais savoir ce qu'était devenue Laura Wald.

— Oui, mais nous ne sommes pas forcés de le faire maintenant. J'espérais juste que vous pourriez me dire quelque chose à propos de ce qui lui est arrivé. »

Les deux hommes se regardent, comme pour vérifier qu'ils sont toujours d'accord. Les minutes passent et il fait presque nuit. Le soleil descend d'un coup comme un volet qu'on ferme tandis que le froid se répand sur la pelouse. Un hagedash fait irruption du jardin voisin, déployant des ailes de fer battu, et pousse un unique cri monstrueux. Timothy me fixe d'une manière étrange, comme s'il me jaugeait.

« Écoute, mon ami... tu n'as aucune idée de ce que tu demandes. »

Au cours du dîner nous parlons tous les quatre comme si rien n'avait jamais eu lieu entre Timothy, Lionel et moi. Timothy nous renseigne sur ce qu'il faut voir et faire à Johannesburg, où ne pas aller, à quel point prendre au sérieux les conseils de prudence générale et de sécurité personnelle. Lionel affirme de façon péremptoire que la ville n'est pas aussi dangereuse qu'on nous le fait croire. Je fais un effort pour me concentrer sur la conversation, ne cessant de me demander ce que Timothy a bien voulu dire, captant son regard par instants, le surprenant en train de m'étudier à la dérobée, comme s'il doutait que je sois ce que je prétends être.

Le dîner terminé, Sarah s'excuse de nouveau, expliquant qu'elle doit terminer un article avant d'aller se coucher – nous étions convenus à l'avance qu'elle me laisse de l'espace pour parler seul avec les deux hommes. Elle n'a pas d'article à terminer, ni de date butoir à respecter.

Alors que nous sommes enfin seuls, le silence s'installe à nouveau entre nous. Lionel et Timothy ne me posent aucune question sur moi, sur ma vie durant les années qui nous séparent de la dernière fois où je les ai vus. Si je ne leur pose pas de questions, ils se taisent – à mes yeux, ils font plus figure d'hommes que moi. Il émane d'eux une dureté à fleur de peau, un danger, un manque de domestication et de soin, comme s'ils pouvaient casser une chaise ou briser un verre si la fantaisie les en prenait, sans se soucier des conséquences. Ce n'est pas ainsi que je me souvenais d'eux.

«Il n'y a rien que vous puissiez me dire à propos de Laura?»

Leur hésitation me laisse perplexe et je me demande s'il ne s'agit pas tout simplement d'un genre particulier de gaucherie sud-africaine que j'avais oublié – être peu disposé à parler, remplir les silences par le bavardage, tourner autour d'un sujet sans jamais l'aborder directement.

«Qu'est-ce que tu veux savoir au juste, mon ami? demande Timothy, un sourire forcé sur les lèvres.

— J'aimerais savoir ce qui lui est arrivé.

— Oh! je ne crois pas», dit-il en secouant la tête en rythme, ponctuant chaque syllabe par un tour à gauche puis à droite.

Lionel remue sur son siège, joue avec son verre, s'éclaircit la gorge. «Tu ne peux pas en rester là, dit-il à Timothy. Il faut dire à Sam ce qu'il veut savoir.

— Je n'ai personne d'autre à qui poser la question, lui dis-je. Je ne saurais ni qui approcher ni par où commencer. Vous comprenez que je veuille savoir, moins pour mon livre que par nécessité personnelle. Laura était une amie. Elle était presque comme une mère à l'époque.

— Non, mec, tout ça c'est de l'histoire ancienne », dit Timothy, en agitant les mains, comme pour repousser le passé vers le salon. Il se lève, va et vient derrière son siège, tout en continuant à secouer la tête. Lionel semble gêné, lève les sourcils à mon intention et affiche un sourire peiné quand Timothy se penche pour saisir la bouteille de vin, se verse un nouveau verre et se met à boire bruyamment. Il prend un livre sur Johannesburg dans la bibliothèque et l'ouvre brutalement. Il est évident qu'il sait quelque chose à propos de Laura.

« Si tu ne veux pas le dire à Sam... commence Lionel, mais Timothy l'interrompt.

— On est déjà passé par la résurrection des morts, on a remué le passé, fait parler les ossements. Ça a été épuisant pour nous tous. Et ça n'a pas fait de bien non plus. Il n'y a rien de plus à dire, Sam. Il ne faut pas que tu poses ces questions.

— Je veux juste savoir ce qui lui est arrivé. Tu n'es pas obligé de me dire quoi que ce soit, je ne peux pas te forcer à le faire, c'est certain, mais si tu sais où elle a fini... » Je suis conscient du ton suppliant qui est le mien, gêné parce que cela me rappelle mon enfance, lorsque je discutais avec Laura, ma tante, les professeurs, quiconque ne me donnant pas ce que je voulais.

« Tu veux savoir une chose ? soupire Timothy, en replaçant le livre sur le rayonnage et en se tournant vers moi, son verre pointé dans ma direction. Tout ce que je peux te dire c'est que Laura était du mauvais côté de l'histoire. Voilà ce que je peux te dire. »

Je ne comprends pas ce qu'il veut dire. Ce qu'il suggère semble impossible. « Tu veux dire qu'elle était trop militante ? »

Timothy grogne, boit une gorgée. « Bon Dieu, tu n'as vraiment aucune idée de la réalité, hein ?

« — Allons, Tim, comment est-ce qu'il pourrait savoir?» Lionel se penche en avant et s'apprête à en dire plus quand Timothy l'en empêche en tendant le bras. Lionel se remet dans sa position initiale.

«Elle était du mauvais côté, Sam. Timothy se rassied; il parle plus bas maintenant, comme s'il faisait un effort pour adapter le ton de sa voix à mon expression. Elle était du mauvais côté et quelqu'un l'a démasquée. C'est tout ce que je sais.

— Mais rien de tel n'est apparu à la CVR...

— La CVR était imparfaite. Elle était incomplète. Elle ne tenait pas compte de la totalité des dernières années d'apartheid. Écoute, dit-il, en joignant les mains comme un prêtre, Laura constituait une gêne. Personne ne voulait parler d'elle – ni nous ni le camp adverse. L'affaire a été, je ne sais pas, en quelque sorte étouffée, et ce genre de chose ne se fait pas par le bas. Il faut un mandat, si tu vois ce que je veux dire. La famille, heureusement, n'a jamais cherché à creuser l'affaire. Sinon, qui sait ce qui aurait émergé. Nous aurions pu apprendre ce qui lui est arrivé.

— Alors, vous ne le savez pas?»

— Je sais juste qu'elle est partie avec un des autres et qu'elle n'est jamais revenue. L'homme qui l'a fait passer, il est mort peu après, tué par une lettre piégée au Mozambique. Si quelqu'un a pu savoir ce qui lui est arrivé, où elle a fini, où elle peut avoir été enterrée, c'était lui. Mais il ne peut plus nous le dire. De fait, elle a complètement disparu.»

Cette information me fait l'effet d'un déferlement ou d'une explosion. Je me sens agressé, anéanti, perturbé. Je voudrais qu'ils s'en aillent. Depuis le début, contacter Lionel était une erreur. J'invente brusquement une excuse, je dis que Sarah doit se lever tôt. Lionel semble embarrassé et j'entends Timothy murmurer quelque chose comme : «Je t'avais bien dit que ça finirait comme ça.» Tout en regardant la voiture descendre l'allée en marche arrière, je n'espère qu'une seule chose, c'est ne jamais les revoir. Je ne veux pas connaître leur version de l'histoire.

De retour à l'intérieur, je raconte à Sarah ce que Timothy m'a dit. Pendant que je parle, mes mains et mes bras tremblent et je commence à perdre ma voix. Je parviens à lui dire que je ne sais pas comment interpréter tout ça. Elle s'accroche à moi, m'écoute divaguer et haleter. Laura était censée être une amie de mes parents et pendant tout ce temps, j'étouffe, elle les aurait trompés. Sarah ne me dit pas de me calmer, ni de ne plus y penser.

«Est-il possible, dis-je, voyant partout du rouge, la pièce palpitant et bourdonnant autour de moi, qu'elle ait piégé mes parents?»

Sarah secoue la tête. C'est une question à laquelle elle ne peut pas répondre.

*

Lundi matin. Sarah prend l'avion pour l'Angola où elle va passer la semaine. Je l'emmène à l'aéroport avant de me barricader dans la maison pour me plonger dans le nouveau livre de Clare qui est arrivé aujourd'hui et est peut-être, ironiquement, la distraction dont j'ai besoin pour m'empêcher de penser à Laura. J'ai peine à croire ce que m'a dit Timothy, mais pas de raison de penser qu'il mentait. Et pourtant il semble impossible que Laura ait été dans le camp adverse. Cela n'a pas de sens, et en même temps ça semble parfaitement expliquer non seulement sa disparition, mais aussi la manière dont mes parents sont morts.

Au bord de la nausée, je m'abstrais de ces pensées qui ne cessent de tourner follement dans mon esprit en espérant trouver du réconfort, peut-être même une réponse, sous la plume de Clare.

La couverture d'*Absolution*, élégante et mate, a comme illustration l'image d'une ferme ensoleillée de style hollandais, blanchie à la chaux et entourée d'arbres, avec une montagne au fond, le tout vu à travers une vitre brisée, un escargot se traînant sur des éclats de verre le long du rebord qui encadre la scène. Sans l'effet de distorsion de la vitre, l'image de cette maison, dans ce paysage, serait presque kitsch, un stéréotype de décor pastoral sud-africain, un mauvais Pierneef, mais je suppose que c'est sans doute volontaire. Cependant le cadre nous invite à spéculer sur les propriétaires et la nature de cette maison à la vitre cassée, sur la ou les personnes qui l'occupent, susceptibles d'observer à travers les ondulations du verre brisé, au-delà de l'escargot, l'élégante maison au loin. Ce pourrait être un cottage d'ouvrier sur une exploitation vinicole, plein de courants d'air et mal éclairé, mal entretenu, assez proche de la maison pour en avoir une bonne vue, mais empiétant sur le tableau idyllique, les chèvres sur la pelouse, les canards sur un étang ombragé, les écureuils et les chênes importés d'Angleterre. Le texte n'a rien à voir avec l'image, ou du moins rien d'évident. Tout en le lisant, j'espère y trouver quelque chose, même une référence oblique, un murmure ou un silence qui pourrait me concerner.

Évidemment il n'y a rien. Le livre a été écrit avant que je commence à interviewer Clare et je n'arrive pas à y détecter ne serait-ce qu'une référence indirecte à moi, pas même un silence éloquent. J'essaie de ne pas être déçu. Quand je le termine, il est tard dans la soirée, il fait presque nuit dehors.

Dans la cuisine, portes et fenêtres fermées à double tour malgré une chaleur étouffante, je me verse un verre de vin, le livre toujours à la main et ne cesse de le retourner, de palper sa couverture pour en éprouver le satiné. Au dos, l'éditeur a classé le volume dans la catégorie « FICTION », au cas où l'on en douterait. Mais comment ne pas en douter, quand on trouve dans le roman une Clare, nommée ainsi dans le texte, et une Marie, de même qu'un Mark, fils de Clare, qui ne doit pas être très content de la manière dont elle l'a représenté. Le livre offre ce qui semble être une description fidèle de l'étonnant arrangement conclu entre Clare et Marie, trop intime et trop symbiotique pour n'être que professionnel. Bien qu'employeur et employée, leur façon de vivre ensemble, inséparables et interdépendantes, parle davantage d'amitié ou d'amour que de contrat ou de rémunération. Je revois Marie apportant le déjeuner dans le bureau de Clare sur une table roulante, leur communication silencieuse par un simple regard, voire un autre signe corporel – un doigt à peine levé, un minuscule haussement de menton, un pincement de lèvres. Que deux personnes puissent lire dans les pensées l'une de l'autre aussi facilement relève presque de la magie.

J'ignore si Clare a été cambriolée – elle ne m'en jamais parlé. En contrepoint à la narration de ces récents traumatismes et autres perturbations, il y a de longues digressions à propos de ses ancêtres, de leur migration depuis l'Angleterre dans les années 1820, l'histoire économique de sa famille, le tout exposé d'une voix distante, à la troisième personne. L'équilibre entre les deux – le récit parfois surréaliste de ses traumas et l'historiographie plutôt sèche de la famille et de l'enfance – ne semble pas relever de la fiction pure et simple. Dans sa lettre explicative, Clare me dit que ce livre est le plus autobiographique de tous ceux qu'elle a jamais écrits, mais il n'est pas présenté comme tel et, en même temps, je ne vois pas du tout comment il fonctionne en tant que fiction. La vraie question que je devrais me poser c'est : à quoi sert à Clare de le qualifier de fiction ?

Le véritable choc vient de la révélation à propos de sa sœur, Nora. J'imagine que c'est là où elle voulait en venir depuis le début – la question qu'elle s'attendait que je lui pose lors de notre dernière réunion au Cap, la piste qu'elle pensait que j'avais découverte ! Il serait tentant de ne voir rien de plus dans ce livre qu'une occasion de livrer la confession détaillée de sa participation à un crime capital, à savoir le fait qu'elle ait étourdiment donné une information ayant mené à l'assassinat de sa sœur et de son beau-frère. Son détour par l'histoire peut être interprété comme une manière de replacer ses actions dans un contexte plus large, voire, carrément, comme une défense et une apologie de ce qu'elle a fait : Regardez d'où je viens et vous comprendrez ce que j'ai fait, ce qu'il fallait que je fasse. L'histoire se joue de nous, semble-t-elle dire, elle fait de nous des marionnettes. Évidemment, le fait de classer le livre dans la catégorie «fiction» lui permet d'éviter toute question légale touchant à sa responsabilité vis-à-vis de ces morts, si jamais on cherchait à la lui attribuer. *C'est un roman,* pourrait-elle dire, *une version de moi qui n'a que peu de ressemblance avec mon «moi» réel. Ne confondez pas cette personne, l'individu qui est en train de vous parler à l'instant, avec mon personnage. Beaucoup de gens voulaient tuer mon beau-frère. Je n'ai joué aucun rôle.* Sur la page de copyright se trouve un démenti : *Toute ressemblance avec des personnes existant ou ayant existé ne saurait être que fortuite, y compris les personnages qui portent les mêmes noms que mon fils, Mark Wald, mon assistante, Marie de Wet, et mon ex-époux, William Wald. J'utilise ces noms avec la permission des personnes réelles à qui ils appartiennent.*

J'écris un mot dans lequel je remercie Clare pour son livre et la complimente sur son style, mais je reste un peu dérouté. L'intrusion dans sa maison, qui est d'une importance capitale au début du récit, n'est jamais résolue. Il y a aussi de la lassitude dans ces pages, derrière laquelle sourd une colère étonnée par la façon dont le monde a changé – plus particulièrement devant ce que notre pays est devenu, passé l'espérance des premiers temps, et cette perspective qu'une société puisse se transformer d'elle-même, par un effort conjugué de bonne volonté et d'amour désintéressé, en un modèle de ce à quoi le monde devrait déjà ressembler. Au lieu de cela, semble dire Clare, le pays se révèle être un cruel microcosme du monde réel, une guerre de tous contre tous où le sang est omniprésent, un cauchemar éveillé où règnent l'exploitation, la corruption et la beauté hideuse, et qui semble condamné à ne jamais finir, ou à ne pouvoir finir que d'une seule manière. Il serait compréhensible de voir dans ce livre un genre particulier d'afro-pessimisme, mais je soupçonne que ce n'est pas son intention première.

Je n'écris pourtant rien de tout cela dans ma réponse à Clare, lui annonce que je me réjouis de la voir en mai à Stellenboch et de poursuivre notre conversation. En réalité, je n'ai aucun besoin de poursuivre nos entretiens. Quant aux quelques questions laissées en suspens, aux éventuels besoins d'éclaircissements, tout cela pourrait se faire d'ici, par téléphone ou par email. La vérité est qu'il me tarde de la revoir. Je feuillette de nouveau son livre comme pour rester avec elle, et je tombe soudain sur la dédicace que j'avais ratée la première fois parce que les pages étaient collées.

Pour mes enfants – ceux que j'ai gardés
près de moi, et ceux que j'ai reniés.

Ma gorge se serre, une acidité violente envahit ma bouche. Peut-être se souvient-elle de moi, après tout.

Absolution

Tandis que Mark observait le reflet de sa mère dans la fenêtre, Clare sentit qu'elle ne pourrait s'arrêter avant que le tableau fût complet, que cette histoire finirait par poser problème, par s'interposer entre eux si elle n'était pas résolue. Elle arracha un morceau à son quignon de pain puis, voyant qu'elle n'avait toujours pas d'appétit, le reposa sur l'assiette.

«Tu étais le bébé parfait. Tu ne pleurais ni ne faisais presque jamais d'histoires. Tu souriais, riais et avais les yeux les plus grands que j'aie jamais vus chez un enfant, comme si tu ne te lassais jamais d'examiner tout ce qui t'entourait. Je pensais que tu deviendrais un scientifique parce que tu semblais posséder un talent naturel pour l'observation. C'était avant qu'on sache que tu étais myope.» Avant cela, pensa-t-elle et avant qu'on lui découvre d'autres problèmes, ce souffle au cœur qu'elle s'était toujours refusé à qualifier de déficience, l'asthme grave qui était apparu à l'adolescence – autant de problèmes qui avaient été en quelque sorte des bénédictions.

Mark eut un sourire qui lui rappela William, charmant et persuasif, et porta les doigts à la monture de ses lunettes. «Le droit est un bon antidote, j'ai mes jumelles à moi.»

Clare se demanda s'il savait à quel point on voyait mal avec des jumelles – les détails d'un petit objet à distance, oui, mais rien autour ni à mi-chemin : la chose sans son contexte.

«Lorsque tu étais bébé, on t'aurait cru forgé par les dieux ou envoyé de Hollywood par l'agence centrale de casting. S'il y eut jamais un héros de naissance, alors tu as été celui-ci.

— Tu me dis que Nora était jalouse.

— Dès les premiers jours de son mariage, elle avait essayé de tomber enceinte. À la fin, ils ont fait des examens puis elle a confié à ma mère que le problème ne venait pas d'elle, mais de Stephan – ce qui signifiait à l'époque ne pas avoir d'autre choix que de rester sans enfant ou bien d'adopter. Et Stephan était absolument contre l'adoption. Il disait qu'on ne pouvait pas savoir ce qui se cachait dans les gènes du bébé d'un inconnu. Il redoutait des caractéristiques négroïdes qui ne se manifesteraient que sur le tard. Alors imagine quand la sœur cadette haïe de ta tante a produit cet enfant d'apparence divine ! C'était la gifle à laquelle Nora se préparait depuis le jour de l'anniversaire de Dorothy. C'était le signal du début d'une guerre totale entre nous, bien que pour moi cela n'ait rien changé. J'avais toujours su quelle me considérait, au mieux, comme une adversaire, au pis, comme quelque chose de beaucoup plus dangereux. Certaines personnes sont capables d'être un objet de haine en continuant à réagir avec amour, ou, si ce n'est avec amour, au moins avec indifférence. Et puis il y a les gens comme moi, dit Clare, posant sa tête sur une main. Je ne voulais pas haïr ma sœur, vraiment je ne le voulais pas. Je voulais être plus vertueuse qu'elle, plus aimante, mais je n'y arrivais pas. Sa haine nourrissait la mienne. Il me manquait la maturité, le sens moral nécessaires pour répondre au mal par l'amour, pour me comporter autant que possible de façon altruiste.

— Tu dis que ça a été le début d'une guerre, mais je ne comprends pas ce que tu entends par là, fit Mark, se tournant pour regarder de nouveau sa mère en face. Cette chose à l'anniversaire de Dorothy, le gâteau, j'imagine bien que cela ait pu affecter vos relations, enfants. Mais quand vous avez été adultes, elle doit avoir fait quelque chose de terrible pour que tu parles d'elle de cette manière. Je ne me doutais absolument pas que tu la haïssais.

— C'est là que tu interviens, mieux, que tu deviens la clef de voûte de tout l'édifice dans ce que j'ai perçu comme son complot contre moi – même si de l'avis général ce n'est qu'une vue subjective. Ne te moque pas. Aussi remarquable que tu aies pu être, tu n'étais pas assez grand pour avoir conscience, ni même pour te souvenir le moins du monde de cette période. Dès le premier mois après ta naissance, Nora arrivait sans prévenir à la maison de Canigou Avenue, accompagnée par le chauffeur qu'elle et Stephan employaient. Souvent elle apportait son appareil photo et insistait pour prendre des photos de toi, son « adoré » comme elle disait – pas « son neveu adoré », mais « son adoré à elle » –, comme si tu lui appartenais et non à moi. Au début, j'ai été déconcertée, surprise, mais aussi pleine d'espoir, imaginant qu'elle pourrait se défaire de son ancienne animosité pour assumer un rôle positif dans nos vies. J'espérais, aussi, que son intérêt soudain pour toi impliquerait un engagement moins important dans les activités politiques de Stephan et de son parti. Si elle avait pu dériver aussi loin de son point de départ, pensais-je, comment savoir ce qu'il en serait de moi. Jeunes, on ne sait pas que la dérive et le réalignement ne sont pas toujours à craindre. Mais Nora avait dérivé aveuglément, satisfaite, une fois à flot, d'embrasser le premier port qu'elle avait rencontré.

— Mais les visites, et les photos de moi – tu les as vues ?

— Jamais. J'imagine qu'elles étaient sinistres, très éloignées de la réalité. Parce qu'elle venait sans prévenir à des heures bizarres, elle trouvait souvent – et à la fin j'ai compris qu'elle le faisait exprès – la maison en désordre. Nul doute qu'elle espérait te surprendre en train de ronger un exemplaire de contrebande de *L'Amant de lady Chatterley*. En ces premières années de notre mariage, ton père et moi vivions comme des bohémiens. Nous n'avions pas de personnel pour nous aider à garder l'endroit propre et j'avais du mal à écrire, à m'occuper de toi et de la maison avec ton père qui ne faisait pas grand-chose d'un point de vue domestique, si ce n'était te bercer, roucouler et déclarer que tu étais le bébé le plus beau et le plus intelligent qu'il ait jamais vu. Je reconnais qu'il était occupé, mais ça ne facilitait pas les choses.

— Donc tu n'as jamais vu les photos. Tu supposes juste qu'elles étaient sinistres.

— Je crois avoir de bonnes raisons de le supposer. Peu après le début de ses visites, mes parents, qui, à l'époque, avaient déjà déménagé à Fish Hoek, m'ont téléphoné pour me demander si tout allait bien. Ils voulaient savoir si ton père et moi nous débrouillions. Quelque peu déstabilisée, je leur ai répondu que nous nous débrouillions très bien. Ils se demandaient s'ils ne pouvaient pas venir un de ces jours. Je leur ai dit qu'ils étaient toujours les bienvenus, mais leur ai rappelé que j'essayais de travailler en même temps qu'être mère et femme au foyer. Je pensais qu'ils s'en tiendraient là.

— Mais les photos – pour autant qu'il y en ait eues – ne sont pas revenues à grand-mère et grand-père ?

— C'est alors que j'ai commencé à m'inquiéter sérieusement – à avoir peur, même. Je crois que l'idée était de préparer le terrain avec tes grands-parents. Quelques semaines après leur coup de téléphone, le directeur du département de ton père l'a convoqué pour lui demander si tout se passait bien chez nous, et a vaguement bafouillé des choses à propos du fait de "créer un environnement adapté au bien-être d'un enfant". Il a parlé de l'importance de l'environnement moral, aussi bien que physique, comme pour suggérer que, dans notre cas, tous deux pouvaient être mis en question. Ton père lui a assuré que tout allait parfaitement bien à la maison et la semaine suivante nous avons engagé notre première bonne. J'ai oublié son nom – Pamela ou Pumla. Ton père a fabriqué un petit placard bien camouflé dans le grenier au-dessus de notre chambre où j'ai caché, mieux que par le passé, nos livres et papiers compromettants. D'une certaine manière, Nora nous a rendu service. Quand la police est venue, ils n'ont rien trouvé. Nous affichions une apparence bourgeoise banale que personne ne pouvait remettre en question, du moins en surface. Nous avions mis au point notre numéro, grâce en grande partie aux agissements de Nora.

— Mais tu n'as pas de preuve certaine qu'elle ait dit quoi que ce soit contre toi à qui que ce soit. Tu ne fais que le supposer...

— Tu ne connais pas ta tante, mon chéri. Aie confiance en ma version des faits.

— Elle semble hautement subjective et conjecturale. Apparemment, tu n'as rien, sinon des preuves indirectes. Est-ce que tes parents ou le directeur du département de papa ont parlé de photos ?

— Non, mais...

— Donc, ça s'est arrêté là. » Mark paraissait en avoir entendu plus qu'assez. Clare se demanda s'il était aussi pugnace dans une salle d'audience qu'il l'était avec elle. Pas étonnant qu'il eût tant de succès.

« Non, ça ne s'est pas arrêté là. Un mois après le rendez-vous de ton père avec son directeur, une sorte d'assistante sociale est venue me voir. Elle ne s'était pas annoncée, mais tout était en ordre, propre, rangé, rien qui clochait, un véritable tableau de la perfection banlieusarde, réalisé à grands frais, sache-le. La femme s'est excusée et s'en est allée après une demi-heure passée à bavarder avec moi, à jouer avec toi, et à refuser de répondre à mes questions. Une semaine plus tard, la police est arrivée, expliquant que quelqu'un avait téléphoné pour leur signaler que nous mettions un enfant en danger. Ils n'ont rien trouvé, nous ont lancé un au revoir menaçant, puis nous ont laissés tranquilles.

— Et tu supposes que c'était Nora.

— Ça ne pouvait être qu'elle.

— Ça n'aurait pas pu être quelqu'un qui en voulait à papa, ou à toi, ou même à grand-père ?

— Je suppose que c'est possible. Mais Nora est le suspect numéro un. Quoi qu'il en soit, aucune de ces interventions n'ayant eu l'effet désiré, elle s'est de nouveau invitée chez nous, se présentant toujours aux moments les plus importuns. À ce moment-là, je ne voyais pas d'inconvénients à la laisser entrer, mais j'étais terrifiée à l'idée qu'elle ne s'arrêterait jamais avant d'avoir obtenu ce qu'elle désirait.

— À savoir ?

— Tu ne devines pas ? Elle voulait me déposséder de mon enfant, t'arracher à moi, et t'avoir pour elle toute seule. Puisqu'elle ne pouvait pas concevoir d'enfant, elle avait choisi la meilleure solution de remplacement. J'ai compris alors que si je voulais te garder, j'allais devoir te défendre à tout prix. J'allais devoir me débarrasser d'elle. Il fallait que je la fasse disparaître. »

Tandis que l'eau chauffait, Clare trouva un pot de café soluble dans le garde-manger. Elle fut obligée de lire les instructions sur l'étiquette et se demanda ce que pouvait être une cuillère à café, si c'était une mesure précise telle que sa mère l'employait jadis, ou un ustensile d'un volume imprécis que la plupart des gens utilisaient. Elle choisit la seconde hypothèse et versa deux généreuses cuillerées de granulés dans chaque tasse – c'est ainsi qu'Adam le prenait, bien qu'il lui fallût toujours trois sucres en plus. L'eau se mit à bouillir et elle la versa dans l'une des tasses, en laissant de la place pour le lait. Elle chercha du sucre dans le garde-manger, mais n'en trouva pas, puis pensa à regarder dans le placard à côté de la cuisinière, où il n'y en avait pas non plus. Puis elle se rappela les boîtes sur le comptoir de la cuisine, et comme une insultante évidence, en découvrit une sur laquelle était écrit le mot

SUCRE juste à côté de la bouilloire. Il fallait qu'elle demande à Marie de commencer à mettre des étiquettes sur les placards avec l'inventaire détaillé de leur contenu. Si une bibliothèque avait un catalogue, alors une cuisine devait en avoir un aussi.

Elle trouva deux dessous de verre dans le meuble d'angle du salon et posa les tasses sur la table basse. Mark regardait les informations et n'en avait pas décollé les yeux quand sa mère était entrée.

«J'espère que ça ira, dit-elle en désignant le café. Je suis plutôt perdue dans la cuisine.

— Merci, je suis sûr que c'est parfait.» Il parla sans la regarder, les yeux sur l'écran. Sans prendre la peine de lui demander son avis, Clare éteignit la télévision.

«Tu peux me parler comme un fils, et pas juste comme un interlocuteur?»

Mark soupira, sirota son café, et posa la tasse avec une violence qui surprit Clare. «Tu attends de moi que je joue trop de rôles, mère. Tu sembles vouloir faire de moi ton confesseur et ton juge, en plus de ton enfant. Je ne peux pas être toutes ces choses à la fois. Si c'est un confesseur ou un juge dont tu as besoin en ce moment même, ça je peux m'y prêter. Mais si tu veux un fils, c'est un rôle que je ne peux plus jouer. Ton éducation n'a pas fait de nous des êtres chaleureux. As-tu encore des choses à confesser à propos de tante Nora? Y a-t-il d'autres horreurs que tu as envie de me dire?

— Si tu veux bien faire l'effort d'écouter la vieille femme que je suis, je n'en ai pas tout à fait terminé, en effet, à condition que tu y prêtes attention, dit Clare, la voix crispée et sonnant faux à ses oreilles.

— Bien sûr que je veux t'écouter, mère. Ce n'est pas ce que j'ai voulu dire. Je suis fatigué, et je suis désolé si j'ai été brusque. Ce n'était pas mon intention.

— Ce qui reste à raconter de la saga de Nora sont les circonstances exactes de ma trahison, si tant est qu'on puisse trahir quelqu'un qui est déjà objectivement votre ennemi. Après son complot contre moi...

— Tel que tu l'as perçu.

— Très bien, disons alors qu'après avoir eu l'*impression* qu'elle complotait contre moi, après avoir supputé une tentative pour me faire passer pour une mère indigne – après cela les événements ont tourné en ma faveur. Comme tu le sais, Stephan était plus qu'une étoile montante dans le parti, on l'attendait comme le messie, et on l'a nommé à un poste diplomatique qui les a conduits, Nora et lui, à Washington. Tu ne peux pas imaginer à quel point j'ai été soulagée de les voir quitter le pays. *Enfin,* ai-je pensé, *elle est sortie de ma vie!* J'ai passé presque une année en toute tranquillité et puis, un jour, j'ai appris de la bouche de Nora qu'elle et Stephan rentraient chez eux et passeraient seulement quelques nuits au Cap avant d'aller à Pretoria. Stephan était nommé à une poste important dans l'exécutif, m'a-t-elle dit. Comme tu peux l'imaginer, l'idée du retour de Nora et de la promotion de Stephan m'a emplie d'appréhension. Je la voyais déjà faisant ce qu'il fallait pour t'arracher à moi et, dès que j'ai raccroché, j'ai commencé à préparer notre émigration, pensant que ce serait le seul moyen de te protéger d'elle.

— Et tu les as vus à leur retour au Cap?

— D'une certaine façon, dit Clare, l'image des visages de Nora et Stephan, tels qu'elle les avait vus pour la dernière fois réapparaissant en un éclair dans sa mémoire. Le jour précédant leur retour, je suis allée à une réunion de l'un des groupes auxquels j'avais commencé à m'affilier. Je pensais que c'était surtout un groupe de discussion pour radicaux de même obédience. Nous n'avions pas d'affiliation formelle, pas de noms pour désigner ce que nous étions. Je savais peu de chose sur les autres membres, sinon que c'étaient de jeunes hommes et femmes unis par une même haine de l'oppression. Il y avait des rumeurs selon lesquelles un membre du groupe, un homme qui parlait rarement, avait peut-être des liens avec le MK, voire était lui-même un cadre du MK. Je ne me rappelle pas son nom, ne l'ai peut-être jamais su, donc je ne peux pas être plus précise. Tout le monde savait que Nora était ma sœur et, d'une manière ou d'une autre, on en vint à parler de Stephan. Voilà une occasion, pensai-je, de me rendre intéressante auprès de ces gens que je respectais, et dans le cas de l'homme qui parlait rarement, qu'il appartienne ou non à la branche armée du mouvement de libération, peut-être de me rendre utile. J'annonçai que ma sœur et mon beau-frère arriveraient au Cap le jour suivant pour un séjour de quelques nuits. L'homme qui parlait rarement sembla soudain s'animer et me demanda s'ils habiteraient chez moi. Je lui dis que non, qu'ils résideraient dans une maison d'hôtes à Constantia. Je lui donnai le nom, sachant au moment même que je mettais très probablement la vie de ma sœur en danger. Nora avait laissé entendre au téléphone que leur retour n'était pas connu du public et que l'endroit où ils descendraient serait tenu secret du fait que Stephan avait reçu des menaces de mort. Il y avait des articles concernant Stephan et ses activités à Washington dans la presse nationale, des articles à propos de l'argent qu'il collectait auprès d'investisseurs internationaux et du FMI – tout cela avait été largement rapporté, de manière critique par ceux qui avaient le courage de critiquer, et louangeuse par les porte-parole de l'establishment. Je savais qu'en divulguant non seulement leur itinéraire, mais aussi leur lieu de résidence au Cap, je pouvais les mettre tous les deux en danger. Et au lieu d'être envahie par le remords, je ressentais un torrent d'excitation, et même une sorte de terreur extatique, parce que je m'étais montrée non seulement en tant qu'épouse d'un professeur de faculté et mère, mais aussi comme un écrivain qui, bien qu'ayant très peu publié, détenait des informations et savait à quel moment les utiliser sans avoir peur d'agir. L'homme qui parlait rarement me remercia pour ces informations intéressantes et nous passâmes à un autre sujet.

— Et les jours suivants... ?

— Deux jours plus tard ils étaient morts. La police m'a réveillée au milieu de la nuit et m'a emmenée identifier les corps. Ils avaient été défigurés. Leur assassin supposé, John Dlamini, était un homme que je n'avais jamais rencontré à aucune des réunions auxquelles j'avais assisté, il n'était certainement pas l'homme qui parlait rarement et qu'on disait lié au MK. Dlamini, comme tu sais, a été arrêté peu après et, contrairement à d'autres assassins et candidats à l'assassinat dans ce pays – par exemple Tsafendas et Pratt –, Dlamini n'a été déclaré ni fou ni déséquilibré, et a été promptement condamné à mort. Il n'a pas protesté de son innocence, ni prétendu être contrôlé par un corps étranger (humain, animal ou national), mais a insisté sur le fait qu'il travaillait seul et n'avait rien voulu d'autre que détruire la quintessence de l'État d'apartheid, ou quelque chose de ce genre. Il est mort en prison avant de pouvoir être exécuté.

— C'est la fin de ton histoire ? »

La froideur de la voix de Mark, son débit sec comme une claque, sortit Clare de son récit. Elle baissa les yeux sur ses genoux pour découvrir que ses mains tremblaient. « Je suppose que oui. Tu veux me faire subir un contre-interrogatoire ? Tu veux appeler d'autres témoins ?

— Il ne peut pas y avoir procès du moment qu'il n'y a pas eu crime. Si tu es coupable de quelque chose, c'est de bavardage, et ton bavardage a provoqué la mort de deux personnes, dont au moins une était entièrement innocente.

— Tu veux dire ta tante Nora. »

Clare regarda Mark croiser les doigts et plisser le front. Elle savait ce qu'il devait penser d'elle, qu'elle était un monstre, qu'il ne pourrait plus jamais l'aimer, si tant est qu'il ne l'ait jamais aimée. Il poussa un nouveau soupir et elle se demanda si, au moment de rencontrer ses clients, avec les criminels avérés, il affichait à ce point sa frustration et son impatience. Elle espéra pour les innocents que ce n'était pas le cas.

Tout en clignant des yeux sous le coup de la fureur, il parla enfin. «Nora n'a rien fait de mal sinon essayer d'intervenir dans ta vie et de te causer des ennuis. Je ne sache pas qu'elle ait eu la moindre fonction politique. Si on se mettait à tuer tous les gens qui font preuve de malveillance ordinaire, on aurait tôt fait de dépeupler la moitié de la planète. Mais je suppose que ça ne serait pas pour te déplaire.»

Clare

La vision de toi encagée et nue, sous le soleil brûlant, attachée au rivage et attendant que la mer s'empare de toi, que les prédateurs te dévorent, n'est rien qu'une vision. Si tu avais été capturée, j'ose espérer que ton sort eût été plus prosaïque. On t'aurait emmenée à la prison pour femmes de Johannesburg, et après avoir attendu dans la section des prévenues, après avoir été jugée, tu aurais purgé ta peine – à supposé que tu n'aies pas été condamnée à mort – dans l'une de ces pièces chaulées, petites mais confortables, comparées à d'autres.

J'y suis retournée il n'y a pas si longtemps, dans cette prison qui est maintenant un musée. J'ai essayé de t'imaginer dans cet espace, de voir ton corps maigre et agile endurer son confinement. Au moins, ici, en prison, tu aurais été accessible. Si tu avais été arrêtée et détenue, j'aurais pu trouver un moyen de participer à ta défense, j'aurais pu correspondre avec toi, te revoir, en venir à mieux te connaître, pour réparer tout ce en quoi j'ai échoué, t'amener à m'aimer de nouveau. Je t'aurais dédommagée, me serais repentie, aurais sollicité ton absolution pour mes manquements envers toi.

Durant ma visite dans ce musée, j'ai eu du mal à m'apitoyer sur ces cellules réservées au Blanches ou sur le récit de leurs histoires. Comparées aux femmes de couleur, qui étaient détenues dans des conditions indignes de chiens, des conditions qui auraient mis à l'épreuve jusqu'à la ténacité de rats, les Blanches vivaient dans un confort relatif.

J'ai cherché ton nom dans les histoires d'opposants sur les panneaux du musée, mais n'y ai trouvé aucune référence à toi. Ton nom n'a pas été réhabilité. Tu n'as pas été transformée en héroïne. Ceux que la lutte a sanctifiés sont ceux dont l'assassinat a pu être prouvé, ou qui ont survécu pour se muer en pieux orateurs.

Mais peut-être ma vision de cauchemar n'est-elle pas si extravagante. Il y a des secrets qui demeurent enfouis dans l'histoire de ce pays, des gens qui ont été enlevés et n'ont jamais été retrouvés, des restes enterrés dans des sépultures anonymes dont l'emplacement a été oublié ou supprimé, des vies dont on n'a jamais parlé, des disparitions inexpliquées. Peut-être t'es-tu échappée en fin de compte, au Lesotho ou au Zimbabwe ou au Mozambique, ou enfuie au Swaziland ou même au Transkei, et de l'un de ces endroits peut-être as-tu été enlevée et ramenée au pays, ou tuée sur place.

Je t'imagine dans une baie de la côte nord du Natal, dans l'une des ces vieilles installations secrètes, la peau pâle, brûlée et ravagée, la tête immergée, le corps supplicié par les chocs électriques, les bras disloqués par la pendaison, des lacérations aux poignets et aux chevilles. Tes tortionnaires ne te voyaient plus comme un être humain, pas même un animal, mais comme une chose contre-nature, un monstre qui avait dérobé la vie des autres pour s'en repaître. Ces hommes t'ont tuée non par simple indifférence, ou seulement par haine – mais par crainte.

*

Contrairement à ton dernier carnet qui détaille ton voyage avec Sam durant les jours menant à ta disparition, celui-ci plus ancien ne contient pas de narration soutenue.

C'est plutôt un recueil de fragments : des notes sur ton travail, les articles que tu écrivais pour le journal, et des comptes rendus de ta vie en style télégraphique. Si tu avais un amant, tu n'en dis rien.

Les semaines et les mois passant, ton travail au *Cape Recorder* t'occupait de plus en plus. Tu n'avais pas de spécialité particulière, telle que le crime ou l'éducation ou le travail, ces domaines où l'on pouvait trouver de réelles informations. Tes rédacteurs en chef te cantonnaient dans l'équipe des journalistes assignés aux nouvelles générales, destinée en grande partie à couvrir ce que la presse a toujours appelé les «sujets de société» : les roses primées qu'une ménagère a cultivées en mémoire de son mari ; une collecte de couvertures pour les pauvres et les sans-abri en prévision des tempêtes d'hiver ; le récit d'une adolescente unique survivante d'un accident de canotage au large de Noordhoek.

La plupart du temps, tu restais tard le soir à boucler tes articles, quand tu n'arrivais pas avant l'aube pour en terminer d'autres. Tu t'es mise à travailler pendant les week-ends et les jours fériés, contrainte à en faire plus que tu n'aurais dû par le rédacteur en chef de l'information qui te faisait des remarques salaces et disait qu'il te considérait comme sa fille. Tu restais tard non pas à cause de lui, mais pour ton travail, espérant que si tu prouvais tes capacités, on te laisserait couvrir des sujets plus intéressants.

Dans tes moments de liberté, tu voyais Peter et Ilse. Parfois tu allais dîner chez eux quand tu ne les invitais pas chez toi où, piètre cuisinière comme ta mère, tu leur faisais des œufs sur des toasts, nappés de chutney et de fromage fondu. Tu n'avais pas d'amis excepté celui que tu appelles X, à qui tu parlais au téléphone au moins une fois par semaine. Je présume que ce devait être un amant rencontré à l'université, quelqu'un qui était toujours à Grahamstown, peut-être même un professeur, un homme tel que ton père qui ne pouvait pas s'empêcher de draguer ses étudiantes.

X a suggéré que tu te mettes au jogging pour te relaxer et avoir plus d'énergie. Le soir, au moins trois fois par semaine, tu courais dans les rues résidentielles d'Observatory et Rondebosch. Un soir, un ivrogne, sans doute descendu de la forêt, t'a poussée dans le noir contre le mur d'un immeuble, juste au coin de chez toi. Il était grand et fort, mais si ivre que tu l'as facilement repoussé d'un coup de genou dans le bas-ventre, en lui tordant les doigts de la main gauche jusqu'à ce qu'ils cassent, les écrasant en une bouillie grumeleuse que tu as pressée comme une orange. Tu t'es enfuie tandis qu'il appelait la police à grands cris, comme si la loi devait le protéger lui plutôt que toi.

Même si ta force t'avait étonnée, après la rencontre avec l'ivrogne tu n'as plus couru que le jour, le matin avant d'aller au travail. Tu faisais des pompes, allongée et assise, dont tu tenais le compte quotidien. Tu notais méticuleusement tout ce que tu mangeais, comme si tu t'entraînais pour les Jeux olympiques. Tu as acheté une balance pour te peser tous les matins.

Un soir, tu as aidé Peter à distribuer des tracts en ville, en espérant ne pas te faire prendre. Si la police avait découvert ce carnet, les rares détails que tu esquisses de cette unique soirée pourraient avoir été le seul indice jamais trouvé sur tes activités illicites. Tes mots sont si circonspects que parfois je me demande si ce sont bien les tiens et non ceux d'un autre imitant ton écriture, t'utilisant comme une marionnette.

Il y a tant de choses dont tu ne nous as jamais parlé au moment où elles avaient lieu, sachant que nous t'aurions implorée d'être prudente, de faire attention à toi, de ne pas faire de folies. Nous ne pouvions pas trouver les mots adéquats. Je me rappelle un dimanche d'automne de cette année-là, où tu as consenti à venir déjeuner. C'était la première fois que je te voyais depuis que tu étais revenue en ville. Quand je t'ai demandé si je pourrais venir voir ton appartement, tu t'es défilée – il était en désordre, m'as-tu répondu, et ce n'était pas le genre d'endroit où je serais à l'aise. Mark habitait alors à Johannesburg et nous avons déjeuné tous les trois dans la salle à manger. Ton père t'a demandé si tu avais beaucoup d'amis au journal.

«J'ai fait la connaissance de l'une de tes anciennes étudiantes, Ilse. Elle est free-lance.»

William, je m'en souviens, a tâché de ne pas broncher. «Ah oui? Comment va-t-elle? a-t-il dit en regardant son assiette.

— Elle est mariée», lui as-tu répondu. Je savais ce que cela signifiait et me demandai alors si toi aussi. J'ai hâté la fin du déjeuner et t'ai renvoyée chez toi.

Je me demande, après tout, si je ne te déteste pas pour tous les secrets que tu m'as cachés.

*

Alors que certains de tes compagnons étaient détenus et arrêtés, retenus captifs sans perspective de procès, accusés de délits à la fois absurdes et mineurs, tu as été épargnée par le chaos comme la plupart d'entre nous, en sécurité dans les quartiers blancs. Tu n'as jamais dépassé les "sujets de société" sans importance, tandis que d'autres se jetaient dans des nuages de gaz lacrymogènes, faisant de leur mieux pour dire autant que possible la vérité malgré les restrictions et les règlements de plus en plus rigoureux imposés à la presse par le gouvernement. Certains ont dû payer des amendes, d'autres ont passé des mois et même des années en détention, quelques-uns sont morts. Tes rédacteurs en chef, dont la vie et les familles étaient menacées, retravaillaient les articles pour qu'ils soient davantage obscurs que révélateurs. Ceux de nous qui lisaient ces articles devaient reconstituer le puzzle, pour discerner à travers les silences et les occultations (l'aveu surréaliste, par exemple, de l'impossibilité de divulguer les détails et le but d'un rassemblement bien qu'il ait eu lieu) qu'une manifestation pacifique s'était déroulée dans

Adderley Stret et avait été réprimée par les tirs de la police.

Et toi, pourtant, Laura, tu continuais à écrire tes articles sur les enfants prodiges et les ménagères exceptionnelles. *Peut-être*, écrivais-tu dans ton carnet, *qu'ils vont finir par me confier quelque chose de plus important.*

Pourtant nulle promotion, nulle liberté plus grande n'est jamais venue. Tu as rencontré Peter et Isle et leur cercle d'amis et de camarades. En privé, tu as continué à prendre des notes sur Dick Turner, et une fois le sujet épuisé, ne trouvant pas de réponses et ne sachant de quel côté chercher la vérité, tu as étendu le champ de tes recherches. J'ai été horrifiée d'y trouver : *Meurtres non résolus. Robert Smit. Rick Turne. Stephan Pretorius. Nora Boyce Pretorius.* D'un individu, tu es passée à un thème, puis tu es devenue obsédée par les morts, quel que soit leur camp.

Mais contrairement à Smit ou à Turner, dont les morts sont demeurées, objectivement, inexpliquées, celles de ta tante et de ton oncle ont été examinées par la justice. Un homme a avoué et a été jugé coupable. Pourtant, quelque chose ne te satisfaisait pas, comme si tu sentais intuitivement que l'histoire de leurs morts n'était qu'une couverture, cachant la véritable histoire, celle qui se trouvait en deçà et au-delà.

Au téléphone, tu as parlé avec X de tes frustrations au journal.

« Je veux faire quelque chose de plus important. Ils ne me laissent aucune latitude. Si je trouve une idée, je dois d'abord obtenir leur approbation. La plupart du temps, ils donnent mes idées aux autres journalistes et me laissent des informations sans intérêt. Je leur ai dit que je voulais faire une enquête de fond sur le meurtre de Turner et ils m'ont ri au nez. C'était une vieille affaire, de l'histoire ancienne, dont personne de voulait plus entendre parler. Je ne suis pas arrivée à gagner leur confiance.

— Si ça ne marche pas, peut-être que tu devrais les quitter, a dit X. Trouve une façon plus directe de t'impliquer. Travaille pour un journal alternatif. Demande à Ilse une introduction pour *Grassroots*, ou le *New Nation*, ou *South*. Peut-être que le *Record* est trop tiède. On aurait dû savoir qu'ils ne donneraient pas assez de liberté à quelqu'un comme toi. »

La semaine suivante, tu as donné ta démission au *Record*, comme si tu avais attendu la permission de cet homme, de cet ancien amant, pour passer des rangées respectables et prudentes du fond de la salle à la fosse d'orchestre, pour t'emparer de tes baguettes et commencer à jouer.

Ne sachant de quel autre côté te tourner, tu es allée voir Peter et Ilse et leur as dit : « Je suis prête. Je veux m'impliquer davantage. » Ilse t'a prise dans ses bras et bien que tu ne sois pas encore sûre d'elle, que tu ressentes toujours ce titillement de colère à l'idée de la liberté avec laquelle elle vivait sa vie, laissant les autres nettoyer derrière elle, tu pensais qu'à eux deux ils désignaient la route que tu étais destinée à suivre.

*

Cher Sam,

Merci pour votre généreux message à propos d'*Absolution*. Je suis contente que vous le jugiez – plutôt poliment, je le crains – comme une incursion non dépourvue d'intérêt dans les contrées fréquentées de la littérature du vécu pour laquelle je n'ai professé que mépris et défiance. Vous voyez comme je suis peu fiable.

Pour ce qui est des conférences en mai. Soit je ne suis plus en mesure de contrôler ce genre de choses, soit je suis simplement trop épuisée pour me battre comme auparavant. Mon agent dit que, de nos jours, on ne peut pas faire autrement – en quoi elle signifie que personne, hormis ceux considérés comme véritablement exceptionnels, les ermites (tous mâles, je note, la plupart mourants ou morts), ne peut se faire pardonner un refus.

Pour le Festival des Winelands, nous passerons deux nuits à l'hôtel à Stellenbosch car les organisateurs m'ont acculée à une lecture, une signature, une rencontre, et pourquoi pas un spectacle de cirque tant qu'on y est, étalées sur trois jours. Mon agent voulait que j'aille en Amérique, mais j'ai refusé. Je suis trop vieille et trop fragile, et cela, elle semble l'accepter. De telles excuses ne fonctionnent pas ici. La vérité est que je déteste voyager, tout comme la paperasse (un vilain mot pour de vilaines choses) qui va inévitablement avec, aujourd'hui : le voyage est, de plus en plus, un véritable jeu de piste. Dans un moment de faiblesse, me disant que je faisais trop la difficile, que je m'inquiétais trop pour ma santé, j'ai regardé la demande de visa nécessaire pour entrer dans votre pays d'adoption et découvert qu'il exige d'indiquer le nom de sa tribu. Après avoir pensé à en inventer un et soumettre le formulaire par simple curiosité, je me suis ravisée, craignant de me faire arrêter, retenir en détention, ou envoyer dans une base secrète.

Quel que soit le temps que me prendra le Festival, j'en aurai largement assez pour vous, ne craignez rien (j'ai la vague idée que vous avez passé une grande partie de votre vie dans un état de crainte ; est-ce faux ?). Ce que je veux dire, c'est que la seule chose de ce voyage que j'attende vraiment avec impatience, c'est de vous revoir.

Bien à vous,

Clare

1999

Comme ils étaient arrivés après la tombée du jour et qu'on les avait prévenus que la route menant à la ville n'était pas sûre de nuit, ils étaient descendus à l'hôtel de l'aéroport. La chambre était petite, mais pratique et le chasseur posa les bagages avec une débauche de gestes qui jurait avec le décor purement fonctionnel. Sarah donna cent rands à l'homme qui se montra tout à la fois reconnaissant et éberlué, mais aussi suspicieux, comme si cet argent pouvait être une sorte de piège. Sam lui adressa un signe de tête complice pour lui indiquer que tout allait bien, qu'il pouvait accepter ce pourboire. Tant pis si cinq ou dix rands eussent été tout à fait suffisants.

Ils regardèrent les informations et Sarah fut surprise de tout comprendre. *Je pensais que ce serait bien plus différent que ça.*

Attends les infos en xhosa, dit Sam, lui donnant un petit coup dans les côtes. *Tu ne comprendras pas un mot.*

Elle essaya de prononcer les mots en afrikaans qu'elle lisait sur les affichettes dans la chambre et il ne put s'empêcher de rire de ses erreurs si charmantes avec ses consonantes dures et arrondies et ses voyelles musicales. *Plate,* lui dit-il, *les voyelles doivent être plus plates et le "g" est un "ch", comme dans "Bach" ou "loch".*

Bahk, dit-elle. *Lock.* Il fut surpris qu'elle fût incapable d'entendre la différence.

Le lendemain matin, il l'observa au buffet du lobby. Il y avait du jus dans des carafes en plastique, des croissants rassis, des boîtes individuelles de céréales de marque américaines, des œufs qu'on aurait dits cuits la veille, réchauffés puis oubliés, et frits dans la graisse pour être de nouveau réchauffés. Au goût, le café semblait avoir commencé à bouillir deux heures avant. La salade de fruits frais était la seule chose vraiment locale, mais au moins elle était bonne. Sam se sentit gêné par la nourriture que Sarah mangeait sans se plaindre, ni paraître manquer de quoi que ce soit.

Ce n'est pas représentatif, dit-il. *On mange généralement bien en Afrique du Sud. Ça c'est atroce.*

Tout va bien, Sam. J'ai l'impression d'être à la maison.

Il pensa au petit déjeuner que sa mère et sa tante lui préparaient jadis, la farandole habituelle des plats : d'abord jus de fruit et céréales (porridge en hiver), puis des fruits, suivis par un œuf et une saucisse et parfois des tranches de brinjal frit, pour finir avec des toasts, de la confiture maison et du thé fort. Le petit déjeuner de l'hôtel était une piètre introduction. Il aurait aimé que Sarah aime son pays, bien que le but du voyage n'ait rien à voir avec le divertissement ou l'amusement qui consiste pour un touriste à tomber amoureux d'un nouveau pays. Il n'y avait rien d'amusant dans ce qui c'était passé, y penser suffisait à le mettre à cran, ses réactions se modifiaient, la possibilité d'une menace prenant le pas sur l'idée que tout irait bien. La victime fait preuve de négligence, le survivant se montre vigilant, se disait-il. Il avait grandi dans une sorte d'état de guerre, et il peinait à se rappeler que ce n'était plus le cas. À l'époque, le danger potentiel était partout. À l'école de Port Elizabeth, on lui avait appris à reconnaître une mine-ventouse et ce savoir et le réflexe qui lui était attaché ne l'avaient pas quitté. Chaque fois qu'il s'approchait d'un véhicule ou entrait dans un immeuble, une partie de son cerveau cherchait automatiquement à repérer la forme révélatrice. La survie et l'autopréservation obligeaient à changer les longueurs d'onde de la radio, à faire attention aux fréquences d'urgence, à recevoir toutes les communications et à ne rien ignorer de ce qui pourrait indiquer la présence du danger. Si on prêtait attention au morse, aux feux d'alerte, aux voix lointaines et au tumulte des pas précipités, on avait plus de chance de demeurer en vie.

Il y avait de la circulation à la sortie du Cap et un bouchon dans le Huguenot Tunnel. Dans la vallée de la Hex, un camion remorque, qui avait fait une embardée pour éviter un troupeau de chèvres, bloquait la route. En évitant les animaux, le camion avait renversé leur propriétaire qui était étendu mort sur la voie en direction de l'est. À cause de ces retards, il leur fallut la plupart de la journée pour faire les quatre cent cinquante kilomètres qui les séparaient de Beaufort West, cet endroit où il ne s'était jamais senti chez lui, mais où, d'après la loi, Sam possédait maintenant une maison. Juste avant la sortie pour le parc national du Karoo, il reprit le volant pour entrer dans la ville.

Un kilomètre/heure au-dessssus de la limite et ils t'arrêtent, dit-il. *Si on doit être arrêtés, autant que ce soit moi.*

La maison avait le même aspect qu'un an auparavant. Des massifs de perlagoniums étaient en fleur et la pelouse avait été tondue récemment. Seule la poussière sur l'allée, sur la terrasse couverte de feuilles de bougainvillées, et en fine pellicule sur les fenêtres et les volets, trahissait moins d'une semaine d'inattention. Sam fit courir son doigt le long du cadre de la porte et le retira couvert d'une couche jaune-brun de poussière. La Nature prenait la relève avec une vitesse époustouflante. Il fallait être vigilant sur tous les fronts.

Quand il ouvrit la porte, l'odeur monta par degrés jusqu'à ses narines et, une fois qu'elle eut prise sur lui, elle se saisit de son corps tout entier et l'opprima d'une façon épouvantable. Attends ici, dit-il, haletant et laissant

384

Sarah dans l'entrée. C'était une odeur de sang trop cuit, de fèces, d'urine et de poussière, de poudre et de tiroirs vidés. Au début, il ne vit que des éléments de confusion dans la chambre d'Ellen, avec une tache de Rorschach représentant deux chèvres bêlant au centre, à l'endroit de l'explosion. Impossible de dire si la police était venue relever des indices. Tout était désordre, objets secoués, mélangés, et jetés au sol comme pour tester leur capacité d'entropie, dans un chaos irréversible. Il se rappela à quoi ressemblait sa propre maison après que la police l'eut éventrée.

Il ne pouvait s'empêcher de ramener la situation à l'un des récents livres de Clare, dans lequel un fermier retourne chez lui après avoir passé le week-end à une exposition agricole et trouve le corps démembré de sa femme allongé sur leur lit, les membres disposés en point d'interrogation.

La tache de Rorschach se transforma soudain en un chien à trois têtes dans une allée séparant deux maisons. Une fenêtre avait été laissée ouverte laissant le vent s'engouffrer dans la pièce, la poussière tournoyer dans l'air. Il avança précautionneusement dans la chambre, posa les mains sur les barreaux de la fenêtre recouverts d'une couche de sable et regarda dans le jardin. La fenêtre se ferma avec un bruit semblable à celui d'une pile de livres tombant par terre, tandis que la poussière du rebord frissonnait et se remettait en place. Après avoir observé de nouveau la tache, il prit une courte respiration et ressentit une légère nausée. Cela attendrait jusqu'au lendemain. Il ferma la porte derrière lui et cria à Sarah : *Il n'y a personne,* avant de se rendre compte à quel point cette remarque était stupide.

Le téléphone de Sam et Sarah se trouvait sur un bout de papier collé au réfrigérateur, le premier d'une liste de numéros d'urgence, suivi de ceux du médecin d'Ellen Leroux, de collègues d'école, de quelques amis, et de paroissiennes. La liste était courte. Sam était sa seule famille et en regardant les autres noms dont la plupart ne lui disaient presque rien, il s'aperçut qu'il était maintenant seul au monde. Il n'y avait plus personne à qui téléphoner au milieu de la nuit, personne vers qui se tourner, personne qui puisse être obligé par la force de la filiation, sinon de la loi, de reconnaître sa responsabilité à son égard. Son seul foyer était celui dont il était désormais propriétaire, sauf que plus personne n'y vivait. Le sang battait dans ses tympans ; le fait d'être de nouveau privé d'un vrai foyer emplissait Sam d'une terreur d'un genre nouveau.

Pourquoi y a-t-il des serrures sur le frigo et les placards ? Sarah se tenait au milieu de la cuisine, l'air affamé et effrayé. Dans son sac à dos, Sam trouva une bourse contenant une demi-douzaine de clés.

Je ne sais pas laquelle ouvre quoi, dit-il. *Il va falloir que tu les essaies toutes. Je crois que la dorée est pour le frigo. Chaque placard a une clé différente.*

Ils sont ouverts, Sam. C'est juste que je ne comprends pas pourquoi il y a des serrures.

Pour empêcher la bonne de voler de la nourriture, répondit Sam. *C'est assez courant. Je suppose que celles des placards sont inhabituelles, mais tu auras du mal à acheter dans ce pays un frigo ou un congélateur sans serrure. Les choses sont comme ça ici, c'est tout.*

Est-ce que ta tante était raciste ? lui demanda Sarah.

Ellen Catarina Leroux, qui ne fermait le réfrigérateur, le congélateur et les placards que quand elle partait en vacances, qui possédait un coussin dans le salon où étaient brodées des mulâtres dansant en file, qui n'avait jamais employé de domestique parce qu'elle pensait que c'était avilissant d'un côté comme de l'autre, qui donnait des cours particuliers aux enfants du township pendant le week-end, aurait été horrifiée d'entendre suggérer qu'elle était raciste.

Sur le comptoir de la cuisine se trouvaient trois boîtes rouges de petits gâteaux de Noël. Il y avait une dinde dans le congélateur, et le garde-manger scintillait de bocaux de *konfyt* maison, de tranches de melon suspendues dans le

386

sirop, tels des bijoux vert pâle. La chambre de Sam était déjà faite et, dans l'armoire, il trouva des cadeaux empaquetés pour lui, de même que deux petits paquets pour Sarah auxquels les agresseurs de sa tante n'avaient pas touché. Les quelques bijoux qu'elle possédait étaient toujours dans le coffret de sa grand-mère qui n'avait pas quitté sa cachette.

Sarah prit une douche pour se rafraîchir et Sam s'assit sur le lit, ravalant ses sanglots à mesure qu'ils montaient. Quand il entendit Sarah sortir de la douche, il alla dans la cuisine, s'aspergea le visage d'eau froide et s'essuya avec un torchon.

Même à l'intérieur de la douche il y a une serrure, dit Sarah, frissonnant maintenant que le soleil s'était couché.

Je n'avais jamais remarqué.

Pourquoi vouloir s'enfermer dans sa douche ?

Au cas où quelqu'un s'introduirait dans la maison. Au cas où il entrerait dans la salle de bains pendant que tu es dans la douche et que tu ne saurais pas quoi faire sinon t'enfermer dans un espace encore plus petit en espérant qu'il laisse tomber et s'en aille. Je ne sais pas. Je n'ai pas réponse à tout, Sarah.

Ça va ?

J'étais juste en tain de me laver la figure. Je vais nous faire à dîner. Assieds-toi. Tu ne voudrais pas nous servir à boire ? Il y a du vin dans le garde-manger, et du whisky, à moins qu'ils l'aient emporté. Les verres sont dans le placard à côté de l'évier.

Même si Ellen avait un bouton d'alarme dans la cuisine, elle n'en avait pas dans sa chambre. Toutes les serrures du monde ne l'avaient pas sauvée. Le criminel avait forcé la porte arrière, l'avait tuée d'un coup de fusil dans son lit, avait pris la télévision, la stéréo, le four à micro-ondes, et une montre sans valeur particulière, s'enfuyant avant l'arrivée de la police ou des gardes de la société de sécurité. Sur les ordres de Sam, la société avait remplacé la porte avant que Sarah et lui arrivent.

La police l'avait assuré qu'elle suivait plusieurs pistes, mais il n'avait pas bon espoir ; cette ville avait la réputation d'être corrompue et administrativement indolente : il y avait peu à parier que le ou les coupables soient jamais pris.

Elle n'a pas été violée, apprit-il à Sarah le lendemain, après être allé identifier le corps. *C'est déjà ça. Son visage est horrible à voir. Elle le suppliait probablement de l'épargner et puis il en a eu assez et l'a tuée.*

Pendant l'absence de Sam, Sarah avait défait le lit d'Ellen, roulant les draps en boule dans un sac en plastique dont les coutures s'étaient étirées sous la pression. *Et le matelas ?* demanda-t-elle. *Je ne crois pas que les taches vont partir.*

Les paroissiennes sauront quoi faire.

Si tu me trouves leur numéro, je les appellerai.

Sarah se montra à la hauteur, au-delà de toute espérance. Elle fit du thé et prépara des plats qui le réconfortèrent par leur simplicité : macaroni au fromage, spaghetti aux boulettes de viande, ragoût de kudu, omelette avec des biscuits. Elle passa quelques coups de téléphone et réussi à trouver de l'argent, les comptes d'Ellen n'étant pas immédiatement transférables à Sam. Elle commanda des fleurs pour l'enterrement, aida à choisir la musique et charma les membres du cercle de paroissiennes auquel Ellen, bien qu'elle allât rarement à l'église ces dernières années, appartenait. Elle goûta à des plats inconnus et essaya de rendre Sam heureux sans jamais négliger la solennité de la situation. Avec l'aide de la Fédération des femmes elle organisa un brunch après la messe du souvenir et aida Sam à créer une fondation pour accorder une bourse portant le nom d'Ellen à l'école où elle enseignait. Elle téléphona aux avocats de son père dont le cabinet avait une succursale au Cap et en quelques jours la paperasserie fut faite, les comptes et la propriété mis au nom de Sam. Tout ce qu'elle faisait était parfaitement mesuré – efficace et professionnel, mais sans froideur. Ce n'était pas la première fois que cette façon de faire lui rappelait Laura.

Bien qu'il lui sût gré de tout ce qu'elle avait fait, presque malgré lui il commença à lui en vouloir du rôle qu'elle jouait quasiment sans efforts – tel le héros américain à qui tout réussit. Inconsciemment, il se mit à faire de petites choses qui pourraient la contrarier, la forçant à révéler quelque égoïsme caché. Mais quand il voulut passer une nuit seul dans la chambre qui avait été la sienne lorsqu'il vivait avec Ellen, Sarah déplia le canapé du salon où elle dormit sans se plaindre.

La police garantit à Sam qu'ils suivraient toutes les pistes.

Sam

J'ai passé le reste de l'été, les jours étouffants de février et ceux plus frais du début de l'automne – mars, avril – à essayer d'oublier ce que Timothy m'avait dit, et que Lionel n'avait pas nié. Peut-être, commençais-je à penser, tante Ellen avait-elle raison : il vaut mieux poursuivre sa route en oubliant le passé et ceux qui lui appartiennent. Nous nous trompons en croyant les connaître.

Pendant les jours que je passe dans cette cellule qu'est mon bureau à l'université, soit je travaille à mon livre soit je prépare mes cours, même si les deux sont en symbiose, se nourrissant l'un l'autre. Je n'ai que deux cours ce trimestre, un du niveau licence sur la littérature sud-africaine contemporaine, un autre niveau master entièrement dédié aux livres de Clare. Les étudiants travaillent dur, ils sont motivés, ils se moquent de mes voyelles américaines et me demandent, à mesure que le trimestre progresse, si je dors suffisamment. Ils s'inquiètent de ma santé d'une manière à la fois touchante et alarmante. Je me couche plus tôt et me lève plus tard. Je cesse de résister quand la femme de ménage tente de laver et de repasser mes vêtements. Nous la payons pour ce travail. Le faire nous-mêmes est idiot.

Les week-ends, Sarah et moi allons flâner dans les centres commerciaux, dîner à Illovo, passer une journée à

Pretoria pour voir le Voortrekker Monument et les bâtiments de l'Union. Un samedi, alors que nous nous apprêtons à quitter le centre commercial de Sandon au luxe tapageur, nous entendons un enfant demander à ses parents : «Il faut vraiment qu'on retourne en Afrique du Sud?» comme si ce centre commercial n'était pas juste un genre différent d'espace social, mais une entité politique séparée – la version post-apartheid d'une patrie indépendante destinée aux élites, quelle que soit leur couleur.

Sarah et moi explorons prudemment le centre-ville avec l'un de ses collègues, un reporter travaillant dans une agence de presse, et comme rien ne se passe, nous parvenons à nous faire peur en retournant dans les banlieues nord. Quand je raconte à mes collègues que je ne me suis pas senti à l'aise dans le quartier culturel Newton qu'on m'avait tant vanté, la plupart éclatent de rire. «Tu es resté trop longtemps en Amérique», me dit l'un d'eux en me donnant une claque dans le dos, tâchant, je pense, d'être sympathique, mais sans cacher une pointe de ressentiment.

Malgré ces dissonances, je me réinstalle dans la vie de mon pays. Je me fais à Johannesburg d'une manière surprenante. L'obsession de la sécurité se transforme en un sentiment plus proche de l'instinct et du réflexe. Passer sa vie entière derrière une porte fermée ou une autre, derrière une quantité infinie de portes fermées, tel est notre lot, ou du moins la manière dont Sarah et moi choisissons de vivre tant que nous sommes ici. Mes collègues et mes étudiants – peut-être même Greg – me diraient certainement qu'il y a d'autres façons de faire, peut-être plus risquées mais plus vivantes, plus engagées. Mais ce mode de vie-là, je ne suis pas capable de l'adopter.

Au début du mois d'avril, quand arrive l'automne, je termine de transcrire mes interviews avec Clare. Je finis par me décider sur la structure et la tonalité du livre – un rythme qui hésite entre le compte rendu historique de sa vie et l'analyse critique de ses romans, se déployant sur un ion – la froideur, la rigidité exaspérée, parfois, et cette façon abrupte de taquiner ou de se refermer sur elle-même – aussi proche du sien que possible. Je termine un brouillon des deux premiers chapitres, un sur ses ancêtres anglais, des deux côtés de sa famille, venus s'installer ici, un autre sur son premier roman, *Landing*. J'ai toujours considéré *Landing* – un livre sur une femme qui quitte sa vie abrutissante à la ferme de Lower Albany pour aller vivre seule dans des grottes de la côte de Tsitsikamma – comme un simple refus féministe des normes et des exigences imposées par le patriarcat, un refus du mari qui la violente, et une fusion avec la nature. En le relisant, je comprends que le livre ne traite ces sujets qu'en superficie. Plus profondément, c'est un refus d'être complice du privilège que l'apartheid a accordé aux Blancs et codifié pour eux. L'héroïne, Larena, préfère vivre hors la loi, c'est-à-dire en dehors et au-delà de sa portée, invisible à l'État, ne se laissant gouverner que par son propre sens de l'éthique et de la morale. Je le relis et imagine Laura, jeune femme, absorbée dans sa lecture, y trouvant l'écho de son propre avenir, découvrant dans ces pages une carte indiquant le chemin qu'elle pourrait décider de suivre.

*

Mai. Sarah est parvenue à convaincre ses rédacteurs en chef que le festival méritait un papier, de sorte qu'elle m'accompagne à Stellenbosch (en fait, à force de m'avoir entendu parler sans cesse de Clare depuis des années, elle a hâte de la rencontrer). Le festival commence vendredi et se termine dimanche et j'ai prévu de voir Clare en privé samedi. Nous prenons l'avion pour Le Cap jeudi après-midi. L'avion est rempli par l'équipe sportive d'une école de filles de Johannesburg. Toutes les filles portent le même T-shirt et la plupart se comportent comme si elles n'avaient jamais été à bord d'un avion : elles courent en tous sens, parlent fort, se mettent à chanter ce qui doit être le chant de l'équipe. Les adultes qui les accompagnent et les hôtesses ne font rien pour les contrôler. Je me plains à l'un des accompagnateurs qui me répond que je ferais bien de me calmer et de dormir. Comme nous amorçons notre descente sur Le Cap, les filles se massent toutes d'un côté de l'appareil pour avoir une vue sur la montagne et la ville. On a l'impression que l'avion ne va pas pouvoir le supporter, que la mauvaise distribution de poids va lui être fatale, que nous allons tomber en vrille et nous écraser sur mon ancien quartier.

Nous prenons une voiture à l'aéroport et nous traversons la ville en direction de Stellenbosch. Après l'étendue et la modernité de Johannesburg, la vieille ville semble une oasis sortie d'une reconstitution historique fantaisiste, la version Disneyland du Cap du XIXe siècle, avec ses restaurants, cafés et bars à vin blanchis à la chaux. J'essaie de me détendre pendant le dîner, mais je sens la tension monter en moi. C'est l'occasion, je le sais, de tout dire à Clare, de mettre notre passé sur la table, et de lui donner un sens.

Vendredi. Clare est l'un des trois écrivains programmés ce soir dans un auditorium austère du bâtiment des Arts de l'université. Les deux autres sont un Australien résidant à San Francisco, et un Zimbabwéen qui habite Le Cap. Clare est la dernière à lire et elle a choisi un long passage proche de la fin d'*Absolution*.

C'est étrange d'observer Clare parlant d'elle-même, ou de son moi fictif, à la troisième personne, mais, peu à peu, je retrouve la femme que j'ai rencontrée à Amsterdam et, à mesure qu'elle lit, elle devient quelqu'un d'autre que celle que j'ai connue au Cap. Ces deux femmes-là, et celle qui est décrite dans son livre, si tant est qu'elle soit différente, semblent exister simultanément. Par moments, en un éclair, j'ai le sentiment d'apercevoir l'une d'elle traverser son visage, prendre un instant le pas sur les autres avant de se retirer avec déférence. Il y a dans sa lecture un humour noir que je n'avais pas perçu en lisant son livre. Tout en écoutant, je ne peux m'empêcher de me demander si elle sait la vérité à propos de Laura. Il y a des moments, vers la fin d'*Absolution,* où elle semble presque suggérer, insinuer, que Laura n'était pas ce qu'elle semblait être.

Le public est attentif bien qu'un peu déconcerté par Clare, comme s'il ne savait pas quoi penser de cette lecture. Certains se sont déjà procuré un exemplaire du livre et un homme dans notre rangée suit le texte en parallèle, secouant la tête de temps à autre comme si les mots qui sortaient de la bouche de Clare n'étaient pas ceux écrits sur la page.

Elle lit environ quarante minutes, plus longtemps que les deux autres. À la fin les applaudissements ne sont pas aussi enthousiastes que pour l'Australien, qui a consenti à répondre à des questions du Zimbabwéen tandis que Clare était assise sur le côté, attendant son tour. La soirée se termine par une annonce du maître de cérémonie nous rappelant que les auteurs signeront leurs livres dans l'entrée où se tiendra une réception avec du vin offert par l'un des vignerons locaux.

Quand Sarah et moi quittons l'auditorium, les files sont déjà formées depuis vingt minutes et vont jusque dans la rue – la plus longue pour l'Australien, la seconde pour Clare. Le Zimbabwéen n'a que quelques admirateurs du genre étudiants alternatifs avec des casquettes à la Lénine et des sacs en tissu péruvien. Sarah a apporté une première édition de *Changed to Trees* qu'elle avait achetée étudiante.

En nous voyant arriver, Clare se lève. Marie, assise de côté derrière elle, me salue de la tête sans sourire, mais d'une manière qui semble presque complice, comme si nous partagions un secret. Je présente Sarah à Clare, qui se montre plus bienveillante que je m'y attendais.

« Vous voulez bien signer mon livre ? demande Sarah, d'un ton de groupie. Je ne voudrais pas vous déranger.

— Cela ne me dérange pas. Après tout, si je suis ici, ce stylo à la main, c'est bien pour ça. » Clare fronce les sourcils un instant, penchant le visage vers le livre, mais une fois qu'elle écrit son nom sur la page et relève les yeux le froncement a disparu. «Et vous, Sam, je vous verrai demain à treize heures précises, dit-elle, sans plus de précision. Nous avons tant de choses encore à nous dire.»

Après une matinée passée à assister à d'autres lectures et signatures, Sarah s'en va interviewer les organisateurs du festival. Avant de nous quitter pour la journée, elle m'embrasse et me prend la main.

«Essaie, si tu peux, de l'interroger sur le passé, dit Sarah. Je sais qu'elle comprend à quel point c'est difficile. Essaie de dissiper tes doutes, pour ton bien. Si elle ne se souvient pas de toi, très bien, mais cette incertitude va te rendre fou.»

Quand j'arrive à l'hôtel de Clare, elle nous commande du café et envoie Marie acheter un livre que l'écrivain australien lui a recommandé hier soir. «Un des siens, explique Clare, roulant des yeux. Je lui ai dit que j'étais troublée par l'orientalisme que je décelais dans son dernier roman. Il m'a répondu en me faisant remarquer que tous les Noirs dans *Absolution* sont des femmes de chambre ou des jardiniers, et a dit qu'il fallait que je lise son précédent livre, qu'il éclairerait celui qui me perturbait, bien que, d'après lui, il n'y ait pas de "lien évident" entre eux. J'appelle cela de l'impudence.»

Une jeune femme arrive avec le café et Clare me demande de le verser. La table est si basse qu'il faut que je m'agenouille.

«Cela faisait longtemps que je n'avais pas vu un homme à genoux devant moi.»

Parfois on dirait qu'une sœur jumelle se cache en elle, et que toutes deux jouent chacune à leur tour le rôle de Clare Wald, jusqu'à ce que l'une n'en puisse plus et cède la place à l'autre, l'une jouant une Clare autoritaire et cassante, l'autre une charmeuse empressée et bavarde.

«La dernière fois que nous nous sommes vus, commencé-je, sortant mon carnet de notes et mon magnéto, nous parlions de votre travail à la censure.»

— Oui, ce que je vous soupçonne de considérer comme ma complicité dans le fonctionnement d'un régime brutalement injuste et philistin. C'était votre idée, n'est-ce pas, derrière votre petit *coup de théâtre*[1] : la présentation de mon rapport ?

— Je dois avouer que quand j'ai découvert le rapport sur *Cape Town Nights,* j'ai pensé que j'avais trouvé quelque chose d'extraordinaire, qui semblait aller à l'encontre de toutes les convictions que vous aviez toujours défendues publiquement. Mais l'idée que vous ayez travaillé à censurer votre propre livre... je ne sais toujours pas quoi en penser», dis-je, occupé au même moment par ce que j'ai réellement à l'esprit. Sarah a raison. Mon hésitation, mon incapacité à être direct et à lui dire ce que je pense vraiment me rendent fou. Mais ma crainte de la blesser est si grande qu'elle annihile toute autre intention.

«Est-ce que cela me rend moins intéressante à vos yeux ?

— Pas du tout. Si vous aviez agi pour réduire au silence un autre écrivain, que vous le connaissiez ou pas, alors la chose aurait pu s'expliquer par un pragmatisme nécessaire bien que regrettable – le fait que vous vous sentiez obligée de faire ce que vous ne vouliez pas faire. Ou même par une défaillance passagère, un genre de folie. Mais imaginer l'effort nécessaire pour produire un texte dont vous saviez, selon toute probabilité, qu'il serait interdit, et ensuite être confrontée au devoir de recommander l'interdiction de votre propre travail, c'est...

— Un autre genre de folie, dit-elle, arrangeant un coussin derrière son dos et se calant dans le coin du canapé. Pour être franche, je n'avais aucune garantie que la lecture du livre que j'avais écrit sous le nom de Charles Holtz me serait attribuée. C'était, dans ce cas, un pur hasard, mais les purs hasards sont responsables des plus étranges bizar-

---

1. En français dans le texte.

reries de l'histoire. Pauvre Charles – je ne l'ai fait naître que pour le sacrifier. C'était un personnage au même titre que tous les autres, mais son caractère fictif n'était connu que de moi, et a été, de bien des façons, ma création la plus réussie, jusqu'à ce que vous arriviez. Il a sa propre vie bureaucratique. Vous pouvez lire l'alinéa concernant l'interdiction de son livre dans le *Journal officiel*. Son nom apparaît même dans une poignée de livres d'histoire et d'études littéraires. Un chercheur a été jusqu'à dénicher un exemplaire du roman – même les livres interdits trouvent un foyer dans les bibliothèques universitaires, en tant que curiosités conservées uniquement en vue d'études académiques – et l'a mentionné en passant dans un grand article sur les livres censurés sous le régime de l'apartheid. Il est d'une lecture divertissante, bien que pour moi seule, je le crains. Personne d'autre ne saurait être intéressé par ce livre. Décrit tel quel – récit d'un amour interracial et de violence, blasphème contre les trois religions mono-théistes, apologie du communisme et description sensa-tionnaliste du fonctionnement de l'ANC et du MK – il n'offre aujourd'hui qu'un attrait plutôt limité. Quand je me suis embarquée dans votre projet, je n'aurais jamais ima-giné que Charles et ses *Cape Town Nights* reparaîtraient jamais. Je croyais que tout ça était enterré, vraiment. Aujourd'hui, je caresse l'idée de le faire rééditer. J'ai le manuscrit, bien sûr, et un exemplaire de la première – *l'unique* – édition. Qui, je me le demande, a bien pu vous envoyer ma note de lecture ? Pour autant que je sache, j'étais la seule à en avoir une copie.

— Je n'ai pas réussi à le savoir.

— Et nous n'y arriverons pas non plus, j'imagine, dit Clare, l'air préoccupé. Je suppose que j'aurais pu faire comme si je ne savais pas qui était Charles ni où il se trou-vait, mais à quoi bon vous mentir ? Je pense que vous auriez déterré la vérité quoi que je vous dise.

— Mais admettez-vous que d'une certaine manière, il soit flatteur, aussi, d'avouer que c'était vous ?

— Oh, oui. En révélant que je suis l'auteur de l'œuvre dont je recommandais l'interdiction alors je me vaccine contre la critique. J'en ai tout à fait conscience. Mais c'est la vérité, et même si cela devrait m'immuniser, on peut y voir aussi quelque chose d'accablant, non ? Comme si je l'avais prévu dès le début – une manière de me prémunir contre le fait d'avoir à parler de mon travail en tant que censeur. *Vous voyez, pourrais-je dire, j'ai peut-être interdit un livre, mais c'était seulement un des miens.* Je crains de ne pas avoir réfléchi de façon aussi tactique à cette époque. Quoi qu'il en soit, c'était une expérience. Et l'expérience a échoué, d'une certaine manière, quand c'est à moi que le livre a été confié. Un autre censeur aurait pu décider qu'il était publiable, bien que j'aie du mal à envisager cette possibilité. Ou il aurait pu le lire et se dire : *C'est sans conteste l'œuvre de Clare Wald.* Bien que ce soit encore moins probable, car ce livre n'avait rien à voir avec tout ce que j'avais écrit, et plus encore parce qu'à l'époque Clare Wald était trop jeune pour être connue, voire reconnaissable. Voilà, vous m'avez obligée à parler de moi à la troisième personne », dit-elle, me tendant sa tasse pour que je la remplisse. Elle sourit d'un air presque attendri, mais j'ai appris à me méfier de mes interprétations s'agissant de ses expressions. Son visage dit une chose tandis qu'elle en pense une tout autre.

L'après-midi progresse et tandis que j'essaie de me concentrer sur ma tâche, revenant sur certains points que nous avons abordés par le passé et tentant de débrouiller quelques zones qui ne me semblent pas toujours claires, je pense à Laura en permanence, à ce que j'ai appris sur elle, et au moment où je me suis trouvé sur le perron de l'ancienne maison de Clare. Je regarde Clare et je revois son visage plus jeune, derrière la grille, le visage de sa fille, aussi, tel que je l'ai vu pour la dernière fois dans les collines au-dessus de Beaufort West. Dans les moments de silence qui s'installent entre nous, j'essaie de comprendre l'intérêt que Laura me portait à la lumière de la révélation de Timothy, mais je n'arrive à aucune conclusion. Tout ce que je sais avec certitude, c'est ce que j'ai vécu et ce que j'ai observé. En l'absence de preuves, tout le reste n'est que rumeurs et conjectures.

Le visage de Clare prend peu à peu cet air insatisfait que je connais si bien, maintenant. Je la déçois, mais si elle s'attend que je l'interroge sur ma propre place dans sa vie, celle que j'ai failli avoir, je ne peux toujours pas m'y résoudre. La simple crainte d'entendre sa réponse suffit à me faire garder le silence. Si seulement elle pouvait m'envoyer donner un signe concret montrant qu'elle se rappelle ce jour sur le pas de sa porte.

«Vous avez peut-être deviné que l'autre question que j'ai à vous poser concerne Nora.

— Oui, j'ai pensé que vous en viendriez à ça.

— *Absolution* est une fiction...

— Je ne voulais pas de cette qualification. C'est l'éditeur qui a insisté. Il est plus facile de vendre un roman qu'un mélange bizarre d'essai, de fiction, d'histoire familiale et nationale, bien qu'il s'agisse de cela – à la fois de fiction et de quelque chose qui n'en est pas tout à fait, sans être non plus un livre d'histoire ni des Mémoires à proprement parler. C'est pour cette raison, comme je vous l'ai dit, qu'il ne risque pas d'éclipser votre livre.

— Alors la confession touchant à votre rôle dans l'assassinat de Nora, c'est de la fiction ou de la non-fiction ?

— Je vous laisse décider, Samuel. Vous savez que je déteste expliquer mes propres textes. Tout ce que je dirai, c'est qu'il n'y a pas de preuves, dans un sens ou dans l'autre, que la Clare Wald réelle se soit ou non faite complice de l'assassinat des Nora et Stephan Pretorius réels, qu'il faut les distinguer de leurs homonymes fictifs, voilà comment je conseillerais d'interpréter les personnages de ce livre.

— Et la perruque ? Est-ce que le cambriolage est réel ?

— Il est réel. La perruque a été volée et retrouvée plus ou moins comme le suggère le livre. Mais ce crime demeure, comme tant d'autres dans ce pays, non élucidé. »

La moitié de la bouche de Clare amorce un sourire et il semble qu'elle pourrait en dire plus, mais il est évident que je ne peux la pousser plus loin. Juste à ce moment, Marie revient, après avoir pris bien plus de temps qu'il ne faut pour acheter le livre de l'écrivain australien. Clare lui dit que nous avons presque fini, m'expliquant qu'elle doit dîner avec les organisateurs du festival.

« J'ai un grand nombre de rendez-vous ces prochains jours. Il y a de plus en plus de gens qui cherchent à m'arracher des lambeaux de mon temps. L'université souhaiterait que je passe un mois avec eux faisant ce que de telles institutions sont capables de faire, évoquer des sommes séduisantes afin de me convaincre de résider sur le campus pour donner toute une série de lectures et de conférences. "Vraiment, je n'ai pas besoin de cet argent, ai-je répondu à la femme très charmante qui m'a approchée. — Mais je pense à vos enfants et à votre succession, a-t-elle dit. — L'une de mes enfants a disparu depuis longtemps et est présumée morte, lui ai-je répondu, et l'autre est très riche. — Alors, donnez tout à une œuvre de charité méritante et pensez au bien que vous feriez. — *J'ai une meilleure idée*, ai-je suggéré. Pourquoi ne pas le donner *vous* à une œuvre de charité méritante de *mon* choix et en finir ? — Je crains que ça ne fonctionne pas comme ça", a dit la femme, m'expliquant d'une manière terriblement charmante que cet argent était versé en paiement de services, comme si je devais gagner ma vie et que l'université était la meilleure source de revenus possible. Ce n'est pas gentil de ma part. En fait, je n'en pense pas un mot, mais ce n'est pas vraiment l'idée que je me fais d'une vie d'écrivain, toute cette pédanterie, cette emphase, cette posture d'intellectuelle publique et... j'éviterai le terme le plus évident puisque nous le connaissons tous les deux. À la fin je lui ai dit non, et l'ai suppliée de donner l'argent à l'une des œuvres de charité que je jugeais dignes d'être aidées. Elle a dit qu'elle ferait ce qu'elle pourrait, mais soupçonnait que ce ne serait pas possible. "Est-ce qu'au moins vous donnerez une lecture ?" m'a-t-elle demandé. Je me suis soumise à cela. Alors je dois aussi revenir ici la semaine prochaine. C'est épuisant rien que d'y penser. Il va falloir me pardonner, Samuel, si je dois vous dire au revoir. D'autres personnes me sollicitent et je n'ai pas le courage de toutes les repousser. »

Bien qu'elle paraisse compatissante, je ne peux m'empêcher de me demander si elle joue la comédie, si elle est juste une bonne actrice qui interprète le rôle exigé par la situation. Je prends mon magnétophone et mon carnet que je mets dans ma sacoche. Avant que je quitte la chambre d'hôtel, elle m'arrête, une main sur mon bras.

« Vous pouvez emporter ça, me dit-elle, en me passant une enveloppe épaisse qu'elle a sortie du tiroir d'une table basse, mains tremblantes, lèvre inférieure pincée entre ses dents. C'est pour vous. Je veux dire, vous pouvez l'emporter. J'ai besoin que vous le lisiez. Attendez d'être de retour chez vous. Ne le lisez pas maintenant. Ne le lisez pas devant moi. S'il vous plaît, ne le lisez pas dans le hall et ne revenez pas en courant. Lisez-le et réfléchissez. J'attends de vos nouvelles. »

Je ne peux m'empêcher d'être intrigué, mais je promets d'attendre. Je retourne en ville à pied avant de me diriger vers le sud, en direction de la rivière, puis m'arrête à un café sur Rynevel, ne pouvant contenir plus longtemps ma curiosité. À l'intérieur de l'enveloppe se trouve une lettre rédigée d'une écriture fine.

Cher Samuel

Vous êtes venu au Cap pour me poser des questions que vous ne m'avez pas posées. Il y a aussi des questions que j'aimerais vous poser. Mais puisque que ni l'un ni l'autre n'avons le courage de poser les questions dont il nous importe le plus de connaître la réponse – les réponses sans lesquelles toute l'affaire me semble dénuée de sens – je vous offre le texte ci-joint. Je croyais savoir comment formuler les questions, mais je ne le savais pas. J'ai aussi pensé qu'il faudrait que je trouve le courage de vous les poser, et je ne l'ai pas eu, ne l'ai toujours pas. Le texte que je vous offre est pour vous, pas pour votre livre. Il est pour vous, pour ma fille et pour moi, pas pour une publication. La seule manière que je connaisse de poser les questions consiste à broder autour d'elles, à introduire mon imagination dans les événements tels que les personnes, nécessairement porteuses de leur propre version de l'histoire, me les ont relatés. Ce que j'attends de vous, si vous vous sentez capable de me faire cette faveur, c'est de m'indiquer là où je me suis trompée dans cette œuvre d'imagination. Je vous le demande de la seule façon que je connaisse, afin que vous me disiez ce que vous savez.

Affectueusement,

Clare

Au début je suis simplement désorienté, et incertain de ce que je lis.

Tu sors, traverses la plaine en courant le dos courbé, trouves le trou dans le grillage que tu as fait pour entrer, dégringoles jusqu'à la route, enlèves le blouson noir, le pantalon noir, short et T-shirt en dessous ; tu es une randonneuse, une étudiante, une jeune femme qui fait du stop, une touriste, peut-être, avec un faux accent. Bientôt il fera jour. Mais non, je crains que ce ne soit pas ça. Peut-être que ce n'était pas là, pas dans cette ville – pas dans la plaine, mais plus loin sur la côte au pied de la montagne...

Elle doit avoir fait une erreur. Jamais elle n'aurait voulu que je voie ça. C'est bien trop personnel. Et puis je tourne une page, suis pris par le texte et ma tête commence à tourner. Mais les versions de moi et Bernard que je trouve sous sa plume sont des personnes que je ne reconnais pas, les événements qu'elle narre ne sont pas les événements tels qu'ils ont eu lieu. Elle sait et ne sait pas. Quand l'heure du dîner approche et que je dois retrouver Sarah à notre hôtel, j'arrive à la fin :

> Tu voulais qu'il tende les bras et s'accroche à toi, crie qu'on ne l'abandonne pas, te force à faire ce que tu ne pouvais pas.
> Mais il n'avait rien à dire.
> Bien sûr que je l'ai immédiatement reconnu. Pas juste ici. Je l'ai immédiatement reconnu dès Amsterdam. Et le trouver soudain face à moi, c'était comme d'être confrontée à mon assassin. Je me suis demandé s'il était venu exiger son dû. Mais depuis, il n'a cessé de se montrer charmant. *Que veut-il ?* Je me le demande. *Pourquoi ne peut-il pas dire ce qu'il est venu dire ?*

Sur la dernière page, dans les longues lignes de son écriture tremblée, se trouve un bref post-scriptum :

> Revenez demain après-midi et dites ce que vous n'avez pas réussi à dire au Cap. Parlons de ce que nous savons tous deux être entre nous. C

Absolution

Bien qu'encore secouée par le rejet brutal de sa confession par Mark, le lendemain matin Clare fit une tentative pour revenir à son train-train habituel. Elle se leva tôt et nagea avant que son fils fût levé. Adam arriva alors qu'elle se séchait et elle pressa le bouton pour lui ouvrir le portail. Après une longue période de négociations et renégociations, Adam et elle s'étaient installés dans une routine qui convenait à Clare et dont elle espérait qu'elle lui convînt également. Il avait accepté son petit carré de plantes exotiques, les légumes, les herbes aromatiques et les fleurs, tandis qu'elle avait accepté que, s'agissant des pousses, engrais et espèces indigènes, Adam soit reconnu comme seule autorité et qu'au delà de l'incontournable parterre potager de Clare, la structure du jardin demeure inchangée, du moins pour le moment.

Avec l'assentiment d'Adam, Clare commanda deux cents bulbes de Reines de la nuit, dont elle avait décidé qu'elles longeraient la façade pâle de la maison en une masse continue, offrant, une fois le printemps venu, le contraste d'un sombre et élégant ruban végétal. « Il va falloir les replanter chaque automne, lui dit-elle. La Reine de la nuit est une tulipe capricieuse et imprévisible, pas très robuste. Si vous arrivez à les faire fleurir d'année en année, je serai très impressionnée. Croyez-vous que votre frère sera d'accord ?

— Il n'aimait pas trop les tulipes, dit Adam, parce qu'il pensait qu'elles étaient la fleur des Hollandais. Mais ces tulipes noires, je pense qu'il n'en a jamais vu. Ça fera un joli souvenir.

— Un mémorial. Oui. Je pense que c'est une très jolie façon de les voir, dit Clare. Qui convient bien à un jardinier puisqu'elles ont toujours besoin d'être renouvelées. »

Quand Clare retourna à l'intérieur, elle trouva Mark dans la cuisine en train de boire son café au lait et de lire le *Mail & Guardian*.

« Est-ce que tu as eu le temps de réfléchir ? lui demanda Clare. As-tu pris une décision, ou n'as-tu que le délibéré à m'offrir ?

— Pas de civilités, ce matin, mère ?

— Tu me laisses dormir sur ma confession et refuses de prononcer la sentence. Je n'ai pas dormi. Je n'ai pas pu dormir dans l'attente de ce que tu pourrais dire. J'ai nagé pour essayer de faire quelque chose de ma tension nerveuse et de mon anxiété. Ne me fais pas attendre plus longtemps. Dis-moi si ce que j'ai fait mérite l'amnistie, s'il y avait vraiment des motivations politiques, ou si tu penses que je ne l'ai fait que par rancune personnelle. C'est tout ce que je te demande, ton opinion. »

Mark referma son journal et le plia en deux, de sorte que les gros titres restaient visibles. L'article de première page était une enquête sur une affaire de corruption du gouvernement, d'entente illicite, de népotisme et de fraude dans le parti au pouvoir, de pots-de-vin et de trafic d'armes dans la police et du silence de l'opposition. Fumée et feu, pensa Clare, il y a bien trop de fumée. Elle s'assit face à Mark à la table du petit déjeuner et essaya d'attirer vers les siens ses yeux qu'il gardait baissés sur son journal, sa tasse de café et ses mains pâles, évitant son regard. Il but son café à grand bruit, expira et inspira, puis expira de nouveau si puissamment que son expiration ne pouvait être qualifiée autrement que de soupir. Il avait consenti à jouer le jeu de Clare, à qui il paraissait injuste de le voir maintenant rechigner à remplir son rôle, qui conduirait le processus jusqu'à sa conclusion nécessaire.

«Tu veux connaître mon opinion. Ce n'est que le verdict de cette cour, comme il est clair que tu te plais à l'imaginer. Je ne dis pas que je suis l'autorité finale ni que je possède une autorité *morale* particulière dans cette affaire. Je sens, peut-être, que je devrais me récuser à cause de ma relation avec toi, l'accusée, et avec les victimes, bien que je n'aie aucun souvenir d'elles et rien que je puisse identifier comme un sentiment profond à leur égard. Mais il est possible qu'une petite partie de moi, même maintenant, regrette de n'avoir pas eu l'occasion de les connaître, et qu'ils aient eux aussi l'occasion de changer, de se montrer différents de ce que toi et d'autres pensaient d'eux. Changer, ainsi que tu l'admettrais toi-même, mère, n'est pas impossible. Le crime que tu as commis – révéler l'endroit où se trouvaient deux personnes dont la vie avait, à l'époque, une valeur symbolique dans ce pays – n'est pas clair pour moi. C'est-à-dire, il n'est pas clair pour moi qu'il y ait un lien manifeste entre ce que tu as dit et ce qui s'est passé. Il nous faudrait prouver que quelqu'un – peut-être l'homme que tu suspectais être le cadre du MK – a transmis l'information à quelqu'un d'autre, peut-être Mr Dlamini, l'homme qui a été jugé coupable et condamné à mort pour avoir perpétré ces meurtres. Sans pouvoir déterminer cela, je ne peux pas prononcer de verdict. Mais supposons, pour poursuivre ce procès factice, que tu aies été responsable d'une manière ou d'une autre, directe ou indirecte, ce qui laisse ouverte la question de ta motivation, politique ou personnelle – l'une étant excusable, et bénéficiant de l'amnistie qui a eu brièvement cours dans ce pays, l'autre étant purement criminelle. Ce que je dois déterminer, c'est si tu as prouvé que ta motivation était politique. Mon premier sentiment, c'est que tu ne l'as pas fait. Tu n'étais pas membre de l'ANC ni du Parti communiste et certainement pas du MK, grogna-t-il. Tu n'as même pas pu te résoudre à être membre de la Black Sash. Tu ne recevais d'ordres de personne, donc je ne vois pas en quoi ton action aurait pu être politique.

— J'ai été membre du Parti progressiste. Reconnais-moi ça au moins.

— Très bien. Tu as appartenu à un petit parti qui était une voix de faible importance dans l'opposition, mais ton premier souci, ainsi que tu l'as clairement dit, était personnel. Tu craignais qu'on m'arrache à toi. Ta motivation secondaire était encore plus personnelle : le désir égoïste de te montrer utile à des gens que tu respectais et craignais. Peut-être qu'aujourd'hui tu rationalises ce désir comme une intention politique, mais en vérité, cela ne l'était pas. Tu t'es assise derrière ton bureau et t'es retirée du conflit pour cancaner avec des amis et des compagnons de route. Il est possible que tu aies assisté à des meetings au début des années 1960, mais à partir de la seconde moitié de la décennie, tu t'es retirée encore davantage dans ton travail et ton enseignement. Ne le nie pas.

— Je suppose que je ne le peux pas, formulé ainsi.

— Donc si ton crime n'était pas politique, l'amnistie n'est pas possible. En supposant que tu sois coupable de ce que tu soupçonnes, tu es une simple criminelle aux yeux de la loi, et devrais être traitée comme telle.

— Et qu'est-ce que cela signifie ?

— Cela ne signifie rien. Parce que tu n'es coupable de rien. "Le sage tourne sa langue sept fois dans sa bouche avant de parler." Tu as parlé alors que tu aurais mieux fait de réfléchir, mais ce n'est pas toi qui as appuyé sur la détente. Tu n'as pas préparé le meurtre. Tu n'es pas même complice. Tu as exagéré ton rôle dans l'histoire, mère, et je suggère que tu te contentes de l'oublier. Je devrais te juger coupable d'avoir fait perdre son temps à la cour et la laisser te mettre au fer et au cachot. Peut-être qu'une petite punition mettrait fin à ton ressassement.

— Tu fais de moi une ménagère cloîtrée qui colportait des ragots. Rien qu'un tigre de papier dans une cage en papier.

— C'est toi qui t'es condamnée à la prison, mère. Mark fourra le journal dans son attaché-case, le ferma, brouilla les combinaisons des deux serrures et redressa sa cravate. Tu n'as jamais eu besoin de moi. »

Clare passa le restant de la matinée à essayer de lire, mais trouva plus facile de planifier d'autres plantations de tulipes avec Adam plutôt que de fixer son esprit sur des mots. Les mots étaient trop enclins à suggérer d'autres mots, et en lisant une phrase anodine telle que « le poisson bondit à la surface et se retourna en l'air, attrapant la lumière au moment où l'oryx se précipitait dans l'eau », l'esprit de Clare pouvait dériver jusqu'aux souvenirs d'elle enfant et de sa sœur adolescente, et, de nouveau, du gâteau sortant de l'office, couronné de crotte, de l'accusation qui avait suivi, de toute l'histoire de leurs vies de sœurs. Tulipes et désherbage ; le silence du jardinage avec un homme qu'elle avait fini par comprendre un tant soit peu et à qui elle se fiait davantage – c'était une manière facile de faire passer la journée en attendant le retour inévitable de son fils.

Du moins supposait-elle qu'il était inévitable. Elle alla dans la chambre d'ami vérifier que sa valise y était toujours, avec ses vêtements dans l'armoire. Il avait quitté la maison après le petit déjeuner et elle l'attendait pour le dîner, bien qu'il n'ait rien dit de ses projets. Sans la valise, elle aurait pu penser qu'il était déjà retourné à Johannesburg, vers la femme qui n'aimait pas Clare et les petits-enfants qu'elle ne voyait jamais.

Le soir venu, toujours sans nouvelles de Mark, elle mit le dîner décongelé dans le four et regarda les informations pendant que le pain aux noix cuisait. Des chauffeurs de taxi, mécontents de voir leur monopole mis en question, avaient ouvert le feu à l'arme automatique sur un bus plein

408

d'habitants des townships en route vers leur travail, faisant trois morts et de nombreux blessés. Les choses n'étaient pas censées se passer ainsi, on n'avait pas projeté qu'elles se dérouleraient de cette manière après toutes ces décennies d'obscurité, mais Clare ne pouvait plus se forcer à feindre la surprise. La surprise et l'indignation étaient des émotions éprouvantes. Il était plus facile et moins épuisant de se résigner et d'espérer vivre la durée entière de sa vie terrestre aussi peu dérangée par le monde que possible.

Après les informations vinrent les sitcoms et après avoir découvert que Zinzi et Frikkie allaient se marier en dépit des protestations de leurs deux familles, Clare se sentit dodeliner de la tête. Elle se fit une tasse de café et baissa les stores de la cuisine afin que Donald Thacker, dont les fenêtres de la cuisine étaient ouvertes et les lumières allumées, ne puisse pas la voir. Il avait pris l'habitude de la saluer de la main depuis ses fenêtres quand il la voyait à travers les siennes. C'était une intrusion de trop, d'être hélée de la sorte au moment de vaquer à ses occupations du soir.

Remontée par la caféine, elle décida de regarder un film d'espionnage dont le héros est un mercenaire qui a combattu dans tous les «conflits de basse intensité» de la seconde moitié du XXᵉ siècle – Congo, Angola, Nicaragua, etc. – et est spécialisé dans l'infiltration des mouvements de libération supposés être soutenus par les communistes. L'homme finit par trouver plus fort que lui en la personne du chef d'une unité spéciale du MK qui est en train de préparer les attentats de Church Street de 1983. Le mercenaire infiltre l'unité, mais commence à sympathiser avec les agents de l'ANC qu'il essaie de torpiller et dont il a reçu l'ordre de saboter la bombe, dans l'espoir qu'ils se feraient sauter eux-mêmes au lieu du quartier général de l'armée de l'air sud-africaine.

Clare s'endormit avant d'avoir pu découvrir ce qui était arrivé au mercenaire – s'il avait retourné sa veste et aidé l'ANC, ou s'il avait mis en œuvre son sabotage. Elle ne se souvenait pas des détails de l'affaire réelle, mais semblait se rappeler que les choses ne s'étaient pas strictement passées comme prévu. Elle supposa que le film était une fiction et qu'il n'y avait pas eu de taupe mercenaire au service du gouvernement de l'apartheid, du moins dans ce cas particulier.

En ouvrant les yeux, elle vit la mire qui grésillait sur l'écran, bruit auquel se joignait le bourdonnement insistant de l'interphone. Il était minuit dix.

« Qui est-ce ? Mark ? cria-t-elle, clignant des yeux pour regarder le moniteur vidéo et allumer les projecteurs qui éclairaient le portail.

— J'ai perdu ta télécommande, mère, dit-il, se penchant à la vitre de sa voiture de location. Pas besoin de crier. Je ne suis pas de l'autre côté de l'Atlantique.

— Tu es seul ?

— Oui, je suis seul. Il n'y a aucun danger, pour l'amour du ciel. Dépêche-toi juste avant que quelqu'un arrive. »

Clare appuya sur le bouton pour ouvrir le portail et regarda sur l'écran la voiture de Mark qui montait l'allée en faisant des embardées. Elle attendit que le portail se referme, et d'être sûre que personne ne l'avait suivi, avant d'ouvrir la porte. L'idée de Marie d'avoir un double portail n'était peut-être pas si ridicule. On pouvait très bien s'imaginer suivi ou pris dans une embuscade. Cela rendait Clare folle que son propre pays puisse l'obliger à penser des choses si odieuses, lui fasse perdre toute sa confiance et sa foi en ses concitoyens.

« Pourquoi es-tu encore debout ? lui dit Mark, désignant les vêtements froissés de Clare, son chemisier taché de vin rouge et d'une petite boule de sauce à moitié sèche.

— Qu'est-ce que tu voulais que je fasse ? Tu n'as pas téléphoné, tu ne m'as pas dit à quelle heure tu rentrais.

— Je croyais avoir dit... il bégayait, défaisait sa cravate, essoufflé, son attaché case toujours à la main... je croyais t'avoir expliqué que j'avais des rendez-vous toute la journée avec des clients et un dîner avec des collègues ce soir.

— Tu es parti en trombe sans me dire un mot. Peut-être m'en as-tu parlé hier.

— J'étais distrait ce matin et pas de la meilleure humeur. Je m'excuse platement. Sincèrement, mère, je me suis senti coupable envers toi toute la journée, après ce que je t'ai dit ce matin.» Il tournait en rond dans l'entrée du salon, toujours occupé à défaire sa cravate d'une seule main, jusqu'à ce qu'elle se dénoue et qu'il puisse la tirer d'un geste brusque et la jeter sur une chaise. Cela ne lui ressemblait pas de se débarrasser ainsi de quelque chose, lui qui était tellement maniaque.

Elle reprit leur conversation précédente comme s'il n'y avait pas eu d'interruption. «Peut-être ai-je exagéré mon importance, mais j'espérais que tu pourrais en comprendre la raison. Rien ne peut prouver que la mort de Nora et Stephan n'ait pas été le résultat de mon imprudence, Mark, tout comme il n'y a, évidemment, rien de concret permettant d'avancer le contraire. Mais je ne peux m'empêcher de ressentir ce que je ressens. Des mots durs ou la suggestion d'une punition draconienne ne servent à rien dans un cas tel que le mien. Quand j'ai abordé le sujet avec toi, ce que je souhaitais, c'était que tu prennes parti ouvertement. Je ne t'ai parlé que parce que je respecte ton esprit, et ton sens de la justice, pas pour t'accabler. Je veux que tu comprennes ce qui me hante, ce qui, de plus en plus, m'empêche littéralement de dormir la nuit. Si je ne peux pas t'en parler, alors à qui le pourrais-je?»

Il secoua la tête et roula des yeux. «Si cela peut me faire pardonner ma brusquerie, alors essaie de comprendre que ma réaction de ce matin était en partie due à l'exaspération provoquée par le rôle que tu m'avais assigné. Je ne voulais pas le jouer. Je n'aimais pas le choix du dialogue. Je voulais écrire ma propre réaction, mais je m'en sentais incapable. Je t'ai dit ce que tu voulais entendre, de la

411

façon dont tu voulais l'entendre. Si tu m'aimes, alors donne-moi l'occasion de parler avec mes propres mots et non les tiens. Cesse de jouer les ventri...

— Alors parle ! Dis ce que tu as à dire.

— Alors ne m'interromps pas ! » cria-t-il, en rougissant. Ils gardèrent un instant le silence et soudain le téléphone sonna. Clare aurait voulu ne pas y prêter attention, mais craignit que ce ne fût Marie.

« Mrs Wald ?

— Oui ? Qui est à l'appareil ?

— C'est votre voisin, Donald Thacker.

— Qu'est-ce que vous voulez ?

— J'ai vu que vos lumières étaient allumées, et qu'une voiture était entrée. Je voulais être sûr que tout allait bien.

— Très bien. Merci de vous être inquiété. Il faut que je vous quitte maintenant. J'ai un invité, dit-elle avant de raccrocher. Mon voisin, dit-elle à Mark. Un veuf anglais qui fouine tout le temps. »

Mark se laissa tomber dans un fauteuil en jetant son attaché-case sur le tapis. Il sortit un inhalateur de la poche de sa veste et s'administra une dose.

« Continue, je te prie. Je garderai le silence, dit Clare. Pour changer, je serai celle qui écoute. »

Mark était épuisé et jeta à sa mère un regard qui fit penser à Clare qu'elle attendait beaucoup trop de lui. Elle ne voulait pas lui causer davantage de tristesse ou de peine, ni le forcer à assumer une charge qu'elle aurait dû supporter seule.

« Tu m'as livré ta confession, dit-il, respirant plus régulièrement. Maintenant, je me demande si tu voudrais bien écouter la mienne ? Comme la tienne, ce n'est pas la confession d'un crime en soi. Je pense que nous pouvons tomber d'accord sur le fait que tu n'as pas commis de crime. De même, ma confession ne concerne pas un péché, puisque je ne crois pas au péché, et je soupçonne que toi non plus – bien que je m'aperçoive que nous n'en avons jamais parlé. Alors, c'est une confession laïque d'un... je ne sais pas comment l'appeler. Disons que c'est la confession laïque d'un défaut, de même que la tienne était en quelque sorte celle d'une négligence. Nous ne pouvons faire ces confessions que l'un à l'autre. Peut-être, je ne sais pas, que je pourrais le dire à papa, bien que lui et moi ne parlions pas de telles choses. Ce n'est pas facile pour moi, qui écoute les griefs et les échecs des autres et qui ne cesse, de par mon métier, de traquer les défauts et les carences, de décrire les miens, et même d'avouer que j'en ai. »

Il s'interrompit et, au moment de reprendre, le téléphone sonna.

« Qu'il aille au diable, ce type, dit Clare, et elle décrocha. Qu'est ce que vous voulez ?

— Mrs Wald ? C'est encore Donald Thacker. Je suis désolé de vous déranger, mais j'ai remarqué que vos lumières étaient toujours allumées et je me demandais si quelque chose n'allait pas, mais que vous ne pouviez pas me le dire par crainte d'être entendue. Si *effectivement* quelque chose ne va pas, dites moi : "Oui, je serais ravie de venir faire un bridge", et alors je saurai que je dois appeler la police.

— Je vous assure, Mr Thacker, je dois vous quitter. Je suis occupée avec mon invité, dit-elle avant de raccrocher. Un homme extrêmement insistant. Poursuis, je t'en prie.

— L'année de sa disparition, Laura est venue me voir à Jo'burg. J'étais célibataire, je travaillais tout le temps, je mettais de l'argent de côté. Je songeais à émigrer au cas où les choses empireraient. Je ne te l'ai jamais dit, non ? J'étais sur le point de faire mes valises pour l'étranger... je craignais aussi que mon exemption médicale ne suffise plus à m'épargner le service militaire, que les choses aillent mal au point qu'ils obligent des gens comme moi à manier le fusil, ou, du moins, à être employés dans un bureau. De toute façon, le temps que j'avais passé à Oxford m'avait convaincu que je pourrais vivre en Angleterre si j'y étais obligé. Et sinon en Australie ou en

413

Nouvelle Zélande ou même aux Pays-Bas. Donc, je faisais des économies dans la perspective de mon départ. Je savais que j'aurais besoin du moindre centime car j'envisageais un mode confortable d'expatriation. Je ne voulais pas souffrir. Laura est venue me voir au printemps de sa disparition. C'était une rencontre étrange. Elle baragouinait presque. Je me suis demandé si elle n'avait pas pris de la drogue. Je connaissais ses activités et le simple fait de l'avoir chez moi me terrifiait. La dernière chose que je souhaitais, c'est qu'elle me compromette et ruine mes chances de sortir du pays. Mais de cette dernière rencontre, ce dont je me souviens le mieux, c'est à quel point elle semblait avoir peur.

— Est-ce qu'elle t'a dit de quoi elle avait peur ?

— Il était évident qu'elle croyait en ce qu'elle faisait, mais qu'elle avait des doutes et s'inquiétait pour sa propre sécurité. Elle m'a dit que c'était égoïste mais qu'elle avait besoin de se tirer. Elle m'a demandé de l'aide. Ce qu'elle voulait, c'était un prêt, pour recommencer ailleurs. C'est ce qu'elle m'a demandé de lui donner. Elle a passé deux heures, ce soir-là, à me le demander sur tous les tons, me promettant qu'il n'arriverait rien de mal si je l'aidais, que je n'en paierais pas les conséquences. En fin de compte, je n'ai pas cru son histoire. Je pensais qu'elle mentait. Je pensais qu'elle voulait l'argent pour autre chose.

— Pour ses camarades.

— Oui. Je pensais que c'était une ruse. Et je ne voulais être mêlé à rien de tout ça, je voulais garder les mains propres. Si je lui donnais de l'argent, je craignais que quelque chose arrive et qu'on remonte jusqu'à moi grâce aux billets, que ce soit la fin de ma carrière et de mes chances de quitter le pays. Alors j'ai refusé de l'aider. Le plus terrible dans tout ça, c'est qu'elle a agi comme si elle s'attendait à cette réponse. Elle a essayé de me faire changer d'avis, bien qu'elle ait su, je crois, que c'était impossible. J'étais tellement buté. Quand elle a disparu, j'ai

414

compris que j'avais pris la mauvaise décision. Elle ne m'avait jamais donné de raisons de me méfier d'elle. C'était la personne la plus loyale que j'aie jamais connue. Comment ai-je pu penser qu'elle me tromperait ? »

Il se couvrit les yeux de la main gauche et la bouche de la droite. Clare ne savait plus quoi faire ni comment se comporter, si elle devait s'empêcher de traverser la pièce pour prendre son fils dans ses bras ou si c'était au contraire ce qu'il désirait. Après un silence de dix minutes, il retira ses mains de son visage et la regarda. Il allait parler quand l'interphone du portail bourdonna.

« Si c'est mon voisin, je téléphone à la police pour l'accuser de harcèlement. Oui ? aboya Clare, poussant le bouton de l'interphone au moment où une image de l'allée apparaissait sur l'écran. Oh, mon Dieu, qu'est-ce que vous voulez ?

— Mrs Wald ? C'est encore Donald Thacker.

— C'est ce que je vois.

— Je sais que quelque chose ne va pas ici. Je sais que vous êtes retenue en otage. Si vos assaillants m'entendent, qu'ils sachent que j'ai une arme et que j'ai appelé la police. Elle est en route et tout ira bien.

— Mr Thacker, vous vous êtes rendu ridicule. Il n'y a personne d'autre ici que mon fils. »

La petite image en noir et blanc de Donald Thacker sembla abasourdie, et Clare entendit alors les sirènes de police et la tonalité différente de celles de sa société de sécurité. Il fallut une demi-heure supplémentaire pour clarifier la situation. Clare consentit à ce que la police et la société de sécurité fouillent la maison pour s'assurer que personne ne se cachait en attendant le départ des autorités. Les policiers ne trouvèrent pas la plaisanterie amusante et avertirent Mr Thacker qu'il pourrait être accusé de leur avoir fait perdre leur temps.

« J'ai vraiment pensé que quelque chose n'allait pas, dit-il, agitant ses mains dans le vide. Je croyais être un bon voisin et un bon citoyen. »

Thacker était tellement pitoyable et effrayé que Clare demanda à la police de ne pas porter plainte contre lui. Finalement tout le monde s'en alla excepté Thacker.

«Je suis désolé, dit-il, mais vos lumières ne sont presque jamais allumées la nuit, et je pensais que vous étiez seule.

— Merci de vous être inquiété, dit Clare en lui serrant la main avec cordialité. Nous devons aller nous coucher maintenant. Mon fils se lève tôt demain.»

Clare ouvrit son portail pour laisser sortir Thacker, retourna à l'intérieur et trouva Mark presque dans la même position qu'avant l'interruption.

«Est-ce que tu me pardonneras? demanda-t-il.

— Pour Laura? Oh, Mark, non. Je ne peux pas faire ça. Ce n'est pas à moi de pardonner ni de juger. Tu as fais ce que tu croyais devoir faire. Si tu veux être pardonné, c'est à Laura qu'il faut le demander. Je ne suis pas Laura», dit-elle, prenant conscience qu'elle était plus en colère contre son fils qu'elle ne l'avait jamais été. Non seulement ce n'était pas à elle qu'il fallait demander pardon, mais en plus elle était incapable de le pardonner pour ce qu'il avait fait.

«Mais Laura est morte.

— Quand bien même, s'écria-t-elle, tâchant de figer son visage convulsé de spasmes. Cela ne devrait pas nous empêcher de demander à Laura de nous pardonner nos manquements envers elle.

— Et si elle t'avait demandé de l'argent?

— Elle ne m'en n'a pas demandé. Mais oui, si elle m'en avait demandé, je lui en aurais donné. Je n'y aurais pas réfléchi à deux fois, tout comme je t'en donnerais si tu me le demandais. Mais ma relation avec chacun de vous est – était – différente de la vôtre. Je ne peux pas dire que tu t'es trompé. Tu croyais faire ce que tu devais, à l'époque. Tu le regrettes aujourd'hui. Tu me demandes pardon, mais de mon point de vue, il n'y a rien à pardonner. Je ne te tiens pas pour responsable des actions de

Laura, de ce qu'elle a fait, et de ce qu'il est advenu d'elle, quelle qu'en ait été l'issue. Elle était la seule responsable d'elle-même. J'aurais pu être une mère différente, et cela aurait pu tout changer. Il est impossible d'affirmer qu'un moment ou une série de moments ont déterminé ce que Laura est devenue. Elle était adulte. Elle a pris ses décisions. Je pense que nous la déshonorons en supposant qu'elle aurait pu si facilement changer d'avis.»

Avant l'aube, on apprenait qu'un autre bus avait été pris pour cible par des tireurs masqués. Six passagers étaient morts, des dizaines d'autres blessés. Le personnel soignant qui faisait grève pour obtenir une augmentation de salaire bloquait l'entrée des hôpitaux de sorte que les patients, les ambulances et même les médecins ne pouvaient pas entrer. Ils dansaient le toyi-toyi dans les blocs opératoires autour des patients anesthésiés. Des blessés mouraient sur le trottoir. Une femme accoucha dans un parking. Abandonnés par leurs infirmiers, les fous faisaient une émeute de la faim. On avait appelé l'armée pour rétablir l'ordre et fournir l'assistance médicale d'urgence, mais les militaires aussi menaçaient de faire grève. Entre-temps, le ministre de la Santé avait été accusé d'avoir siphonné des millions dans un compte off-shore. Clare éteignit la télévision, pris une douche et s'habilla. Elle avait préparé le café quand Mark émergea de sa chambre.

«J'ai été rappelé chez moi, mère. J'ai bien peur de devoir partir ce matin.

— Je crois que j'ai été heureuse de te voir, je crains que ça n'ait pas été le cas pour toi. Cela n'a pas été qu'une partie de plaisir pour moi, mais ce n'est pas ce que je veux dire. Je suis contente que tu sois venu et j'espère que tu reviendras souvent. Je te promets de ne pas t'accabler de nouvelles confessions. Il est clair que je suis la seule à pouvoir trouver une réponse à mon problème. À moins que les morts ne me pardonnent, j'ai peu d'espoir de recevoir l'absolution et d'être ainsi libérée de ces souvenirs.

— Il y a une chose que je ne comprends pas vraiment, dit Mark, rejetant sa cravate par-dessus son épaule en s'asseyant devant son café. La perruque. Est-ce que tu crois vraiment que ce sont les parents d'oncle Stephan qui sont entrés dans l'ancienne maison?

— Ses parents, ses amis ou ses camarades de parti, voire des gens payés par eux.

— Qu'est-ce que ça veut dire, si c'est ce qui s'est vraiment passé?

— Je l'ai interprété comme un avertissement – qu'ils connaissaient le rôle que j'avais joué, et qu'ils savaient que justice n'avait pas été faite, en ce qui me concerne. Peut-être n'était-ce pas leur intention. Après tout, Marie, avec son petit revolver, les a mis en fuite. Peut-être avaient-ils en tête d'autres butins moins symboliques.

— Ou bien n'étaient-ils rien de plus que des voleurs ordinaires qui ont été interrompus et ont pris dans leur précipitation la première chose qui leur tombait sous la main.

— Mais pourquoi avoir rapporté la perruque au cimetière? Ta version ne concorde pas avec cette restitution qui montre qu'il s'agissait de voleurs bien informés, de voleurs capables de remords, qui l'ont rapportée dans un endroit – en dehors de la maison – où je *pourrais* la trouver.

— Tu avais déménagé. Et il est possible qu'ils aient su qui tu étais et t'aient choisie en tant que personne connue susceptible d'avoir de l'argent. Tous les voleurs ne sont pas des imbéciles. J'en ai connu pas mal qui étaient bien informés... et éprouvaient du remords, aussi. »

Clare secoua la tête et se leva pour mettre du pain dans le toaster et remplir la tasse de son fils.

« Ce n'est pas complètement impossible, ce que tu dis, mais je préfère ma version. C'était une action symbolique – peut-être pas celle que les voleurs avaient projetée. Peut-être n'avaient-ils rien prévu de symbolique, mais quelque chose de brutal, au contraire : l'expiation de la chair. Nous ne saurons jamais. Je crois que je ne les crains plus. Il n'y a rien à craindre des vivants en dehors de la douleur, et la douleur, est, en fin de compte, passagère. Je pourrais survivre à la douleur, ou sinon la sublimer. »

Ils prirent leur petit déjeuner en silence. Une fois qu'ils eurent terminé, Mark fit sa valise, la posa devant la porte, et tous deux allèrent et vinrent dans la maison sans un mot. Il n'y avait personne d'autre pour leur servir d'intermédiaire, pas d'employé pour leur donner l'occasion de parler d'autre chose que d'eux. Clare finit par cesser de chercher de nouvelles raisons d'être absente ou préoccupée et attendit à la porte tandis que Mark déambulait entre la chambre d'amis, la salle de bains, la cuisine et la terrasse donnant sur le jardin. Comme s'il cherchait à retarder son départ sans parvenir à dire qu'il souhaitait rester plus longtemps.

Quand il fut presque neuf heures et qu'il n'eut plus qu'une demi-heure pour aller à l'aéroport, il posa ses bras sur les épaules de Clare et se pencha pour déposer un baiser sur chacune de ses joues. Elle huma profondément son odeur dont il ignorerait toujours qu'elle était un mélange parfait de celle de sa mère et de celle de son père : senteur d'épices exubérantes d'un côté, arôme confiné, classique et duveteux de l'autre. Clare l'enlaça, l'attira à elle et dit, tout en espérant que ce soit inutile : « Tu sais tout ce qu'il y a à savoir sur moi. Je n'ai pas d'autres secrets. Tout sera archivé. Ce ne sera pas à toi, mais tu pourras le lire. Je compte sur toi pour ne contester ni mes dernières volontés ni mes dernières actions.

— À t'entendre, on croirait que tu vas bientôt mourir.

— La plupart des nuits, j'ai déjà l'impression d'être en compagnie des morts. »

Il la regarda et posa son front contre le sien. C'était une chose qu'il n'avait pas faite depuis qu'il était petit garçon, la fixer d'aussi près que possible. Pendant un instant, ils soutinrent mutuellement leurs regards, puis il se dégagea.

«Avant de partir, j'ai quelque chose à te demander, dit-il, en prenant sa main dans les siennes.

— Si c'est en mon pouvoir, tu sais que je le ferai.

— Je te supplie de ne rien mettre de tout cela dans l'un de tes livres. Ce que nous nous sommes dit ne concerne que toi et moi. Ça ne concerne pas les autres. Je veux que personne d'autre ne le lise, quelle que soit la manière dont tu essaierais de le déguiser. N'invente pas un personnage qui fasse quoi que ce soit de semblable à ce que j'ai fait à Laura, pas même de loin. Ne consigne pas la confession que je t'ai faite dans des journaux ou des écrits intimes que les gens pourraient lire après ta mort. N'emprunte ni mon histoire ni mes mots. Ce sont mes mots à moi.

— Je comprends parfaitement», dit Clare en ouvrant la porte.

Il était temps pour lui de partir.

Clare

Je me réveille dans cet hôtel au milieu d'une nuit qui n'est jamais tout à fait la nuit, les vieux réverbères clignotent derrière ma vitre, des étudiants crient dans la rue, d'extase, de soulagement et de désir, et même ici tu viens à moi, Laura, au pied de mon lit, réveiller cette vieille femme qui pourrait tout aussi bien être morte, aux cheveux filasse, devenus durs comme du fer, aux yeux enfoncés dans leur orbite. Tu caresses mes pieds et me chatouilles les orteils, la brûlure glacée de ton esprit me fouette la plante des pieds. Que dois-je faire pour que tu me laisses tranquille ?

Je reviens à ce jour, sur le perron, aux hommes et au garçon devant moi. Quel signe m'as-tu donné pour que je devine l'importance de Sam ? Je me rappelle surtout la terreur que m'inspiraient ces hommes. À mes yeux, il était évident, en y repensant, qu'ils ne pouvaient être pour toi de simples inconnus rencontrés sur la route. C'étaient forcément des camarades. Je savais que tu n'aurais jamais confié tes carnets à des personnes auxquelles tu n'étais pas certaine de pouvoir faire confiance. Et je connaissais leur style : le regard glacé, vigilants et déterminés, alertes et prudents comme des chacals, féroces comme des lions. Je savais qu'ils venaient avec des nouvelles de toi ou bien à ta recherche – c'était ma crainte, ce qu'ils pourraient faire

421

pour te trouver, les mesures qu'ils pourraient prendre pour me soutirer des informations, seule à la maison, prise au dépourvu, la garde baissée. Ils auraient pu emporter tout ce qu'ils voulaient, y compris moi, pour te retrouver. Aujourd'hui, je sais que ces craintes étaient infondées, ou si ce n'est infondées, alors peut-être exagérées, aggravées sans raison.

Non seulement je craignais que ces hommes ne fussent pas ce qu'ils prétendaient être, que ce ne fût qu'une ruse pour entrer, pour prendre ce qui n'était pas à eux, qu'ils n'aient pas été tes amis. Je craignais les petits criminels, les voleurs, et les intrus. Je craignais la violation de ma propriété. Je craignais la famille adoptive de ma sœur, craignais que ces hommes ne soient venus se venger de moi pour le crime que j'avais commis dans ma jeunesse. Au moins cette peur n'était-elle pas déplacée, dois-je croire, seulement prématurée. Ils viendraient plus tard, plus furtifs, silencieux, menaçants.

J'aurais aimé que tu puisses te rendre compte à quel point nous étions semblables.

Sauf que tu étais plus courageuse. Je l'ai toujours su.

Tes camarades, dont je n'avais rien à craindre, ont fait référence à toi en texte et en images, avec tes carnets, ta dernière lettre, et la photographie qu'ils avaient prise de toi et Sam, comme pour prouver leur intimité avec toi, et la tienne avec le garçon. Je t'ai imaginée couchant avec ces hommes, peut-être tous les trois ensemble, serrés dans des lits étroits, jetés par terre, roulant autour de feux de camp dans le bush. Une mère ne peut s'empêcher de penser aux complications que rencontreront ses enfants, aux entrelacements de leurs corps, à leur sécurité, à leur cœur et aux blessures qu'ils porteront. J'ai craint que tu n'aies pas été une partenaire volontaire, que tu n'aies pas eu d'autre choix que de succomber, d'être une trappe dans la nuit où ils seraient entrés en rampant, forçant le passage, mais te laissant à moitié intacte, le cadre fendu et les gonds tordus, toujours reconnaissable. J'ai craint ce qu'ils pourraient me faire, ces camarades à toi capables d'éventrer la nuit. Au début, j'ai cru retrouver ton odeur sur les carnets, sentir ta sueur et tes sécrétions à travers les couvertures, ton haleine dans celle de ces hommes. Quand ils sont partis, j'ai pressé ta lettre contre mes narines, en quête de ta présence.

Après m'avoir donné tes textes – la seule chose qui reste de toi, aujourd'hui –, ils ont poussé le garçon devant eux, comme s'il était à moi, et le mouvement de ses deux petits pieds a tout compliqué. Logiquement, aucune responsabilité ne m'incombait. Personne ne pouvait me confier sa garde sauf toi, et tu n'étais là que sur le papier, évasive et indirecte. Tu ne m'as pas dit de le prendre, et comme tu ne l'as pas fait, je n'avais aucun moyen de connaître tes désirs. J'aurais eu besoin que tu me dises : «Prends cet enfant, mère, et garde-le près de toi.» J'aurais eu besoin d'une direction. J'attendais des ordres.

Je sais qu'attendre est une forme de lâcheté.

Il faut que tu comprennes que je ne savais pas, que je ne m'autorisais pas à savoir. J'étais trop effrayée et trop égoïste pour savoir quoi faire, pour me forcer à voir ce qui aurait dû être évident, pour recomposer l'image que tu me présentais, ce parfum de parenté qui émanait des pages écrites par toi.

Je ne peux que te demander de me pardonner. Je te l'ai demandé un nombre incalculable de fois et je te le redemanderai. Dis-moi ce que je dois faire, quelle pénitence accomplir. Montre-moi comment te chasser.

Dans les semaines et les mois suivant ton départ du *Record*, entre de petits laps de temps s'allongeant de plus en plus jusqu'à devenir des années, nos rencontres déjà peu fréquentes sont devenues plus rares encore. Et quand tu consentais à venir nous voir dans l'ancienne maison de Canigou Avenue, tu ne me parlais presque jamais. Je te trouvais dans le jardin avec ton père, et quand j'approchais, un plateau rempli de boissons entre les mains, tu te taisais. Ensuite, je demandais à William ce que tu lui avais dit et il répondait toujours : «Quasiment rien. C'est moi qui ai parlé, posé des questions, l'ai implorée d'être prudente. Elle ne m'a pas demandé d'argent, mais je lui en ai quand même donné. Tu n'as rien contre ?

— Ne sois pas ridicule. Tu sais que je n'ai rien contre», disais-je, regrettant que tu n'aies pas eu le courage ni la délicatesse de me le demander à moi, ou à tous les deux, ensemble. Je t'aurais donné, alors, tout ce que tu demandais. Si nous ne savions pas avec certitude ce que tu faisais, nous le soupçonnions. Les bons citoyens ne sont pas aussi dissimulés, aussi circonspects. Nous imaginions le danger dans lequel tu devais te trouver et cela nous rendait fous, jusqu'à ce que, tourmentés par nos frayeurs, nous nous retrouvions allongés côte à côte la nuit, éveillés, incapables de dormir de peur de sombrer, en glissant dans l'inconscience, dans la vision cauchemardesque de tes malheurs éventuels. En quoi ai-je échoué à te faire comprendre que je t'aimais plus que quiconque, que j'aurais fait n'importe quoi pour toi ? Pourquoi as-tu fait de moi ton adversaire quand tout ce que je voulais, c'était être ton modèle ?

En regardant les autres carnets de cette période, je m'aperçois que tes notes deviennent de plus en plus énigmatiques. Dans les rares occasions où tu rapportes ce que des gens disent dans une conversation, tu ne donnes plus de noms. À la place, il y a d'abord des initiales. Plus tard, en l'absence d'initiales, il y a différentes couleurs d'encre : rouge, noire, bleue, verte – un code lisible uniquement par toi, dont seule tu possédais la clé, désormais perdue. Qui était noir ? Qui vert ? Étais-tu toi-même rouge, la couleur la plus saillante, flamme se propageant à travers le champ des pages blanches ?

À la fin même les bribes de conversation disparaissent. À la place, il n'y a plus que des dates et des heures, d'une couleur ou d'une autre. Au lieu de personnes, les couleurs semblent représenter des endroits. Ce n'est que dans ton dernier carnet que tu reviens à la fluidité de la prose, pour faire le récit de tes derniers jours, consciente, j'en suis maintenant certaine, que tu n'étais pas guidée seulement par un vague sentiment de ton destin. Tu savais que tu traversais la frontière – pas pour rejoindre la liberté, mais la mort.

1999

Les fêtes approchant, Sam savait que Sarah souhaiterait retrouver ses parents. *Tu n'es pas obligée de rester*, dit-il. *Il faut que tu rentres chez toi maintenant. Je reviendrai dès que je pourrai.*

Il lui promit qu'il la reverrait en janvier et que tout serait comme avant. Il demanda à Sarah s'il pouvait envoyer quelques caisses avec les affaires d'Ellen à son adresse – photographies et souvenirs, les livres de Clare Wald qui lui avaient fourni une carte de son propre moi quand il était enfant, toutes les choses qu'il désirait garder. La maison d'Ellen était déjà sur le marché, les meubles seraient vendus ou donnés, la vie qu'il avait connue de nouveau dispersée.

Pas besoin de me le demander, dit Sarah, *envoie tout ce que tu veux garder.*

Il savait ce que cela signifiait, tout ce qu'il possédait au monde serait chez Sarah, dans un pays qui n'était pas le sien.

La police continuait d'assurer Sam qu'elle suivait des pistes et le tiendrait au courant des développements. Ils lui jurèrent qu'ils faisaient tout ce qu'ils pouvaient. Ils suggé- rèrent qu'il n'avait pas de raison de retarder son retour à New York puisqu'il n'était pas présent au moment du crime et ne pouvait donc produire aucun témoignage susceptible de les aider dans leur enquête.

Le matin de Noël, il se réveilla dans la maison de sa tante. Il n'y avait ni télévision à regarder ni radio à écouter. Il avait donné la nourriture que contenait le congélateur à l'église qui lui avait promis de l'offrir à une famille dans le besoin. Une des membres de la Fédération des femmes lui avait apporté un sac en plastique plein de pâtisseries dont il mangea la moitié au petit déjeuner en écoutant le silence, les cloches qui sonnaient à travers la ville, et les cris des aigles qui déchiquetaient l'air.

Il se fit une salade pour le déjeuner et passa le restant de la journée à ranger les placards, les boîtes et les dossiers, mettant ce qu'il allait jeter dans la chambre d'Ellen et tout ce qu'il voulait garder dans la sienne. Personne n'était encore venu visiter la maison mais il se dit qu'il fallait commencer à mettre de l'ordre.

Tard dans l'après-midi on frappa à l'entrée ; quand il tira la lourde porte et regarda à travers les barreaux de fer forgé censés protéger la maison des voleurs, un inconnu se tenait à dix centimètres de lui.

Qu'est-ce que vous voulez ? aboya Sam. L'homme recula, l'air d'avoir reçu un coup dans la poitrine, et Sam regretta immédiatement d'avoir employé ce ton. L'homme ne devait vouloir qu'à manger ou de l'argent et avait certainement une longue histoire à raconter sur sa famille, sa faim et cette période de l'année particulièrement chère.

Vous êtes Mr Leroux ? demanda l'homme. Il avait une fine moustache et tremblait en parlant. Sam réalisa que ce n'était qu'un adolescent dans un corps d'homme.

Vous aviez quelque chose à régler avec Ms Leroux ? Si oui, je crains qu'elle ne soit morte.

Vous n'êtes pas le fils de Ms Leroux ?

Je suis son neveu. C'est à quel propos ? Raconte-moi ce qui te chante, pensa Sam, mais dis-moi juste ce dont tu as besoin pour que je puisse te dire non et t'envoyer paître.

Je suis désolé de vous déranger, monsieur, dit le jeune, portant la main à sa poche arrière dont il tira une enveloppe écornée. Il la tendit à Sam qui la prit comme si c'était une chose vivante. *J'étais un des étudiants de Ms Leroux. J'étais encore à l'université au moment de l'enterrement et je voulais vous dire que je suis désolé d'apprendre la nouvelle de sa mort. Je voulais exprimer mes condoléances à sa famille.*

Je suis toute sa famille.

Alors je vous présente mes condoléances, monsieur. C'était un très bon professeur et une très bonne personne. Elle m'a écrit des lettres de recommandation. J'ai été vraiment désolé...

Le jeune homme secoua la tête et tourna le dos à Sam.

De l'autre côté de la rue une voisine était à sa fenêtre, en train de les observer, le téléphone à la main.

Merci pour la carte, dit Sam. En dépit de ce qu'il ressentait rationnellement, il n'arrivait pas à faire confiance à cet homme. Il était possible qu'il mentît, qu'il fût lui-même l'auteur du crime, l'assassin armé de ce fusil qui avait fait d'atroces taches d'encre rouge, venu voir s'il y avait une autre femme à voler ou un riche parent à tondre. Ou c'était un émissaire des auteurs du crime, un éclaireur envoyé pour voir si l'affaire serait classée ou poursuivie par les survivants.

Mais non, se dit Sam, ce type est innocent. Pour traiter le jeune homme, dont la carte – Sam déchira l'enveloppe – était sincère et élégamment tournée, comme il le méritait, il aurait fallu l'inviter à prendre le thé, et peut-être même lui offrir un souvenir de son professeur. C'est ce qu'Ellen aurait voulu. Certes, Sam était sûr qu'Ellen aurait fait cela, avec beaucoup moins d'hésitation que

428

lui. *C'est très aimable à vous. Merci encore pour la carte.*

Je suis tellement désolé, dit le jeune homme. *Merci pour votre temps, monsieur. Je vous souhaite un joyeux Noël, même si je ne peux imaginer que ce soit un jour joyeux pour vous. Alors, à la place, je vous souhaiterai seulement la paix,* dit-il, joignant les paumes.

Sam se demanda pourquoi ce genre d'échange, qui aurait dû être si naturel et opportun, était une chose qu'il n'arrivait pas à faire correctement. Si l'homme avait été blanc, il n'aurait pas hésité à le faire entrer. Il ne pouvait pas se voir comme un raciste, il était sûr de ne pas l'être, mais il fallait être prudent. Tout le monde doit comprendre qu'il faut être prudent.

La maison était à lui bien qu'il sût qu'il ne pourrait plus jamais la considérer comme son foyer. Il ne pouvait pas vivre dans cette ville ni habiter entre ces murs. Que quelqu'un d'autre le fasse. Il ne savait pas où était sa place. Il n'était même pas sûr de pouvoir vivre à nouveau dans ce pays.

La maison fut vendue plus vite qu'il ne s'y attendait, à un jeune couple qui attendait un enfant. Comme sa tante, la femme était professeur. L'homme venait de trouver du travail à la prison. En regardant les collines pelées au nord et en écoutant le grincement des camions sur la route qui menait de Johannesburg au Cap et traversait la ville, Sam ne pouvait s'imaginer commencer quoi que ce soit ici, encore moins une famille. Il était impossible de passer d'une extrémité à l'autre de Beaufort West sans longer les murs pâles de la prison bâtie au centre du rond-point sur la route nationale. Sam connaissait ce genre d'endroit qui place la prison au cœur de tout. Il informa les voisins et l'église que la maison était vendue et qu'il ne reviendrait pas. Il n'avait jamais choisi de venir ici, pour commencer, et si sa place était quelque part dans le monde, ce n'était pas au milieu de ces plaines affamées, pressées d'engloutir plus de vies humaines.

Il songea à essayer de retrouver l'endroit dans les collines où Laura l'avait emmené. Il se rappela les tombes creusées et les corps qu'on y enterrait. Le pays était pris d'une frénésie de mémoire. Peut-être que d'autres trouveraient ces tombes, et parmi les corps, les restes écrabouillés de Bernard. Et le camion ? Qu'était-il advenu du camion de Bernard ? Il n'y avait que le camion qui puisse le relier au crime, se dit-il.

Il savait que des auditions avaient eu lieu à propos de ses parents, mais à l'époque il avait pris la décision de ne pas se manifester. C'était son choix et personne ne pouvait le forcer à témoigner s'il ne voulait pas le faire. Le silence était son territoire.

Les cartes ne révélaient rien. Les cartes étaient un tissu de mensonges. L'endroit où il croyait trouver la ferme était en fait au milieu du parc national du Karoo, qui avait été fondé presque une décennie avant les événements. L'impossibilité s'ajoutait à l'impossibilité. Un après-midi, il monta sur les hauteurs de Nuweveld sans pouvoir rien trouver qui coïncide avec ses souvenirs. Il n'y avait pas de bâtiments, seulement des acacias et une troupe de babouins qui se mit à pleuvoir des falaises, telle une averse de cendres. De temps à autre, la route en terre lui rappelait quelque chose, avant qu'un virage lui révèle un nouveau point de vue ne correspondant pas du tout à ce dont il se souvenait.

Dans sa tête, il y avait un espace où toutes ces informations pouvaient coexister. Bernard y vivait, et maintenant sa tante. Des parties de Sam aussi.

Son pays était à la fois l'endroit où il voulait être, et celui où il savait qu'il ne pouvait plus rester. Le soleil était trop près, la terre trop sèche, le territoire entier était trop familier, un terrain racontant des histoires qu'il ne voulait pas se rappeler, des histoires sur lui, et son passé, et la vie qu'il aurait pu vivre.

Il dirait à Sarah toute la vérité sur son passé et ses parents. Il ne lui cacherait rien de sorte qu'il n'y ait plus de secret entre eux. Il lui dirait pour Bernard, ce qu'il avait fait et ce qu'il avait ressenti.

Tout lui dire serait impossible.

Un jour il lui dirait tout.

Sam

Dimanche. Quand j'arrive à son hôtel, Clare attend sur le perron jaune, adossée à l'une des colonnes blanches. Le soleil rebondit sur la peinture vert pâle du toit en métal. Elle semble plus jeune, presque comme il y a vingt ans sur le perron de son ancienne maison.

« Puisqu'il fait beau, j'espérais que nous pourrions faire une promenade, dit-elle, en descendant sur le parking recouvert de gravier et me prenant les mains comme si j'étais un soupirant venu la chercher à un premier rendez-vous. Ce que nous avons à nous dire ne doit pas être pris en note ni enregistré ? Vous êtes d'accord ?

— Oui. Aujourd'hui n'entre pas dans le cadre du livre. »

Nous nous dirigeons vers l'ouest, retournons dans la ville et passons devant l'université. Clare se déplace avec une agilité surprenante et parfois j'ai du mal à tenir le rythme. À Ryneveld, nous prenons au sud, comme je l'ai fait hier, et Clare s'arrête dans une cafétéria pour prendre un café et une pâtisserie. « J'apprends à me faire plaisir, dit-elle. Je pense que ce n'est pas une si mauvaise chose à mon âge. Mon fils dit que je suis trop maigre et qu'il faut que je mange plus. Il n'a pas précisé quoi. »

Près de l'intersection avec Dorp Street, nous nous arrêtons un instant devant une vieille maison blanchie à la

432

chaux portant un élégant pignon au-dessus de la porte, et je la remercie pour le texte qu'elle m'a donné hier. Je ne sais comment l'appeler autrement, donc j'en parle comme d'une lettre, sa lettre à Laura.

«Une lettre, oui, dit Clare, on peut dire ça. C'est plutôt la moitié du journal que je tiens depuis votre arrivée en août dernier. C'est vous qui l'avez suscité.

— Bien sûr, Laura doit être morte. Après tout, c'est ce que vous dites dans le livre.

— C'est ce que voudrait la logique. Pas de contact, pas un mot, pas un signe – du moins pas de signe naturel. Il y a un autre moi, affligé de cauchemars, qui n'en est pas si convaincu... le moi qui questionne les certitudes, qui continue à s'accrocher à l'espoir de choses mystérieuses sur la terre comme au ciel. Miracles, résurrections et apparitions. Mais nous esquivons le plus important. Ça ne vous a pas surpris que je me sois souvenue de vous depuis le début?

— Durant toutes nos rencontres, vous n'avez jamais laissé entendre que vous saviez qui j'étais. Pendant des lustres, vous avez fait comme si vous n'admettiez même pas que je sois sud-africain. Donc, oui j'ai été très surpris.

— C'est cruel de ma part, je sais. Mais, vous aussi, vous avez joué une sorte de jeu, en gardant cachées vos cartes, ou pensant du moins qu'elles l'étaient. Vous étiez bien loin de savoir que c'était moi qui avais distribué le jeu.

— Je ne peux m'empêcher de penser que tout aurait été plus facile si l'un de nous avait parlé dès le début.

— Ou tout aurait pu s'écrouler. J'aurais pu me briser, ou vous auriez pu prendre la fuite. Écoutez, je sais que je ne suis pas quelqu'un de facile. À dire vrai, j'ai cultivé ce personnage. Mais être *facile* ne signifie pas nécessairement être *bon*, comme vous le dira n'importe quel philosophe. Une partie de moi sentait que vous aviez besoin de gagner cette reconnaissance. Une autre partie, significative,

433

craignait ce que vous pourriez faire si j'avouais vous avoir reconnu. Je craignais votre colère.»

Après avoir terminé son café, elle jette son gobelet vide dans une poubelle avec beaucoup d'attention, comme si elle voulait donner au gobelet et à sa disparition une valeur égale à celle de notre conversation. Elle essuie les miettes qu'elle a sur les doigts et me prend la main comme si elle ramassait un petit oiseau. «Pensiez-vous avoir obtenu ce travail grâce à votre seul intellect, ou par un coup de chance suprême, grâce à la qualité de vos travaux, et aux recommandations de quelques universitaires confus qui se prennent pour des dieux?

— Je supposais que oui. Je pensais que c'était la chance qui m'avait ramené à vous. Et mon talent.

— Un raisonnement flatteur, mais non. C'est moi qui vous ai choisi. J'ai demandé votre présence. J'ai dit à mon éditeur : "Si vous tenez absolument à ce projet, pour vendre des livres après ma mort, alors c'est à moi de choisir mon biographe." Et je vous ai choisi, ce qui m'a fait bien plus plaisir qu'à mon éditeur, qui avait, lui, une demi-douzaine d'écrivains beaucoup plus en vue prêts à faire ce boulot. Vous voir à Amsterdam a été terrifiant, mais c'était aussi une sorte de cadeau. Vous étiez la réponse à mon problème. J'ai su immédiatement qui vous étiez : le garçon à la porte.

— Je n'ai pas décelé le moindre signe de reconnaissance.»

Elle lève la main dans un geste de modestie. «Nous avons ici deux sujets. Le premier est le projet en cours, la biographie. Si elle permet de raviver l'intérêt du public pour mon œuvre, et de l'empêcher de disparaître des librairies quand je serai morte, alors cela fera plaisir à mon fils, quelles que soient ses protestations, et cela fera extrêmement plaisir à mes éditeurs. Le second sujet est : pourquoi vous? Je vous ai choisi non parce que je respectais votre travail plus que celui de quelqu'un d'autre. J'ai lu des études plus pénétrantes, des démonstrations théoriques

434

plus sophistiquées, et mieux écrites, aussi. Vous êtes ici à cause de qui vous êtes, à cause de votre place dans ma famille, ou de la place que j'ai refusée de vous y donner. Vous êtes ici aussi parce que j'espérais que vous pourriez savoir quelque chose de plus concernant ma fille à l'époque qui a précédé sa disparition. Je dois être sincère au moins là-dessus. »

Je sens mes jambes qui commencent à flancher tandis qu'elle sourit de son sourire d'enfant, pinçant les lèvres. Maintenant je sais que je ne pourrai jamais lui dire ce que j'ai appris de Timothy et Lionel. Quoi qu'elle puisse ou non deviner à propos de Laura, lui dire ce que je considère maintenant comme la vérité la détruirait, je le crains. En dépit du ressentiment que j'ai pu garder par rapport au passé, la dernière chose que je désire est lui faire du mal.

« Je ne vous ai jamais oublié, Sam. Comment l'aurais-je pu ? Ce jour-là, je vous ai vu avant que vous frappiez à la porte. Lionel, Timothy, et vous, tous trois avez émergé d'une petite voiture rouge vif et avez regardé ma maison, consultant un papier, où était notée une adresse, je présume, avant de traverser la rue et de frapper. Mon mari était à une conférence à Johannesburg et j'étais seule à la maison. Et puis, soudain, ces deux hommes et ce garçon inconnus faisant irruption sur le pas de ma porte, ce n'était pas un bon commencement parce que j'étais déjà sur mes gardes. Lionel et Timothy se sont présentés et Timothy m'a tendu une enveloppe de la part de ma fille, ses carnets et les photographies de Lionel. Un d'eux m'a demandé si j'avais des nouvelles de Laura. Je lui ai répondu que non et vous ai désigné, en demandant qui vous étiez. Timothy a dit : "Ce garçon était avec votre fille. Il semble qu'elle l'emmenait chez sa tante à Beaufort West. Mais comme nous étions à Beaufort West, il y a quelques jours, nous avons trouvé Sam qui errait dans la rue comme un enfant abandonné. Il a dit que sa tante n'avait pas pu le garder. Elle l'a fait au début, pour satisfaire votre fille, mais dès que Laura est partie, sa tante l'a jeté dehors, dans une ville où il ne connaissait personne. Nous l'avons trouvé dans la rue." Je leur ai demandé où était Laura et ils ont dit qu'ils ne pouvaient pas me le dire, l'ignorant eux-mêmes. Est-ce conforme à votre souvenir ?

— Plus ou moins, dis-je. Mais vous ne connaissez pas toute l'histoire. Ils mentaient. Je n'avais pas encore été voir ma tante.

— Nous y reviendrons. Pour l'instant, ce qui est important, c'est ce que *je* me rappelle de ce jour. Je leur ai demandé pourquoi ils vous avaient amené chez moi, en particulier. Timothy a parlé de nouveau. Il m'a expliqué que comme vous étiez avec ma fille, ils avaient pensé que nous avions peut-être un lien familial. "Au début, a-t-il dit, nous pensions que Sam était le fils de Laura, mais elle nous a dit que non. Peut-être un cousin, alors, un neveu ou un cousin. Et puisqu'elle nous avait demandé de vous apporter ces papiers quand nous pourrions, nous pensions que vous sauriez peut-être quoi faire de Sam." Je vous ai regardé, sévèrement, me dis-je aujourd'hui, et j'ai su que vous n'étiez pas un parent. Vous n'étiez pas le fils de mon fils, ni le fils de mes cousins ni des enfants de mes cousins. Vous m'avez fixé d'un regard tellement dénué de toute expression, Sam, de ces yeux morts que je vois même maintenant dans les moments où votre esprit est ailleurs, et où vous pensez que personne ne vous regarde. Il y avait des bleus sur vos bras maigres. Vos cheveux étaient longs, fourchus au bout, et même s'il était évident que vous veniez d'être lavé, vous aviez l'air de quelqu'un qui avait été sale pendant une longue période auparavant, comme un clochard, ou un enfant abandonné. Couvert de poussière et de cendre.

— Vous vous rappelez ce que vous avez dit ensuite ?

— Oui. Et je l'ai regretté depuis. Ce n'est que l'un de mes nombreux regrets. J'ai dit : "Je suis désolée, je ne connais pas ce garçon. Ce n'est pas quelqu'un de ma famille. Tu me connais, mon petit ?" Vous avez secoué la tête, vous agrippant fort, si fort à la main de Lionel. Et

Timothy a demandé, comme s'il refusait de croire que j'aie aussi peu de cœur : "Il n'est pas de votre famille ? Vous n'avez pas d'obligation envers lui ?"

— Et vous avez dit : "Je crains que non. Non. Il n'a rien à avoir avec moi. Je ne le connais pas. Je ne peux pas expliquer comment il s'est retrouvé avec ma fille. Mon petit, peux-tu nous dire comment tu t'es retrouvé avec ma fille ?" Voilà ce que vous avez dit.

— Je ne me souviens pas exactement de ces mots-là, dit Clare, me touchant le bras, mais ça ne fait rien. Nos versions sont suffisamment proches. Et vous, quand je vous ai posé cette question difficile, vous n'avez fait que secouer la tête. Vous n'aviez rien à dire. Racontez-moi, aujourd'hui, si vous le pouvez. Dites-moi ce que vous savez. »

Je ne peux pas laisser passer ce défi. J'avais effectivement des choses à dire, et j'en ai encore. Alors je raconte à Clare la vérité sur ce qui s'est passé, sur mes parents idéalistes, leur amitié avec Laura, leur mort, leur service funèbre, avoir vu Clare et son mari, la promesse qu'il m'a faite, la promesse que Laura elle-même a faite, que si jamais j'avais besoin de quelque chose, je n'avais qu'à venir le demander. Tandis que je parle, le visage de Clare s'affaisse, se brouille de confusion, se mue en une grille humide.

« Vous ne pouvez pas être le fils de Peter et Ilse ! Ce n'est pas possible. Oh, mon Dieu ! » s'écrie-t-elle, en délaissant ma main et en se détournant de moi. Elle trouve un banc et s'écroule. « Je n'ai pas compris. Je pensais que vous étiez juste un enfant que ma fille avait recueilli. J'ai déjà tellement souffert de ça, vous savez. Et maintenant. Oh, mon Dieu ! » crie-t-elle. Un homme sur le trottoir d'en face se tourne pour voir ce qui se passe, mais Clare ne fait pas attention à lui. « Je n'ai pas compris que vous étiez si important. Mais comment l'aurais-je pu ? Il y avait deux garçons dans mon souvenir – le garçon sale à la porte avec les hommes, et le garçon tout propre à l'enterrement, le fils de Peter et Ilse. Je me suis toujours demandé ce qui était arrivé à ce garçon-là, mais je m'intéressais si peu à la vie de mon mari. La mort d'une étudiante était une tragédie mais... je n'y ai jamais pensé. J'étais tellement absorbée par ma vie et mon travail. J'aurais dû me rappeler votre visage mais peut-être... est-il possible que je ne vous aie pas vu à l'enterrement ?

— C'est possible. Je vous ai vue, mais je ne me rappelle pas que vous m'ayez vu.

— Vous devez comprendre que la vie de mon mari était sa vie. Je jouais les épouses de professeur quand c'était nécessaire, mais je ne faisais pas attention aux détails. J'avais ma propre carrière, mes propres étudiants. Qui plus est, il y avait beaucoup de choses dans la vie de mon mari... je veux dire que notre mariage n'était pas sans complications. Il y avait beaucoup de choses que j'essayais très fort d'ignorer, de ne pas savoir. Mais... Ses doigts explorent son visage et après un instant elle se tourne pour me regarder comme jamais auparavant. ... J'aurais dû m'en apercevoir il y a longtemps. Bien sûr que vous êtes l'enfant d'Ilse, dit-elle, en se penchant pour m'embrasser sur la joue. Je n'ai même pas parlé de vous ni des deux hommes à mon mari. Il faut me croire... il faut comprendre, il ne savait même pas que vous étiez venu. Ce n'est pas sa faute. Voyez-vous, je savais ce que Laura avait dû faire et j'étais furieuse contre elle. Tout ce que je désirais, c'était avoir des nouvelles d'elle, mais *par* elle. Que l'on me confie ses carnets et sa lettre m'a tellement paniquée, tellement mise en rage. J'avais besoin de croire qu'elle était encore en vie, et me retrouver face à face avec vous a aggravé ma colère. Mais c'est affreux. Vous la connaissiez, n'est-ce pas ? Vous deviez la connaître depuis des années. »

Je pense à tout ce que je pourrais dire, à la façon dont je pourrais, d'une certaine manière, écrire la fin de l'histoire de Laura pour Clare. Pourtant ce n'est pas à moi de le faire. Je sais que la fin que je pourrais lui fournir ne serait que le début d'un autre volume, dont la lecture risquerait de tuer Clare. Au lieu de quoi je lui dis que Laura m'est apparue comme un sauveur, au moment où j'en avais le plus besoin.

«Qu'est-ce que vous voulez dire? Un sauveur, quoi, comme je l'ai imaginé?

— Pas tout à fait.»

Je repasse la scène de ce jour dans ma tête, le coin perdu où Bernard et moi nous sommes arrêtés, la nuit tombante, la fureur qui était née en moi en le voyant là, enveloppé dans sa colère à lui, endormi par terre avec un magazine sur le visage. Je revois ma main tourner la clé, sens le clic du contact. Mon père m'avait assis sur le siège devant lui quelques fois, donc je savais comment passer les vitesses, comment poser le pied sur l'embrayage, faire jouer l'embrayage et l'accélérateur. L'idée était de faire peur à Bernard, ou peut-être juste de m'enfuir. Je pourrais dire à Clare que l'accélérateur s'est bloqué. Je pourrais dire que le camion a été plus vite que je ne m'y attendais et que j'ai perdu le contrôle. Je pourrais dire que mon pied n'a pas trouvé le frein à temps. Mais maintenant, alors que je me rejoue la scène, une version différente commence à se mettre en place.

Bernard dort par terre et je suis seul dans la cabine du camion. Comme dans toutes les versions que je me rappelle, la déshydratation me fait presque délirer. Or dans cette version-ci, Bernard est encore en vie à l'arrivée de Laura. Elle sort doucement du bush, voit Bernard et se met à courir, courbée en deux, jusqu'au camion. Dans cette version, elle comprend tout. Elle me cherchait, en suivant ma piste, tâchant de me sauver de l'homme à terre. Elle monte sur le siège du conducteur et me dit de me taire et de fermer les yeux. Je pose la main sur le levier de vitesse, mais elle l'enlève, la pose sur le siège. J'entends la clé tourner dans le contact. Elle libère la pédale d'embrayage, passe en première et accélère. La secousse et le craquement qui suivent sont les mêmes. Nous faisons marche arrière puis nous arrêtons pour repartir en avant. À chaque répétition, il y a moins de résistance. L'odeur de Laura me revient, une odeur semblable à la mienne. Pendant ce moment passé avec Clare, je m'aperçois que je connais enfin la vérité sur cette nuit. Nous l'avons fait ensemble, Laura et moi.

De l'autre côté de la rue passe un défilé d'enfants en uniformes d'hiver, un professeur à chaque extrémité pour les faire rester dans le rang. Un garçon s'en échappe pour regarder une affiche sur le mur d'un immeuble et d'un seul mot l'un des professeurs lui fait reprendre sa place en criant. Que ce puisse être aussi simple de savoir où poser les pieds, comment marcher, se faire rappeler à l'ordre, se faire rappeler ses erreurs et enseigner comment les corriger. Je vois qu'il en a coûté au garçon d'obéir. Il a envie de retourner en courant à l'affiche, il veut traverser la rue pour aller voir une vitrine, il ne veut pas aller où vont tous ses camarades. Clare l'observe, elle aussi.

« Une chèvre parmi les brebis, dit-elle avec un signe de tête en direction du garçon. C'est lui qui laissera une trace, pour le meilleur ou pour le pire. »

Les mots commencent à s'accumuler dans ma bouche. Je les trie et les mets en ordre. « Vous m'avez fait une telle confiance qu'il y a quelque chose que j'aimerais vous confier, dis-je, sachant que l'histoire que je vais raconter n'est plus la vérité.

— Un secret ?

— Si Laura est morte, personne d'autre ne connaît ce secret, pas même ma femme. Je n'ai toujours pas le courage de le lui dire. C'est un secret qui devrait changer la manière dont vous pensez à votre fille. Il me semble juste que vous soyez la seule autre personne à le connaître. En vous le confiant, je mets entre vos mains ma liberté et ma vie. » J'offre cette version de l'histoire pour le bien de Clare, et pour la mémoire de Laura, pas pour moi.

Clare hoche la tête tandis que le défilé des enfants tourne au coin de la rue. Je reconstitue la version que je

440

souhaite lui raconter, la sensation de l'avoir fait, *mon* pied sur l'accélérateur, *ma* main sur le volant et sur le levier de vitesse. Cette version repasse en boucle comme un film qui vit en moi et dans lequel je vis.

«Laura était mystérieuse, une combattante et une force de la nature, mais ce n'était pas une meurtrière, pas une tueuse de sang-froid, pas comme vous l'imaginez dans votre journal. Elle n'a pas tué mon oncle.»

Comme son visage s'éclaire et qu'elle se tourne pour me regarder de plus près, je sais que c'est la chose qu'il fallait dire.

«Est-ce que vous êtes en train de me dire ce que je crois?

— Oui. Mais vous aviez raison pour le camion.» Les mots sortent en un coassement, ma voix se brise.

«C'est ce qu'elle a écrit dans son carnet, qu'elle l'a écrasé avec son camion. Mais à la fin, je ne pouvais pas croire qu'elle ait agi d'une manière si indirecte. L'utilisation du camion a plus de sens si le conducteur est un enfant.

— Qu'est-ce que cela fait de moi?

— Cela vous différencie légèrement de moi, mais en tant qu'enfant – du moins un enfant blanc à cette époque – il est presque certain que vous n'auriez pas été tenu responsable. Ce que j'ai fait pour mettre ma sœur et mon beau-frère en danger était pire, d'une certaine façon, parce que c'était imprudent et égoïste. C'est un crime qui m'a hantée de façon très concrète. L'écriture de mon dernier livre a été une tentative pour exorciser mes démons, pour me délivrer de ma complicité dans leur mort, aussi bien que du grand échec de ne pas avoir été une meilleure mère pour ma fille... et pas seulement pour ma fille, mais aussi pour mon fils.

— Il y a plus», dis-je, et je lui raconte le reste avec difficulté, les corps dans le camion, le charnier et l'enterrement de Bernard, tel que je me le rappelle. Je lui raconte avoir essayé un jour de retrouver l'endroit dans les collines au-dessus de Beaufort West et ne pas savoir aujourd'hui si je dois me fier à mes souvenirs. Clare écoute tout en me regardant bien que je ne puisse supporter de croiser son regard.

«Apparemment l'Histoire vous contredit, dit Clare d'une voix froide et analytique. Pour autant que je sache, on n'a découvert aucun charnier. Il y a deux choses à dire à ce propos. La première, c'est que l'Histoire n'est pas toujours exacte, parce qu'elle ne peut pas raconter tout ce qui a eu lieu, ne peut pas rendre compte de tout ce qui est arrivé. Sinon les historiens n'auraient plus de travail, car il ne resterait plus rien à faire du passé à part interpréter ce qui est connu. La seconde, c'est que la mémoire, même imparfaite, a sa vérité à elle. Peut-être que la vérité littérale n'est pas ce que vous vous êtes rappelé, mais la vérité de la mémoire n'en est pas moins précise à sa façon. Notre pays tout entier a été un charnier, que les corps se trouvent dans un lieu ou dans plusieurs, qu'ils aient été tués en un jour ou sur plusieurs décennies. Il y a encore une chose à prendre en compte. Il est possible, par vanité, consciente ou pas, de s'attribuer des crimes dans lesquels on n'a seulement qu'une part. Sais-je avec certitude si les personnes avec lesquelles j'ai parlé ont transmis l'information à la ou les personnes responsables de leur meurtre? Non. Il n'y a qu'un lien temporel. J'ai parlé imprudemment et le résultat, me semble-t-il, a été leur mort. Mais je n'ai pas de preuve irréfutable de ma responsabilité si ce n'est le sentiment que j'en ai. C'est pourquoi, ainsi que le dit Dostoïevski dans sa citation de Heine, *une véritable autobiographie est presque une impossibilité*, parce qu'il est de la nature humaine de se mentir. Vous semblez dérouté, Samuel. Je ne suis pas en train de suggérer que ce que vous m'avez dit est un mensonge. Mais le fait de vous souvenir de vous, de façon très réaliste, comme étant l'agent de votre propre émancipation, c'est une sorte de vanité. Disons que vous avez tué Bernard, que vous avez été complice du transport des corps tués au cours des atrocités

442

commises par les partisans de l'apartheid. Sans vouloir justifier l'exécution de votre oncle, il est possible de l'expliquer comme le résultat simultané des circonstances historiques et du traumatisme hautement personnel que vous avez expérimenté. Dans le même passage, Dostoïevski dit que tout le monde se souvient de choses qu'il ne confierait qu'à ses amis, et d'autres qu'il ne révèlerait qu'à lui-même, dans la stricte limite de son intimité. *Mais il y a des choses qu'un homme craint de se révéler même à lui-même.* La question que vous semblez ne pas vous être posée est la raison pour laquelle vous haïssiez Bernard au point de n'avoir pu empêcher votre rage de s'exprimer – ou, vu d'une autre façon, de ne pas avoir d'autre choix que de vous défendre. Il y a des trous dans votre récit. Peut-être ne m'avez-vous pas tout raconté. Il faut que vous vous demandiez ce que Bernard a fait pour vous pousser à agir comme vous l'avez fait.

— On pourrait appeler cela du relativisme moral.

— Certes. Auriez-vous dû tuer Bernard ? demande-t-elle d'un ton neutre, comme si elle pesait le pour et le contre. Non. Objectivement vous n'auriez pas dû parce que ce genre d'exécution est une mauvaise action. Mais pour survivre, aviez-vous d'autre choix ? De nouveau, je soupçonne que la réponse est non. C'était un acte de légitime défense. Et si nous voulons satisfaire les moralistes rigides, nous pourrions dire que, à votre âge, vous ne pouviez pas évaluer les conséquences de vos actes. »

J'ouvre la bouche afin d'exprimer mon désaccord, mais elle lève la main pour me faire taire.

« En fait, ce n'est pas important. Ce qui importe, je pense, c'est qu'il y a encore des choses que vous cachez, et qui vous sont cachées. Je sens cela depuis que vous avez passé la porte en août dernier. J'ai pensé : voilà un jeune homme qui ne se connaît pas encore. Quand je vous regarde maintenant, je vois qu'il y a encore des choses que vous ne me dites pas, que vous ne me direz peut-être jamais. »

443

Lundi. Tandis que je revois Clare, Sarah termine son article sur le festival. Dimanche après-midi, l'auteur australien s'est soûlé avec un groupe d'étudiants et a donné un coup de poing à un ancien fan qui l'avait accusé de s'être renié.

Laissant de côté le passé plus récent, Clare étoffe les détails de son séjour en Europe quand elle était jeune femme, son retour en Afrique du Sud, son mariage, la naissance de Mark et de Laura, et le début de son travail pour la censure. Elle parle de nouveau de Laura et me montre les carnets et la dernière lettre de sa fille dans laquelle Laura endosse la responsabilité de la mort de Bernard. Je me rends compte que ma fausse confession était inutile.

«Je n'en ai pas besoin, dit Clare. Et de toute façon, j'ai des photocopies. Les originaux sont à vous. Marie confirmera que je suis saine d'esprit et attestera de cette donation au cas où mon fils la contesterait. Peut-être un jour hériterez-vous d'autre chose, que vous méritez vraiment. Elle prend une respiration comme si elle s'apprêtait à en dire plus avant de secouer la tête. Moi-même je ne peux pas entièrement compenser ce qui vous a été dénié... dénié par moi et aussi peut-être par d'autres. Quelles vies différentes nous aurions pu avoir si j'avais eu le courage et la générosité de vous accepter comme un second fils. Allez-vous le dire à votre femme maintenant que vous me l'avez dit? Allez-vous tout lui dire sur votre passé?

— Je ne sais pas. Je ne suis pas sûr de pouvoir supporter qu'elle sache.»

Clare me serre la main, comme le faisait ma mère, si fort qu'elle me fait mal. «Je comprends cette réticence. Peut-être avez-vous raison. Il y a des choses qu'il vaut mieux garder cachées. Mais si vous voulez mon opinion, je crois que vous devriez lui faire confiance. Donnez-lui une chance. Elle se dresse de toute sa taille et me prend l'autre main. Eh bien, il faut nous dire au revoir, mais seulement au revoir, parce que je ne doute pas que je vous reverrai, peut-être même à Johannesburg. Je suis sûre que vous serez aussi honnête que possible et me décrirez telle que vous vous souvenez de moi. Aux autres de juger. Mais peut-être me permettrez-vous d'ajouter une postface. »

Clare

Le jardin se vide en hiver, les plants de tomate ont été arrachés, les groseilles du Cap et les citrons commencent à mûrir. Partout l'odeur de fumée de feux de bois, qui s'élève de la plaine du Cap et se suspend en une bande qui obscurcit la montagne au-dessus de Stellenbosch. Dans les pires jours, on peut voir à l'œil nu le contour du soleil, disque rouge et plat.

À l'intérieur, il n'y a de poussière sur aucune surface, pas de traces de doigts sur les tiroirs ou les ustensiles de cuisine. Tous les coussins et le tapis du salon sont parfaitement en place.

Nosipho est trop consciencieuse pour se relâcher même quand la vieille chatte part rôder. L'argenterie a été faite et le cristal traité d'une façon magique qui lui donne l'air d'avoir tout juste été taillé. J'ouvre la boîte qui contient la perruque de mon père et découvre qu'elle aussi a été rafraîchie, comme retissée avec du crin de poney.

«Vous vous êtes surpassée», lui dis-je, et elle sourit, laissant voir entre ses dents un trou qui n'y était pas.

«Qu'est-ce qui est arrivé à votre dent?

— Il fallait qu'elle s'en aille.

— Il faut faire soigner ça. Dites à Marie que je veux que vous fassiez soigner ça. Elle va vous prendre un rendez-vous avec mon dentiste.»

446

S'il s'agit là d'une pénitence, c'est trop peu, je le sais – trop peu à la fois dans la bonne et la mauvaise direction. J'ai pris la résolution d'aller voir la famille de Stephan, du moins ce qui en reste, pour me confesser à eux. Les morts ne peuvent pas donner l'absolution.

Il semble que partir m'ait fait du bien. L'insomnie a disparu, même si tu es toujours là, Laura. Je sais que tu ne disparaîtras jamais complètement, que je dois accepter tes allées et venues en sachant qu'elles seront imprévisibles et que je pourrai toujours compter dessus.

*

Lors d'une de mes interventions dans une librairie, l'autre jour, un homme m'a demandé de quelle façon tu étais morte, puisque *Absolution* parle de ta mort dans le contexte de tes activités, auxquelles je fais allusion seulement en termes vagues. Je lui ai dit que je ne savais pas comment tu étais morte parce que tes restes n'avaient jamais été retrouvés, mais que ta mort était hautement probable. Je lui ai dit que je n'avais pas de certificat de décès et qu'aucun de tes camarades, à part deux hommes, qui eux-mêmes te cherchaient, n'ont jamais été en contact avec moi, même pour exprimer leurs condoléances ou leurs remerciements pour le sacrifice que tu avais fait. Pendant le parcours obligé de la signature de mon livre, l'homme s'est avancé vers moi, tellement ému que – à la manière d'un nombre surprenant de jeunes hommes d'aujourd'hui – il m'a enlacé les épaules sans m'en demander la permission. Au début cela m'a choquée, puis je me suis sentie réconfortée comme je ne m'y serais jamais attendue. «Vous êtes si courageuse, a-t-il dit, tellement, tellement courageuse.

— Ce n'est de la fiction, après tout», lui ai-je répondu, retournant le livre pour lui montrer le genre écrit au dos, juste au-dessus du code-barres. Le langage fabrique le monde qui nous entoure, et tout ce que nous rencontrons. Si j'appelle cela de la fiction, alors c'est de la fiction.

L'homme m'a adressé un regard perplexe et a demandé : « Mais ce n'est pas de la fiction, n'est-ce pas ? Ce que vous dites sur votre fille, ce n'est pas que de la fiction ? Et sur votre famille, ça doit être vrai », a-t-il dit, très résolu à obtenir mon assentiment. Évidemment il avait raison.

« Non, pour la majeure partie, ce n'est pas de la fiction, dis-je, mais il y en a un peu. D'après le livre, tout est fictif, même les histoires de famille, et même la mort de ma fille. » L'homme a secoué la tête et, au bord des larmes, est parti. Je ne lui avais pas donné ce qu'il voulait. Je n'ai rien à donner de plus que ça. Je ne peux pas être une chose ou une autre, noir ou blanc. Je ne suis à la fois ni l'une ni l'autre et quelque chose d'autre, entre les deux.

Ce livre, quelle que puisse être sa vie dans le monde, a représenté pour moi une réussite importante, pas moins que mon journal. Ils ont été mon exorcisme, ils m'ont aidée à chasser mes démons, et enfin je sens que je peux cesser de me lamenter sur mon échec à pleurer ma morte sans sépulture, comme il l'aurait fallu durant toutes ces années. Je te pleure enfin, Laura, je pleure ta perte. Et pas seulement la tienne, mais aussi celle de mes parents, et de Nora, de toutes les parties de vous quatre qui demeurent étrangères à ce monde et restent accrochées aux vivants.

*

Je me rends à Johannesburg pour participer à la mise en place d'une série de conférences sur la littérature et la loi, organisées en partenariat avec la Cour constitutionnelle, avec l'aide non négligeable de Mark, qui a été plus généreux qu'on aurait pu l'imaginer en me permettant d'utiliser comme je l'ai fait son identité et sa propre histoire. Avant de revoir Sam, je téléphone à ton père pour lui demander s'il se rappelle les parents de Sam, Peter et Ilse. Oh oui, il se les rappelle, tous les trois, et veut savoir comment contacter Sam. Je lui demande d'attendre, de ne pas le faire tout de suite, de donner du temps au temps jusqu'à ce que la biographie soit terminée et partie à l'imprimerie.

Je crains que le livre de Sam ne plaise encore moins à Mark que le mien, mais je ne peux pas faire grand-chose pour empêcher cela. Il est trop malin pour me contrarier. S'il n'y a rien de diffamatoire dans la version que Sam m'a montrée, il dit quand même des choses que j'aurais préféré garder cachées, même si, à mesure que le temps passe, je sais qu'il vaut mieux que les révélations surviennent pendant qu'on est encore en vie et qu'on peut réfuter des affirmations injustifiées. Sam ne fait pas de telles affirmations, mais, à la lecture de ses révélations, d'autres se hâteront d'en tirer des conclusions que je suis encore susceptible de vouloir rectifier ou même nier. Au moins m'a-t-il donné la possibilité d'offrir mon point de vue. Les autres diront ce qu'ils voudront.

*

J'ai revu Sam plusieurs fois à Johannesburg pendant cette semaine-là et, durant cette période, j'ai cessé de le voir par le biais de tes mots, Laura, tel qu'il apparaît dans ton dernier carnet, et cessé, même, de le voir à travers la distorsion de mon souvenir : cet enfant sur le pas de ma porte, plus jeune qu'il n'était, ce gosse perdu sans voix ni énergie, sans histoire ni famille, rien à donner et tout à prendre, véritable coquille vide. Je savais qu'il fallait cesser de le considérer comme un récipient que toi et moi voulions remplir avec nos mots et nos idées, avec notre récit sur ses origines. Finalement, privée de distraction, et après lui avoir effectivement donné tes carnets, ainsi qu'il m'a paru juste de la faire, j'ai senti que je pouvais commencer à le voir tel qu'il est réellement, ou du moins tel qu'il était réellement avec moi, me rappelant le truisme selon lequel chacun de nous montre différents aspects de soi en fonction des différentes personnes. Je ne le vois pas

449

tel qu'il est quand il est seul avec sa femme, ou avec ses étudiants. Peut-être est-il avec moi tel qu'il est avec ses collègues plus importants. Ou peut-être se conduit-il avec moi comme il ne se conduit avec personne d'autre au monde. Je serais heureuse de penser que notre relation est, pour tous les deux, unique. Pendant ces quelques jours, j'ai essayé, idéalement, de le traiter comme je t'aurais traitée, toi, Laura, ou ton frère, sans y être jamais parvenue.

Nous continuons à nous voir à l'université, nous frissonnons dans le soleil d'hiver, faisons les cent pas devant le bâtiment principal, allons nous moquer des fresques de la bibliothèque Cullen, mangeons des glaces en dépit du froid. Je suis allée dîner chez lui où j'ai beaucoup apprécié sa charmante femme. J'ai fait tout ce que j'avais juré de ne jamais faire. Il a proposé de me présenter à ses nouveaux collègues, mais j'ai refusé. Je n'étais plus intéressée par le travail ni par les livres. Ces journées ont plutôt ressemblé à la version idéale des retrouvailles entre l'enfant adopté et sa mère naturelle, après des années passées à se chercher. Nous avons tous deux reconnu que notre relation était à la fois moins profonde et plus complexe que ce que suggère cette métaphore. S'il existe entre nous un lien biologique, c'est par le sol de notre pays : la poussière sous nos pieds, riche de vie, et la putréfaction qui colle à nous tous.

Ce qui m'a étonnée plus que tout c'est que j'ai commencé à te voir en Sam, dans sa dureté, sa détermination et sa vigilance : celles du prédateur qui sait ce qu'est être blessé, et chasse sans ignorer que c'est lui qui peut être chassé. Ses yeux sont tes yeux, son odeur une partie du mélange qui sortait de tes pores et continue à couler des pores de ton frère.

Je lui ai dit mon sentiment que cela faisait des années qu'il me traquait et qu'enfin, quand mes forces m'abandonnaient et que les siennes commençaient à décliner, il m'avait acculée. Il a ri et dit qu'il avait eu la même impression. Je ne pense pas qu'il mentait.

450

Il n'est pas fourbe. Et je sais que c'est la qualité des plus grands menteurs. Je suis préparée à ce que la biographie, quand elle sortira, ne ressemble en rien aux brouillons qu'il me montre. J'espère qu'il n'en sera pas ainsi, mais, quel que soit l'amour que je me suis mise à éprouver pour lui, presque en dépit de moi-même, et la foi que j'ai en sa parole, quel que soit le désir que j'ai de le garder près de moi et de lui donner la place que tu occupais jadis, je ne lui fais pas confiance et ne le ferai jamais.

Remerciements

Les propos de Clare Wald concernant la censure sont tirés de l'ouvrage de J.M. Coetzee : *Giving Offense : Essays on Censorship*, et de celui de Danilo Kis : *Censure/ Autocensure,* recueillis dans *Homo Poeticus : Essais et Interviews ;* les citations sont tirées de l'*Areopagitica* de John Milton. Je dois à Peter D. McDonald et à son livre *The Literature Police : Apartheid Censorship and Its Cultural Consequences* la clarification de certains détails sur le fonctionnement de la censure dans l'Afrique du Sud de l'apartheid. J'ai également consulté avec profit les ouvrages suivants : Gerald Shaw : *The Cape Times : An Informal History*; Keyan Tomaselli, Ruth Switzer et Mohamed Adhikari : *South Africas's Resistance Press : Alternative Voices in The Last Generation Under Apartheid*; Gerald B. Sperlin et James E. McKenzie : *Getting the Real Story : Censorship and Propaganda in South Africa;* Gordon S. Jackson, *Breaking Story : The South Africa Press.*

Pour toutes sortes d'aides et d'encouragements, un grand merci à mes parents, Gail L. Flanery et James A. Flanery, et aussi à Ben Arnoldy, Rita Barnard, Glenn Breuer, Rebecca Carter, Dork Klopper, Michele Gemelos, Michael Holtmann, la famille MacLeod (Martin, Alisdair, Kirsty,

Catriona et Annabel), Stephanie Nolen, Kimberly Ochs, Ann Pasternak Slater, Goran Stanivukovic, Cynthia Stone, Michael Titlestad et Marlene Van Niekerk. Ma gratitude toute particulière va à ma famille et à mes amis en Afrique du Sud et surtout à Nan et Eddie Van der Vlies, Sandra Willows et Camel Du Plessis, Natasha Distiller et Lisa Retief et leur fils Jesse, Undine Weber, Deborah Seddon Angela Rae et Justin Cornish, Lucy Graham et Wendy Jacobson.

Je suis profondément reconnaissant à mon agent Victoria Hobbs et à ses collègues Jennifer Custer et Kate Rizzo Munson, ainsi qu'à mon agent en Amérique, George Lucas. Un grand merci également à mes éditeurs Margaret Stead, Ravi Mirchandani, Sarah McGrath et Michael Schellenber.

Ce livre n'aurait pas été possible, n'aurait jamais pu voir le jour, sans Andrew Van der Vlies.

La photocomposition de cet ouvrage
a été réalisée par
GRAPHIC HAINAUT
59163 Condé-sur-l'Escaut

Cet ouvrage a été imprimé
en mai 2013 par

FIRMIN-DIDOT

27650 Mesnil-sur-l'Estrée
N° d'édition : 53268/01
N° d'impression : 118021
Dépôt légal : août 2013

Imprimé en France